ER IST MEIN FEIND

JULES BARNARD

Kapitel Eins

Hayden

Dieser Penner. Er hat die Beförderung bekommen?

Ich lese die E-Mail noch einmal und beuge mich näher zum Bildschirm. Adam Cade ist erst seit neun Monaten im Blue-Casino und wurde als Assistent des Hotelmanagers eingestellt. Und jetzt soll er sie ersetzen?

Ich atme tief ein, mein Gesicht erhitzt sich bis zum Platzen. Seine neue Position als Leiter des Hotels wird Adams aufgeblasenes Schönlings-Ego überdimensional ausweiten. Er war überqualifiziert, als er als Assistent an Bord kam, aber trotzdem. Ich lasse meinen Kopf auf den Schreibtisch sinken und stoße mit der Stirn ein paar Mal auf die Tischplatte, mein Atem strömt über die glatte Oberfläche. Das bedeutet, dass Adam und ich auf Augenhöhe sind. *Es wird erwartet, dass wir zusammenarbeiten...*

Ein Klopfen ertönt an der Tür, und ich blicke schnell auf. Wie stehen die Chancen, dass es Adam ist?

Angesichts seines Talentes, mich zu verärgern? Sehr hoch.

Ich schiebe meine Tastatur weg, stehe auf und blicke aus meinem Fenster in die Ferne. Die Berge des Lake Tahoe und das tiefblaue Wasser sind die Dinge, an die ich mich halte, wenn alles schiefläuft. Und bis vor kurzem hatte ich all das hinter mir gelassen.

Adams Beförderung ist nur ein kleines Ärgernis auf dem Haufen Mist, den ich nach meiner Rückkehr nach Lake Tahoe zur Arbeit im Blue-Casino vorfand. Diese neuen Probleme, auf die ich gestoßen bin, sind schlimmer als der Grund, aus dem ich vor elf Jahren mitten in der Nacht mit meiner Familie fliehen musste, denn sie betreffen mehr als nur ein paar Leute.

Ich nehme meine Schultern zurück und atme tief durch. »Herein«, sage ich und blicke zur Tür.

Ich bin ein Profi. Ich kann damit umgehen…

Der Türknauf knackt, gefolgt von dem Rascheln des schweren Holzes, das über den Teppich gleitet. Ein in Armani gekleideter, gutaussehender Mann steht in der Tür. Mein Atem wird flacher, mein Magen flattert, wie sie es immer tun, wenn er einen Raum betritt, verdammt.

Adams Mund zuckt, sein intelligenter, blauäugiger Blick mustert mein Gesicht, meine Schultern. Ich bin mir ziemlich sicher, dass er sich der körperlichen Wirkung bewusst ist, die er auf mich hat, aber ich werde es nie zugeben.

Ein anderer Mitarbeiter geht an meiner Tür vorbei, bleibt stehen und schüttelt Adam die Hand. »Herzlichen Glückwunsch, Mann. Wurde auch Zeit. Jetzt bist du drin.«

Im Blue-Casino bedeutet drin zu sein, Kenntnis von und Zugang zu den illegalen Aktivitäten des Casinos zu haben, und die Chancen stehen gut, dass Adam jetzt ein Teil davon ist. Selbst mit seinen Qualifikationen steigt niemand so schnell auf, wenn er nicht über eine Insider-Verbindung verfügt.

Adam neigt sein Kinn in einem freundlichen Nicken. »Danke«, sagt er, und der Mann geht weiter. Adam schließt die Tür hinter sich und schneidet uns vom Rest des Büros ab. Sein Blick kehrt zu mir zurück.

Adam Cade ist genau die Art von versnobtem, reichem Kerl, die ich verachte. Ihm wurde jeder Luxus im Leben geschenkt – Reichtum, die richtigen Verbindungen –, während ich mir akademisch und beruflich den Arsch aufgerissen und mir meine Erfolge verdient habe. »Kein Grund zur Schadenfreude.« Ich drehe mich wieder zum Fenster und hoffe, dass die Aussicht diese Begegnung weniger schmerzhaft macht. »Ich habe die E-Mail gelesen.«

Ich hätte über Adams Beförderung informiert werden sollen, *bevor* sie bekannt gegeben wurde; ich leite die Personalabteilung. Adam war in meiner engeren Auswahl, aber ich hatte Tag und Nacht daran gearbeitet, jemand anderen einzustellen, weil ich sicher war, dass ich eine qualifiziertere Person finden würde. Die Tatsache, dass der CEO Adam hinter meinem Rücken eingestellt hat, beweist, dass der er mich wieder einmal bewusst in die Schranken weisen und mich aus dem Rennen halten will.

Ich werfe einen Blick über meine Schulter, als er nicht sofort einen Kommentar abgibt.

Adams sexy Mund ist zu einem theatralischen Schmollmund verzogen. »Keine Glückwünsche, Hayden?« Er legt seine große maskuline Hand – die rauer aussieht, als sie angesichts seiner Erziehung als reicher Junge sein sollte – auf die Brust über seinem Herzen. »Ich bin verletzt. Ich bin wirklich verletzt.«

Ich schnaube und starre zurück auf den See. Es überrascht mich nicht, dass Adam mit dem CEO unter einer Decke steckt. Joseph Blackwell, Chef des Blue-Casinos, hatte mich nicht einstellen *wollen*. Ihm waren die Hände gebunden gewesen, nachdem ein Mitglied seines Teams bei der versuchten Vergewaltigung einer Mitarbeiterin erwischt worden war. Blackwell wählte mich aus einem Stapel von Bewerbern aus, um den entlassenen Personalleiter zu ersetzen und den Schein zu wahren. Die Einstellung einer weiteren Frau im Management war angesichts des Skandals gute PR.

Übereifrig, an die Spitze zu klettern und mich selbst zu beweisen, wurde mir erst klar, warum er mich eingestellt hatte, *nachdem* ich die Stelle angenommen hatte.

Ich bin nach Lake Tahoe zurückgekehrt, um mir selbst zu beweisen, dass ich nicht schwach bin. Ich laufe auf keinen Fall vor dem Blue-Casino und der verschlagenen Art und Weise davon, wie der CEO die Dinge leitet. Die Machthaber bei Blue haben den Mitarbeitern in der Vergangenheit Schaden zugefügt, und ich bin der festen Überzeugung, dass sie es immer noch tun, obwohl ich keine konkreten Beweise dafür habe.

Ich spüre, wie Adam sich nähert, und meine Haut erhitzt sich unter der taillierten Bluse, die ich trage.

»Wie sollen wir feiern?« Seine tiefe, grollende Stimme ist nahe an meinem Ohr und zwingt mich, zur Seite zu treten. Er ist mir zu nah. Der Duft von feinem Stoff und leichtem Aftershave erfüllt meine Sinne, und das stört mich. Ich hasse es, dass ich mich körperlich zu einem solchen Mistkerl hingezogen fühle. »Sie dürfen mir sogar einen Drink und ein paar Hot Wings ausgeben.«

Ich schüttle den Kopf und werfe seitwärts einen Blick auf sein gemeißelt anmutendes Jungenprofil. An dieser Aussage ist so vieles falsch, dass ich nicht weiß, wo ich anfangen soll. Ich beginne mit dem Offensichtlichsten. »Hot Wings?«

Seine blauen Augen fesseln meine, und mein Mund verkrampft sich als Gegenstück zu dem, was in meinem

Bauch vor sich geht. Wenn er mich ansieht – *wirklich ansieht* – vergesse ich, wer ich bin. »Die mag ich am liebsten«, sagt er unschuldig.

Adam ist kein Mann, den man allzu lange anstarren kann, ohne einen Eisprung zu haben, aber die Belustigung hinter seinen Augen löscht meinen Hormondunst. Wenn er sich durch ein Gespräch scherzt oder pöbelt, werde ich an den Mann erinnert, der er wirklich ist. Er ist ein arroganter Arsch, der es sich nicht zweimal überlegen würde, jemanden vor die Hunde zu werfen, nur um selbst voranzukommen. Ich weiß, wovon ich spreche.

»Ich habe Sie nicht für den Hot Wings-Typ gehalten«, sage ich.

Hot Wings-Typen sind Mannesmänner, die Fußball an Sonntagen mögen und Mädchen in Bikinis, keine in Armani gekleideten Senkrechtstarter mit Verbindungen zu den reichsten Leuten der Stadt.

Ich sehe ihn aus dem Augenwinkel an. Sein immerwährendes Grinsen ist gefallen, der Blick, der es ersetzt hat, wirkt entwaffnet – so etwas habe ich bei ihm noch nie gesehen. Für einen Moment rasen meine Gedanken. Habe ich seine Gefühle verletzt?

Und warum sollte mich das stören? Ich bin ihm nichts schuldig.

Er blickt verführerisch herüber, und ich möchte mich dafür ohrfeigen, geglaubt zu haben, dass ich einen Nerv getroffen habe. »Ziehen Sie keine voreiligen Schlüsse, Hayden. Das tun Sie doch, oder?« Sein Blick schweift zu den Lehrbüchern, Wirtschaftszeitschriften und unzähligen anderen Wälzern auf den Bücherregalen, die zwei Drittel der Wandfläche in meinem Büro einnehmen.

Die Bücher und sogar mein rotes abstraktes Gemälde mit der Silhouette einer Frau, die ihren Oberkörper umklammert, kollidieren grell mit dem Blue-Dekor. Ich habe das Gemälde in der Woche gekauft, in der ich mein Masterstudium abgeschlossen habe. Alles, womit ich mein Büro verschönert habe, erinnert mich an meine Ausbildung und daran, wie weit ich gekommen bin. Nur, weil ich mich auf Bücher verlassen habe, um dorthin zu gelangen, wo ich jetzt bin, bedeutet das nicht, dass ich die Menschen nicht so sehen kann, wie sie sind.

Adam ist genau der, für den ich ihn halte – ein arroganter, gutaussehender Typ mit Geld. Sehr gutaussehend, um genau zu sein, in seinem braungrauen Anzug, der sich über breite Schultern spannt. Für die schönen Dinge des Lebens empfänglich zu sein, ist mein einziger großer Makel. Die Louboutins an meinen Füßen, diese schöne Umgebung, die ich meine Heimat nenne – und sogar Adam.

Genau wie in der High School, als ich schon einmal einem hübschen Gesicht vertraut habe, rutsche ich ohne Seil einen Brunnen hinunter und zerkratze mir meine Designerschuhe und das Rückgrat, das ich mir erarbeitet habe. Ich habe gedacht, das Blue-Casino sei der Neuanfang, den ich mir selbst aufgebaut habe. Dessen bin ich mir nicht mehr so sicher. Aber ich irre mich nicht, was Adam betrifft.

»Ich bin heute Abend beschäftigt.« Adam macht mich verrückt, aber meine unerwünschte Anziehung zu ihm ist nicht seine Schuld. Er wurde wunderschön geboren; jede Frau ist für seine Gegenwart empfänglich. Es ist nicht fair, diese Frustration an ihm auszulassen. »Aber herzlichen Glückwunsch. Zur Beförderung. Eine beachtliche Nummer. Blackwell hat Sie von Anfang an gemocht. Als Nächstes wird er Sie für seine Blue Stars vorbereiten.«

Ich achte auf Anzeichen von Nervosität, aber Adams kantiger Kiefer zuckt nicht. Nichts zeigt sich, außer dem leichten Lächeln, das den Anflug der Verwundbarkeit ersetzt, von der ich dachte, ich hätte sie in seinem Blick erkannt.

Ich habe wohl richtig geraten. Er erwartet, einer der Blue Stars zu werden, sonst hätte er etwas Gegenteiliges gesagt, als ich angedeutet habe, dass unser CEO ihn zu einem von ihnen machen will.

Die Blue Stars sind eine Gruppe von Männern, die mit saphirbesetzten Siegelringen durch das Blue Casino stolzieren, die sie für herausragende Leistungen erhalten haben, oder, – Gerüchten zufolge – weil sie komplette Arschlöcher sind und eine Prostitutions- und Drogenorganisation im Casino betreiben.

Jemand muss sich für die Opfer hier einsetzen. Soweit ich das beurteilen kann, tut das niemand. Ich werde herausfinden, was hier vor sich geht, trotz der Entschlossenheit des CEOs, mich von allem Wichtigen fernzuhalten. Und ich werde der Polizei alle Informationen übergeben. Diesen Laden umzukrempeln und Blue zu dem Traumjob zu machen, den ich mir erhofft habe, ist mein einziges Ziel.

Ich drehe mich zu meinem Schreibtisch um, um wieder an die Arbeit zu gehen, aber Adams große Hand legt sich um meinen Oberarm und schickt ein Schaudern durch mich hindurch. Mein Blick gleitet über seine breite Brust, an seinem schönen Mund und seiner geraden Nase vorbei und hinauf zu seinen Augen, die mir gemischte Botschaften senden.

Sein Blick stockt, und seine Finger lösen ihren leichten Griff. »Ich habe es vielleicht nicht verdient, Hayden, aber ich bin qualifiziert.«

Da ist er wieder, dieser Funke der Verletzlichkeit – diesmal höre ich ihn in seiner Stimme. Und dann ist er wieder verschwunden.

Er dreht sich um und stolziert zur Tür. »Komm Sie

doch nach der Arbeit zu uns ins Farleys. Die Hot Wings gehen auf mich.«

Ich beobachte ihn, als er geht, denn ich kann nicht umhin, ihn zu mustern. Vor allem, wenn er mich dabei nicht sehen kann. »Verlassen Sie sich nicht darauf.«

Warum frage ich mich nach all den Monaten, ob ich Adam falsch eingeschätzt habe? Ich brauche keine Zweifel, die meine Entscheidungen beeinflussen. Nicht, wenn es das Richtige ist, das Casino auffliegen zu lassen. Blackwell und die Männer, die ihm folgen, haben sich einer ganzen Reihe von Verbrechen schuldig gemacht – ich muss nur handfeste Beweise finden; Gerüchte reichen nicht aus. Aber Adam? Ich will Adams Schuld nicht infrage stellen. Hier geht es um Gerechtigkeit. Für die Frauen, die im Blue-Casino arbeiten und Gott weiß, wen der CEO und seine Blue Stars sonst noch manipuliert und über die Jahre verletzt haben.

Und wenn Adam Cade involviert ist… werde ich ihn auch zur Strecke bringen.

Adam

»MR. CADE, lassen Sie mich das machen.« James, der Parkplatzwächter, hält mir die Fahrertür auf, während ich aus meinem Jaguar XKR steige – ein Geschenk meines Vaters zu meinem Master-Abschluss vor ein paar Jahren.

Ich werfe James die Schlüssel zu und betrete den Club Tahoe durch die Hintertür, schreite über dunkle Hartholz-böden und Plüschteppiche, vorbei an einer Vase mit roten Blumen auf einem polierten Steintisch. Selbst in den Geschäftsbüros ist der Club Tahoe ästhetisch.

Esther, die fünfundsechzig Jahre alte Sekretärin meines

Vaters, bemerkt meine Ankunft von ihrem Schreibtisch in der Nähe seines Büros aus und grinst. Sie trägt eine hellgraues Kostüm, die Rüsche einer violetten Bluse spitzelt über die Aufschläge der Jacke. Die Kombination betont ihr silbernes Haar und präsentiert eine kultivierte, ältere Frau. Esther gehört im Club Tahoe ebenso zum Inventar wie der drei Meter hohe Kronleuchter aus Glas und Schmiedeeisen über dem Eingang.

»Adam.« Sie steht auf und umarmt mich herzlich.

Nur wenige wissen, dass Esther nicht nur adrett und elegant ist, sondern auch wie eine zweite Mutter für meine Brüder und mich. Oder eine erste Mutter, wenn man bedenkt, dass unsere eigene Mutter starb, als ich noch ein Kind war und mein jüngster Bruder ein Kleinkind.

Meine Mutter entschied sich dafür, Hunter zur Welt zu bringen, anstatt gegen den Brustkrebs zu kämpfen, den die Ärzte im zweiten Trimester bei ihr entdeckt hatten. Ich frage mich manchmal, ob sie die Entscheidung getroffen hätte, die Behandlung bis nach seiner Geburt aufzuschieben, wenn sie gewusst hätte, wie Hunter sich entwickeln würde. Hunter ist einer meiner Lieblingsbrüder, aber er ist auch ein reueloser Hedonist.

»Wie ist der alte Herr heute drauf?«

Esther kehrt an den Schreibtisch zurück, und ich bin sicher, dass sich dort immer noch der Erste-Hilfe-Kasten befindet, mit dem sie meine Brüder und mich immer zusammenflickte, als wir Kinder waren. Wir gingen zu Esther, um Trost zu suchen, denn unser Kindermädchen war ein absolutes Miststück. »Gelassen. Seine Masseurin hat ihm vor einer Stunde einen Besuch abgestattet. Es war gutes Timing nach seinem Investorentreffen.«

Es spielt keine Rolle, wie gut der Club Tahoe funktioniert, wie viel er einbringt, oder dass er weltberühmt ist. Unser Vater ist nie zufrieden, und seine Investoren sind gleichermaßen gierig. Sie wollen mehr. Mehr Publicity. Mehr wohlhabende Stammkunden, obwohl der Preis für ein Standardzimmer die Kosten für ein Überlandflugticket übersteigt. Was auch immer mein Vater besitzt, es ist nie genug. Deshalb haben meine Brüder und ich schon lange aufgehört, ihn beeindrucken zu wollen. Schul- und Sportauszeichnungen haben nichts bedeutet. Nicht im Vergleich zu dem Resort, das unser Vater geschaffen hat.

Als unsere Mutter starb, nahm sie Ethan Cades emotionale Verfügbarkeit mit sich. Er sorgte zwar dafür, dass wir versorgt wurden, aber er bezahlte Leute, die sich um diese Details kümmerten. Er versorgte uns finanziell, aber auch das hatte seinen Preis. Ich bin der einzige Cade, der noch bereit ist, diesen Preis zu zahlen.

Ich habe Ansprüche, und mir gefällt der Lebensstil, den das Geld der Familie ermöglicht. Also spiele ich das Spiel unseres Vaters und lebe im Luxus, während meine vier Brüder sich in ihrer eigenen Welt abmühen.

Ich beneide sie zutiefst.

Nachdem ich zweimal gegen die rustikale Mahagoni-Doppeltür geklopft habe, warte ich auf die Stimme meines Vaters. Sein tiefer Bariton fordert mich auf, einzutreten, und das tue ich mit der vollen Cade-Selbstsicherheit, die mir in die Wiege gelegt wurde. Wenn es eines gibt, was ich als Ethan Cades Sohn gelernt habe, dann ist es, niemals schwach zu erscheinen und niemals an mir selbst zu zweifeln.

Ich schreite in den Raum und setze mich dem Patriarchen gegenüber, der mich gespannt studiert und nach einem Riss in meiner Fassade sucht. Er wird ihn nicht finden, denn er hat mich gut gelehrt.

»Adam, was führt dich heute hierher?« Er wirft einen Füllfederhalter auf den Schreibtisch. Sein Blick wirkt zerstreut. »Ich gehe davon aus, dass im Blue-Casino alles gut läuft?«

»Besser als gut.« Ich versuche, meine Genugtuung zurückzuhalten. Was ich zu sagen habe, wird ihn nicht beeindrucken. Ich bin mir nicht sicher, warum ich überhaupt hierhergefahren bin, um es ihm mitzuteilen. Ein Anruf hätte auch genügt. Die Tatsache, dass ich es getan habe, beweist, dass ich ihm immer noch gefallen will, was wahrscheinlich den gegenteiligen Effekt haben wird. Aber ich wollte seinen Gesichtsausdruck sehen, um zu erkennen, ob ich einmal etwas getan habe, auf das er stolz ist, auch wenn er es nie aussprechen würde.

Ich ziehe an meiner Hose, kreuze meinen Knöchel auf mein Knie und versuche, die Dinge locker zu halten. »Ich bin zum Manager befördert worden. Mit sofortiger Wirkung.«

Der steinerne Ausdruck meines Vaters verändert sich nicht. Als er nicht antwortet, stelle ich meine Beine wieder gerade hin − und wünschte, ich hätte es nicht getan. Ich wünschte, ich wäre verdammt noch mal ruhig geblieben.

»Das ist eine Überraschung.«

Ich täusche Lässigkeit vor. »Nicht wirklich. Ich war Jahrgangsbester an der Cornell-Universität, falls du dich erinnerst.« Was er wahrscheinlich *nicht* tut. »Der CEO war von Anfang an großzügig.« Eine Tatsache, die sogar Hayden bemerkt hat, und es schien sie zu stören. Sie ist nicht von der kleinlichen Sorte, also bin ich mir nicht sicher, warum das so ist. »Ich war überqualifiziert für die Position, von der du *wolltest*, dass ich sie annehme«, erinnere ich ihn. »Die Beförderung war also zu erwarten.«

Mein Vater senkt seinen Blick. Er stößt einen schweren Seufzer aus, dreht seinen Ledersessel zum Fenster und betrachtet den Infinity-Pool und die Landschaft, die mit Pinienbäumen gesäumt ist, damit sie natürlich wirkt. Das tiefe Blau des Sees und sein sandiges Ufer liegen gleich hinter dem Pool. »Du warst immer loyal. Mir war nie klar, dass dich das zurückgehalten haben könnte.«

Für einen Moment verschlägt es mir die Sprache.

Mein Vater macht keine Rückzieher, und ganz sicher gibt er nicht zu, unrecht zu haben. Seine ganze Welt dreht sich um den Club Tahoe. Ich würde mein Leben darauf verwetten, dass er das auch für meine Welt will. Das hat er auch gesagt, als er darauf bestanden hat, dass ich im Blue-Casino arbeite, um meine Erfahrungen auszubauen, bevor ich wieder Vollzeit in den Club Tahoe zurückkehre.

Ist das eine Art Trick? Stellt er meine Loyalität auf die Probe? »Ich habe meine Arbeit im Club immer genossen.«

Er wendet seinen Blick nicht von der Aussicht ab. »Ja. Deine Brüder haben das nie.«

Hörte ich da Sehnsucht in seiner Stimme? *Was soll das?*

Es ist nicht so, als würde mein Vater meine Brüder hassen, aber mit einigen von ihnen hat er seit Jahren nicht gesprochen. Sie taten nie, was er wollte, und ihre Anwesenheit ließ seinen Blutdruck steigen und sein Gesicht zu einem gesprenkelten, wutentbrannten Rot anlaufen.

Ich strecke meinen Nacken und sehe mich um, in der Erwartung, dass jemand gleich herausspringt und »Reingelegt!« schreit.

Als ich mich umdrehe, sehen die Augen meines Vaters verloren aus. Ich habe den seltsamsten Drang, ihn zu trösten, was in meinem ganzen Leben noch nie vorgekommen ist. Ethan Cade ist nicht weich. Er braucht keinen Trost. Er ist ein unglaublich selbstbeherrschter Mann. Was ist in ihn gefahren?

»Meine Brüder wollten nicht, dass du ihnen die Firma aufzwingst«, erinnere ich ihn.

Okay, da haben wir es. Das klingt eher nach unseren typischen Gesprächen.

Er sieht mir direkt ins Gesicht. »Das war mein Fehler. Ich hätte nie so hart durchgreifen dürfen. Ich hätte dir und deinen Brüdern mehr Freiheit geben und euch andere Karrierepfade einschlagen lassen sollen.«

Heilige Scheiße. Wer ist dieser Mann? Zu hören, dass mein Vater auch nur andeutet, für andere Karrieren als den Club Tahoe offen zu sein, klingt befremdlich. Und warum sagt er das ausgerechnet jetzt? »Dad: Levi, Wes, Bran und sogar Hunt – sie haben sich ein Leben aufgebaut, unabhängig von der Vergangenheit. Du brauchst dir keine… Sorgen zu machen.«

Er nickt angespannt. »Glaubst du, sie werden mich besuchen?«

Ich gluckse trocken. »Seit wann willst du, dass wir dich besuchen? Hier arbeiten, sicher, aber…«

Er sieht sich das Familienfoto von uns sechs an, das ein Jahr nach dem Tod meiner Mutter aufgenommen worden war. Auf dem Bild steht mein Vater hinter uns, in der Nähe der Eingangstore des Club Tahoe. Meine Brüder und ich tragen identische blaue Polohemden und Hosen, die wir nicht einmal mit den Fingern berühren, geschweige denn schmutzig machen durften. Auf dem Bild ist jedoch nicht zu erkennen, dass meine Brüder und ich über eine Stunde lang auf unseren Vater gewartet hatten. Er war zu sehr mit der Arbeit beschäftigt gewesen, um pünktlich zu dem Fotoshooting zu kommen. Und das machte uns vier Jungs und ein achtzehn Monate altes Kleinkind damals ziemlich unruhig und verwirrt.

»Ich war nicht für euch da«, sagt er und schockiert mich weiter. »Der Club Tahoe hätte nicht meine Priorität sein sollen. Ich habe vor, das zu ändern.«

Irgendetwas stimmt hier nicht, oder das ist eine Falle. Er hat seinen verdammten Verstand verloren. Ich bin siebenundzwanzig; meine Brüder sind zwischen zweiundzwanzig und neunundzwanzig Jahre alt. Wir sind erwachsen. Selbst wenn das kein Witz wäre, wäre es ein bisschen zu spät. »Hör zu, Dad. Ich weiß nicht, wo das herkommt oder was du vorhast, aber dränge die anderen nicht. Sie sind glücklich.«

Bei der Intensität des Blickes, den mein Vater mir zuwirft, zucke ich fast zusammen. »Sind sie das?«

»Glücklich?«, frage ich, um sicherzugehen, dass ich ihn richtig verstehe. Denn dieses ganze Gespräch ist surreal.

Er nickt.

Ich würde gern sagen: »Ja, natürlich sind sie glücklich.«, aber die Wahrheit ist, dass ich es nicht weiß. Manchmal habe ich den Verdacht, dass meine Brüder genauso verloren sind wie ich.

Ich setze mich aufrecht hin. »Sie sind erwachsene Männer. Sie treffen ihre eigenen Entscheidungen.«

Er studiert mich einen langen Moment lang, bevor sein Blick abschweift. »Herzlichen Glückwunsch. Zur Beförderung. Gefällt es dir dort?« Bei der letzten Frage sieht er mich an, als ob meine Antwort wichtig sei, wo mein Glück ihm doch nie wichtig war. In meinem ganzen Leben hat mein Vater nie gefragt, was ich will.

»Mir macht die Arbeit Spaß.« Es ist besser, zuzustimmen und dieses unangenehme Gespräch hinter mich zu bringen, aber sobald die Worte meinen Mund verlassen, wird mir klar, dass sie wahr sind. Die Arbeit bei Blue hat sich von Anfang an richtig angefühlt. Oder zumindest von dem Moment an, als ich Hayden Tate erspäht habe.

Hayden ist… anders. Sie zieht den Kopf nicht ein. Aus irgendeinem seltsamen Grund gefällt mir das. Sie ist eine Erfrischung in dem sonst so langweiligen Lebensstil. Oder vielleicht ist es die Art und Weise, wie ihre kurvenreichen Hüften hin und her schwingen, nachdem ich sie verärgert habe und sie von mir wegstürmt − ich habe mich noch nicht entschieden. So oder so hat sie das Blue erträglich gemacht und jetzt bin ich befördert worden. Von jetzt an kann es nur besser werden.

Von dem, was ich gehört habe, werden die Management-Boni in Verbindung mit dem höheren Einkommen, das ich erhalten werde, es mir angenehm machen. Ich werde das Geld meines Vaters nicht brauchen, um meinen Lebensstil aufrechtzuerhalten. Und ich würde alles geben, um meinen Brüdern zu beweisen, dass ich es auch allein schaffen kann.

Ich habe den Respekt meiner Brüder verloren, als ich angefangen habe, die Zahlungen aus dem Treuhandfonds zu kassieren, mit denen unser Vater uns lockte, als sie gingen, um ihr eigenes Leben zu leben. Meine Brüder stehen hinter mir, aber sie haben nie verstanden, warum ich mir den Mist unseres Vaters gefallen lasse.

Ich dachte, mein Vater hätte mir den Job im Blue Casino befohlen, damit ich zwar immer noch sein Lakaie war, aber mehr Erfahrung sammeln konnte. Einerseits glaube ich das immer noch. Aber wenn seine Worte wahr sind und er offen ist dafür, dass ich anderswo arbeite, dann würde ich nie wieder im Club Tahoe arbeiten. Ich möchte unabhängig werden, so wie es meine Brüder geworden sind. Was bedeutet, dass ich die Chance nicht verpassen darf, die das Blue mir bietet.

Ich stehe auf, lange über den Schreibtisch und schüttle die Hand meines Vaters mit festem Griff, so wie er es mir beigebracht hat, als ich vier Jahre alt war. »Ich muss los. Ich treffe mich mit Freunden, um zu feiern.«

»Lass von dir hören, Adam.« Er drückt meine Handfläche, der Blick in seinen Augen ist aufrichtig.

»Ja«, stottere ich. »Natürlich.« Aber ich habe keine Ahnung, wovon er redet. Meine Brüder und ich sind alle

Fremde für ihn. Zufällig bin ich ihm näher als der Rest von ihnen.

Ich verlasse sein Büro, bleibe im Empfangsbereich stehen und starre blind auf die gegenüberliegende Wand. Was auch immer mit ihm los ist, es kann nicht wichtig sein, sonst hätte ich in den Lokalnachrichten davon gehört. Er wird im Nu wieder zu seinem überheblichen, störrischen Selbst zurückkehren.

»Alles in Ordnung?« Esther sitzt an ihrem Schreibtisch, die Augenbrauen besorgt zusammengekniffen.

»Es geht mir gut.« Grinsend ziehe ich ein Karamellbonbon aus der Tasche und lege es ihr vor die Nase. Meine Brüder und ich haben Esther immer ihre Lieblingsbonbons dagelassen, wenn wir sie besucht haben. Jetzt bin ich der Einzige, der einen Fuß an diesen Ort setzt.

Ich gehe auf den Ausgang zu, als Esthers sanfte Stimme zu mir durchdringt. »Er ist stolz auf dich, weißt du.«

Mein Rücken versteift sich und ich erstarre, ein Kribbeln des Unbehagens streicht über meinen Nacken. Irgendwas stimmt hier nicht. Ich bin es nicht gewohnt, mit meinem Vater ein vertrauliches Gespräch zu führen. Oder mit Esther, so gut sie auch über die Jahre zu mir gewesen ist.

Ich dachte, ich wollte, dass mein Vater stolz auf mich ist. Jetzt, wo das der Fall ist, bin ich von seinem Verhalten zu verstört, um etwas anderes als Verwirrung zu empfinden.

Mit einem vorgetäuscht selbstbewussten Lächeln über meine Schulter verlasse ich den Club Tahoe.

Kapitel Zwei

Hayden

Die Empfangsdame teilt Blackwell mit, dass ich hier bin, und erteilt mir mündlich die Erlaubnis, einzutreten. Mein Chef ist ein rundum unheimlicher Mann, der mich nie gemocht hat.

Ich zögere an der Tür, bete, dass er gut gelaunt ist und trete dann ein. »Haben Sie einen Moment Zeit?«

Er blickt nicht von seinem Computer auf. »Machen Sie schnell. Ich erwarte einen Anruf.«

Ich schließe die Tür hinter mir und setze mein bestes Pokerface auf. »Ich wollte mit Ihnen über die Stelle des Hotelmanagers sprechen.«

»Die Stelle wurde besetzt«, sagt er und klickt sich durch ein Dokument auf dem Bildschirm.

»Ja… Deshalb bin ich hier. Sie hatten mich gebeten, jemanden einzustellen.«

Blackwell sieht herüber, seine braunen Augen wirken hinter der Drahtgestell-Brille, die er trägt, noch kleiner. »Und? Haben Sie ein Problem mit der Person, die ich ausgewählt habe?« Seine schroffe Stimme lässt vermuten, dass ich besser kein Problem damit haben sollte. »Mary!«, ruft er. Seine Empfangsdame schlängelt sich herein, und er reicht ihr eine Akte. »Übermitteln Sie das. Sie wissen, wohin. Aber bitte sofort.«

Verdammt. Furchteinflößender. Chef.

»Nein, natürlich gibt es kein Problem«, sage ich, sobald seine Empfangsdame gegangen ist.

»Ich dachte nur, dass Sie sich mit mir über die Kandidaten, die ich interviewt habe, beraten wollen, bevor Sie eine Entscheidung treffen und sie dem gesamten Unternehmen mitteilen.«

»Ahh.« Er dreht sich, sodass er mir voll und ganz gegenübersitzt. Ich habe den Drang, einen Schritt nach hinten zu machen, aber ich tue es nicht. »Ist das das Problem? Dass ich Sie nicht nach Ihrer Meinung gefragt habe, Hayden?«

Er hat mich nicht aufgefordert, mich zu setzen, also stehe ich neben der Tür – in meinen Designer Stöckelschuhen, die mir ein selbstbewusstes Gefühl geben. Ich habe sie mir durch harte Arbeit verdient, so wie ich mir die Abschlüsse verdient habe, die mir einen Job in einem Luxuscasino wie dem Blue verschafft haben. »Ich mache mir Sorgen darüber, wie das Team meine Position wahrnimmt«, sage ich. »Ich mache mir Sorgen, dass Ihre Missachtung meiner Arbeit für die Besetzung der Führungsposition den Managern, die ohnehin ein falsches Bild von meiner Position hier haben, mehr Munition gibt.«

»Und welches Bild wäre das?« Sein Lächeln ist bedrohlich süß.

Ich mache unbeabsichtigt einen Schritt zurück. »Dass ich ein Aushängeschild für die Personalabteilung bin.«

Oh, nein. Habe ich das laut gesagt?

»Und ich dachte schon, wir würden uns nicht verstehen.« Die Empfangsdame meldet sich über die Sprechanlage und sagt ihm, er habe einen Anruf. Er nimmt den Hörer auf seinem Schreibtisch ab. »Wenn Sie mich jetzt entschuldigen würden?« Er drückt auf das rote Licht, das gerade blinkt. »Ed, danke, dass Sie gewartet haben.« Er dreht sich auf seinem Stuhl um, und blendet mich praktisch aus.

Blackwell *will*, dass die Leute glauben, ich sei eine Galionsfigur? Das habe ich vermutet, aber ich dachte trotzdem, er hatte mich ausgewählt, weil ich fähig bin. Welchen Sinn hat es dann, dass ich hier bin?

Richtig, zu PR-Zwecken. Wenn das Blue mich loswird und jemand anderen einstellt, würde das kein gutes Bild machen. Blackwell ist es völlig egal, ob ich meinen Job mache, solange ich ihm aus dem Weg bleibe.

Ich greife nach der Tür, und er ruft meinen Namen. Ich drehe mich langsam mit unbeirrtem Blick um. »Adam wird mehrere Mitarbeiter für ein neues Projekt einstellen.« Seine Hand liegt über dem Hörer des Telefons, sodass sein Gesprächspartner nichts hören kann. »Gehen Sie ihm aus dem Weg und stellen Sie nicht infrage, wen er einstellt. Wenn Sie das doch tun, werden Ihnen die Konsequenzen nicht gefallen. Haben Sie das verstanden?«

Oh, mein Gott! Worauf habe ich mich eingelassen, als ich diesen Job angenommen habe? Ich wusste, dass die Dinge schlecht stehen, sobald ich die Vergangenheit des Blue in Sachen Belästigungen herausgefunden hatte, aber es wird immer schlimmer.

»Ja.« Ich verlasse sein Büro, bevor ich mich an Ort und Stelle übergeben muss, und stoße auf meiner Flucht fast mit Eve zusammen. Eve ist eine von zwei Frauen, die ich der Arschkriecherei bei Blackwell verdächtige. Sie tut es so oft, dass sie seinen Dickdarm ohne Vorlage aufzeichnen könnte.

»Verzeihung, Hayden.« Sie verlagert die Akten in ihren Armen und zieht ihre Strickbluse zurecht. Blackwell sieht mit dem Telefon am Ohr zu der offenen Tür herüber. Er winkt Eve herein, woraufhin sie aufgesetzt grinst und ihre Lippen dabei kaum bewegt, als sie sich an mir vorbeischiebt.

Ich gehe angewidert und so verdammt wütend auf mich selbst den Flur entlang, weil ich mich nicht umgehört habe, bevor ich mich auf die Position im Blue gestürzt habe. Im Gegensatz zu Adam war *ich* unterqualifiziert. Oder nach Ansicht des Personalleiters zumindest nur gerade so qualifiziert. Ich hatte die Abschlüsse, aber nicht die langjährige Erfahrung. Die Bewerberliste für meine Stelle musste lang gewesen sein. Ich dachte, sie hätten etwas Besonderes in mir gesehen…

Das einzige, was sie sahen, war ein leichtes Ziel.

Adam

Ich betrete das Farleys und sehe zwei Typen, mit denen ich zusammenarbeite. Ich würde Paul und William nicht als *Freunde* bezeichnen, aber sie sind gute Arbeitskollegen. Wir unterhalten uns manchmal im Pausenraum, und sie haben dafür gesorgt, dass ich die wenigen Male, die ich den Nachtclub von Blue betrete, kostenlos hineinkomme.

Paul und William bewegen sich wie Prominente im Blue-Casino, und ich kann nicht sagen, dass es mir etwas ausmacht. Als Cade bin ich in Lake Tahoe an Ehrerbietung gewöhnt.

»Herzlichen Glückwunsch, Mann.« Paul greift meine Hand mit einem festen Händedruck, seine braunen Augen funkeln. Ich beobachte, wie er dem Barkeeper ein Zeichen gibt und auf den Gran Patrón Platinum zeigt. Das Farleys ist ein Loch, aber sie haben das gute Zeug für Führungskräfte, die nach der Arbeit vorbeikommen und Dampf ablassen wollen.

Der Barkeeper platziert drei Shots vor uns, und Paul hält seinen hoch. »Auf das neue Abenteuer.«

Ich nehme ein Glas, drehe mein Handgelenk und kippe mir die klare Flüssigkeit hinunter. Der Spitzentequila ist so weich und geschmeidig, wie er nur sein kann.

Ich schiebe dem Barkeeper das leere Glas zu, und er räumt es sofort ab, um es durch eine Flasche Corona zu ersetzen. Fast so, als hätten Paul oder William sie vorher angefordert. Farleys ist gut, aber *so* gut ist es nicht.

Ich hebe die Augenbraue und sehe die Jungs an. »Ich weiß, dass wir feiern, aber worum geht es bei diesem Treffen sonst noch? Hat es etwas mit dem Projekt zu tun, an dem ihr arbeitet, das ihr aber nicht besprechen wollt? Blackwell ist heute Nachmittag nicht auf Einzelheiten eingegangen, aber er hat erwähnt, dass die Hotelabteilung nach außen hin übernehmen wird, und ihr beide sollt im Hintergrund alles leiten. Was eine seltsame Art ist, es auszudrücken, aber hey – Blackwells Worte, nicht meine.«

Paul und William haben über dieses neue Projekt geschwiegen, und ich bin verdammt gespannt, was es mit der ganzen Geheimniskrämerei auf sich hat.

Paul nimmt einen Schluck von seinem Bier, den Kopf tief gesenkt, als wolle er seinen Gesichtsausdruck verbergen. Er kratzt sich seitlich an seinem braunen Haar. »Zu gegebener Zeit. Keine Sorge, du wirst früh genug Bescheid wissen.«

Ich schlucke mein Bier hinunter. Das ist lächerlich. Ich habe meinen Mund gehalten und keine Fragen gestellt, als ich nichts anderes war als der bescheidene Assistent des

Hotelmanagerin, aber jetzt leite ich die Abteilung. Es ist an der Zeit, dass mich jemand aufklärt.

Ich antworte nicht und starre sie an wie ein echter Cade.

William räuspert sich und wirft Paul einen verschwörerischen Blick zu. »Blackwell hat uns gesagt, dass du neue Leute einstellst. Geh nur auf Nummer sicher, dass du die *richtigen* Leute einstellst. Die besten, die du finden kannst. Und achte darauf, dass sie diskret sind. Wenn du etwas gegen sie in der Hand hast, umso besser.«

»Redest du von Erpressung?«

Williams schwarze geflügelte Augenbrauen deuten nach oben. Er hält die Hände hoch, ein idiotisches Grinsen im Gesicht. »Das hast du gesagt, nicht ich.«

Ich stelle mein Bier ab. Ich verstehe den Wettbewerbscharakter des Tourismus und insbesondere der Casinos. Davon war ich mein ganzes Leben lang umgeben, aber Paul und William haben jetzt meine volle Aufmerksamkeit. »Was noch?«

William sieht Paul an, der sein spitzes Kinn einzieht und ein breites Grinsen verbirgt. »Heiße Bräute«, sagen sie zur gleichen Zeit. »Mit niedriger Moral«, fügt Paul hinzu.

Ich stecke meine Hand in die Tasche, mein Äußeres ist kühl, aber innerlich frage ich mich, was zum Teufel es mit diesem Projekt auf sich hat. Es kann nicht illegal sein. Es ist noch gar nicht so lange her, dass das Blue-Casino für etwas in die Nachrichten kam, was ein leitender Angestellter getan hatte. Wie ich hörte, kostete es das Casino ein kleines Vermögen an PR-Arbeit, um dieses Feuer wieder zu löschen. Blackwell würde nichts riskieren.

Paul beugt sich vor und legt mir eine Hand auf die Schulter. »Finde die heißesten Mädels mit der niedrigsten Moral, die nichts ausplaudern.«

Ich lehne mich zurück und kneife meine Augen zusammen. Um ehrlich zu sein, habe ich Mädchen mit begrenzten Moralvorstellungen nie gemocht. Das geht oft mit einem niedrigen Selbstwertgefühl einher, und das ist ein Abtörner. »Wenn dieses Projekt eine neue Einnahmequelle ist, warum nicht ein paar Mitarbeiter von der Spitze holen? Schnapp dir die besten Leute und befördere sie nach oben.«

»Nein, Mann.« William schüttelt den Kopf. »Es kann niemand von innen sein. Wir haben das schon einmal versucht und es ist nach hinten losgegangen. Es müssen neue Bewerber sein, die etwas von Diskretion verstehen.«

Für wen halten die sich? Für die CIA? »Es wäre hilfreich, wenn ich das Projekt verstehen würde.«

»Im Grunde genommen ist es genau dein Ding. Gastfreundschaft«, sagt William. »Wir sind *sehr* gastfreundlich zu unseren Stammgästen. Die neuen Mitarbeiter werden unseren Gästen alles bieten, was sie sich in einem Luxusresort wünschen können, während der Schwerpunkt auf Risikobereitschaft und Vergnügen liegt – und das ist genau der Grund, weshalb sie ins Casino kommen.«

Paul klopft mit seinem Siegelring mit dem blauem Saphir an die Seite seiner Bierflasche. »Sieh es so: Du kannst damit beginnen, eine Assistentin einzustellen. Sie muss heiß sein und keinesfalls prüde. Such in den Strip-Clubs nach ihr. Diese Tussis würden alles für einen Job bei Blue tun. Erhöhe die Bezahlung und stelle sicher, dass sie die Vertraulichkeitserklärung unterschreibt, die wir dir morgen schicken werden. Blackwell hat Kontakte zu Leibwächtern. Typen, die er durch seine Verbindungen vor seiner Zeit im Casino kennt. Sie werden dafür sorgen, dass alles reibungslos abläuft.«

Plötzlich kommen mir meine schnelle Beförderung und die Jungs, die darauf bestanden haben, dass wir zu Farleys gehen, verdächtig vor. »Sagt mir eines.« Ich schnappe mir mein Bier und nehme einen großzügigen Schluck. »Arbeiten wir gerade?«

»Arbeit und Vergnügen.« Die Seiten von Pauls schmalem Kinn formen sich zu einem Grinsen. »Sie gehen Hand in Hand. Wenn du es richtig angehst – die richtigen Leute findest, uns hilfst, die Suiten mit wohlhabenden, vergnügungssüchtigen Gästen zu füllen –, wirst du im Handumdrehen Boni in siebenstelliger Höhe erhalten.«

Das wird reichen. Ich studiere ihre beiden Gesichter, um sicherzugehen, dass ich richtig gehört habe.

Siebenstellige Summen, zusammen mit meinem regulären Gehalt, und ich werde ohne Hilfe aus der Cade-Kasse durchkommen. Ich könnte mich von dem gesamten Unternehmen distanzieren, und meine Brüder könnten absolut nichts mehr darüber sagen, dass ich Daddy auf der Tasche sitze. Ich würde ihn nicht brauchen. Trotzdem werde ich den Kontakt zu meinem Vater nicht abbrechen, wie es meine Brüder getan haben. Ich war immer in der Lage, seinen Quatsch abzuschotten, und deshalb haben wir so etwas wie eine Beziehung, auch wenn sie sich hauptsächlich ums Geschäft dreht. Aber mit diesem neuen Projekt bin ich finanziell nicht mehr von meinem Vater abhängig.

Ich bestelle eine weitere Runde Shots. Diese Sache hat also zwielichtige Komponenten – Stripperinnen, um nur eine zu nennen. So schlimm kann es nicht sein, sonst würden sie nicht damit durchkommen. Und ich bin kein Heiliger. Normalerweise lasse ich mich nicht auf moralisch fragliche Spielchen ein, aber ich habe nie gesagt, dass ich so etwas noch nie getan habe. Wer bin ich also, um darüber zu urteilen? »Sagt mir einfach, wie viele Mitarbeiterinnen wir wann brauchen, und ich kümmere mich darum.«

»Ja!« William klopft mir auf den Rücken. »Wir haben

gewusst, dass du einer von uns bist.«

Ich verziehe das Gesicht. Es macht mir nichts aus, mit William und Paul zu arbeiten, aber sie sind keine Freunde. Ich würde gern behaupten, dass ich einen besseren Geschmack habe.

»Achte nur darauf, dass du diese Hayden-Tussi da raushältst«, sagt Paul, und mein Rücken wird steif. »Benutze sie für Zugangskarten – oder solche Dinge – aber sag ihr nichts. Tatsächlich ist es wahrscheinlich am besten, die Daten über die neuen Angestellten in deinem Büro wegzusperren.«

Es gefällt mir nicht, Haydens Namen aus Pauls Mund zu hören, ganz zu schweigen von seinem verärgerten Gesichtsausdruck, wenn er ihn ausspricht. Ich frage mich, wie oft sie ihn schon abgewiesen hat, wenn er so von ihr spricht. »Nein, ich werde sie überhaupt nicht involvieren.« Weil ich Hayden verdammt noch mal nicht in der Nähe dieser Trottel haben will.

Hayden mag mich verachten, aber nur, weil ich ein Arschloch bin und sie klug ist. Ich brauche dieses Projekt und das Geld, das ich verdienen werde, aber ich spüre, dass da etwas nicht ganz richtig läuft, also will ich Hayden ohnehin nicht in der Nähe dieser Sache haben. »Wann fangen wir an?«

Paul und William erläutern die Anzahl der Mitarbeiter, die wir brauchen, zusammen mit den allgemeinen Stellenbeschreibungen. Der Rest kommt später. Vorerst wollen sie attraktive, gefügige Kandidatinnen. Hoch bezahlt, unauffällig, und wenn ich etwas Nachteiliges über sie herausfinde, noch besser. Herrgott noch mal.

Es stellt sich heraus, dass die Feierlichkeiten zu meiner neuen Beförderung eine Art Einweihung waren. Aber ich bin dabei. Solange dieser Job eine Zukunft bietet, in der das Familienunternehmen keine Rolle spielt.

Kapitel Drei

Hayden

Als ich gestern das Büro des CEO verließ, wollte ich das Blue erst so weit wie möglich hinter mir lassen. Aber das ist meine natürliche Reaktion auf Tyrannen. Nach einigen Stunden des Nachdenkens kehrte der Kampfgeist zurück. Ich bin zurück nach Lake Tahoe gekommen, um mir hier ein Leben aufzubauen, weil ich die Gegend liebe. Ich werde keinen Rückzieher machen und weglaufen, wie ich es früher getan habe.

Ich starre auf den Haufen Arbeit, der vor mir liegt. Mein erster Gedanke war, dass es Blackwell egal ist, was ich bei Blue mache, aber das war töricht. Er wird mich feuern und durch eine nachgiebigere Managerin ersetzen lassen, wenn ich meine Arbeit nicht gut mache.

Blackwell hat nichts dagegen, dass ich mir den Arsch aufreiße. Er will mir nur keine Anerkennung dafür zollen. Boni sind für seine Blue Stars reserviert – die Gruppe, mit der Adam jetzt liebäugelt, darauf verwette ich meinen rechten Arm. Diese beiden Trottel, William und Paul, sind den ganzen Tag in Adams Büro ein- und ausgegangen. Das sagen mir meine kleinen Spione.

Mira, meine Assistentin, und Nessa, die im Marketing arbeitet, sitzen mir gegenüber. Sowohl Mira als auch Nessa haben langes, dunkles Haar, aber Miras Haar ist leicht gewellt, und ihre Gesichter sehen völlig unterschiedlich aus. Nessa ist zierlich, mit einem herzförmigen Gesicht und klassischen Zügen, und Mira hat atemberaubende, hohe Wangenknochen und rosige, geschwungene Lippen. Sie ist außerdem etwas gebräunter als Nessa, was sie ihrer Washoe-Herkunft zu verdanken hat.

Miras karamellfarbene Augen strahlen vor Interesse. »Es geht das Gerücht um, dass Adam eine Assistentin sucht.«

Ich bohre die Absätzen meiner schwarzen spitzen Stöckelschuhe in den Plüschteppich meines Büros und lasse ein Knurren ertönen. »Verdammt.«

Mira legt ein Dokument auf meinen Schreibtisch, auf dem ein Pfeil auf eine Unterschriftenlinie zeigt. Ich sehe mir das Formular an und kritzle meinen Namen hin. Es ist für *Adams* neue Beförderung.

Ich lasse meinen Stift fallen. »Wie kann er Leute einstellen, ohne sich mit uns abzusprechen?« Als Leiterin der Personalabteilung weiß ich, dass das nicht nach den Regeln läuft. Ich will es nur laut aussprechen, weil es Blödsinn ist.

Mira zuckt mit den Achseln. »Blackwells Anweisungen.«

Ich schiebe meine langen, dichten Stirnfransen zur Seite und atme tief durch. »Gut. Es ist in Ordnung. Lass Adam einstellen, wen immer er will. Es ist seine Verantwortung, wenn er nicht die richtigen Sicherheitschecks durchführt und am Ende einen Serienmörder anheuert.« Ich sehe Mira an. »Bist du sicher, dass Tyler nicht als Security ins Blue zurückkommt? Wir könnten ihn brauchen, um uns vor Adams Rekruten zu schützen.«

Mira blickt auf, als würde sie meinen absurden Vorschlag in Betracht ziehen. »Ziemlich sicher. Sein Buch wird gerade zum dritten Mal neu aufgelegt und das Community College hat ihm eine feste Anstellung angeboten.«

»Gut.« Ich rolle meine Augen dramatisch. »Ich schätze, die Welt braucht einen brillanten Biologen mehr als das Blue einen moralischen Leibwächter. Obwohl man darüber diskutieren könnte.«

Ich lege meinen Kopf auf meine Hand, den Ellbogen auf den Schreibtisch gestützt. Miras Lächeln verblasst, als sie mein Gesicht betrachtet. »Wie viel Schlaf hast du letzte Nacht bekommen?«

Ich dehne meinen Nacken und mache mir nicht die Mühe, ihn dabei von meiner Hand zu heben. Zu anstrengend. »Eine Stunde. Vielleicht zwei. Ich konnte nicht schlafen. Zu verstört nach meinem Treffen mit Blackwell.«

Nessa atmet scharf ein. »Arschloch.« Mira und ich sehen sie beide an. »Was? Er ist es.«

Nessa ist die Süße in unserer Runde, aber ich bin nicht überrascht über ihren Ausbruch. Diese Mädchen sind loyal, und Blackwell steht auf unserer Abschussliste.

»Komm heute Abend zu uns. Wie oft haben Zach und ich dich eingeladen? Fünfmal, sechsmal? Du musst immer arbeiten. Vergiss diesen Ort für eine Nacht und trink Margaritas mit uns.«

»Im Ernst, Hayden«, drängt Mira. »Mach früher Schluss. Zieh dir etwas Bequemes an und bring einen leeren Magen mit. Zach und Nessa werden sich um dich kümmern.«

Zach ist ein Croupier im Blue Casino, aber er ist auch ihr Freund, sie wohnen zusammen und, wie ich höre, ist er ein ausgezeichneter Koch. Er veranstaltet jede Woche ein Taco-Dinner für ihre Freunde.

Das tiefe Grollen einer vertrauten Stimme lässt mich eine Grimasse schneiden. Ich blicke über die Köpfe der Mädchen und ertappe Eve dabei, wie sie an meinem Büro vorbeigeht; sie klebt beinahe an Adam. Sie sprechen im Flüsterton, als wollten sie nicht, dass jemand sie hört.

Ich drücke meine Absätze tiefer in den Teppich. »Weißt du was? Ich werde kommen. Ich könnte eine Margarita vertragen.«

Mira grinst. »Tyler und ich holen dich ab. Auf diese Weise kannst du trinken, ohne dich zurückhalten zu müssen.«

»Klingt perfekt. Ich bin die Zurückhaltung leid.«

———

So SEHR ICH meine hochmodischen High Heels liebe, manchmal will ich mich auch weniger aufhübschen. Ich tue, was Mira vorschlägt, ziehe weiße Turnschuhe mit umgekrempelten Jeans an und trage dazu eine einfache Bluse. Das Frühsommerwetter ist für die Jahreszeit ungewöhnlich warm, deshalb mache ich mir keine Gedanken über eine Jacke. Ich kämme mein schulterlanges, aschblondes Haar, streiche mir den Pony hinters Ohr und fühle mich bereit für eine Nacht der Entspannung mit Freunden und Essen für die Seele. Aber gerade als ich mich an den Gedanken eines freien Abends gewöhne, wird mir klar, dass Entspannung vielleicht nicht in Frage kommt.

Mira, Tyler und ich kommen bei Zach und Nessa an, und ich sehe ein Gespenst aus meiner Vergangenheit auf der anderen Seite des Raumes stehen. Ich starre den großen, gutaussehenden Mann an, sein Haar ist dunkler und kürzer als das letzte Mal, als ich ihn gesehen habe –

als er auf meiner Türschwelle aufgetaucht ist, um sich zu entschuldigen. Seitdem hat er sich verändert, aber ich erkenne ihn wieder. Er ist jemand, den ich nicht so leicht vergessen würde.

»Jaeger?« Meine Stimme klingt wie erstickt.

Jaeger blickt auf und erstarrt mitten in einem Schluck seines Biers. »*Beth?*«

Er stellt sein Bier auf den Tresen, und ein hübsches Mädchen mit erdbeerblondem Haar geht zu ihm und berührt seinen Arm. Jaeger zieht sie nahe an sich und sagt ihr etwas ins Ohr. Sie schenkt ihm ein trauriges Lächeln.

Mira senkt ihre Stimme. »Warum hat Jaeger dich Beth genannt?«

Bevor ich antworten kann, kommt Jaeger mit dem hübschen Mädchen herüber, von dem ich annehme, dass es seine Freundin ist. »Cali, das ist Beth…«

»Hayden«, sage ich. »Ich nenne mich jetzt Hayden. Elizabeth ist mein zweiter Vorname.«

»Hayden«, korrigiert Jaeger und klingt etwas überrascht. »Das ist meine Freundin, Cali.« Er blickt zu den anderen im Raum, die alle aufmerksam zu sein scheinen. »Hayden und ich waren zusammen auf der High School.«

Ich begrüße sie und schüttle die Hand seiner Freundin, dann schaue ich Mira und Nessa an. »Das ist *die* Cali, von der ihr gesprochen habt?« Sie nicken beide. »Wow.« Ich lächle und schüttle den Kopf. »Ich dachte, dass ich Jaeger vielleicht treffe, wenn ich nach Lake Tahoe zurückkehre, aber ich hätte nie gedacht, dass ich mal mit seinen Freunden abhängen würde.«

Mira und Nessa haben von Cali und ihrem Freund erzählt, aber sie haben nie seinen Namen erwähnt.

Jaeger sieht die fragenden Ausdrücke in Mira und Nessas Gesichtern. Sogar Zach und Tyler, die ich durch ihre Freundinnen und das Casino kenne, starren mich an.

»Hayden und ich waren nur kurze Zeit zusammen«, erklärt er. »Ich habe mich wie ein Arschloch benommen.«

Cali umschlingt Jaegers Taille und er umarmt sie zurück. Zumindest ist er jetzt mit einem netten Mädchen zusammen.

»Die Umstände waren beschissen«, sage ich.

Jaeger ist kein schlechter Kerl und ich gebe ihm nicht die Schuld für das, was passiert ist. Er hat bei allem, was geschah, eine Rolle gespielt, aber sie war im Grunde genommen unbedeutend.

Er schüttelt den Kopf. »Ich hatte keine Ahnung, dass du wieder in der Stadt bist.«

»Das Blue hat mich angeheuert.«

»Ach du meine Güte«, sagt Cali und wirft die Hände hoch, gerade als ein weiteres Paar hinter uns eintritt.

Mira, Tyler und ich gehen aus dem Weg, um sie hereinzulassen.

»Warum ›Ach du meine Güte‹?«, fragt die große Brünette mit den schönen, grünlichen Augen, die gerade hereingekommen ist. »Hi.« Sie lächelt und streckt mir ihre Hand entgegen. »Ich bin Gen, das ist Lewis.« Sie deutet auf den dunkelhaarigen Kerl hinter sich, der annähernd so groß ist wie Jaeger.

Ich schüttle ihr die Hand. »Wir haben über meinen Job im Blue Casino gesprochen.«

»*Ohhh*. Das tut mir leid…?«

Gen hat mehr Grund als jede andere, mit einer Frau, die im Blue Casino arbeitet, zu sympathisieren. Kurz nachdem ich Mira eingestellt hatte, erklärte sie mir, wie ihre Freundin Gen von einem Manager angegriffen und fast vergewaltigt worden war. »Ich habe von deiner Erfahrung im Casino gehört. Es tut mir wirklich leid. Ich versuche sicherzustellen, dass so etwas nie wieder passiert.«

»Ich weiß nicht, wie sicher es für dich sein wird, im

Blue zu arbeiten, aber es klingt, als wäre es gut für die Angestellten, dass du dort bist«, sagt sie. »Dieser Laden könnte ein paar mehr Leute mit Gewissen gebrauchen.«

Nessa sieht, wie ich meine Tasche verlagere und greift danach. »Ich lege sie in eines der Schlafzimmer.« Sie verschwindet am Ende des Flurs. Als sie zurückkommt, geht sie in die Küche zu einem riesigen Mixer, der, wie ich annehme, die berüchtigte Margarita-Mischung enthält. Ich hätte jetzt nichts gegen ein Glas Margarita.

Jaeger zu begegnen war schon immer eine Möglichkeit. Ich hätte nur nicht gedacht, dass es bei meinen neuen Freunden passieren würde. Ich hatte nicht erwartet, heute Abend mit meiner Vergangenheit konfrontiert zu werden.

»Warte«, sagt Mira plötzlich, als hätte sie sich gerade etwas zusammengereimt. »Die meisten von uns sind zusammen zur High School gegangen. Wie kommt es, dass ich dich damals nicht gekannt habe?«

Mira und ich haben uns gut verstanden, seit ich sie eingestellt habe, aber näher stehen wir uns erst seit kurzem. Ich habe ihr nie von meiner elenden Vergangenheit in Lake Tahoe erzählt – das habe ich noch keinem meiner neuen Freunde gegenüber erwähnt.

Nach einem raschen Austausch von Alter, Schuljahren an der örtlichen High School und Leuten aus unseren Freundeskreisen stellen wir fest, warum ich sie nicht gekannt habe. Mira ist ein paar Jahre jünger als ich und Tyler und Zach verbrachten die meiste Zeit mit ihren Sportmannschaften. Ganz zu schweigen davon, dass ich nur meine ersten beiden Jahre der High School in Lake Tahoe verbracht habe.

»Wir waren Schiffe, die in der Nacht aneinander vorbeigefahren sind«, sagt Mira und grinst.

Ich lache. »So was in der Art.«

Wir gehen in den Essbereich und Cali legt Gen eine

Art Vorrichtung um den Hals. Sie greift nach zwei weiteren und legt sie Nessa und Mira an. Sie dreht sich zu mir um.

»Mira hat erwähnt, dass ihre Chefin kommen würde«, sagt sie und schüttelt ein weiteres dieser Hals-Teile. »Ich habe ein paar mehr mitgebracht.« Ihre Stimme ist tief und ein bisschen verschwörerisch.

Das schelmische Funkeln in Calis Augen, gepaart mit Jaegers Kopfschütteln, macht mir Sorgen. Aber ich weiß es zu schätzen, dass Cali mir das Gefühl vermittelt, willkommen zu sein. Trotz meiner Vergangenheit mit ihrem Freund nimmt sie es mir nicht übel.

Ich spiele mit und tue so, als wäre ich vorsichtig und schaue Mira an, während Cali mir den dehnbaren Nackenapparat über den Kopf zieht. Sie gießt den Margarita-Mix in ein riesiges Weinglas, dann schiebt sie das Glas in das Halsding, das es auf magische Weise hält, ohne mein Getränk zu kippen.

Sie steckt einen dicken Strohhalm in das Glas. »Da, jetzt siehst du aus wie eine von uns.«

Ich sehe Mira und Nessa an, die sich ein Grinsen verkneifen und dieselbe lächerliche Halsvorrichtung tragen wie ich. »Ich weiß, dass ich gesagt habe, ich würde mich heute Abend nicht zurückhalten, aber ich würde gern am Ende des Abends noch gerade stehen können.«

Ich sehe mich im Raum um. Jaeger lacht leise und Tyler und Zach lehnen sich mit verschränkten Armen und einem Grinsen im Gesicht gegen den Tresen. Lewis beugt sich vor und nimmt einen Schluck von Gens Margarita – direkt über ihren Brüsten. Er zwinkert und sie gibt ihm einen Klaps auf den Arm.

Ich nehme einen langen Zug aus meinem Strohhalm. »Okay, das gefällt mir. Ich sehe lächerlich aus, aber hey, das Ding ist praktisch.«

Cali klatscht aufgeregt. »Ich wusste, du würdest mitspielen! Ich habe diese Babies online erstanden. Wenn du willst, bestelle ich dir auch eines.«

Ich halte meine Hand hoch. »Nein, nein, schon in Ordnung.«

Cali schmollt und Jaeger legt seinen langen, muskulösen Arm um ihre Schultern. »Komm schon, Babe. Das ist ihr erstes Mal. Lass sie sich an die Bande gewöhnen, bevor du sie mit Trinkzubehör traktierst.« Er dreht sich zu mir um und schüttelt den Kopf. »Ich kann immer noch nicht glauben, dass wir uns so über den Weg laufen.«

Ich lächle reumütig. »Die Welt ist klein.«

Cali verschränkt ihre Arme. »Gut, ich bestelle keines, aber wundere dich nicht, wenn du es zu Weihnachten bekommst.«

Ich nehme noch einen Schluck von der Margarita, die an meinem Hals baumelt. »Ich wurde vorgewarnt und ich fürchte mich nicht.«

Wenn meine berufliche Depression nicht so viel von meiner Gehirnkapazität beanspruchen würde, wäre es mir vielleicht etwas unangenehm, eine Margarita aus einer Halsvorrichtung zu trinken und Zeit mit Jaeger Lang zu verbringen, der mich einst verraten hat – so nett er jetzt auch sein mag. Der Kreis hat sich geschlossen, aber es fühlt sich nicht so schlimm an, wie ich dachte.

Ein warmes Gefühl legt sich über meinen Bauch und meine Glieder, während der Alkohol seinen Zauber entfaltet. Ich nehme eine Handvoll Chips, tauche sie in die hausgemachte Salsa, die Mira mitgebracht hat, und unterhalte mich, während ich esse und trinke. Mira versucht, ihren Strohhalm zu erreichen, ohne ihre Hände zu benutzen. Sie stößt mit ihrem Kinn dagegen und Nessa und ich kichern, während sie mit ihrer Zunge hinter dem Strohhalm herjagt. Das ist genau das, was ich gebraucht habe.

Gutes Essen, nette Leute und einen Grund, Blödsinn zu machen.

Ich schiebe einen weiteren mit Salsa überladenen Chip in meinen Mund, als ein Klopfen an der Tür über das Geplapper und das leise Summen der Musik ertönt.

Jaeger geht aus der Küche, wo er sich mit den Jungs unterhalten hat, nach vorne. Er öffnet die Tür – Adam steht auf der anderen Seite.

Was zum Teufel?

Erst Jaeger, jetzt Adam?

Jaeger und Adam waren auf der High School gute Freunde. Mist.

Adam tritt ein und klopft Jaeger auf die Schulter. »Wie läuft's denn so?« Adam ist groß, aber selbst er muss sich nach Jaeger strecken, der fast zwei Meter groß ist.

»Wir fangen gerade erst an.« Jaeger schließt die Tür hinter Adam, der lässige, dunkle Jeans und ein schwarzes Hemd mit hochgekrempelten Ärmeln trägt.

Ich habe Adam noch nie in etwas anderem als Anzug und Krawatte gesehen, und er ist so gutaussehend, dass mir die Brust schmerzt. Ich befinde mich in einem Raum voller gutaussehender Männer. Mit Jaeger, Lewis, Tyler und Zach ist das hier der Männerhimmel. Aber aus irgendeinem Grund wirft Adam normale Standards der Attraktivität aus dem Fenster. Als wäre er der neue Goldstandard und niemand sonst könnte sich mit ihm messen. Ich hasse es, dass mir sein Aussehen gefällt. Es ist oberflächlich; es sollte mich nicht beeindrucken, vor allem nicht bei all dem was ich sonst über ihn weiß. Aber trotz der Schönheit, die nichts mit dem zu tun hat, was in ihm steckt, fühle ich mich zu ihm hingezogen.

Meine Hände zittern, mein Atem stockt. Es ärgert mich unendlich, dass ich mich in der Nähe dieses Mannes nicht im Griff habe. In diesem Moment ist es schlimmer als bei der Arbeit, wo ich zumindest den Anschein von Kontrolle habe. Ironisch, wenn man bedenkt, wie chaotisch mein Arbeitsumfeld ist. Aber wenn ich lange arbeite und meinen Verstand einsetze, um Probleme zu lösen, gibt es eine gewisse Ordnung. Seit Adam ins Blue Casino gekommen ist, hat sich meine Basis verschoben und ich habe es nicht geschafft, mein Gleichgewicht wiederherzustellen. Dass er auch noch in mein Privatleben eindringt? Inakzeptabel.

Adam betritt das Wohnzimmer und unsere Blicke treffen sich. Er runzelt die Stirn – und dann bemerkt er das Getränk, das an meinem Hals baumelt.

Verdammter Mist.

Ich ziehe meine Schultern zurück und lasse ihn mit einem Blick wissen, dass er ruhig etwas über die Vorrichtung sagen kann – *auch nur ein einziges Wort* – wenn er einen Schlag zwischen seine perfekt männlichen Augenbrauen riskieren will.

Sein Mundwinkel zuckt, aber er folgt Jaeger in die Küche und nimmt das ihm angebotene Bier an. Keine Sekunde später kehrt sein Blick zu mir zurück und ich ignoriere ihn prompt.

Als ich versuche, mich verdammt nochmal zu beruhigen, werfe ich Mira und Nessa, die gleichermaßen schuldbewusst aussehen, einen scharfen Blick zu.

»Mist«, murmelt Mira. »Ich habe vergessen, dass er manchmal kommt.«

»Manchmal?«, zische ich.

»Er ist mit Jaeger befreundet«, erklärt Nessa.

Aber das wusste ich schon. Ich dachte aber nicht, dass ich Jaeger treffen würde, geschweige denn Adam.

»Adam war schon eine Weile nicht mehr hier«, fährt Nessa fort. »Er fing an zu kommen, kurz nachdem Cali und Jaeger vor ein paar Jahren ein Paar geworden sind.

Ehrlich gesagt war er nur ein paar Mal hier, und seit seinem letzten Besuch sind Monate vergangen. Wir hatten keine Ahnung, dass er heute Abend kommen würde.«

Cali kehrt vom Nachfüllen ihres Getränks zurück. »Was ist denn los? Warum willst du Adam nicht hier haben?«

Fantastisch. Sie muss unser Gespräch mitgehört haben.

Ich sauge meine Margarita durch den Strohhalm und verziehe das Gesicht, während der Gehirnfrost eintritt.

»Adam arbeitet jetzt bei Blue«, sagt Mira zu Cali. »Aber ich bin sicher, Jaeger hat das erwähnt. Jedenfalls arbeitet Adam irgendwie mit uns – und Hayden. Und er ist…«

»Heiß?«, bietet Cali an, während sie einen Schluck ihres Getränks nimmt und mit ihrem Blick Adams Körper mustert.

Ich mache ihr nicht den geringsten Vorwurf. Glotzen sollte völlig legal sein, wenn es um Adam geht.

Mira verzieht ihren Mund. »Das, ja. Aber er ist auch…«

Cali tippt sich ans Kinn und leckt sich die Lippen, als wäre Adam ein Stück Speck, von dem sie abbeißen möchte. »Sexy auf eine adrette, sportliche Art und Weise?«, schlägt sie vor.

Sie *ist* in Jaeger verliebt, oder?

»Nun, ja«, sagt Mira. »Aber Adam ist…«

Ich balle meine Fäuste, meine kurzen Nägel graben sich in meine Handflächen. »Nervtötend. Überheblich. Verwöhnt.« Mira, Nessa und Cali sehen mich an und ich schlucke den Rest meiner Margarita hinunter, bis der Strohhalm ein lautes Geräusch macht. »Nichts für ungut. Ich weiß, dass ihr befreundet seid.« Ich hebe mein Getränk von meiner Brust. »Gibt es noch mehr davon?«

»Ja.« Nessa erwacht aus ihrer Benommenheit und eilt

zu dem halb vollen Krug auf dem Tresen. Ich folge ihr, vermeide den Blickkontakt mit Adam, aber er versteht den Hinweis nicht. Er tritt um Jaeger herum und stellt sich mir direkt in den Weg.

»Also, Hayden, schönes Cocktail-Joch haben Sie da.« Seine Augen lächeln, auch wenn sein Mund es nicht tut.

Cocktail-Joch? Er kennt den Fachbegriff dafür?

Das ist witzig. Und das allein macht mich schon wütend. Wie kann er es wagen, mich zu entwaffnen, wenn ich bewaffnet und bereit sein will, zurückzuschießen?

Ich befummle die Vorrichtung. »Es ist praktisch.« Ich bin so sauer auf den Kerl und wütend auf meinen Chef bei der Arbeit, aber ich trage ein Cocktail-Joch und sogar ich sehe den Humor an der Situation. Ich presse meine Lippen zusammen, um meine Gedanken zu verbergen, aber mein Lächeln muss durchsickern, denn Adam lächelt ebenfalls.

Ich habe Adam schon grinsen, flirten und prahlen sehen, aber ein echtes Lächeln habe ich noch nicht an ihm erlebt. Schon *ohne* dieses Lächeln hat er mein Gleichgewicht gestört. *Mit* ist die Wirkung noch viel stärker.

Ich atme langsam aus und lasse das Lächeln einen Moment lang mein Gesicht einnehmen, aber nur für einen Moment. »Glauben Sie ja nicht, dass das bedeutet, dass wir Freunde sind.«

Das Grinsen kehrt zurück. »Oh, das würde mir im Traum nicht einfallen, Hayden.«

Ich hasse es, wie er meinen Namen sagt. Herablassend und sexy zugleich. Ich hatte viel Spaß mit Mira und den anderen. Aber ich kann nicht wieder zu Zach und Nessa kommen, wenn Adam mit von der Partie ist. Ich will auf keinen Fall mit ihm befreundet sein. »Nessa und Mira haben mich heute Abend eingeladen. Ich wusste nicht, dass Sie auch zu dieser Runde gehören.«

Adam fährt sich mit der Hand durch sein dunkelbraunes Haar, das oben länger ist als an den Seiten. Er wirft einen Blick auf die anderen. »Zach ist ein Guter. Ich habe die letzten Jahre über mehr Zeit mit ihm verbracht. Jetzt arbeiten wir im Blue zusammen…« Er zuckt mit den Schultern. »Was soll ich sagen? Tahoe ist eine kleine Welt.«

Liest er jetzt auch noch meine Gedanken? »Es ist tatsächlich eine kleine Welt.«

Adam hebt eine Augenbraue. »Stimmen Sie mir zu? Denn es würde mich nicht stören, wenn Sie mir ausnahmsweise mal recht geben würden.« Er grinst, und zum Glück ist dieses Grinsen nicht einmal halb so aufrichtig.

Ich schüttle den Kopf und deute zu Jaeger. »Wir haben uns mal gekannt. Vor langer Zeit.«

Ich habe mich immer gefragt, ob Adam mich erkannt hat, als er bei Blue anfing. Seinem leeren Gesichtsausdruck nach zu urteilen wohl nicht.

Wann werde ich es lernen? Jungs wie Adam erinnern sich nicht an Mädchen wie mich. Und noch weniger würden sie sie verteidigen.

Sein Gesicht wird still, seine Augen ein wenig nachdenklich. Er schiebt eine Hand in die Tasche und schwenkt das Bier in der anderen Hand. »Vor langer Zeit?«

Ich rolle mit den Augen und schätze den leichten Schwips, der dieses Gespräch etwas weniger unangenehm macht. Ich bin nach Lake Tahoe zurückgekehrt, um mich meiner Vergangenheit zu stellen; es hat keinen Sinn, jetzt davor wegzulaufen. Meine neuen Freunde sollten über meine Vergangenheit Bescheid wissen. Und Adam sollte seinen Anteil daran kennen…

»Jaeger und ich waren in der High School zusammen – im zweiten Jahr wurde mir vorgeworfen, mit einem Lehrer geschlafen zu haben. Sie haben ihm geraten, mit mir Schluss zu machen.«

Kapitel Vier

Okay, das war ziemlich direkt. Aber ich bin es leid, meine Vergangenheit zu verbergen. Ich bin aus Lake Tahoe geflüchtet, um den Gerüchten zu entkommen. Durch sie habe ich mich schwach und hilflos gefühlt. Ich bin nicht mehr die hilflose Sechzehnjährige. Und Adam sollte wissen, was er getan hat.

Er erstickt an seinem Bier und plötzlich fällt ein Schweigen über den Raum.

Mira kommt herüber, ihre Stimme ist sanft. »Hayden, du warst *diese* Beth? Beth Tate…« Ihre Stimme klingt, als würde sie gerade eins und eins zusammenzählen.

Natürlich hat Mira das Gerücht über den Lehrer und mich gehört, auch wenn ich sie in der High School nicht gekannt habe. Die meisten Leute hatten es gehört. »Ja.«

»Sie hat es nicht getan.« Jaeger hat einen strengen Gesichtsausdruck. Er ist nähergekommen, offensichtlich hat er das Gespräch mit angehört.

Aus irgendeinem Grund treibt mir Jaegers öffentliche Unterstützung die Tränen in die Augen, selbst in diesem freundlichen Rahmen. Ich dränge sie zurück und fahre fort. »Niemand hat mir geglaubt. Auch Jaeger nicht. Aber ich habe es ihm verziehen.« Jaeger blickt beschämt weg und Adam hat einen seltsamen Gesichtsausdruck.

»Lange Rede kurzer Sinn«, sage ich in die Runde, weil sie jetzt alle zuhören und ich keine Geheimnisse vor ihnen haben will, »der Lehrer hat gekündigt, ich bin aus Lake Tahoe geflüchtet und jetzt bin ich zurück. Elf Jahre später. Alles ist gut.« Ich nehme eine Handvoll Chips und stecke mir einen in den Mund, wobei ich mich auf das Brennen des Salzes auf meinen Lippen konzentriere.

Adams Gesicht ist erstarrt, seine Augen lodern mit… irgendwas. »Damit ich das richtig verstehe. Sie waren Jaegers Freundin – *diese* Freundin? Beth…« Sein Blick tastet mein Gesicht und meinen Körper ab, als würde er alle Veränderungen berechnen und addieren.

»Für eine kurze Zeit, ja. Er hat mit mir Schluss gemacht, als er von dem Lehrer erfahren hat. Gerüchten zufolge waren Sie maßgeblich daran beteiligt.« Ich stopfe mir einen weiteren Chip hinein und beobachte das Zucken in seinem Kiefer.

»Und das hat Sie dazu veranlasst, Lake Tahoe zu verlassen.« Er schluckt, als könnte nicht einmal *er* die Wahrheit ertragen.

»Na ja, nicht der Teil mit Jaeger, aber ja, das ganze andere Zeug. Ich wurde von Schülern schikaniert – eigentlich sogar von der ganzen Stadt. Chips?« Ich gebe ihm einen und habe selbst keine Lust mehr darauf.

Er sieht den Chip in meiner Hand nicht einmal an. Adam greift sich in den Nacken. »Ich brauche noch ein Bier«, murmelt er und leert seine Flasche.

Cali kommt herüber und füllt die Margarita in meinem Cocktail-Joch auf. Jaeger gesellt sich zu ihr. »Das tut mir wirklich leid, Hayden«, sagt er. »Ich wusste, dass es schlimm für dich war. Aber ich wusste nicht, wie schlimm.«

»Du hast dich vor Jahren entschuldigt. Das ist Schnee von gestern.«

Zwar hatten die Ereignisse tiefe Wunden hinterlassen, aber die Narben, die sich darüber bildeten, hatten weniger mit Jaeger zu tun, sondern damit, dass sich die ganze Stadt gegen mich gekehrt hatte. Da ich abgesehen von meinen Eltern keinen einzigen Menschen hatte, auf den ich mich verlassen konnte, fühlte ich mich leer. Selbst Adam, der mich nicht kannte, richtete Schaden an.

»Lass sie fallen«, sagte Adam, während ich um die Ecke von Jaegers Schulspind stand und darauf wartete, dass Jaeger das Gespräch mit seinem Freund beendete. Ich war stehen geblieben, als ich sie zusammen gesehen hatte, unsicher, ob ich sie unterbrechen sollte.

Jaeger wechselte seine Bücher, blickte auf und hob abwesend die Hand, um einen vorbeikommenden Kerl zu grüßen, den ich als Spieler der Footballmannschaft erkannte. Jaeger kannte alle Spieler. Er war beliebt. Doch er hatte sich entschieden, mit mir auszugehen, einem unscheinbaren Bücherwurm.

Er schloss seinen Spind und lehnte sich gegen den Metallrahmen. »Glaubst du, sie hat das getan?«

Adam schnaubte. »Sei nicht dumm. Beende es, solange du noch kannst. Du brauchst nicht zu ihr zu halten, nur weil du dich ein paar Wochen mit ihr getroffen hast. Niemand wird dir vorwerfen, dass du sie verlassen hast.« Adam senkte den Kopf und grinste ein schönes Mädchen an, das vorbeikam. Ich hatte das Mädchen in meiner Wirtschaftsklasse gesehen. Nicht sehr klug, aber die wenigen Male, die ich mit ihr gesprochen hatte, war sie nett gewesen.

Sie lächelte Adam freundlich an und ging mit ihrer Freundin weiter.

Jaegers Gesichtsausdruck wurde nachdenklich. »Du hast recht.«

Adam spannte seinen Rucksack höher, sein Blick schweifte ab. »Natürlich habe ich recht.«

An diesem Tag holte Jaeger mich ein, als ich gerade aus der Schule gekommen war. Er machte am Fuße der Treppe zum Parkplatz mit mir Schluss. Dank Adam Cade, der den letzten Nagel in den Sarg geschlagen hatte, kehrte mir mein Freund in einem der dunkelsten Augenblicke meines Lebens den Rücken, zusammen mit dem Rest der Stadt. Ich konnte nicht einmal in einen Supermarkt gehen, ohne dass jemand mit dem Finger auf mich zeigte.

So sind Kleinstädte.

Mira legt ihren Arm um meine Schultern und Gen schließt sich uns an. »Das war echt schrecklich«, sagt Mira. Und das kommt von dem Mädchen, das ihre Mutter erst kürzlich an eine Drogen-Überdosis verloren hat.

Was passiert ist, war scheiße. Es war brutal und ich werde Adam nie verzeihen, dass er damals so ein Idiot war, aber ich bin zurückgekehrt, weil ich bereit bin, weiterzumachen. »Solange euch meine schmutzige Vergangenheit nichts ausmacht. Ich bin jedenfalls darüber hinweg.«

Sie lächelt. »Deine schmutzige Vergangenheit ist nichts gegen meine.«

»Oder meine«, stimmt Gen ein. »Die meiste Zeit meines Lebens wusste ich nicht, wer mein Vater war. Das ist gar nichts. Und das Gerücht war nicht einmal wahr. Hättest du dich *wirklich* mit einem heißen Lehrer eingelassen, wäre das heute eine gute Geschichte.«

»Ich habe keine schmutzige Vergangenheit«, gibt Nessa zu. »Aber jetzt denke ich, dass du ganz schön hart im Nehmen bist. Schließlich bist du zurückgekommen, um dieser Stadt die Hölle heiß zu machen.« Sie macht einen demonstrativen Karateschlag in die Luft und tritt mit ihren Plateau-Stöckelschuhen in die Luft.

Zach beugt sich vor und küsst Nessa auf den Scheitel. »Du bist süß.« Er lächelt sie an.

Die nächste Stunde verläuft entspannt. Es brechen

keine Diskussionen mehr über böse Gerüchte aus. Und Adam hält Abstand. Wir essen, und erst draußen, an Zachs und Nessas neu gebauter Feuerstelle, kommt Adam wieder auf mich zu. Er setzt sich auf den Campingstuhl neben meinem und streckt seine langen Beine aus. »Ich war in der High School mit Jaeg befreundet.«

Ich starre ihn an. »Ja, ich erinnere mich. Sie waren *so* ein guter Freund.« Ich atme tief durch und starre zurück ins Lagerfeuer. Ich bin nicht in die Stadt zurückgekehrt, um Groll zu hegen. »Hören Sie zu, ich weiß, dass Sie Jaeger überzeugt haben, mit mir Schluss zu machen. Vielleicht hätte er es sowieso getan. Aber das ist egal – Sie kannten mich nicht.«

»Hayden…«

»Wie dem auch sei, das ist schon lange her. Wir waren jung, und Menschen machen Fehler. Ich kann nicht behaupten, dass es mich nicht verletzt hat, aber ich habe mich weiterentwickelt.«

Er schweigt einen langen Moment lang, sein hübsches Gesicht ernster, als ich es je gesehen habe. »Sie haben recht, ich kannte Sie nicht, aber das ist keine Entschuldigung für das, was ich getan habe. Und Sie verurteilen mich für diese Vergangenheit, was man an der Art und Weise erkennen kann, wie Sie mich bei Blue behandeln. Dazu haben Sie ein volles Recht. Das, was ich damals zu Jaeg gesagt habe, tut mir leid. Es war eine miese Aktion.«

Ich kann den Ausdruck in seinen Augen nicht ertragen. Es ist einer seiner seltenen, aufrichtigen Blicke und er bringt alles durcheinander. Er verwirrt mich. Und sein Geständnis… Ich hätte nie gedacht, dass ich so eine Entschuldigung von Adam hören würde.

Ein langes Schweigen folgt, während ich seine Worte verarbeite. Er wendet sich ab und starrt auf die Feuerstelle.

»Jedenfalls«, sagt er mit leiser, sanfter Stimme, »wünschte ich, ich *hätte* Sie gekannt.«

Das erregt meine Aufmerksamkeit, denn – Entschuldigung hin oder her – Adam machte damals kein Geheimnis daraus, dass ich für ihn etwa so viel wert war wie der Dreck unter seinen Füßen.

Ich sehe ihn aus dem Augenwinkel an und schüttle den Kopf. »Nach dem Skandal wollte niemand etwas von mir wissen. Falls Sie sich erinnern, war ich schon davor nichts Besonderes.«

»Besonders genug, dass Jaeg Sie geschnappt hat.« Ein rätselhafter Ausdruck huscht über sein Gesicht.

»Haben Sie eine Art Wettbewerb mit Jaeger laufen?«

Adam gluckst. »Jaeg ist einer meiner besten Freunde. Wir würden niemals im Revier des anderen wildern.«

Ein scharfes Würgegeräusch dringt aus meiner Kehle. »Reden wir von Frauen oder Hühnern?« Dies ist ein ernstes Gespräch, aber diese Aussage kann nicht unkommentiert bleiben.

Sein Blick gleitet zu mir. »Frauen. Immer von Frauen.«

Wow.

Plötzlich bin ich gefangen; ich kann mich nicht abwenden. Er tut es wieder, starrt mich intensiv an. Warum sollte Adam so etwas sagen? Er hat bis jetzt nicht einmal erkannt, dass ich dieselbe Beth von damals aus der High School bin.

»Wir waren Freunde«, stottere ich. Ich weiß nicht, warum ich das Bedürfnis habe, es zu erklären. »Ich habe ihm bei einem Englischprojekt geholfen. Für eine kurze Zeit wurden wir mehr als nur Freunde.«

Adams breite Hand drückt sein Bein über seinem Knie. »Haben Sie – haben Sie noch Gefühle für ihn?«

»Was?«, flüstere ich laut und blicke zu der Stelle

hinüber, wo Jaeger und Cali einige Meter entfernt sitzen. »Nein. Natürlich nicht.«

Das Letzte, was ich will, ist, dass die Leute sich fragen, ob ich noch etwas für Jaeger empfinde. Welche romantischen Gefühle ich auch immer für ihn hatte, sie waren vergangen, kurz nachdem er mit mir Schluss gemacht hatte. Er ist ein guter Kerl, aber das ist alles.

Dieses Gespräch ist zu persönlich geworden. Ich lange nach unten und hebe eine Kiefernnadel vom Boden auf. »Wie war die Feier bei Farleys? Haben Sie Ihr Körpergewicht in Hot Wings gegessen?«

Adams Gesichtsausdruck erhellt sich und er reibt sich die Mundwinkel. »Nicht ganz. Aber das könnte Sie interessieren. Ich werde neue Mitarbeiter einstellen.«

Ich halte mir die Kiefernnadel vor die Nase und nehme den frischen, holzigen Duft auf. »Was zu erwarten war, da die Assistentenstelle durch Ihre Beförderung frei geworden ist. Ich kann sie am Montag gerne neu ausschreiben.«

»Nein«, sagt er scharf. »Das ist nicht nötig. Blackwell will, dass ich mich selbst um die Neueinstellungen kümmere.«

Ich drehe mich in meinem Campingstuhl zu ihm, was nicht leicht ist, denn in der Mitte des Stoffes ist eine Vertiefung und ich wackle mehr, als dass ich mich wende. »Was sind es denn für Positionen? Und warum sollten Sie nicht die Personalabteilung nutzen? Wir hatten unsere Meinungsverschiedenheiten, aber wir verstehen uns gut genug, um unsere Arbeit zu erledigen.«

Adam blickt über das Lagerfeuer. Mira sieht mit besorgtem Gesichtsausdruck zu uns herüber, vermutlich wegen meiner erhobenen Stimme. »Kommen Sie mal mit.« Er steht auf und geht auf das Deck zu.

Ich erhebe mich aus dem Campingstuhl, folge ihm

langsam und beobachte, wie Adam sich auf die geschlossene Abdeckung des Whirlpools hochstemmt.

Er greift nach unten. »Geben Sie mir Ihre Hand.«

Mein Bedürfnis, herauszufinden, warum er neue Mitarbeiter ohne die Personalabteilung einstellt, überwiegt meinen Wunsch, seine Berührung zu vermeiden. Ich tue, was er sagt, seine große Hand verschlingt meine und wärmt mich von innen heraus. Er hilft mir hinauf und ich halte Abstand, lasse meine Füße über den Rand der Whirlpool-Abdeckung baumeln und schaffe Platz zwischen uns.

Es gibt nur eines, was ich von Adam will, und es ist nicht der Abdruck seiner warmen Hand auf meinem Körper. »Was ist im Blue los? Ich weiß, dass da etwas ist, also tun Sie nicht so, als ob Sie von nichts wüssten.«

Ich habe mich umgehört. Gerüchten zufolge war Paul, einer von Blackwells Blue Stars, früher genau wie Drake Peterson – der Mann, der Gen belästigt hat und der Grund dafür war, dass das Blue mich eingestellt hat. Etliche Admins sagten, Paul hätte einige Mitarbeiterinnen begrapscht und die Cocktailkellnerinnen regelmäßig angemacht. Nicht, dass ich Gerüchten hundertprozentig vertraue. Ich weiß besser als jeder andere, wie falsch Gerüchte sein können, aber bei all der Heimlichtuerei im Management kann ich nicht umhin, mich zu fragen, was Blackwell über seine Blue Stars zu verbergen hat. Und da ich nicht zu seinem inneren Kreis gehöre, habe ich kein Problem damit, Adam um Informationen auszuhorchen.

Er lehnt sich auf seine Ellbogen zurück. »Nichts, worüber ich reden kann. Manche Dinge sind… exklusiv.«

Mein Blut kocht. Ich drehe mich um und beuge mein Knie über die Abdeckung, um ihm ins Gesicht zu sehen. »Was für ein Schwachsinn ist das denn?« Ich sehe zu unseren Freunden hinüber, atme tief ein und senke meine

Stimme. »Haben Sie eine Ahnung, wie beschissen die Typen sind, mit denen Sie sich abgeben?«

Adam runzelt die Stirn und setzt sich auf, sein Gesicht ist nur Zentimeter von meinem entfernt. »Warum? Was haben sie getan?«

»Jaeger hat Ihnen sicher erzählt, was sie mit Gen und Cali gemacht haben?«

»Ja, natürlich. Es war schrecklich, aber das war ein Kerl, nicht das ganze Casino. Und dieser Typ sitzt im Gefängnis. Sie brauchen sich keine Sorgen zu machen.«

»Ach wirklich?« Mein sarkastischer Ton macht deutlich, dass ich anderer Meinung bin.

»Was ist los, Hayden? Was wissen Sie?«

»Manche Dinge sind *exklusiv*.« Es ist ein kindischer Kommentar, aber was soll's. Adam wird einer der Blue Stars werden; er weiß wahrscheinlich alles über Gen und eine Menge anderer Dinge, wie die Drogensuite, die Mira und Tyler gefunden haben, als Drake gefeuert wurde. Aber jetzt weiß er, dass *ich es weiß* – nun, zumindest einen Teil davon – und ich werde nicht ignorieren, was hinter den Kulissen vor sich geht, so wie er es zu tun bereit ist.

Er studiert mich noch einen Moment länger. »Warum hassen Sie mich? Ist das alles wegen der Dinge, die ich vor Jahren getan habe?«

»Sie hassen?«, keuche ich. »Weil ich mich Ihnen nicht vor die Füße werfe wie jede andere Frau?«

Er blickt auf, als würde er nachdenken. »Frauen werfen sich mir vor die Füße? Wenn sie das tun, habe ich scheinbar etwas verpasst. Und ich bin sehr aufmerksam, was Frauen betrifft.«

Ich ignoriere den Spott. »Sie spazieren ahnungslos ins Blue herein und werden plötzlich Manager, der Leute für ein geheimes Projekt einstellt, womit Blackwell Sie in seine

Tasche steckt? Ich weiß nicht, Adam, warum sollte ich Ihnen nicht vertrauen?«

Er lehnt sich näher heran. Wahrscheinlich, weil meine Stimme immer lauter wird, je länger wir reden. »Ich weiß nicht, *Hayden*. Wenn Sie ehrlich sind und über die Vergangenheit hinweggekommen sind, was haben Sie dann gegen mich?«

Gegen ihn. Seine Worte hallen in meinem Kopf wider, und plötzlich ist all diese Wärme wieder da – die Wärme, die von seinem Körper ausgeht, die Wärme, die sich durch seine Nähe in mir aufbaut.

Der Blick seiner blauen Augen, in diesem Licht fast schwarz, taucht zu meinem Mund, und ich atme tief ein.

»Sie können mich mal.« Ich springe von der Abdeckung des Whirlpools und gehe auf die Gruppe zu, aber Mira ist bereits auf dem Weg herüber.

»Was ist denn los?«, fragt sie und schaut an mir vorbei zu Adam, der sich wieder auf die Ellbogen stützt. Aber dieses Mal starrt er nach unten und verzieht das Gesicht.

»Nichts. Ich denke, ich rufe ein Taxi und fahre nach Hause. Ich bin müde.«

»Lass uns gehen. Vor allem, wenn Adam sich wie ein Scheißkerl verhält.« Sie blickt über meine Schulter zu ihm hinüber.

Ich schlucke und es wird mir bewusst, dass es nicht an Adam liegt, sondern am Blue Casino. »Tut er nicht.«

Ich weiß nicht mit Sicherheit, dass Adam mit den Blue Stars unter einer Decke steckt. Einen Verdacht gegen das Casino zu hegen, aber es nicht sicher zu wissen, macht mich verrückt. »Ich bin nur frustriert von der Arbeit«, sage ich zu ihr.

Wir kehren zur Gruppe zurück und Mira verweist auf unseren frühen Arbeitsbeginn am nächsten Morgen. Wir verabschieden uns und ein paar Minuten später machen wir uns auf den Weg zu Tylers Land Cruiser, der in der Einfahrt geparkt ist.

Ich höre jemanden meinen Namen rufen und drehe mich um.

Adam joggt auf uns zu. »Wartet mal«, sagt er.

Mira zieht fragend eine Augenbraue hoch, aber sie und Tyler steigen in den Wagen, während ich mit Adam draußen stehe.

Er steckt eine Hand in die Vordertasche seiner Designerjeans. »Ich weiß, es ist außergewöhnlich, Leute außerhalb Ihrer Personalabteilung einzustellen. Das ist nicht normal, das verstehe ich. Aber Blackwell will es so.«

Hier draußen sollte es kühler sein, abseits des Lagerfeuers, aber das ist es nicht. Es ist heiß und unbehaglich. »Ich verstehe. Sie müssen Blackwells Anweisungen befolgen. Aber die richtigen Leute einzustellen, ist nicht so einfach, wie es aussieht.«

Er schmunzelt. »Wie schwer kann es sein, einen Assistenten einzustellen?«

Da haben wir ihn. Das ist der Adam, der mich bei der Arbeit zur Weißglut treibt.

Anstatt zurückzufeuern, kommt mir eine Idee in den Sinn… Vielleicht war es der Tequila heute Abend, oder vielleicht war es die Tatsache, dass ich meinen neuen Freunden meine anrüchige Vergangenheit gestanden habe, aber ich habe das Bedürfnis, ihm ein wenig in den Hintern zu treten. »Was halten Sie von einer Wette?«

»Jetzt wetten wir schon?« Er gluckst. »So weit hat sich unsere Beziehung verschlechtert? Ich hätte nicht gedacht, dass Sie Wettspiele mögen.«

»Wenn ich mir meiner Chancen sicher bin, bin ich bereit zu wetten.«

Er beugt sich vor und stützt den Arm auf die Seite des Wagens. »Was haben Sie im Sinn?«

Ein Hauch von Seife und Mann hüllt mich ein und mein Verstand ist leer.

Mein Körper kippt gegen den Wagen und ich blinzle heftig. »Wen auch immer Sie für die Assistentenstelle einstellen… Ich wette, Sie werden ihn oder sie bald wieder entlassen.« Ich blicke auf und rechne geistig nach. »Ich gebe der Person zwei Wochen.«

Er sieht mir in die Augen. Etwas liegt in seinem Blick – Neugierde? Respekt? »Ich nehme die Wette an. Wenn ich gewinne, halten Sie sich von meinen neuen Mitarbeitern fern. Sie werden nicht in ihren Akten herumschnüffeln oder sie im Auge behalten.«

Interessante Auswahl an Kriterien. Und ziemlich belastend, wenn man bedenkt, dass er mit den Blue Stars zu tun hat.

»Und wenn ich gewinne?«

Er zuckt mit den Achseln. »Was immer Sie wollen. Ich bin ziemlich gut mit meinen Händen.« Er grinst anzüglich und ich rolle meine Augen. »Sie sind ein alleinstehendes Mädchen. Ich bin sicher, es gibt etwas, wobei Sie im Haushalt Hilfe brauchen.«

»Ist das alles, was Sie können? Ich bin mir nicht sicher, ob das Auswechseln einer Glühbirne gleichbedeutend damit ist, verdächtige Aktivitäten bei der Arbeit zu ignorieren. Aber mal abgesehen davon, woher wissen Sie, dass ich Single bin? Nur weil ich nicht an Ihnen interessiert bin, heißt das nicht, dass ich nicht an einem anderen Mann interessiert bin.«

Sein Kiefer ist angespannt. »*Sind* Sie Single?«

Das ignoriere ich. Ich werde ihm nicht die Genugtuung verschaffen, Einblick in mein Privatleben zu erlangen. »Aber noch wichtiger: Woher wollen Sie wissen, dass *ich* nicht handwerklich begabt bin?«

Kurz schweigen wir, als Adam mich anstarrt, sein

Kiefer noch von der ersten Frage angespannt. »*Sind* Sie gut mit Ihren Händen, Hayden?«

Das klingt zweideutig. So zweideutig, dass es mein Herz zum Flattern bringt, verdammt nochmal. Und nein, ich bin nicht gut darin, Dinge zu reparieren. »Gut. Wenn ich gewinne, vergessen Sie die Reparaturen – Sie können mir etwas *bauen*. Da Sie so gut mit Ihren Händen sind.«

Wie gern würde ich sehen, wie dieser hübsche Junge versucht, etwas zu bauen – *irgendwas*. Ich wette, er würde sich einen Nagel in den Daumen hauen, ein paar Mal fluchen und jemanden bezahlen, der das für ihn übernimmt. Das allein würde mir schon Munition geben, die ich monatelang gegen ihn verwenden könnte. Das wäre es wert. Außerdem kann er diese Wette auf keinen Fall gewinnen.

Er zieht eine Augenbraue hoch. »Keine Hinweise darauf, was das wäre?«

»Sie werden schon sehen. Nachdem ich gewonnen habe.« Ich blicke auf seinen Arm neben meinem Kopf, der mich einsperrt und Hitzewellen in meinem Körper verursacht.

Er lässt seinen Arm sinken und ich öffne die Wagentür. Ich gleite auf den Rücksitz, bestrebt, mich Adams Geruch zu entziehen, der komische Dinge mit meinem Kopf anstellt.

Tyler winkt Adam zu, der vorne um den Truck herumgeht, und legt den Rückwärtsgang ein.

»Alles in Ordnung?«, fragt Mira.

»Ja. Nur eine kleine freundschaftliche Wette, die ich zu gewinnen gedenke.«

Kapitel Fünf

Adam

Ich kehre in Zach und Nessas Wohnzimmer zurück, die Brust aufgeblasen, die Hände geballt und vom Adrenalin kribbelnd. Ich habe Haydens Wette nur zugestimmt, weil ich auf keinen Fall verlieren werde. Und ich möchte, dass sie sich aus dem Projekt raushält, auf das Blackwell mich angesetzt hat.

Es ist nichts dabei, ein paar Leute einzustellen, aber Paul und William haben sich was dieses Projekt betrifft seit Monaten verdächtig verhalten, und ich traue ihnen nicht. Das ist kein ausreichender Grund, einen Rückzieher zu machen – es würde mich viel mehr kosten, die Gelegenheit zu verpassen, mich von dem Cade-Geld zu trennen – aber ich werde Hayden da raushalten, nur um sicherzugehen.

Jaeger starrt mich an, als hätte ich den Verstand verloren. »Was zum Teufel war das?«

Hat er mein Gespräch mit Hayden überhört? Denn ich muss sagen, dass ich unser geistiges Gerangel genossen habe. Das bringt mich immer in Fahrt, aber ich will nicht, dass Jaeg davon erfährt. Er könnte auf falsche Gedanken kommen. Ich tue es mit einem Achselzucken ab. »Wovon redest du?«

»Von dir. Und Hayden. Was geht da vor?«

»Nichts. Wir diskutieren. Das ist typisch für uns.«

Jaeg neigt den Kopf. »Ich habe dich noch nie einer Frau hinterherjagen gesehen.«

Ich kratze mich am Hals. »Ich würde nicht sagen, dass ich ihr nachgejagt bin.«

»*Gejagt.*« Jaeg spricht das Wort sehr bewusst aus.

Wenn ich nicht für meinen Vater arbeitete, unterrichtete ich in den Winterferien mit Jaeg und ein paar Kumpels Snowboarding fürs Heavenly Valley. Wir waren damals unzertrennlich und stehen uns seither nahe. Der Typ kennt mich, was in diesem Fall ungünstig ist.

»Na gut. Sie macht mich absolut verrückt, aber ich arbeite mit ihr zusammen. Ich will nicht, dass es morgen Spannungen gibt. Ich bin da rausgegangen, um die Sache zu bereinigen.« So in etwa. Vielleicht habe ich sie auch verärgert, aber das ist ihre Schuld. Sie bringt das Tier in mir zum Vorschein.

Alle schweigen – Jaeg, Cali, Zach, Lewis. Und sie starren mich an. »Was ist jetzt schon wieder?«

Jaeg blickt zu Zach, der die Lippen schürzt und den Kopf schüttelt, als ob er mir auch nicht glaubt oder nicht glauben kann, was er sieht. Er dreht sich zum Herd, sammelt Pfannen ein und legt sie in die Spüle. Lewis legt einen langen Arm um Gens Schultern und starrt weiter, als hätte er mich noch nie zuvor gesehen.

Mein Gott, kann ein Mann nicht mit einer Frau plaudern, ohne dass sein ganzer Freundeskreis ihn verurteilt?

Ich gehe rüber zu Zachs Esstisch. Er ist neu und eine gewaltige Verbesserung gegenüber dem vorherigen Flohmarkt-Schrotthaufen. Ich bin jetzt schon ein paar Mal zu

Zachs Taco-Dinner gekommen. Normalerweise ist es mir scheißegal, welche Möbel die Leute haben. Ich weiß, was für ein Glück ich habe, dass ich mir so viel leisten kann. Aber Zachs alte Möbel trotzten dem menschlichen Anstand. Dieser Mist musste sechzig Jahre alt gewesen sein und war verdammt geschmacklos. Zum Glück hat seine Freundin Nessa einen guten Geschmack. Ich habe bei einigen entscheidenden Stücken eine deutliche Aufwertung bemerkt, seit sie eingezogen ist. Meiner Meinung nach ist sie Heiratsmaterial. Er ist auch ganz schnulzig zu ihr, genau wie Jaeg zu Cali. Auf diesen Teil könnte ich verzichten, aber so läuft es eben.

Cali plumpst in den Stuhl neben mir. »Also, Adam. Hayden.«

Und los geht's. Ich mische einen Stapel Karten, den ich mir aus dem Bücherregal neben dem Tisch geschnappt habe. »Ich dachte, wir wären fertig mit diesem Gespräch.«

»Waren wir, waren wir. Aber ich dachte, du möchtest dich vielleicht… Du weißt schon, jemandem – mir – anvertrauen. Weil ich ein Mädchen bin. Wir Mädchen sind intuitiv. Ich bin ein Genie darin, den weiblichen Geist zu sezieren und Paaren zu helfen, zueinander zu finden.«

Gen verschluckt sich ein paar Meter entfernt krampfhaft. Lewis klopft ihr auf den Rücken, als sie nach ihrer Brust greift, ihre Augen weit aufgerissen. »Cali!«, ruft sie.

Cali winkt Gen ab, ihr Blick richtet sich auf mich, und nur auf mich. »Ich mache das, Gen. Warum gehst du nicht mit Lewis spazieren oder so?«

Gen reibt sich die Schläfen und Lewis umarmt sie mit einem Grinsen.

Ich spüre hier eine Vorgeschichte. Solange sich Cali und Gen duellieren, wird Cali mit etwas Glück Hayden und mich vergessen. Ich spiele eine Partie Solitär und warte, bis Zach mit dem Geschirr fertig ist, damit er uns ein Dessert zubereiten kann. Als ich das letzte Mal hier war, hat er Eisbecher gemacht. Ich habe gesehen, dass jemand Brownies mitgebracht hat. Ich könnte jetzt einen Schokoladen-Brownie mit einem Kilogramm Vanilleeis gebrauchen.

Cali faltet ihre Hände und sieht mich an. »Jaeger hat recht, Adam. Du bist anders. Ich weiß noch, wie du vor ein paar Sommern mit deiner letzten Freundin warst. Ich will nicht sagen, dass du ein Idiot warst, aber…«

Ich zähle drei Karten vom Stapel in meiner Hand und drehe sie um. »Aber du dachtest, ich sei ein Arsch?«

»Vielleicht ein bisschen.«

Meine letzte Freundin war wie alle meine Freundinnen. Sie war wunderschön. Anspruchsvoll. Und nie zufrieden mit der Menge an Aufmerksamkeit, die ich ihr schenkte. Ich kann es ihr oder den anderen Frauen, mit denen ich zusammen war, nicht verübeln. Ich war ein Arsch. Aber sie hatten auch hohe Erwartungen – teure Reisen, nette Geschenke. Ich konnte es mir leisten, aber ich hatte die Hintergedanken satt. Sogar die reichen Frauen, die sich im Club Tahoe herumtrieben und ihre Schlüsselkarten in meine Khakihosen steckten, benutzten mich für irgendetwas.

Am Ende meiner letzten Beziehung dachte meine Ex, ich hätte ein wanderndes Auge. Ich würde nicht sagen, dass es wanderte, eher dass ich die Zeichen der Zeit erkannte. Wenn ich das Gefühl hatte, dass eine Beziehung sich ihrem Ende zuneigte, machte ich sofort weiter und vergewisserte mich, dass ich derjenige war, der als Erster ausstieg. Und Jaeg hat recht. Ich sehne mich nicht nach denen, die ich zurückgelassen habe. Sobald sie mein Leben verließen, verschwanden sie auch aus meinem Kopf. Was – wenn ich jetzt so darüber nachdenke – unglaublich verkorkst ist.

Nach einer Trennung war ich schon immer ein launischer Bastard, aber es ist nie aus den Gründen, die die Leute vermuten. Ich war nicht verärgert, weil die Beziehung endete, sondern weil ich nichts fühlte. Nicht eine einzige verdammte Sache. Und wenn man nichts fühlt, scheint es manchmal, als gäbe es nichts, wofür es sich zu leben lohnt. Ich war noch nie selbstmordgefährdet, aber ich kann die trostlosen, dunklen Gedenken nachvollziehen, die Menschen manchmal haben, wenn das Leben beschissen ist.

Ich bin in den letzten Jahren solo geflogen, weil ich mich mit diesem Schwachsinn nicht beschäftigen will. Warum sollte man sich in etwas verwickeln, wenn es nur zu Frustration auf beiden Seiten führt? Deswegen nehme ich mir ein Beispiel an meinem Bruder. Belasse es zwanglos und verspreche nichts. Ganz einfach.

Wenn Jaeg recht hat, warum jage ich dann Hayden hinterher?

Ich denke mehr an sie, als ich sollte. Sie ist schön, klug – aber da gehe ich auf keinen Fall ran. Ich genieße das Geplänkel, weil sie genauso gut austeilt, wie sie einsteckt, und sie nimmt mir den Wind aus den Segeln, so wie es meine Brüder tun. Aber in einer Sache hat Jaeg recht: Ich fühle mich zu sehr zu ihr hingezogen. Und das ist nicht gut. Ich muss die Dinge unter Kontrolle halten. Ich muss einen gewissen Abstand wahren.

Cali starrt mich an, während mir all das durch den Kopf geht – eine beunruhigende Erkenntnis nach der anderen, die zu nahe an das Schwarze einer Zielscheibe führt, die ich nicht kommen gesehen habe.

Mag ich Hayden?

Ich schüttle den Schauer ab, der mir über den Rücken läuft. *Kommt nicht in Frage.*

Gerade als ich befürchte, Cali könnte meinen *Gefühlen*

weiter auf den Grund gehen wollen, wechselt sie die Richtung wie ein rothaariger Samurai, der mir den Atem aus der Lunge raubt. »Ich mag sie, Adam. Tu dieser Frau nicht weh.«

Mein Verstand arbeitet, während ich versuche, auf diese unerwartete Aussage zu reagieren. »Hayden ist nicht diese Frau. Sie ist eine Arbeitskollegin.«

Es ist schwer überzeugend zu klingen, wenn ich so dummes Zeug mache wie ihr in die Einfahrt nachzulaufen. Cali hat recht – das Letzte, was ich will, ist Hayden zu verletzen. Das habe ich schon einmal getan, und ich Arsch habe ich es nicht einmal gemerkt. Die Frau, die mich bei der Arbeit in den Wahnsinn treibt, ist dasselbe Mädchen, das mir in der High School unbewusst aufgefallen ist. Und die mit meinem besten Freund zusammen war.

Diese Hayden – diese selbstbewusste, elegant gekleidete Führungskraft bei Blue – ist nicht im Geringsten wie die Beth, mit der Jaeg zusammen war. Aber sie hat die gleiche Wirkung auf meine Instinkte.

Ich hinterließ eine Nachricht für einen meiner Fußballkollegen, packte mein Handy weg und wartete auf dem Parkplatz neben seinem roten Pickup auf Jaeg. Mein Bruder hatte Karten für eine Band in der Stadt ergattert, und ich wollte Jaeg seine Karte geben, bevor ich zu der obligatorischen Mitarbeiterversammlung im Club Tahoe ging. Ich arbeitete als Kellner am Pool, während ich von den flotten Frauen, die es sich leisten konnten, im Resort meines Vaters Urlaub zu machen, diskret angegrabscht und mit Trinkgeld gefüllt wurde. Mein Job war der Wahnsinn.

Mein Vater wollte, dass ich Erfahrungen in der Branche sammle. Er wusste jedoch nicht, dass ich eher Erfahrung darin sammelte, gelangweilte Hausfrauen zu beglücken, während ihre Ehemänner Golf spielten. Wenn ich meinen Nachmittag richtig einteilte, konnte ich beide meiner Pausen nutzen, um Frauen klar-

zumachen. Ich war mit sechzehn einen Meter fünfundachtzig groß, und das fiel den Frauen auf. Außerdem hatte ich reichlich überschüssige Energie, um sie zu unterhalten.

Als ich mir überlegte, welche diskreten Abstellkammern in der Nähe des Pools lagen und dazu geeignet waren, die langbeinige Brünette zu bespaßen, die mich gestern eindeutig angesehen hatte und von der ich heute einen weiteren Besuch erwartete, bemerkte ich schließlich Jaeg, wie er die Betonstufen zum Parkplatz hinunterlief. Sein Mund öffnete sich mit einem breiten Lächeln, als er sich auf das Mädchen in Jeans und einem ausgebeulten T-Shirt zubewegte, das neben einer Metallbank stand.

Sie war mir natürlich aufgefallen, und ich hatte sie schnell als schüchterne Streberin abgestempelt, die unter dem zu großen T-Shirt wohl kaum irgendwelche Kurven haben konnte. Normalerweise nicht mein Typ. Ihr Rucksack war fast so groß wie sie selbst, die Brille, die sie trug, überwältigte ihre Gesichtszüge. Aber ihr langes, Sand-blondes Haar war dick und seidig, und zu einem Pferdeschwanz zusammengebunden. Ich konnte durch ihre Jeans sehen, dass sie schöne Beine hatte. Obwohl sie nicht mein Typ war, hatte ich sie im Auge behalten, während ich auf Jaeg wartete.

Sie lächelte und senkte den Kopf, als Jaeg sich näherte. Er blieb vor ihr stehen und griff nach ihrer Hand. Ein seltsames Stechen zwickte mich in die Brust, was ich dem Doppel-Cheeseburger zuschrieb, den ich zum Mittagessen verdrückt hatte. Sie unterhielten sich einen Moment lang, dann umarmte Jaeg sie und ging weg. Das Mädchen drehte sich um und sah ihm nach, wobei dieses schöne Lächeln wie die Sonne selbst aus ihrem Gesicht strahlte.

Ich hatte noch nie eine Frau so lächeln gesehen. Das Lächeln, das ich normalerweise von Frauen bekam, war unzüchtig, berechnend − genauso, wie ich es mochte. Ein Lächeln, das mich in zwei Hälften spalten und verletzlich machen konnte, war zu gefährlich. Es gab zu viel zu verlieren.

Trotz meines Desinteresses an dem scheuen Mädchen

und Jaegs offensichtlichem Anspruch auf sie, erwischte ich mich wiederholt dabei, wie ich auf dem Schulgelände Ausschau nach ihr hielt. Weiter ging es nicht. Ich fragte nie, wer sie war oder wer ihre Freunde waren. Ich hatte Jaeg auch nie gefragt, was er an ihr fand. Selbst wenn Jaeg nicht Zeit mit ihr verbracht hätte, wäre ich auch nie in die Nähe eines solchen Mädchens gegangen. Sie war anders als die Mädchen, mit denen ich damals Zeit verbrachte. Sie war von der einzigartigen Sorte. Und mit sechzehn jagte mir das eine Heidenangst ein.

Das tut es immer noch.

Ein kleiner Teil von mir ist froh, dass es zwischen Hayden und Jaeg nicht geklappt hat. Nicht, dass ich ihr die Ereignisse, die sie aus der Stadt vertrieben haben, nicht abnehmen würde, wenn ich könnte. Aber selbst damals, als ich noch ein extrem egoistisches Arschloch war, hätte ich Hayden den Schmerz erspart, mit mir auszugehen. Ich hätte ihr am Ende nur wehgetan, und Hayden musste in der High School genug Schwachsinn ertragen. Außerdem hatte sie meine Art von emotionalem Ballast nicht verdient.

Die Dinge sind jetzt anders. Ich bin älter. Ich hoffe, dass ich auch klüger bin. Aber das bedeutet nur, dass ich es besser weiß, als eine Beziehung mit ihr überhaupt in Betracht zu ziehen. Wie Jaeg schon sagte. In ihrer Nähe fühle ich zu viel. Das bedeutet nicht, dass mir die Vorstellung gefällt, dass sie mit einem anderen zusammen ist. Verdammt sei sie dafür, dass sie meiner Frage, mit wem sie sich trifft, ausgewichen ist. Das nagt an mir, aber ich habe es darauf belassen. Ich habe keinen Anspruch auf sie. Damals nicht und auch jetzt nicht.

Ich lege die Karten ab und starre Cali an. »Bist du fertig damit, mich in die Mangel zu nehmen?«

»Ja«, sagt sie fröhlich. »Ich wollte nur klarstellen, dass

du dich in der Nähe von Hayden in Acht nehmen, oder meinen Zorn erfahren musst.«

Das war offensichtlich. Und nicht, weil ich Angst vor einer kleinen Cali habe, obwohl sie ein beachtlicher Feuerball ist, den ich nicht verärgern möchte. Ich könnte niemals mit Hayden zusammenkommen. Selbst ich ziehe die Grenze, bevor ich mich auf etwas einlasse, wenn ich weiß, dass ich jemanden verletzen könnte. Ich habe die Angewohnheit Frauen zurückzulassen, und Hayden ist die letzte Person, der ich das antun möchte.

Kapitel Sechs

Hayden

Ich lade mein Tablett mit einem Salat, Hähnchenstreifen und einem Keks auf. Manche Frauen verzichten auf Desserts, aber das ist Irrsinn. Wenn meine Naschlust nicht einmal am Tag gestillt wird, werde ich launisch. Ich wirke dem entgegen, indem ich meine Köstlichkeiten mittags anstatt direkt vor dem Schlafengehen esse. Das gibt mir genügend Zeit, es abzutrainieren während ich in diesem verrückten Casino herumlaufe.

Mira lässt ein Tablett vor meines auf einen der Tische in der Cafeteria plumpsen. Ihre Mahlzeit ist ungefähr so vernünftig wie meine, nur ohne den Salat. Unser Stoffwechsel ist jedoch nicht derselbe. Mira hat die Figur eines Supermodels, während ich das habe, was manche eine Sanduhr nennen würden. Oder eine Birnenform, wenn ich unter PMS-bedingten Stimmungsschwankungen leide. »Was hast du über Blackwell herausgefunden?«

»Nichts«, brumme ich.

Mira hält beim Kauen inne, ihr Keks baumelt in ihrer

Hand. Sie isst ihre Desserts zuerst, was ich bewundern muss. »Nichts? Es ist Monate her, seit Drake verurteilt wurde.« Sie setzt ihren Keks ab. »Er sitzt bereits wegen der Körperverletzung und dieser blöden Geldwäschesache, die ihm das Casino angehängt hat. Drake war ein Bully, aber niemand wird so spektakulär überführt, es sei denn, er ist eine Schachfigur. Jemand anderes hat das Sagen«.

»Ich weiß.« Ich verzichte auf das gesunde Essen und betrachte meinen Keks. Vielleicht hat Mira recht. Zuerst das Dessert.

Ich habe versucht, etwas über das Blue Casino zu finden, das ich der Polizei vorlegen kann. Ich habe alle Datenbanken und Dateien, auf die ich Zugriff habe, durchsucht, was neben der Arbeit Wochen in Anspruch genommen hat. Ich habe sogar meine Freizeit bei Veranstaltungen des Casinos verbracht, weil ich dachte, ich könnte etwas aufschnappen. Aber nichts. In letzter Zeit ist nicht eine einzige verdammte Sache passiert, die ich als verdächtig bezeichnen könnte, es sei denn, man berücksichtigt Adams Beförderung. Was ich tue.

Leider ist es nicht illegal, jemanden zu befördern, genau wie es nicht illegal ist, jemanden wegen schlechter Leistung zu entlassen. Adams Chef wurde gefeuert, nachdem die Akte mit den Informationen über die Suite, die Mira und Tyler gefunden hatten, in meinen Händen gelandet war, während die Frau krank zu Hause war. Es ist klar, dass die alte Hotelmanagerin gefeuert wurde, weil sie versehentlich Informationen weitergegeben hatte – Information, die dann auf mysteriöse Weise von meinem Schreibtisch verschwand.

Auf dem Papier ist das Blue Casino so klar wie der See, nach dem es benannt ist. Aber wenn man tief genug taucht, findet man ein trübes Zentrum. Ich weiß es einfach.

Wie Mira sagte, ist es schwer zu glauben, dass Drake der einzige Kriminelle an diesem Unternehmen war. Vielleicht lasse ich zu, dass frühere Erfahrungen mit Bullys meine Beziehung zum CEO trüben. Es gibt beschissene Bosse da draußen, die nicht an illegalen Aktivitäten beteiligt sind. Und ich könnte das glauben – wenn Blackwell nicht so hartnäckig darauf bedacht wäre, mich aus dem Geschäft herauszuhalten, das er mit seinen Blue Stars betreibt. Und wenn Mira und Tyler nicht die Suite voller Drogen gefunden hätten, die das Casino anscheinend liefert.

»Ich kann ihm nichts anhängen, und glaub mir, ich habe es versucht.« Ich beiße in meinen Keks. Ich glaube nicht eine Minute lang, dass die Blue Stars damit aufgehört haben, was sie in dieser Suite getan haben, nur weil sie plötzlich ausgeräumt wurde. Und irgendetwas daran, dass diese Typen damit davonkommen, macht mich wirklich wütend. Vielleicht liegt es daran, dass ich auf der Empfängerseite von Menschen war, die Leben ruinieren – andere Bullys, dieselbe Stadt – aber ich kann die Sache nicht fallenlassen.

Ich lege meinen halb gegessenen Keks hin. »Ich kann keine belastenden Unterlagen finden. Blackwell und seine Blue-Star-Arschlöcher sind seit der Verhaftung von Drake Peterson besonders vorsichtig.«

Mira verzieht das Gesicht. »In gewisser Weise bin ich froh. Vielleicht haben sie aufgeräumt?«

Ich schüttle den Kopf. «Das habe ich in Betracht gezogen, aber du sagtest, sie hätten aufgeräumt, als du und Tyler die Suite gefunden habt, nicht aber, dass sie den Laden schließen. Ich bin froh, dass es in letzter Zeit keine Berichte von Übergriffen gab und dass wir keine weitere Suite mit Drogen gefunden haben, aber das Casino verbirgt etwas. Warum sollte Blackwell mich sonst von der

Einstellung neuer Mitarbeiter fernhalten? Es ist, als hätte er etwas vor, von dem ich nichts wissen soll.«

»Du hast recht. Das ist seltsam.«

»Ich habe es aufgegeben, intern zu suchen. Blackwell hält alles um mich herum unter Verschluss. Ich komme nicht in seine kleine Blue-Star-Crew, also habe ich angefangen, über seinen Hintergrund zu recherchieren. Vielleicht finde ich dort etwas.«

»Kann nicht schaden.« Mira nimmt einen Bissen von ihrem Hauptgericht, jetzt, wo sie ihren Keks gegessen hat. Sie studiert mein Gesicht, als würde sie etwas entscheiden. »Es gibt eine Person unter Blackwells Saphir-Ring-Jungen, der du nahekommen könntest.«

Ich nehme einen Bissen von den Hähnchenstreifen. Okay, vielleicht ist Fett ein genauso guter Muntermacher wie Zucker. Ich schlucke den Bissen in meinem Mund hinunter. »Ziemlich sicher gibt es die nicht. Ich habe es versucht, und nicht ohne eine Menge Demütigungen. Diese Blödmänner, die sich bei Blackwell einschleimen, verspotten mich. Sie lassen mich wissen, dass ich nicht willkommen bin, und flirten dabei schamlos. Ich bin sicher, einer oder mehrere wären bereit mit mir zu schlafen, aber daraus würde ich keine Informationen bekommen. Nicht, dass ich jemals erwägen würde, etwas so Ekelerregendes zu tun.« Ich schaudere bei dem Gedanken, mit Paul oder sonst einem der Männer zu schlafen, die im Casino herumlaufen und Blue-Star-Ringe tragen.

»Ich habe mich nicht auf *diese* Typen bezogen.« Sie lächelt suggestiv.

»Oh nein.« Das Funkeln in ihren Augen sollte Warnzeichen haben. »Zieh nicht mal in Erwägung, was ich denke, dass du sagen willst.«

»Komm schon, Hayden. Was hast du gegen Adam? Ich weiß, dass du ihn willst.«

Ich verschlucke mich an dem letzten Bissen Hühnchen. »Ihn *wollen*? Ich würde mir lieber die Augenbrauen rasieren, als mich diesem schmierigen Idioten zu nähern. Er ist ja ganz charmant und gut aussehend, aber man kann ihm nicht trauen.«

Mira nimmt einen Schluck von ihrer Limonade. »Deine Augenbrauen, wirklich? Ich meine ja nur, du solltest es versuchen. Schließt er dich genauso aus, wie die anderen?«

»Nicht ganz«, sage ich vorsichtig.

»Richtig. Tut er nicht. Du sagtest gestern Abend sogar, dass nicht er es war, auf den du wütend warst, sondern auf die Dinge, die im Blue passieren. Nach allem, was ich gesehen habe, hat Adam versucht, sich mit dir anzufreunden. Zugegeben, er provoziert dich, was er, wie ich glaube, mit Absicht tut, um dich zu ärgern. Er ist kein schlechter Kerl.«

»Er belästigt mich.«

Miras Gesicht zieht sich ungläubig zusammen.

»Er argumentiert ununterbrochen mit mir«, füge ich hinzu.

»Das ist keine Belästigung«, betont sie.

»Ich würde ihm am liebsten einen Tacker an den Kopf werfen, also ist er offensichtlich verdammt belästigend.«

Mira knüllt ihre Serviette zusammen und schwingt ihre Beine über die metallene Bank im Picknick-Stil, wodurch sich jeder Männerkopf in ihre Richtung dreht. »Ich will damit nur sagen, dass du zusätzlich zu deiner Hintergrundüberprüfung von Blackwell… etwas offener für eine Freundschaft mit Adam sein solltest. Er ist eine Ressource, die du noch nicht angezapft hast.«

»Angezapft?« Was genau will sie, dass ich mit ihm mache?

Sie rollt die Augen. »Schlechte Wortwahl. Du weißt, was ich meine.«

Ich tupfe meine Mundwinkel mit der Serviette ab und stehe auf. »Ich werde es versuchen. Aber ich mache keine Versprechungen. Wenn er mich so nervt, dass ich in Erwägung ziehe, ihm seinen hübschen Hals umzudrehen, kann ich für nichts garantieren.«

Sie kichert. »Ihr beide. Ihr hättet euch schon vor Monaten ein Zimmer nehmen sollen.«

Ein Zimmer nehmen? Ist sie verrückt? »Es ist mir egal, wie gut Adam aussieht; er treibt mich in den Wahnsinn. Im Notfall werde ich dich daran erinnern, dass das *dein* Vorschlag war.«

Sie grinst. »Das dürfte interessant werden.«

Nachdem ich mich von Mira in der Blue Cafeteria getrennt habe, gehe ich in mein Büro und laufe schnell an Adams Tür vorbei, nur für den Fall, dass er untätig darin herumlungert. Ich habe gesagt, dass ich es versuchen würde. Das heißt aber nicht, dass es heute schon damit losgeht.

Ich bin ein paar Schritte an seinem Büro vorbei, als ich meinen Namen höre. Stöhnend lasse ich die Schultern hängen und drehe mich um.

»Haben Sie einen Moment Zeit?«, fragt Adam, die Hände in die Anzughose gesteckt, die Jacke über einem Hemd geöffnet, das sich über eine athletische Brust und schlanke Taille spannt.

Ich bin stark. Ich schaffe das.

Vielleicht hat Mira recht. Vielleicht ist jetzt der perfekte Zeitpunkt, um Adam gegenüber höflicher zu werden. Ich zaubere ein Lächeln auf mein Gesicht. »Klar, was gibt es?«

Adams Augen weiten sich minimal. Okay, vielleicht

war das ein bisschen zu fröhlich, verglichen mit meinem normalen Verhalten in seiner Gegenwart.

»Ich dachte, es interessiert Sie vielleicht, dass ich eine Assistentin gefunden habe. Ich habe sie heute Morgen eingestellt. Sie ist ideal.«

Das Glitzern in seinen Augen kann kein gutes Zeichen sein. Ich habe Adam gestern Abend gesehen. Wie zum Teufel hat er in ein paar Stunden jemanden gefunden und eingestellt? »Sie?«

»Sie.«

»Wie haben Sie sie angeworben?«

»Sagen wir einfach, sie ist eine professionelle Kundenbetreuerin. Sie ist perfekt fürs Gastgewerbe.«

Höflich, freundlich, erinnere ich mich. »Okay, herzlichen Glückwunsch. Ich freue mich darauf, sie kennenzulernen.« Doch meine Höflichkeit hat ihre Grenzen. »Aber Sie wissen, dass Sie die Wette noch nicht gewonnen haben. Wir haben uns auf zwei Wochen geeinigt. Wenn sie danach noch hier ist, können wir reden.«

Er grinst, aber seine Augen werden schmal. »Sie können sie nicht feuern, Hayden. Das würde unsere Abmachung zunichtemachen.«

Ich drehe mich um, gehe weiter den Flur entlang und sage über die Schulter: »Oh nein, das ist Ihr Job.«

Kapitel Sieben

Adam

Alles verläuft nach Plan. Ich habe schneller eine Assistentin eingestellt, als ich dachte, und das Mädchen ist perfekt – genau so, wie Paul und William sie beschrieben haben. Mit Sicherheit eine perfekte Zehn, aber sie ist auch verdammt skrupellos. Sie quetschte mich über das Gehalt aus, bevor ich ihr die Stelle überhaupt angeboten hatte. Sie muss gut sein, wenn sie so verhandelt.

Ich gieße das Wasser der Nudeln ab, die ich gekocht habe, nachdem ich von der Arbeit nach Hause gekommen bin, und schalte die Herdplatte ab, die die Soße erhitzt. Meistens hole ich mir etwas zum Mitnehmen, aber manchmal nervt mich sogar das. Im Laufe der Jahre habe ich mir die Grundlagen des Kochens beigebracht. Eine besondere Fähigkeit, die meine Brüder, so selbständig sie auch behaupten zu sein, gern ausnutzen, indem sie zur Essenszeit unangekündigt vorbeikommen.

Ich decke mir einen Platz am Esstisch, schalte den *SportsCenter*-Kanal ein und stelle mich darauf ein, in einen

Berg von Pasta und sportlichen Höhepunkten einzutauchen, als es an der Tür klingelt.

Herrgott, woher wissen meine Brüder das immer? Ihr Gespür für Timing ist unheimlich.

Ich schalte den Fernseher auf stumm und durchquere das Wohnzimmer bis zur Haustür. Nur ist es keiner meiner Brüder.

»Bist du Adam?« Die Frau, die auf meiner Veranda steht, trägt starkes Make-up und so viel Glitzer in der Nähe ihrer Ohren, Brüste und Schuhe, dass ich vorübergehend geblendet bin.

Ich blicke auf ihre Freundin – eine Brünette mit schwarzem Choker und roten Lippen. Beide Frauen tragen kilometerhohe Stöckelschuhe und Kleider, die die wichtigsten Stellen nur knapp bedecken. Ich bin mir ziemlich sicher, dass ich bei der Aussicht, die ich habe, auch die Körbchengrößen erraten könnte.

»Sicher, ich bin Adam. Was kann ich für euch tun?«

»Paul schickt uns.« Die Blondine rattert Pauls Nachnamen und Beschreibung herunter. »Er sagte, wir sollen dir heute Abend eine schöne Zeit bereiten. Wenn die Polizei fragt, hieß er natürlich nicht Paul und sah wie ein großer Wikinger aus.« Sie grinst verspielt und zieht einen Samtbeutel mit Kordelzug heraus. »Er wollte, dass ich dir das hier gebe. Er sagte, es würde dir gefallen.«

Ich nehme den Beutel und sehe hinein – ein versiegeltes Säckchen mit weißem Pulver.

Mist! Diese Vollidioten schicken mir ernsthaft Prostituierte und Kokain vorbei.

Ich verstehe, dass Paul und William froh sind, dass ich an Bord bin, aber das geht zu weit. Tatsächlich schreit es nach einer Art Test.

Wenn sie damit meine Beförderung feiern wollten, wären Paul und William hier. Das ist etwas anderes. Ich bin mir nicht ganz sicher, was es ist, aber diese Mädchen abzuweisen wäre ein schlechter Schachzug. Wie ich Paul kenne, würde er es als persönliche Beleidigung auffassen. Und wenn das ein Test ist, darf ich nicht durchfallen. Ich brauche ihr Vertrauen, wenn ich Boni will, dass meine Boni so hoch sind wie die Anteile des Familienvermögens, die ich normalerweise erhalte.

Ich grinse und trete zur Seite. »Kommt rein, meine Damen. Fühlt euch wie zu Hause.« Ich ziehe mein Handy heraus und sende eine kurze Nachricht ab.

Die Frauen kommen herein, und sie machen es sich gemütlich. Und ich meine *wirklich* gemütlich. Sie ziehen ihre Kleider aus und entblößen Pailletten-besetzte BHs und String-Tangas.

Ich schenke Wein in Gläser und sehe diskret nach der Zeit, wobei ich meinen Ausdruck nichtssagend und freundlich halte.

Die Brünette mit dem schwarzen Choker kommt herüber. Ich reiche ihr ein Glas, aber anstatt den Wein zu nehmen, greift sie nach mir. In meiner unteren Körperhälfte entspringt ein Lebensfunke, gegen den ich nichts tun kann. Ich weiß nicht, wie lange ich schon enthaltsam war. Monate? *Zu lange.*

Mein Lächeln ist selbstbewusst. »Warum setzt ihr euch nicht an den Tisch? Ihr könnt mit mir zu Abend essen.«

Blondie sieht die Beule in meiner Hose von der anderen Seite der Insel aus. »Ich kann meine Portion schon von hier aus sehen.«

»Ich auch«, sagt das Choker-Mädchen und kommt näher.

»Meine Damen, was wäre ich für ein Gentleman, wenn ich euch direkt mit ins Bett nehmen würde?«

»Ein normaler.« Das Choker-Mädchen kichert, was

angesichts ihrer starken, dunklen Schminke etwas seltsam erscheint.

Ich sehe unter dem Tresen nach meinem Handy und greife mir einen der Teller mit Nudeln. »Na ja, nennt mich altmodisch. Außerdem werdet ihr die Energie brauchen.« Ich zwinkere und gebe Blondie den Teller, bevor ich mir den anderen schnappe und mein Handy noch einmal überprüfe, obwohl ich das erst vor zwei Sekunden getan habe. Ich gebe das Essen an das Choker-Mädchen weiter, die jetzt sitzt.

Diesmal greift sie um mich herum nach meinem Hintern. »Vielleicht wollen wir nicht altmodisch sein.«

Ich muss sie für ihr Durchsetzungsvermögen loben.

Trotzdem halte ich den Teller zwischen uns und rühre mich nicht vom Fleck. Sie schmollt und nimmt ihn schließlich.

Ich bewege mich zu meinem Ende des Tisches, und gerade als ich mich auf meinen Stuhl fallen lasse, schwingt die Tür auf. Na ja, eher *platzt* sie auf. Mein liederlicher jüngster Bruder hat sie so heftig aufgestoßen, dass sie gegen die Wand kracht.

Ich seufze und schüttle den Kopf. Hunts Brust hebt und senkt sich, er atmet schwer. Bei dem zerzausten Anblick seiner Haare und seines chaotisch verdrehten Hemdes vermute ich, dass er keine Zeit damit verschwendet hat, in den Spiegel zu sehen, bevor er herge-kommen ist.

Hunts Blick richtet sich auf die halbnackten Frauen an meinem Tisch, und er streicht sein Haar zurück. »Aber hallo, meine Damen.«

Hunt macht seinem Namen alle Ehre, und bin ich froh, dass er das tut. Ich bin nicht daran interessiert, diese Frauen zu unterhalten, obwohl ich sie nicht einfach wegschicken und bei Pauls Test durchfallen kann. Aber meine Schlampe von einem Bruder würde mir diese Last nur zu gern abnehmen.

»Genau rechtzeitig. Meine Damen, das ist mein Bruder, Hunter. Er ist sehr freundlich, und er verbringt gern Zeit mit schönen Frauen.«

Blondie leckt sich die Lippen und zieht meinen kleinen Bruder mit ihrem Blick aus. »Lecker.« Wenn ich nicht wüsste, dass Hunt Frauen wie sie zum Mittagessen verspeist, würde ich mir Sorgen um ihn machen.

Hunt streift seine Schuhe ab, weil er weiß, dass ich seine dreckigen Sachen in meinem Haus nicht mag, und schlendert rüber. »Sagt mir eure Namen.«

Das Choker-Mädchen benutzt ihre charakteristische Geste und greift nach ihm, worauf mein schlampiger kleiner Bruder sich einlässt und ihr an die Brust fasst, die sie ihm unverfroren unter die Nase geschoben hat. Blondie steht auf und reibt sich von hinten an ihm. Hunt greift nach hinten und packt ihre nackte Arschbacke… Und das ist mein Stichwort, zu gehen.

Ich kippe meinen Rotwein hinunter, schnappe eine kleine Schachtel aus der Ramsch-Schublade und verlasse das Esszimmer in Richtung Badezimmer. Sobald ich drin bin, ziehe ich den Samtbeutel heraus und schütte das weiße Pulver in die Toilette. Ich spüle dreimal, um sicherzugehen, dass alles weg ist, dann ziehe ich ein Streichholz aus der kleinen Schachtel und verbrenne das Plastiksäckchen über der Toilette, bevor ich auch dessen Überreste herunterspüle.

Ich sacke auf den abgedeckten Toilettensitz und warte, bis ich keine Gespräche mehr hören kann. Aber selbst dann warte ich. Keine Gespräche bedeuten andere Dinge, und ich hoffe, dass mein notgeiler Bruder den gesunden Menschenverstand hat, diesen Mist ins Gästezimmer zu verlagern. Ich gebe ihm noch ein oder zwei Minuten.

Hunter ist der schamlose Bruder. Nicht, dass die anderen sich nicht ebenfalls auf den Präsentierteller gestellt hätten, mich eingeschlossen, wenn man bedenkt, dass ich ein Club Tahoe Pool-Junge und Kellner war. Hunt hat unsere Irrwege einfach auf eine neue Ebene der Verdorbenheit geführt.

Ich schrieb ihm eine Nachricht, sobald die Mädchen ankamen, aber er übertraf meine Erwartungen und kam innerhalb weniger Minuten an. Er muss wie der Wind gefahren sein.

Ich lehne mich nach vorn, die Unterarme auf die Knie gestützt. Ich hoffe, es ist kein Fehler, die Frauen an Hunt abzugeben. Oh, ich mache mir keine Sorgen um meinen Bruder. Er wird mir morgen danken. Ich mache mir mehr Sorgen darüber, was Paul denken wird. Mit den Frauen zu schlafen, die er geschickt hat, interessiert mich nicht. Ich bin kein Pool-Junge mehr. Mein Geschmack hat sich seitdem verfeinert.

Nach ein paar Minuten blicke ich aus der Badezimmertür in ein leeres Wohnzimmer. Es ist lächerlich, mich in meinem eigenen Haus zu verstecken... Und doch gehe ich leise hinaus und schleiche an der Küche vorbei.

Die Tatsache, dass ich weder meinen Bruder noch die Frauen sehen kann, bedeutet nicht, dass sie nicht immer noch hier sind. Je näher ich dem Wohnzimmer komme, desto lauter werden die dumpfen Geräusche aus dem Flur. Zumindest hat Hunt nicht das Hauptschlafzimmer benutzt. Sonst müsste ich ihn töten, wenn ich ihn das nächste Mal sehe.

Da die Frauen beschäftigt sind und das Koks entsorgt ist, schnappe ich mir meine Schlüssel und verschwinde aus meinem Haus. Die Nachtluft ist warm, als ich die Treppe zum Dock hinunter jogge. Das Haus, das ich seit letztem Jahr miete, kostet mich ein halbes Vermögen, aber die

Möglichkeit, das Boot jederzeit zu nutzen ist es mir wert. Und jetzt scheint eine gute Zeit dafür zu sein, da mein Bruder und zwei Prostituierte mein Zuhause besudeln.

Ich löse den Knoten, der das Boot mit dem Dock verbindet und klettere an Bord, wobei ich nach einer Windjacke im Buglager greife. Ich starte den Motor und fahre aus der Schutzzone hinaus.

Mein Haus liegt an der Ostküste, etwas nördlich der Grenze zwischen Kalifornien und Nevada. Ich steuere nach Süden, wobei die blockartigen Neon-Umrisse der Casinos vor der nächtlichen Bergkulisse sichtbar werden.

Paul kam mir nie wie ein gesetzestreuer Bürger vor, aber ich definiere meine Meinung über ihn von Minute zu Minute neu. Der Typ bedeutet nichts Gutes, aber gut oder nicht, ich brauche ihn. Und ich brauche das Blue Casino.

Wie schlimm kann das alles sein, solange keiner verletzt wird? Blackwell will also, dass ich für das neue Projekt ein paar weniger kritische Personen anheure. Wer bin ich schon, dass ich darüber urteilen kann?

Ich kann das.

Ich blicke zum Mosaik der Sterne auf. Hier draußen bin ich niemand und jeder, der ich sein möchte. Hier draußen, weit weg von der Welt, schwindet der Druck. Ich kann mich von meiner Familie, von meiner Arbeit, von allem trennen.

Und zum ersten Mal ist das nicht genug. Ich will mehr, und das macht mir Angst.

———

Am nächsten Morgen rolle ich mich aus dem Bett und ziehe ein T-Shirt und eine Jeans an. Die Frauen und Hunt waren noch da, als ich von meiner Bootsfahrt zurückkam, aber wenn ich jetzt aus dem vorderen Fenster blicke, sehe ich nur das Sport-Cabrio der Mädchen. Ein schönes Sport-Cabrio. Paul macht keine halben Sachen. Er bezahlt den Frauen gutes Geld.

Kopfschüttelnd schaffe ich es in die Küche. Ich mache besser ein paar Rühreier. Die Enttäuschung wird leichter zu überkommen sein, wenn die Frauen etwas gegessen haben.

Minuten später kommen sie heraus, ihre Gesichter sind weniger geschminkt als am Vorabend, die Haare etwas zerzaust. Ich habe noch nie von einer Prostituierten gehört, die übernachtet. Das zeigt, welche Wirkung Hunt auf Frauen hat. Mistkerl.

Blondie sieht sich um. »Wo ist dein Bruder?«

Ich serviere Eier auf zwei Tellern. »Weg. Möchtest du Milch in deinem Kaffee?«

Die Frauen sehen sich an. »Weg?«, fragt das Choker-Mädchen, heute Morgen ohne Halsreif, mit einem trostlosen Gesichtsausdruck. »Er ist gegangen, ohne sich zu verabschieden?«

Perfekt. Hunter bricht sogar die Herzen der Callgirls. »Hattest du auf seine Nummer gehofft?«, frage ich trocken.

Die Frauen setzen sich zögerlich an die Theke und stochern in dem Frühstück herum, das ich angerichtet habe.

»Nur damit das klar ist«, sage ich, während ich ihnen Kaffee nachfülle, »Ihr hattet gestern Abend eine ausgezeichnete Zeit, richtig?«

»Oh ja.« Blondies Augen sind verträumt. »Dein Bruder ist ein Gott im Bett.«

Ich zucke zusammen. »Ja, das muss ich nicht hören.« Ich ziehe den Stapel Scheine heraus, den ich vom Nachttisch geholt habe. »Falls jemand fragt, eure Dienste wurden in Anspruch genommen und waren mehr als willkommen. Haben wir uns verstanden?«

Blondies Augen werden schmal. »Paul soll nicht wissen, dass du nicht mit uns geschlafen hast.«

Ich lächle. »Kluges Mädchen.«

»Bist du schwul?«, fragt das Choker-Mädchen und nimmt einen Bissen von ihrem Essen, die Augen neugierig, wenn auch urteilsfrei.

Ich schmunzle. »Äh, das wäre ein Nein.« Tatsächlich gibt es eine Frau, die mir ihre spitzen Absätze in die Brust versenkt hat und mir jetzt eine Menge Ärger bereitet.

Ich hätte das Angebot dieser Frauen gestern Abend annehmen sollen, denn ich bin sicher nicht daran interessiert, eine Bindung zu entwickeln, besonders keine Bindung mit tiefgreifenden Gefühlen. Und mit Hayden wäre alles intensiv. Weder brauche ich, noch will ich das.

Die Frauen frühstücken zu Ende, und glücklicherweise muss ich sie nicht hinausbegleiten. Sie schnappen sich ihre Handtaschen und gehen zur Tür.

Blondie dreht sich um. »Wenn Hunter das nächste Mal feiern will, soll er Celia anrufen. Ich habe meine Nummer in die hintere Tasche seiner Jeans gesteckt.«

Ich hebe meine Augenbraue. »Du wusstest, dass er heute Morgen nicht hier sein würde?«

Sie zuckt mit einem leichten Lächeln die Achseln. »Typen wie er bleiben nicht. Aber sie kommen für Nachschlag zurück.« Und damit gehen sie und ihre Freundin.

Kapitel Acht

Hayden

Ich stopfe mir eine Handvoll Schokoladen-überzogener Erdnüsse in den Mund und esse mich durch meinen Stress. Nach der Durchsuchung des Casinos habe ich einen feuchten Dreck gefunden, aber beim Durchblättern der Online-Pressemitteilungen auf meinem Laptop, meine Füße in wuschelige Socken gesteckt, bin ich auf Artikel über Blackwells Vergangenheit gestoßen, die eine interessante Geschichte erzählen.

Joseph Blackwell, Erbe des Blackwell-Immobilienvermögens, nutzt seine San Francisco Verbindungen, um sich mit Immobilien am Lake Tahoe einen Namen zu machen. – **The Lake Tahoe Merchant**

Joseph Blackwell, Erbe und Besitzer des Season-Hotels in San Francisco, isst mit seinem Patenonkel und mexikanischem Geschäftsmann Jose De la Cruz zu Mittag. De la Cruz wurde mit

dem Drogenhandel in Verbindung gebracht, aber nie verurteilt. —
The San Francisco Tribune

Richtig, *in Verbindung gebracht*. Das ist die Art und Weise, wie die Medien sagen: *Wir sind ziemlich sicher, dass er ein psychotischer Drogenboss ist, aber da er so clever ist, sich nicht erwischen zu lassen, haben wir keine konkreten Beweise.* Es ist kein Volltreffer, aber ich hätte auch nicht gedacht, dass ich einen finden würde, sonst wäre Blackwell nicht unser CEO. Mira und die anderen sind auf dem Weg hierher, um darüber zu sprechen, wie es weitergeht, und das gibt mir etwas, das ich ihnen zeigen kann.

Vielleicht ist es nicht Blackwell, der irgendeine Art von Drogen- und Prostitutionsring im Blue leitet. Vielleicht ist es dieser De la Cruz-Typ? Während ich über die Verbindung nachdenke, erscheint auf der anderen Seite des Fensters ein Gesicht direkt neben meinem Kopf.

»Hallooooo«, sagt Mira grinsend durch das Drahtnetz.

Ich springe zurück und falle fast von der Couch. »Heilige Scheiße.« Ich halte meinen Laptop unsicher mit den Fingerspitzen, während ich mich zwischen der Couch und dem Couchtisch abstütze, um zu Atem zu kommen.

Ich stelle den Computer vorsichtig auf den Tisch und haste, um die Vordertür zu öffnen. Mira beugt sich lachend vor und hat eine große Papiertüte in den Händen. »Nicht lustig«, sage ich. »Du hättest mir einen Herzinfarkt verpassen können. Dafür sollte ich dich feuern.« An meinen Worten ist absolut nichts Wahres dran, aber verdammt, sie erwischt mich jedes Mal!

Sie setzt einen unschuldigen Gesichtsausdruck auf. »Hayden, du liebst mich. Du würdest mich nie feuern.«

Mira betritt das Haus, gefolgt von Gen, Lewis und Tyler. »Du machst das Leben bei Blue leichter«, stimme ich zu. Und sie hat recht, ich liebe sie wie eine Schwester.

Als ich nach Lake Tahoe zurückkehrte, fühlte sich das Haus, in dem ich aufgewachsen war, kleiner an, aber wenn diese Jungs hier hereinmarschieren, wirkt es, als würde es aus allen Nähten platzen. Lewis' Kopf reicht bis nur wenige Zentimeter unterhalb der niedrigen Deckenbalken und wenn sie Schulter an Schulter stehen, könnten Lewis und Tyler tatsächlich die Wände auf beiden Seiten berühren.

Meine Eltern haben dieses Haus ursprünglich als Einstiegshaus gekauft. Nach einigen Jahren liebten sie es so sehr, dass wir dort blieben. Und mit nur einem Kind waren zwei Schlafzimmer nie ein Problem. Aber das ist bei zwei übergroßen Männern und ihren Freundinnen nicht der Fall. Jeden Augenblick werden wir wie bei Flipper-Kugeln aneinanderprallen, wenn ich diese Typen nicht irgendwo unterbringe.

»Setzt euch.« Ich gestikuliere zu der kleinen L-förmigen Sitzgelegenheit neben dem Holzofen, den mein Vater installiert hat, als ich fünf Jahre alt war.

Lewis und Tyler nehmen die Sofas ein, und Mira, die schon einmal hier war, geht zur Küchenzeile, die ich vor sechs Monaten umgebaut habe. Ich höre sie im Kühlschrank herumwühlen. Als sie zurückkommt, jongliert sie mit Bierdosen und teilt sie aus. Ich setze mich in den Schaukelstuhl gegenüber der Jungs.

Gen öffnet den Deckel ihrer Dose und setzt sich auf den Arm der Couch, die Lewis' großer Körper einnimmt. »Ich habe heute mit meinem Vater gesprochen.« Gens berühmter Ex-Quarterback-Dad war maßgeblich daran beteiligt, Drake Peterson nach dem Angriff auf sie hinter Gitter zu bringen. »Seine Anwälte sagen, dass wir nichts tun können, solange wir nicht mehr Beweise gegen das Casino oder Blackwell haben. Was ziemlich genau das ist, was wir bereits wussten. Ich kann nicht glauben, dass

Blackwell es geschafft hat, die Verlegung dieser Suiten geheim zu halten. Es ist Wochen her, dass Drake verurteilt wurde.« Sie stößt Lewis mit dem Ellbogen an. »Kannst du nicht die Überwachungskameras anzapfen, während du an der Elektrik arbeitest oder sowas?«

Lewis und sein Vater sind Eigentümer von Sallee Construction und werden oft vom Casino für Bauarbeiten angeheuert.

Er runzelt die Stirn. »Das ist illegal. Ich könnte meine Lizenz verlieren, und man könnte das Filmmaterial wahrscheinlich nicht verwenden. Ich bin ziemlich sicher, dass man einen Durchsuchungsbefehl braucht, um so etwas zu bekommen.«

Mira zwängt sich auf der anderen Couch zwischen Tylers Beine. »Wir könnten versuchen, mit den Sicherheitsleuten, die das Überwachungssystem bedienen, zusammenzuarbeiten. Á la ›hoppla, wir sind gerade über dieses Material hier gestolpert, auf dem ein alter Kerl das Casino für Drogen und perversen Sex mit einer schönen Frau bezahlt‹.«

»Das habe ich schon überprüft«, sage ich. »Die Überwachungsleute haben Vertraulichkeitsvereinbarungen unterzeichnet. Sie könnten für den Diebstahl von Überwachungsmaterial ins Gefängnis kommen. Und wie Lewis sagte, ich glaube nicht, dass das vor Gericht zulässig wäre.«

»Und sie brauchen einen triftigen Grund, um einen Durchsuchungsbefehl anzuordnen.« Gen seufzt und rutscht den Arm der Couch hinunter, bis sie auf einem von Lewis‘ Beinen sitzt. Abwesend zieht er sie höher auf seinen Schoß. »Laut meinem Vater war Drake Peterson, soweit es die Polizei betrifft, die Ursache für die illegalen Aktivitäten des Casinos, und diese Sache ist bereits erledigt«

»Wir haben also nichts.« Ich lege den Kopf nach hinten und starre auf die getäfelte Holzdecke. Ich liebe diese Decke, aber im Moment sehe ich sie kaum. »Ich arbeite als Manager. Wenn da wirklich etwas vor sich geht, sollte es einfach sein, etwas zu finden, das man zur Polizei bringen kann.«

Haben wir uns geirrt?

Mira knurrt. »Diese Saphir-Ring-Typen sind solche Arschlöcher. Wie zum Teufel verbergen sie das alles?«

Ich schüttle den Kopf. »Ich wünschte, ich wüsste es.«

»Was ist mit der Hintergrundrecherche? Hast du etwas über Blackwell gefunden?«

Ich erinnere mich an die Artikel, die ich gefunden habe. Ich schwinge nach vorn und stehe auf. »Das habe ich tatsächlich.«

Ich gehe ins Gästezimmer und schnappe mir die Ausdrucke, die ich gemacht habe. Einen gebe ich Tyler und Mira, den anderen Gen und Lewis. »Blackwell hat Geld. Und er hat gute Verbindungen. Seine Familie begann in San Francisco mit Immobilien, machte ein Vermögen, kaufte und betrieb dann mehrere erfolgreiche Hotels. Seht euch die Verbindung zwischen ihm und einem mexikanischen Drogentypen an.«

Mira scannt den Artikel. »Der mutmaßliche Drogenhändler? Es gibt nichts, was das bestätigt.« Sie holt ihr iPhone heraus und beginnt mit der Suche.

»Keine Beweise, aber komm schon, ein großer Drogendealer? Wir wissen, dass Blue in der Suite, die du und Tyler gefunden habt, illegale Drogen gelagert hat. Das kann kein Zufall sein.«

Mira schüttelt den Kopf, als sie von ihrem Handy abliest. »Ein oder zwei Artikel deuten auf eine Verbindung zwischen ihm und diesem Kerl hin, aber da ist nicht viel.«

»Ich weiß«, sage ich, »aber hältst du es nicht für möglich, dass er Blackwells Lieferant ist?«

Tyler stellt sich hinter Mira. »Ziemlich weit hergeholt.

Es gibt viele Drogen in dieser Stadt. Wenn Blackwell Verbindungen zu Dealern will, muss er nur vor seine Tür gehen.«

Ich beiße mir in den Mundwinkel. »Bin ich die Einzige, die die Verbindung verdächtig findet?«

Mira legt ihr Handy ab. »Wir spielen nur des Teufels Advokat, Hayden. Du könntest recht haben, aber darum geht es nicht. Wir brauchen Beweise. Unabhängig davon, ob Blackwell Hilfe von De la Cruz bekommt oder nicht, alles geschieht hinter verschlossenen Türen. Wir haben nichts in der Hand.«

Blackwell käme mit Drogenhandel und Prostitution in einem seiner Hotels in San Francisco nicht durch. Aber hier? Nevada fördert Glücksspiel und Sünde. Es sind die perfekten Voraussetzungen. Andererseits ist das Blue Casino kein legales Bordell, das mit allem durchkommt, weil niemand so genau hinsieht. Wenn Blackwell illegale Drogen und einen vermeintlichen Prostitutionsring versteckt, dann würde es in einem herkömmlichen Betrieb geschehen.

»Was ist mit Adam?«, fragt Mira. »Hast du meinen Vorschlag angenommen?«

Ich verdrehe die Augen. »Ich habe darüber nachgedacht, und du wirst stolz sein. Ich habe ihn sogar angelächelt, nachdem wir uns neulich nach dem Mittagessen getrennt hatten.«

Mira schüttelt den Kopf. »Das ist ein Anfang, aber bereite dich lieber darauf vor, eine Kehrtwende zu machen und ihm in den Arsch zu kriechen.«

»*Mira.*«

»Was? Arbeite daran, ja? Er ist unsere beste Spur.«

Lewis rutscht rüber, damit Gen mehr Platz zum Sitzen hat. Er starrt Mira an. »Was hat Adam damit zu tun?«

Tyler wirft eine mit Schokolade überzogene Erdnuss

aus der Schale mit Snacks, die ich während meiner Blackwell-Recherche übergelassen habe, in seinen Mund. »Mira und Hayden denken, Adam lässt sich mit den Blue Stars ein.« Er kaut auf dem Essen herum und kratzt sich am Kopf. »Adam und ich waren zusammen in der Fußballmannschaft in der High School. Er kann ein Trottel sein, aber er ist ein anständiger Kerl. Ich glaube nicht, dass er das tun würde.«

»Das klingt nicht nach Adam«, stimmt Lewis zu.

Tyler hebt die Augenbraue und sieht Mira an, als wolle er sagen: *Ich hab's dir ja gesagt.*

Sie verschränkt die Arme. »Tyler, du hast dasselbe gesehen wie ich.« Sie blickt Lewis an. »Und was wurde aus der Familienloyalität?« Mira ist wie eine kleine Schwester für Lewis. Sie spielt eindeutig die Familienkarte aus. »Irgendwas geht da vor sich. Wir können das nicht einfach ignorieren.«

»Nein«, sagt Lewis, »aber ich glaube nicht, dass Adam etwas damit zu tun hat. Ganz zu schweigen davon, dass seine Familie reicher ist als die ganze Stadt. Was hätte er davon?«

Ich rümpfe die Nase. Adams Familie hatte ich total vergessen. Ich meine, er läuft herum wie ein Laufsteg-Model für Armani. Selbst mit seinem Managementgehalt ist das nichts im Vergleich zu dem Geld, das er verdienen muss, nur weil er ein Cade ist.

Warum sollte Adam also alles riskieren und sich mit Blackwell einlassen? Lewis hat recht. Es ergibt keinen Sinn.

Habe ich mich geirrt, dass Adam mit dem CEO zusammenarbeitet? Der Typ ist ein Opportunist, aber vielleicht nicht so schlimm, wie ich ursprünglich dachte. Er schien aufrichtig bestürzt, als ich ihm sagte, dass ich das Mädchen bin, dem Jaeger seinetwegen den Laufpass gegeben hatte.

Tyler schnappt sich eine weitere Handvoll Süßigkeiten. »Ich werde mit Adam reden. Mal sehen, wie es bei der Arbeit läuft.«

Mira dreht sich um und stiehlt ihm eine mit Schokolade überzogene Nuss. »Würde er dir sagen, was sie bei Blue machen?«

Tyler zuckt mit den Achseln. »Kann nicht schaden, zu fragen.«

Sie sieht zu mir zurück. »Du musst auch versuchen, mit ihm zu reden. Du arbeitest jetzt Seite an Seite mit ihm.«

Ich drücke die Finger gegen meine Stirn. »Erinnere mich nicht daran.«

Ich verzeihe Adam für die Vergangenheit, aber das bedeutet nicht, dass ich ihm vertraue. Aber Mira hat recht. Wir brauchen Insider-Informationen, und ich bin die beste Person, um ihm bei der Arbeit nahezukommen und die Dinge zu überprüfen. Und zum ersten Mal hoffe ich, dass Lewis recht hat und Adam nicht in etwas Illegales verwickelt ist.

Kapitel Neun

Adam

Bridget taucht an ihrem ersten Arbeitstag mit To-Go Kaffeebechern in den Händen auf.

Als sie mein Büro betritt, stellt sie einen auf meinen Schreibtisch. »Keine Sahne oder Zucker. Du scheinst nicht der Typ für Süßkram zu sein.« Sie zwinkert mir zu und sorgt damit dafür, dass ich einen guten Start in meinen Arbeitstag habe.

Bridget trägt einen leichten Hosenanzug mit einer geschmackvoll ausgeschnittenen cremefarbenen Bluse, bei der die oberen beiden Knöpfe offenstehen. Eine Frau, die vorausdenkt und einen ausgeprägten Sinn für Ästhetik hat, was könnte ich mir mehr wünschen? Soweit ich es beurteilen kann bin ich ein Genie. Ich habe die perfekte Assistentin eingestellt.

Hayden wird rasend vor Wut sein.

Ich stehe auf, knöpfe meine Anzugjacke zu und trete hinter meinem Schreibtisch hervor. »Vielen Dank, Bridget. Lassen Sie mich Ihnen zeigen, wo Ihr Büro ist.« Ich nehme den Kaffee und rieche daran. Es ist ein nussiger Kräuterduft. Gourmet.

Alles an meiner zweiten Begegnung mit Bridget ist anders als bei unserem ersten Treffen. An dem Tag als ich sie eingestellt habe, musste ich sie im Club Desire aufspüren. Sie war von Paul empfohlen worden und trug viel weniger als jetzt. Obwohl sie während des Vorstellungsgesprächs wenig Kleidung anhatte, hatte sie eine professionelle Ausstrahlung und schien begierig auf einen Umgebungswechsel zu sein.

Ich führe Bridget aus meinem Büro und biege nach rechts, wo sich ein weiterer Raum befindet, der zwar klein, aber funktional ist. »IT hat Ihren Computer eingerichtet und Ihre Telefonleitung freigeschaltet. Der Großteil unserer Zusammenarbeit wird über E-Mail abgewickelt. Sie sagten, dass Sie mit Bürosoftware vertraut sind?«

»Oh ja. Die Mädels und ich mussten uns damit auskennen.« Sie fährt mit einem Finger an der Kante ihres Schreibtischs entlang, ihr Gesichtsausdruck zurückhaltend. »Sie wären überrascht, wie viel extra Arbeit über den Computer erledigt wird.«

Möchte ich wissen, worauf sie anspielt? Ich glaube, ich kann es mir gut vorstellen.

»Loggen Sie sich ein und verschaffen sich einen Überblick? Ein Standardpasswort sollte auf dem Bildschirm angezeigt werden, zusammen mit Anweisungen wie Sie es ändern können. Ich habe meinen Kalender mit Ihrem verknüpft. Ich möchte, dass Sie an allen grün markierten Meetings teilnehmen und sich Notizen machen, also machen Sie sich bitte mit den Daten und Uhrzeiten vertraut.«

»Natürlich.« Bridget stellt ihre Tasche neben ihrem Schreibtischstuhl ab und setzt sich an den Computer. Sie sieht lächelnd zu mir herüber. »Ich werde mich erstmal einrichten.«

»Ausgezeichnet.« Und was für ein guter Zeitpunkt für Schadenfreude. Hayden hat mir schon einmal vorgeworfen, dass ich mich an den Misserfolgen anderer erfreue, kein Grund, sie jetzt zu enttäuschen. »Ich bin in ein paar Minuten zurück, um mit Ihnen über das erste Meeting zu sprechen, das wir heute Nachmittag haben.«

Ich gehe mit beschwingtem Schritt den Flur hinunter und klopfe an die Tür, die mir so vertraut ist, wie meine eigene.

»Herein«, ruft Hayden.

Ich betrete ihr Büro und bemerke ihren Schreibtisch, der wie üblich, völlig überladen ist. Am anderen Ende des Raums steht Hayden, perfekt zurechtgemacht in einer anliegenden, leichten Strickjacke mit Gürtel über einem marineblauen Bleistiftrock. Er betont ihre wohlgeformten Hüften, als sie versucht, einen Ordner ins oberste Fach des Regales zu stecken.

Eines der ersten Dinge, die mir an Hayden auffielen, war ihre unglaubliche Figur. Sie ist nicht gertenschlank wie manche Frauen, sondern hat unglaubliche Kurven an den richtigen Stellen, zusammen mit einer schmalen Taille.

Ich bewundere gerade ihr honigbraunes Haar, als sie zu mir herüberblickt und ihre goldenen Augen aufblitzen. »Oh, Sie sind es«, sagt sie, als wüsste sie bereits, dass ich vorbeikommen würde.

Bin ich so vorhersehbar? Hm, irgendwie stört mich das nicht einmal.

Ich gehe hinüber, greife über ihren Kopf, nehme ihr sanft die Mappe aus der Hand und schiebe sie in das Regal.

»Danke«, murmelt sie und fasst mit Zähnen und Oberlippe ihre Unterlippe. Ihre Unterlippe rutscht wieder heraus, nass und einladend. Der Nervenkitzel, der mich durchläuft, ist stärker, als die Blondine ihn gestern Abend mit ihrem Übergriff auslösen konnte.

Ich räuspere mich und blicke auf ihren Schreibtisch. »Sie sollten das aufräumen, damit die Putzkolonne ihre Arbeit machen kann.«

Sie wirft mir einen genervten Blick zu und Funken sprühen aus ihren schönen Augen. »Gibt es einen bestimmten Grund für Sie, hier zu sein?« Sie kehrt an ihren Schreibtisch zurück, die Schultern angespannt, als sie sich zügig in ihren Stuhl setzt.

Ich kann mir das Lächeln nicht verkneifen. Herrgott, ich liebe meinen Job.

Ich folge ihr zum Schreibtisch und fahre mit einem Finger über die Oberfläche. Ihr Blick verfolgt die Bewegung, während ich Daumen und Zeigefinger aneinander reibe, als würde ich prüfen, wie viel Staub darauf liegt. »Ich wollte nur wissen, ob Sie schon Gelegenheit hatten, meine neue Assistentin kennenzulernen?«

Bridget hat das Gebäude erst vor zehn Minuten betreten, also weiß ich, dass Hayden sie noch nicht gesehen hat. Ein Grund mehr, Hayden wissen zu lassen, dass meine Assistentin hier ist und dass die Wette gilt.

»Sie ist damit beschäftigt, sich mit meinem Kalender vertraut zu machen.« Ich hebe den großen Kaffee-Becher in meiner Hand. »Sie hat mir sogar Kaffee mitgebracht. Bridget ist so aufmerksam.«

Hayden runzelt die Stirn und verschränkt ihre Arme.

Ich drehe mich um und gehe zur Tür. »Bereiten Sie sich schon mal darauf vor, die Wette zu verlieren, Hayden.«

»Es ist noch nicht vorbei«, ruft sie, als ich den Raum vor Schadenfreude strahlend verlasse. Ein gedämpftes

Stampfen ertönt auf der anderen Seite der Wand und mein Grinsen wird breiter.

Ich pfeife, während ich mich auf den Weg zu meiner ausgezeichneten neuen Assistentin mache.

———

OKAY, vielleicht war *ausgezeichnet* das falsche Wort. Bridget ist erst seit ein paar Stunden bei Blue. Natürlich wird sie Zeit brauchen, um sich einzugewöhnen.

»Es tut mir so leid, Adam. Ich wusste nicht, dass ich die Termine auch aus Ihrem Kalender löschen würde.« Bridget lächelt süßlich mit einem bekümmerten Gesichtsausdruck, als sie in meinem Büro steht.

Jeder macht ab und zu Fehler, nicht wahr? »Es ist Ihr erster Tag. Ich erwarte noch keine Perfektion. Stellen Sie einfach sicher, dass Sie mit Blackwells Sekretärin Verbindung aufnehmen und die gelöschten Meetings wieder eintragen. Das muss bis zum Ende des Tages erledigt sein. Bleiben Sie länger, wenn es sein muss.«

»Oh, natürlich. Ich kümmere mich darum.« Bridget eilt zur Tür, gerade als Paul reinkommt. Er tritt für sie beiseite, zwinkert ihr zu und glotzt ihr auf den Hintern, als sie geht.

Paul deutet vielsagend mit den Daumen über seine Schulter. »Ich habe dir doch gesagt, dass sie die Richtige ist, oder nicht?«

»Sobald sie sich eingearbeitet hat, sollte sie gut ins Team passen.« Ich setze meine Brille auf und sehe mir die Pläne an, die Pauls Sekretärin vor dem Mittagessen vorbeigebracht hat. »Also, um was geht es hier?«

Paul schließt die Tür. »*Das* ist es, wonach du gefragt hast. Es ist das neue Projekt. Als Leiter des Hotelbetriebes sind deine Serviceleistungen integral für die Gründung von

Bliss. Wir haben mit zwei Suiten begonnen, aber vier brandneue sind gerade im Bau.«

»Und wofür sind sie genau? Glücksspiel auf dem Zimmer, persönliche Masseurin? Ich sehe hier, dass sie mit einer vollen Bar ausgestattet sind.«

Er grinst mit angespanntem Kiefer, als wolle er seine Belustigung zurückhalten. »Genau das, sicher. Und noch viel mehr.«

Ich lege die Pläne auf meinen Schreibtisch und atme tief durch. »Erkläre mir *mehr*.«

Paul lässt sich in einen der Stühle mir gegenüber fallen und verschränkt seine Beine. »Zum einen wird es Frauen geben... nennen wir sie professionelle Tänzerinnen.«

»Du willst Stripperinnen einstellen?«

»*Exotische Tänzerinnen*. Und sie sind vertraglich gebunden, daher effektiv nicht Angestellte des Casinos.«

»Also Stripperinnen. Was noch?« Ich werfe noch einen Blick auf die Pläne. Es gibt vier Schlafzimmer pro Suite und etwas das aussieht wie ein großer, aufwendig gestalteter Gemeinschaftsessbereich, einen Empfangsbereich und keinen Balkon. Alle Suiten von Blue haben Balkone. »Den Plänen nach sind die Bliss-Suiten größer als alle anderen die wir im Casino haben. Warum sollten sie keine Balkone haben?«

»Du weißt, dass die Reichen und Prominenten Drogen mitbringen und wir können nichts dagegen tun?« Ich nicke. »Wir werden...«, - er wiegt seine nächsten Worte vorsichtig ab - »...weiterhin ein Auge zudrücken. Balkone und niedrige Fenster sind zu handlich für neugierige Augen. Wir wollen unsere treueste Klientel schützen.«

»Also Frauen und Drogen«, sage ich und vergewissere mich, dass ich die Feinheiten verstanden habe.

Paul nickt mit einem Achselzucken. »Im Grunde genommen.«

Ich nehme meine Brille ab und reibe meine Schläfen. Paul lässt Shit aus und er ist normalerweise keiner, der sich zurückhält. Er neigt eher dazu zu viele Informationen preiszugeben, besonders wenn es um weibliche Eroberungen geht.

»Will ich wissen, was du mir nicht sagst?«

»Ich weiß nicht, wovon du sprichst«, sagt er mit ernster Miene. »Was du siehst ist im Grunde alles. Und dein Job«, sagt er langsam, als wäre ich ein Kleinkind, »ist es, uns zu helfen, die Stripperinnen und Bodyguards einzustellen und Bridget auszubilden, damit sie die Concierges der Suiten unterstützen kann.«

Mit vier Brüdern habe ich gelernt, mein Temperament zu zügeln. Aber was auch immer Paul nicht über Bliss verrät und vor allem seine herablassende Art und Weise, in der er mit mir spricht, lässt mein Blut in Wallung geraten.

Ich stehe auf, sehe aus dem Fenster und blicke auf den See. Meine Aussicht ist anders als Haydens. Ich sehe nach Nordwesten auf mein Haus und den Club Tahoe, statt auf Heavenly Valley und das Südufer. Eine andere Version von Schönheit.

Dieser Job ist meine Chance finanziell unabhängig von meiner Familie zu sein. Könnte ich einen anderen Job finden, aber einen, bei dem der finanzielle Gewinn keine Änderung meines Lebensstils bedeutet? Unwahrscheinlich, mit oder ohne Ivy League Abschluss. Das bedeutet, dass ich mich mit Pauls herablassendem Mundwerk abfinden muss. Es kann nicht schlimmer sein, als das, was ich ertragen musste, als ich für meinen Vater arbeitete.

Ich wende meinen Rücken zum Fenster, lehne meine Hüfte gegen das Fensterbrett und verschränke meine Arme. »Wie ich schon beim ersten Mal sagte, als wir dieses Projekt besprachen: gib mir eine Liste an Mitarbeitern und den bevorzugten Eigenschaften, die sie mitbringen sollten.

Ich kümmere mich darum. Ich bin sicher, dass du etwas Bestimmtes im Sinne hast, wenn du Stripperinnen einstellen willst.«

Paul steht auf und neigt seinen Kopf in Richtung Bridgets Büro. »Ähnlich wie sie. Ich mache eine Liste mit genau dem, was wir suchen und werde sie dir gleich morgen früh zukommen lassen.« Er schreitet zur Tür und öffnet sie. »Jetzt finde ich erstmal raus was deine Assistentin heute Abend noch vorhat.«

»Paul«, sage ich, bevor er außer Hörweite ist. »Lass deine Hände von Bridget. Erinnerst du dich an den letzten Manager, der dachte, er könne eine Angestellte anfassen?«

Pauls Gesichtsausdruck verdunkelt sich. »Da warst du noch nicht hier, also kümmere dich um deinen eigenen Kram.«

Er geht hinaus, lässt die Tür offenstehen und geht in Bridgets Richtung.

Ich habe keinen Zweifel, dass sie mit Typen wie Paul umgehen kann. Wahrscheinlich hatte sie in ihrem letzten Job jeden Tag mit Leuten wie ihm zu tun. Aber sie arbeitet jetzt für mich und ich werde nichtsdestotrotz ein Auge auf sie haben.

Ich sinke in meinen Stuhl und starre auf die Pläne. »Was bist du, Bliss? Eine Luxussuite, die gebaut wurde, Vergnügen zu bereiten. Aber was noch?«

Kapitel Zehn

Ich parke vor dem Haus meines ältesten Bruders. Levi lebt in einer Blockhütte an der State Route 207. Dieser östliche Teil des Tahoe Beckens sieht anders aus als die Westseite. Das Land hier ist voller Gestrüpp und immergrüner Büsche. Als die Gletscher vor tausenden von Jahren die Westseite abscheuerten, schöpften sie den Oberboden ab, aber die Böden hier im Osten blieben intakt. Die Berge, in denen mein Bruder lebt, sind fast üppig, im Vergleich mit dem zerklüfteten Granit und den Kiefern der Emerald Bay.

Grace, Levis Hund, huscht aus der Eingangstür der Hütte und stürzt sich auf meine Beine, wobei sie ihren kräftigen kleinen Körper an mich drängt. »Hallo, Gracie. Warst du ein braves Mädchen?« Ich dränge sie zur Seite damit sie in ihrem Wedelrausch nicht in meiner Autotür eingeklemmt wird. Dann kraule ich sie mit einer Hand hinter ihren Ohren und schließe die Tür mit der anderen.

Grace reibt sich an meinem Hosenbein und leckt meine polierten Schuhe, wobei sie sich die Zeit nimmt an einem Schuh zu schnuppern. »Nur ich, Mädchen. Ich habe dich nicht gegen eine andere Dame eingetauscht.«

Die Tür der Blockhütte öffnet sich wieder und Levi humpelt heraus, seinen Knöchel in einem Gips, einen Vollbart im Gesicht. Ich habe noch nie ein blaues Auge gesehen, das so schlimm aussieht wie das, das Levis Gesicht in den letzten Wochen geziert hat. Es bedeckt fast sein ganzes Gesicht, geht von der Mitte seiner Stirn über den Nasenrücken und den halben Wangenknochen hinunter. Es sieht garstig aus.

»Wann hast du das letzte Mal ein Rasierer benutzt?« Bärte sind wieder beliebt, aber Levi ist ein adretter Typ. Er fing viel früher an seinen zu bekommen als wir anderen Brüder und seitdem kämpft er dagegen an.

Er kratzt sich am Bart. Zumindest scheint sein T-Shirt sauber zu sein. »Kann mich nicht erinnern.« Levi gibt Grace einen Klaps, als sie mich links liegen lässt und sich ihm zuwendet. »Was führt dich Jammerlappen hierher?«

Er geht zur Seite der Veranda, legt seinen eingegipsten Knöchel auf eine Bank und lässt sich auf die Hängeschaukel der Veranda fallen.

Ich steige die Verandastufen hinauf und blicke vielsagend von meinem italienischen Anzug zu seinem Gips. »Jammerlappen? Ich bin in bester Form, wie mir die Damen sagen.« Ich grinse selbstbewusst.

»Ist es das, was du ihnen erzählst, damit sie mit dir schlafen?«, sagt er abwesend und reibt seinen Oberschenkel über dem Gips, der bis zur Kniekehle reicht.

»Nicht nötig, Bruder. Sie kommen in Scharen.« Natürlich werde ich Levi gegenüber nicht erwähnen, wie lange ich schon ohne weibliche Begleitung ausgekommen bin. Er würde mich verspotten.

Die Frauen in dieser Stadt wollen entweder sesshaft werden oder suchen jemanden mit tiefen Taschen. Beide

Typen von Frau sind viel zu durchschaubar. Es gibt wirklich nur eine Ausnahme… Hayden ist temperamentvoll, aber sie hält mich auf Trab. Ich bin mir nicht sicher, was ich tun würde, wenn sie ihre Meinung ändern und auf mein Flirten eingehen würde. Ich würde gern glauben, dass ich klug genug wäre, mich von der Katastrophe fernzuhalten, die aus unserer hypothetischen Beziehung werden würde. Aber ich kann nicht garantieren, dass mein Gehirn noch regiert, was Hayden anbelangt.

Ich falte meine Anzugjacke zusammen und setzte mich auf die Bank gegenüber von Levi. Ich ziehe mein Hosenbein etwas hoch, um meinen Knöchel ordentlich auf meinem Knie kreuzen zu können. Dann schüttle ich den Kopf. »Levi, wir müssen dich hier herausholen. Du siehst aus wie ein Holzfäller und nicht wie einer der gesunden Sorte.« Das stimmt nicht ganz. Levi ist ein Feuerwehrmann. Er war schon immer körperlich fit, aber die Stellen seiner Haut, die nicht schwarz und blau sind, haben jetzt einen blassen, gräulichen Schimmer angenommen.

Levi klopft sich auf den Oberschenkel und Grace eilt herbei und leckt ihm enthusiastisch die Hand. Dieser Hund ist einfach zufriedenzustellen. »Mir geht es hier gut. Ich denke, wenn ich eine Weile zu Hause bleibe, erspare ich den Müttern da draußen eine Konversation über den schwarzen Mann.«

»Wen kümmert es, wie du aussiehst? Der Betonbrocken, der auf deinen Dickkopf gefallen ist, hätte dich töten können. Du hast Glück, dass du mit all deinen Gliedern und deinem Verstand unversehrt davongekommen bist. Wann hat der Arzt gesagt, kannst du wieder arbeiten?« Wenn Levi etwas aus seiner depressiven Stimmung helfen kann, dann ist es die Rückkehr zur Feuerwache. Er liebt seinen Job mehr als seine eigenen Brüder.

Levi kratzt Graces Flanke und starrt verloren auf ihr

Fell, seine Stimme ist kaum hörbar, während er murmelt. »Keine Einsätze mehr.«

Ich brauche einen Moment, um zu entschlüsseln, was er meint. »Dein Knöchel ist gebrochen, aber wenn er verheilt ist, kannst du wieder arbeiten.«

»Ich sagte *Einsätze*… Feuer. Es gibt kein Zurück mehr. Sie wollten mich in den Innendienst versetzen. Also habe ich gekündigt.«

Ich lasse meinen Fuß fallen und lehne mich vor. »Warum sollten sie das tun? Du bist auf dem besten Wege in ein paar Jahren Captain zu werden.« Ich werfe einen Blick auf seinen Gips. »Du sagtest doch, es wäre ein glatter Bruch.«

Er berührt abwesend seine linke Schläfe, direkt über der schlimmen roten Narbe, die er in Folge von einem teilweisen Dacheinsturz bei seinem letzten Brandeinsatz erlitten hat. »Der Knöchel war ein glatter Bruch. Der Schlag auf den Kopf… Ich habe etwas Sehkraft verloren. Nichts, mit dem ich nicht leben kann, aber genug, dass die Feuerwehr mich im Schreibtischdienst wissen will.«

Ich nehme seinen trostlosen Blick wahr, die Spannung in seinen breiten Schultern. Levi hat die Last der Familie immer auf seinem Rücken getragen. Er war der verantwortungsvolle Bruder der Familie, während ich mich bemühte, unserem Vater Genüge zu tun und die anderen zügellos heranwuchsen. Er stieß unsere Köpfe zusammen, wenn wir uns stritten. Verlangte, dass wir uns wieder aufrappelten, wenn wir an etwas gescheitert waren. Er trat unserem Vater gegenüber, wenn sich dieser darüber aufregte, wer unsere Freunde waren, was wir nach der High School vorhatten, und so weiter. Und jetzt versucht Levi nicht zusammenzubrechen. Der Bruder, der immer alles im Griff hatte.

Ich schlucke den Kloß hinunter, der mir im Hals

stecken geblieben ist. Das darf nicht wahr sein. Wir Cade-Männer sind groß und athletisch, aber Levi ist so massiv gebaut wie die Häuser, die er beschützt. Er ist immer standfest, solide, verlässlich und es ist irrsinnig, ihn mental oder physisch geschwächt zu sehen.

Ich reibe mir über das Gesicht. »Herr Gott.« Feuerwehrmann zu sein ist das Einzige, was er sich je gewünscht hat. Innendienst wäre für ihn wie der Todesstoß. Kein Wunder, dass er sich in den letzten zwei Wochen verkrochen hat und weder meine Brüder noch mich sehen wollte. Und selbst ich bin nur hier, weil ich ein aufdringlicher Bastard bin, der nie auf das hört, was meine Brüder sagen.

Ich war der Anpassungsfähige in der Familie. Der, der die Sportwagen unseres Vaters annahm, wenn ich etwas tat, das ihm gefiel. Ich kleidete mich wie es von einem Cade erwartet wurde, trug Designermarken, lebte auf großem Fuß, während der Rest meiner Brüder tat, was immer sie verdammt noch mal wollten. Sie widmeten sich Karrieren außerhalb des Club Tahoe, lebten Monat für Monat von ihren Gehaltsschecks als Kellner, Fremdenführer… Feuerwehrleute, während ich nach der Pfeife meines Vaters tanzte und alles tat, was Ethan Cade mir sagte. Solange ich nur meinen monatlichen Treuhandfonds-Scheck bekam.

Ich starre blind auf den Holzstapel neben dem Haus. Ich bin heute hierhergekommen, um Levi um Rat zu fragen und herauszufinden, was er von diesem Bliss-Vorhaben hält, aber in Wirklichkeit ist er derjenige, der jemanden braucht, auf den er sich stützen kann. Und ich bin nicht gut darin, eine Schulter zum Anlehnen zu bieten.

Ich stehe auf, knöpfe mein Anzughemd auf und lasse es auf meine Jacke fallen. »Das Holz muss gehackt werden.« Ich ziehe mir das weiße Unterhemd aus der Hose und laufe bestimmt über den Hof zur Axt.

Ich weiß nicht ob Levi mehr Holz auf seinem Stapel braucht, aber er bekommt welches, weil ich gerade einfach etwas zerhacken möchte.

Mein älterer Bruder darf die Hoffnung nicht aufgeben. Wenn er es tut, habe ich als Zweitältester das Sagen. Nicht ein einziger meiner Brüder respektiert mich. Lieben sie mich? Klar. So sehr wie Brüder, die sich ihr ganzes Leben lang schikaniert und gestritten haben einander lieben können. Aber ihren Respekt habe ich vor Jahren verloren, als ich den Forderungen unseres Vaters nachgab.

Kapitel Elf

Hayden

Ich ordne den Papierkram für die Auktion und das Burleske-Event. Ich habe unzählige Stunden damit verbracht, Unternehmen zu recherchieren, um die richtigen Talente für das Projekt zu finden, mit dem Blackwell William beauftragt hat. William ist einer von Blackwells Blue Stars, aber er hat mir erstaunlich viel Entscheidungsfreiheit gelassen während ich ihm helfe. Selbst bei Dingen, die er wahrscheinlich selbst managen sollte, wie zum Beispiel die Auswahl der Event-Management-Firmen. Ich kann mich nicht beklagen. Als Personalabteilungsleiterin hätte ich mich sowieso um die Formalitäten kümmern müssen. Auf diese Weise konnte ich Spaß an der Auswahl der Dekoration für die Party haben, auch wenn es mir zusätzliche Arbeit machte.

Ich starre auf die Verträge, die vor mir liegen. Meine Unterlagen sind vollständig, der Umfang der Arbeit, die ich geleistet habe, ist offensichtlich. Es gibt keine Möglichkeit, dass Blackwell meine Bemühungen ignorieren kann.

Ich bin weit über das hinausgegangen, was von mir verlangt wurde. Ich erwarte kein Lob, aber Anerkennung wäre schön.

Nessa kommt in mein Büro und hält in der Nähe der Tür inne. »Bist du beschäftigt?« Sie trägt eine dunkle Hose und eine weiße Bluse, aber heute ist sie ausnahmsweise durchschnittlich groß, was bedeutet, dass sie unter der langen Hose ihre Plateauschuhe trägt, sonst wäre sie zehn Zentimeter kleiner.

Nessa reicht mir normalerweise bis zur Achselhöhle. Sie ist in jeder Hinsicht winzig klein und wunderschön. Wahrscheinlich hat sie kein Problem damit, beim Shoppen die richtige Passform zu finden, während ich alles größer kaufen muss und mich entweder mit einer schlechten Passform zufriedengeben oder die Taille einnehmen lassen muss. Es nervt.

»Ich habe etwas Zeit, aber ich bin gerade auf dem Weg zu einem Management-Meeting.« Ich staple meine Ordner und checke meine Haare und mein Make-up im Spiegel, den ich in der Schreibtischschublade habe. Keine verirrten Locken stehen ab. Der Lippenstift sitzt. Ich bin bereit, einen guten Eindruck zu machen.

»Ich will dich nicht aufhalten«, sagt sie. »Ich wollte nur wissen, ob du die Neue gesehen hast?«

Ach, schon wieder? Warum wollen alle, dass ich die Frau kennenlerne, die Adam eingestellt hat? »Ich habe Adams neue Assistentin noch nicht kennengelernt.«

»Das ging schnell«, flüstert sie mir hörbar zu. »Hat er sie von der Straße aufgelesen?«

Ich laufe um meinen Schreibtisch herum und treffe Nessa an der Tür. »Keine Ahnung, aber ich habe schon eine Wette mit ihm laufen, dass sie es nicht lange durchhält.«

Nessas Augen weiten sich. »Wirklich, eine Wette? Mira

hat dich also abgefangen? Sie hat mir erzählt, dass sie möchte, dass du ihm näherkommst und herausfindest, was er weiß.«

Ich schnaube sardonisch. »Sie lebt in einer Traumwelt, wenn sie glaubt, dass wir uns nahekommen. Ich bin ihm gegenüber zu schroff. Er ist super nervtötend, aber kein schlechter Kerl.« Ich richte meinen Sweater. »Und was die Wette angeht, das tue ich, um meinen Standpunkt klar zu machen.«

»Welcher wäre?«

»Dass mein Job nicht so leicht ist, wie alle glauben.«

Sie runzelt die Stirn. »Wer glaubt, dass dein Job leicht ist? Du bist eine der am härtesten arbeitenden Angestellten hier.«

Und mir nichts dir nichts möchte ich in Tränen ausbrechen. Ich liebe Nessa und Mira. Sie wissen, wie viel Zeit und Mühe ich in Blue investiere. Und dass es mir wichtig ist, meinen Teil zum Casino beizutragen, egal was Blackwell glaubt. Ich schlucke und atme tief durch. »Danke, Nessa.«

Fassungslosigkeit steht ihr ins Gesicht geschrieben. »Es ist die Wahrheit. Hör mal, ich will dich nicht weiter aufhalten. Ich muss mich wegen der Burleske-Show mit Deborah treffen.« Ihre Augen weiten sich vor Aufregung. »Warte nur ab, bis du unseren Promo-Plan siehst. Er wird dich umhauen. Du besorgst uns die Promis und Tänzer und die Marketingabteilung erledigt den Rest.«

Adam

DURCH DIE GETÖNTE GLASKUPPEL, die das Herz der Spielflächen überblickt, ist der Konferenzraum der Blue

Casino Geschäftsleitung eine Klasse für sich. Und ich habe den Club Tahoe zum Vergleich! Ein dreitausend Quadratmeter großes Casino-Hotel, das am Ufer des Lake Tahoe liegt und so konzipiert ist, dass es sich wie ein elegantes Blockhaus anfühlt. Es gibt nichts Vergleichbares zum Club Tahoe, mit seinem überdachten Strömungskanal, in dessen Mitte sich abgelegene Feuerstellen zum Rösten von S'mores Marshmallows befinden. Aber das Blue Casino hat eine Atmosphäre, die Club Tahoe nicht übertreffen kann. Die Gäste kommen ins Blue Casino für das Spiel mit hohen Einsätzen, eine glitzernde Atmosphäre und die bestaussehenden Cocktail-Kellnerinnen diesseits der Grenze des Bundesstaates.

Ich nehme den obersten Bericht vom Stapel am Eingang und mache mich auf den Weg zum U-förmigen Besprechungstisch. Normalerweise führt Blackwell unsere Besprechungen mit strikter Effizienz, aber man weiß ja nie. Die Meetings meines Vaters gingen oft weit über ihr geplantes Zeitlimit hinaus. Ich warte immer noch darauf, dass ein langatmiger Mitarbeiter uns mit seiner akribischen Haushaltsführung zum Thema Cocktailschirmchen und Automatenvorräte einschläfert. Und genau deshalb suche ich mir einen Platz am Tisch, von dem aus ich die Leute unten optimal beobachten kann, falls sich die Sitzung in die Länge zieht.

Beim Durchblättern der Tagesordnung vermerke ich die beiden bevorstehenden Besprechungspunkte. Das Blue Casino ist einer der führenden Unterhaltungsanbieter am Lake Tahoe. Wegen des Umfangs unserer nächsten Veranstaltungen werden heute alle Mann an Deck benötigt. Das heißt Hayden wird hier sein. Wo wir gerade von ihr sprechen…

Hayden taucht plötzlich in der Tür auf. Ihre Figur wird durch ein graues, tailliertes Kleid mit kurzen Ärmeln betont. Eine klobige Goldkette hängt an ihrem Hals, cremefarbene Stilettos betonen die sanft gerundeten Muskeln in ihren Waden und verdammt, sie zieht mich in ihren Bann. Ich liebe eine gut gekleidete Frau. Aber selbst, wenn Hayden in Jogginghosen auftauchen würde, würde sie mir ins Auge stechen. Trotz ihrer kratzbürstigen Art, oder vielleicht gerade deswegen, hat Hayden diese Wirkung auf mich.

Eine Locke ihres karamellfarbenen, seidigen Haares bedeckt ein Auge, während sie sich durch einen Stapel von Aktenordnern wühlt. William - verdammt seien seine gierigen Hände - berührt ihre Schulter und warnt sie, dass sie den Eingang blockiert. Sie eilt zur Seite und greift nach der Tagesordnung. Als sie ihren Blick durch den Raum schweifen lässt, sieht sie mich und runzelt die Stirn. Sie rast zum anderen Ende des Tisches, nur um im letzten Moment von Eve aufgehalten zu werden, die ihr zuvorkommt und den Platz neben Blackwell stiehlt.

Ganz recht, Hayden, es sind nur noch zwei leere Plätze übrig.

Hayden eilt zum zweiten Platz, auf der anderen Seite des Tisches, aber William erreicht ihn zuerst.

Das Universum hat es auf sie abgesehen. Ich kann die Freude kaum unterdrücken, die mein Herz erfüllt, als klar wird, dass Hayden gezwungen ist, neben mir zu sitzen. Wir haben oft keine andere Wahl, als nebeneinander zu sitzen. Nicht, dass ich mich beklagen würde. Meine Aussicht ist gut, aber ich denke, sie könnte Einwände haben. Wäre ich jemand anders, würde ich mich vielleicht schlecht fühlen, aber da es mir Spaß macht sie anzustacheln, ist das ein Vorteil des Jobs.

»Sind wir vollständig?«, fragt Blackwell, wobei die Frage rhetorisch gemeint ist. Er hat Eve bereits mit einer Geste aufgefordert die Tür zu schließen. »Machen wir es kurz und bündig. Ich habe in dreißig Minuten eine Besprechung.« Blackwell rasselt ein paar Details über das bevorstehende Konzert herunter und erkundigt sich bei dem Verantwortlichen, ob alles nach Plan läuft. Als er zu der Promi-Auktion und der Burleske-Show kommt, wendet er sich an Hayden. »Sie haben mit William an den Verträgen für das Outsourcing der Dekorationen gearbeitet? Wir geben ein kleines Vermögen aus, um den Club an diesem Wochenende umzugestalten.«

»Ja.« Hayden schiebt ihre Aktenordner auf dem Tisch herum. »Es gibt zwei Verträge, die unsere Firmenpolitik unterstützen. Diese beiden Firmen sind bei weitem die besten. Und die Burleske-Tänzerinnen…«

Blackwell hält seine Hand hoch. »William wird sich darum kümmern. William?«

William erhebt sich und geht um den Tisch herum. Hayden reicht ihm die Mappen, ihr Ausdruck ist fassungslos und verwirrt. »Ich habe die Vertragsangebote gerade erhalten. Drei der vier Burleske-Firmen stehen im Widerspruch zu unserer Politik. Ich hatte gehofft, das mit Ihnen besprechen zu können, bevor wir weitermachen.«

»Das wird nicht nötig sein. William wird ab hier übernehmen. Diese Veranstaltung muss ein voller Erfolg werden. Wir werden dafür sorgen, dass die Verträge über ein Sonderkonto laufen.«

Hayden blickt entgeistert und um ehrlich zu sein bin ich auch fassungslos. »Ich verstehe nicht«, sagt sie. »Bei jeder Einstellung, auch bei befristeten Stellen, müssen Auftragnehmer und neue Mitarbeiter vorab geprüft werden.«

Blackwell faltet seine Finger und lehnt sich in seinem Stuhl zurück. »Und das werden sie. Wie ich schon sagte, William wird sich darum kümmern.«

»Aber…« Unter dem Tisch drücke ich ihr Knie und ihr entfährt ein Quietschen, aber sie sagt nichts mehr. Mit starrem Blick sieht sie geradeaus, die Lippen zusammenge-kniffen.

Nach einer Weile wirft sie mir einen schneidenden Blick zu, welchem ich standhalte. Blackwell hat sie von einem Projekt abgezogen. Eines, an dem sie als Personal-abteilungsleiterin beteiligt sein sollte, aber sich gegen den CEO auszusprechen, ist Karriereselbstmord.

Blackwell wendet sich an Eve. »Was steht als Nächstes auf der Tagesordnung?«

Eve erläutert ein paar neue Richtlinien, die das Casino eingeführt hat, um die Sicherheit der Mitarbeiter zu gewähren. Alles Quatsch, denn Blackwell umgeht sein eigenes System, was die Richtlinien faktisch zunichte-macht, da niemand sie kontrolliert.

Eine Sekretärin betritt den Raum. »Ihr nächster Termin ist hier, Mr. Blackwell.«

Blackwell drückt sich mit seinen Händen auf dem Tisch ab und steht auf. »Das wäre dann alles für heute.«

Hayden starrt ins Blaue während das Führungsteam aus dem Konferenzraum filtert. »Warum haben Sie das getan?« Als alle den Raum verlassen haben, blickt sie zu mir herüber, ein zorniges Funkeln in ihren Augen.

Ich stehe auf und schließe den obersten Knopf meiner Anzugjacke. »Weil Sie drauf und dran waren unseren Vorgesetzten zu verärgern und ich nicht zusehen wollte, wie Sie untergehen. Nach allem, was ich in den letzten Monaten mitbekommen habe, stehen Sie bei ihm ohnehin schon auf wackligen Beinen.«

Jedes Mal, wenn Hayden sich unserem illustren CEO entgegenstellte, hatte sie einen triftigen Grund, aber bei Blue zu arbeiten bedeutete, am politischen Spiel des Unternehmens teilzunehmen. Und Hayden schien wild entschlossen, nicht mitzuspielen. Es ist egoistisch von mir, aber ich genieße es, sie um mich zu haben. Ich will nicht, dass sie gefeuert wird.

Sie steht auf und richtet sich zu ihrer vollen Größe auf, mit dem Effekt, dass mein Blick auf ihre Oberweite schweift, statt in die Nähe ihrer Augen. »Warum zum Teufel glauben Sie, dass Sie mir sagen können, wie ich meine Arbeit zu machen habe?«

»Hayden.« Meine Stimme ist tief, eine Warnung. Ich tue es, um sie zu schützen und ich weiß nicht, wie lange ich ihr noch erlauben kann, zu glauben, dass sie ein Mitspracherecht hat. Es geht um mehr als nur darum, dass sie gefeuert wird. Je mehr ich über Blackwell, Paul und das übrige Managementteam von Blue erfahre, desto skrupelloser sind sie in meinen Augen. Ich habe die feste Absicht, meine Wette mit Hayden zu gewinnen, aber selbst, wenn die Welt aus den Angeln gehoben wird, lasse ich nicht zu, dass sie den Unmut unseres zweifelhaften CEOs auf sich lenkt.

Sie verschränkt ihre Arme über der Brust. »Haben Sie eine Ahnung, wie viel Zeit ich damit verbracht habe, die Unternehmen für diese Veranstaltung zusammenzusammeln? Wir haben noch nie eine Burleske-Show veranstaltet und obendrein noch eine Promi-Auktion? Ich habe Monate damit verbracht – *Monate*, Adam – Kontakte zu knüpfen und mich mit potenziellen Geschäftspartnern zu treffen. Und Blackwell übergibt es an William. Als ob William eine Ahnung hätte, was er tut. Das ist doch lächerlich!«

»Nehmen Sie es nicht persönlich.«

»Nehmen Sie es nicht... Haben *Sie* sich jemals den Arsch aufgerissen, nur damit Ihre Bemühungen dann völlig ignoriert werden?« Sie gestikuliert heftig und sieht dann weg. »Natürlich nicht. Sie sind der Prinz von Lake

Tahoe, Adam Cade und Sie können nie etwas falsch machen.«

Ich lehne mich weiter nach vorn. Ihr feuriges Temperament und die Brust, die sie mir vor das Gesicht streckt, verleiten mich dazu, sie auf den Tisch werfen zu wollen, um ihr zu zeigen, wie gebieterisch ich wirklich sein kann. »Ich war schon einmal in derselben Lage wie Sie.«

Sie starrt mich an. »Blödsinn.«

Seit meinem sechzehnten Lebensjahr habe ich jeden Sommer im Club Tahoe gearbeitet, habe jede Facette des Geschäfts kennengelernt und nicht ein einziges Mal wurden meine Bemühungen anerkannt. Nicht einmal, nachdem ich den Golfplatz des Club Tahoe zu einem Stopp auf der PGA Tour gemacht hatte. Meine Arbeit wurde an andere weitergegeben, die älter waren als ich, meine Ideen missachtet oder genutzt und nicht wertgeschätzt. Ich weiß was Hayden durchmacht, aber egal, was ich ihr erzähle, sie ist überzeugt, dass ich immer noch dieses gefühllose Arschloch bin, das ihren Freund davon überzeugt hat, mit ihr Schluss zu machen.

»Es spielt keine Rolle, was ich durchgemacht habe«, sage ich. »Was zählt ist, dass Sie ihnen nicht jedes Mal Ihre Emotionen preisgeben dürfen, wenn unser Chef Sie nervt. Sie sind wie eines dieser Bücher, mit denen Sie Ihr Büro füllen, Hayden. Wir können jede Emotion lesen, die sich in Ihrem Gesicht widerspiegelt.«

Sie tritt mir entgegen, ihre Brust fast an meiner. »Und das ist schlimmer, als die emotionale Tiefe eines Eisbergs zu besitzen?« Ihre Augen verengen sich zu Schlitzen. »Gefällt es Ihnen, sich in Ihrer kalten Höhle zu verstecken, Adam? Hält es Sie nachts warm? Ist das der Grund, warum die Leute hier Sie mögen? Weil Sie so kalkuliert agieren wie die?«

Ich atme tief durch, die Muskeln entlang meiner Arme

angespannt. Ich greife ihre Taille und ziehe sie die letzten kostbaren Zentimeter an meine Brust. Sie irrt sich. Sie irrt sich gewaltig. »Ich habe Jaeger nicht gesagt er soll Sie abservieren, weil ich dabei an *ihn* gedacht habe.«

Sie zuckt zusammen und ihre Brust hebt und senkt sich. Haydens Blick fliegt zu meinen Lippen und sie schluckt. Bevor ich mich wieder in den Griff bekommen und herausfinden kann, was zum Teufel mir da durch den Kopf geht, zieht sie sich zurück.

»Verkriechen Sie sich wieder in Ihrer einsamen Eishöhle, Adam.«

Kapitel Zwölf

Hayden

Mit zitternden Händen schließe ich meine Bürotür und lehne mich dagegen. »Heilige Scheiße.« Als Adam mich packte, war mein überwältigender Instinkt nicht, ihm eine Ohrfeige zu verpassen oder wegzulaufen. Ganz im Gegenteil. Mein Instinkt war, seinen Kopf zu packen und ihn zu küssen.

Was ist nur *los* mit mir?

Wenn das Meeting heute Nachmittag irgendetwas bewiesen hat, dann hat es bestätigt, dass Adams mit Blackwell unter einer Decke steckt. Was auch immer ihre Pläne für das Casino sein mögen, eins ist klar. Adam unterstützt die Blue Stars. Sonst hätte er mir nicht gesagt, dass ich den Mund halten soll. Sicher, er sagte er will nicht, dass ich gefeuert werde, aber was kümmert ihn das?

Und wenn er in die Hintergrundaktivitäten von Blue involviert ist, warum in aller Welt sollte ich ihn jemals näher an mich heranlassen?

Er ist sehr attraktiv, aber ich war immer in der Lage,

meine Emotionen von Äußerlichkeiten zu distanzieren. Bis jetzt. Es sei denn, es ist nicht nur sein Äußeres zu dem ich mich hingezogen fühle.

»Gott.« Ich schleiche durch den Raum, sacke erschöpft in meinen Stuhl und lasse meine Stirn auf die Tischplatte meines Schreibtischs sinken. »Was ist nur los mit mir?«

Adam liebt es, mir auf die Nerven zu gehen, aber er würde die Grenze nicht überschreiten, oder? Denn wenn er es täte… bin ich mir nicht sicher, ob ich ihn ablehnen würde. Ich würde gern glauben, dass ich es tun würde. Ich brauche einen skrupellosen Idioten genauso sehr in meinem Leben, wie ich einen Herzinfarkt brauche. Aber als Adams sexy Mund über meinem schwebte, sein starker Arm um meine Taille geschlungen, befürchtete ich, dass ich seinen Kuss erwidern würde, zumindest, bis ich zur Besinnung kam.

Mira stürmt herein und ich springe auf, mein Knie schlägt gegen die Unterseite meines Schreibtischs. »Verdammt, Mira. Hör auf, dich so an mich heranzuschleichen.«

Sie winkt ab. »Tut mir leid. Ich wusste nicht, dass du so in Gedanken versunken bist.«

»Bin ich auch nicht. Ich bin nur… Das Meeting lief nicht gut.«

Ihre Augenbrauen ziehen sich besorgt zusammen. »Dein Gesicht ist ganz rot.« Sie tritt weiter in den Raum und setzt sich, während sie gedankenverloren einen Stapel Papier auf meinem Schreibtisch ablegt. »Was ist passiert? Schon wieder Blackwell?«

Ich reibe mir die Schläfen. »Unter anderem.«

Zu behaupten, mein Gedanken wären durcheinander, wäre eine Untertreibung. Auf der einen Seite ist es Blackwell und mein Job, aber irgendwie tritt das Ganze im Vergleich zu Adams Lippen in den Hintergrund.

Wie viel von der Spannung, die ich in den letzten Monaten bei der Arbeit gespürt habe, ist auf Blackwell und die Art und Weise zurückzuführen, wie er mich behandelt? Und wie viel davon kommt von der Zusammenarbeit mit Adam? Ich dachte, ich verabscheue Adam wegen unserer gemeinsamen Vergangenheit. Aber vielleicht wollte ich einfach nicht meine Gefühle analysieren.

Fühle ich mich zu ihm hingezogen?

Ich stöhne frustriert auf und Mira zieht eine Augenbraue hoch.

Ich kann Adam nicht begehren. Er ist nicht so schlimm, wie ich anfangs dachte, als er bei Blue anfing. Aber er hat keine Skrupel, Blackwell und den Blue Stars auszuhelfen. Meine Vermutungen über die Geschäfte der Blue Stars sind nicht gut. Das bedeutet, dass ich Adam überhaupt nicht wirklich kenne oder einschätzen kann.

»Was soll ich nur tun?«, nuschle ich. Trotz meines beschissenen Chefs gefällt mir mein Job eigentlich. Vielleicht wusste ich die Art und Weise, wie er mich zum Schweigen gebracht hat, nicht zu schätzen, aber Adam hat recht. Ich werde gefeuert, wenn ich Blackwell gegenüber nicht Ruhe bewahren kann.

Mira beugt sich vor und verschränkt ihre Arme auf meinem Schreibtisch. »Wir haben einen Plan, Hayden. Blackwell hat Dreck am Stecken und wir werden ihn auffliegen lassen. Du bist nicht die einzige Person, die unter der Weise wie er Blue führt, gelitten hat und ich spreche nicht davon, dass unser CEO seinen Mitarbeitern gegenüber ein Arschloch ist. Gens Beinahe-Vergewaltigung, die Drogen-Suiten und möglicherweise andere illegale Aktivitäten... Das sind Dinge, die nirgendwo geschehen, geschweige denn von einem Mainstream-Casino sanktioniert werden sollten. Blackwell benutzt Blue als Fassade und wir werden ihn stoppen.«

Mira denkt, dass meine Verzweiflung ausschließlich auf unseren CEO zurückzuführen ist, aber in Realität ist es noch viel komplizierter. Aber in einer Sache hat sie recht. Ich muss mich weiter auf den Plan konzentrieren Blue grundlegend zu sanieren. Ich bin nicht die einzige Person, die ihren Job liebt. Mira und Nessa haben ihre Berufung auch bei Blue gefunden. Es gibt keinen Grund, warum wir diesen Ort nicht für alle sicher machen sollten.

»Du hast recht. Wir haben unseren Plan und wir machen weiter.« Ich schenke ihr ein schwaches Lächeln und sehe mir die Dokumente an, die sie mitgebracht hat. »Gibt es etwas, das ich mir ansehen soll?«

Sie sortiert den Papierkram. »Die kamen heute Nachmittag rein. Es sind die letzten beiden Verträge, die du erwartet hast. Sie sind von ›All Out Burlesque‹ und ›Bags o' Fun‹.« Sie grinst. »›Bags o' Fun‹, kapiert? Diese Burleske-Firmen sind urkomisch.«

Ich schüttle den Kopf. »Ja, na ja, die kannst du an William weitergeben. Blackwell hat mich von der Veranstaltung abgezogen.«

Sie seufzt. »Toll. Er lässt dich den Großteil der Arbeit machen und übergibt dann die Verantwortung an jemand anderen? Was ist jetzt seine Begründung?«

»Anscheinend stellt er die Darsteller über einen Sonderaccount ein. Es ist ein Schlupfloch, damit er unsere Abteilung umgehen kann bevor sie etwas unterschreiben.«

»Warum sollte er das tun?«

»Ich weiß es nicht. Aber ich bin mir sicher, wenn ich es herausfinde, komme ich dem Ziel, die Suiten zu finden, einen Schritt näher.«

———

Adam

ICH STARRE Paul und William verwirrt an. »Ich dachte, du wolltest Stripperinnen.«

Paul blickt William an, der zuckt mit den Achseln. »Das wollen wir. Das sind Stripperinnen der gehobenen Klasse, einige der besten im Geschäft. Burleske zeigt sexy, aufgestylte Talente. Sie führen nicht einfach nur Striptease vor, sondern verführen. Es ist stilvoller. Blackwell glaubt, dass sie eine nette Ergänzung zu den Suiten sind. Sie werden sowieso für die Show hier sein und wir wollen herausfinden, ob wir nicht ein paar von ihnen rekrutieren können.

William gibt mir eine Broschüre mit den Burleske-Tänzerinnen. »Sorge dafür, dass du nächste Woche beim Treffen dabei bist. Bezaubere die Damen. Wenn die eine oder die andere der Tänzerinnen ein besonderer Hit ist wollen wir ihr ein Angebot machen, das sie nicht ablehnen kann.«

Ich lege die Broschüre auf meinen Schreibtisch. »Ihr werft mit einer Menge Geld um euch, nicht wahr? Die ganzen Boni, meiner Assistentin ein Gehalt zu zahlen, was die meisten Manager der unteren Ebene verdienen. Ich will den Erfolg so sehr wie jeder andere auch, aber ist es die Kosten wert?«

Paul lächelt teuflisch. »Es ist extrem profitabel. Basierend auf den Zahlen der ersten Phase des Projekts werden wir das durch die Einnahmen mehr als wettmachen.« Er blickt William an und nickt zur Tür.

William steht auf, geht durch den Raum und schließt die Tür und schneidet damit den Klang von Stimmen und Büroaktivitäten auf der anderen Seite ab.

Paul schlägt seine Beine übereinander. »Blackwell würde die Suiten nicht genehmigen, wenn sie nicht lukrativ wären. Und Bridget ist nicht nur eine Assistentin. Sie wird noch viel mehr sein, sobald die Bliss-Suiten eingerichtet sind und laufen. Also hör mit dem ständigen Widerspruch auf. Das wird langsam langweilig. Oder hast du es dir anders überlegt? Willst du dir mit deinem Schweigen eine Prämie verdienen oder nicht? Haben dich die Damen, die ich dir geschickt habe, nicht gut behandelt? Sie sagten, du hättest ihnen eine schöne Zeit bereitet. Ich nahm an, du wärst für alles, das bei Bliss abläuft zu haben. Habe ich mich geirrt?«

Paul und William beobachten mich schweigend. Das Letzte, was ich will, ist die eine Sache zu vermasseln, die mir schnell finanzielle Freiheit verschaffen kann.

»Natürlich nicht. Ich werde an den Treffen mit William teilnehmen… Wenn ich nicht gerade die dutzenden Stripperinnen und Bodyguards befrage, die du mir geschickt hast. Denn das ist mein Job, nicht wahr? Einstellen? Oh warte, ich bin im Hotelbetrieb tätig, nicht in der Personalabteilung.«

Paul schenkt mir ein schmallippiges Lächeln. »Sieh dich vor, Cade. Wir brauchen dich als tatkräftigen Mittelmann.«

Vor nicht einmal einer Viertelstunde habe ich Hayden einen Vortrag darüber gehalten, wie man einen kühlen Kopf bewahrt und jetzt verpasse ich hier eine einmalige Gelegenheit. »Ich bin dabei. Ich kümmere mich darum.«

Paul und William verlassen mein Büro und ich mache mich daran, meine Prioritäten in Ordnung zu bringen. Hayden zu verführen gehört nicht dazu. Obwohl mich das im Konferenzraum nicht abgehalten hat. Ich weiß nicht, was das war… Zu viel Abstinenz. Jaeger hat recht, ich bin in ihrer Nähe nicht ich selbst, was bedeutet, dass ich mich von ihr fernhalten muss.

In Bezug auf Hayden habe ich ein gefährliches Spiel gespielt, was ich gerade erst zu begreifen beginne. Sie ist nicht wie andere Frauen und meine Reaktion auf sie ist es auch nicht. Ich darf nicht vergessen, dass ich nur aus einem Grund im Blue Casino bin. Ursprünglich war es, um meinem Vater zu gefallen. Jetzt ist es, um mich von Cade Enterprises und dem Geld zu befreien, auf das ich mich schon viel zu lange verlassen habe.

Ich checke meinen Kalender und sehe die Interviews, die Bridget für nächste Woche geplant hat. Es gibt einen Konflikt mit dem Treffen, das Paul und William mit den Burleske-Tänzerinnen arrangiert haben. Anstatt Bridget eine E-Mail zu schreiben, gehe ich nach nebenan, um mit ihr darüber zu sprechen und zu sehen, wie sie in ihrer neuen Position zurechtkommt.

Als ich dort ankomme, gibt es nur ein kleines Problem. Ich kann sie durch den Schwarm von Männern, die sich in ihrem Büro drängen, nicht sehen. Ich klopfe laut an die offene Tür. »Gibt es hier ein Problem?«, frage ich energisch, da mein Geduldsfaden im Begriff ist, zu reißen.

Ich verliere die Nerven, küsse Hayden fast mitten im Büro und bekomme von meinen idiotischen Kollegen eine Ermahnung. Ich bin jetzt wirklich nicht in der Stimmung für das, was auch immer hier los ist.

Bridgets Kopf taucht über denen der Männer auf, die sich über ihren Schreibtisch lehnen und scheinbar Notizen auf Visitenkarten schreiben. »Nein, Adam. Es ist alles in Ordnung.« Sie lächelt, ein Hauch von Nervosität in ihren Augen.

Ich trete ein und starre einen Mann an, der mir im Weg steht. Schnell versteht er die Bedeutung meiner wortlosen Botschaft und hastet aus dem Raum. »Was ist hier los?« Andere bemerken meinen dunklen Gesichtsausdruck und stopfen ihre Karten schnell in Bridgets ausgestreckte Hand.

»Oh, gar nichts. Ich wollte nur sichergehen, dass ich die Informationen von allen habe.«

Bridget arbeitet zum ersten Mal in einer Firmenumgebung, aber ich nehme an, dass sie die Grundlagen darüber kennt, wie ein Büro funktioniert. »Sie haben deine Informationen. Kontakte befinden sich im Firmenverzeichnis und in deinem E-Mail Account.«

Sie tritt hinter ihrem Schreibtisch hervor, als alle abgesehen von einem Mann ihr Büro verlassen. »Oh, richtig, aber das sind ihre Handynummern. Nur für alle Fälle.«

»Das stimmt.« Paul lungert in der Nähe ihres Schreibtisches. Er muss mein Büro verlassen haben und direkt hierhergekommen sein. »Wenn sich irgendetwas ergibt, besonders im Hinblick auf unser besonderes Projekt, wollen wir alle in Reichweite haben. Bridget sorgt dafür, dass sie uns erreichen kann, egal wo wir sind. Ist es nicht so, Bridget?«

Sie grinst und senkt ihre Augen. »Ja, absolut.«

»Auch die Ingenieure?«, frage ich skeptisch.

»Besonders die Ingenieure. Die Bliss-Suiten sind Hightech.« Paul klopft mir auf die Schulter und schlendert aus Bridgets Büro.

Ich warte bis er das Büro verlassen hat und drehe mich dann zu Bridget um, die sich wieder hinter ihren Computer gesetzt hat. »Belästigen sie Sie? Denn wenn ja…«

»Oh, nein.« Bridget blickt etwas schnell auf, ihr Gesichtsausdruck aufrichtig. »Alles ist in Ordnung. Wirklich. Alle sind sehr hilfreich.« Sie lächelt und stapelt die Karten, die ihr die Männer gegeben haben und steckt sie in eine Plastikbox.

Vielleicht reagiere ich zu heftig. Ich kann nicht sagen, dass meine Handlungen heute Nachmittag die klügsten waren. Aber das ist es ja gerade. Sie waren primitiv, instinktiv. »Sagen Sie mir Bescheid, wenn sich das jemals ändert.«

»Ich bin sicher, das wird es nicht. Alle waren sehr freundlich.«

Zu freundlich. Es ist fast so, als wüsste die gesamte männliche Belegschaft, dass Bridget eine ehemalige Stripperin ist.

Was kümmert es mich eigentlich, ob sie es wissen?

Ich mache mich auf den Weg zurück in mein Büro, aber bleibe in der Tür stehen. Es ist halb fünf, aber ich drehe mich um und gehe den Flur entlang zum Ausgang. Ich bin nicht bei klarem Verstand. Es ist besser, früher zu gehen und morgen mit klarem Kopf zurückzukommen.

Mein Tempo verlangsamt sich, als ich mich Haydens Büro nähere. Ich erwäge, mich für das, was vorhin passiert ist zu entschuldigen.

Aber ich war noch nie jemand, der in der Vergangenheit lebt. Kein Grund, jetzt damit anzufangen.

Kapitel Dreizehn

Am nächsten Tag machen Bridget, Paul, William und ich uns auf den Weg zu den berüchtigten Bliss-Suiten, die gerade gebaut werden.

Der Korridor ist voller Arbeiter die letzte Hand anlegen, die Embleme auf ihren T-Shirts sind mir unbekannt. »Wir benutzen nicht Sallee Construction?«, sage ich. »Ich dachte, wir hätten eine vertragliche Vereinbarung mit ihnen.«

Paul drückt eine breite Doppeltür auf. »Sie waren nicht verfügbar.«

Das erscheint mir nicht richtig. Lewis' Baufirma und Blue Casino haben eine langjährige Arbeitsbeziehung. Ich mach mir eine Notiz, um mich daran zu erinnern, dass ich Lewis anrufen muss.

Das erste, was mir auffällt als wir die Suite betreten, ist die schiere Größe der Räumlichkeiten. Die Pläne allein haben mich nicht genug darauf vorbereitet. Der Hauptwohnbereich ist mindestens dreimal so groß wie die normale Größe einer Luxussuite im Blue Casino.

Moderne orange-rote Sofas und in dickes Plastik

gehüllte Sessel bieten Sitzgelegenheiten. Der Fußboden ist mit Ebenholz-Parkett belegt. Flauschige weiße Flächenteppiche liegen momentan zusammengerollt an einer der Seiten des Raums.

Ein länglicher Glasesstisch für zehn Personen mit weißem Sockel und Stühlen aus Acrylglas steht im hinteren Teil des Raumes. Die Glas- und Chrom-Armaturen sind ebenfalls in Plastik gehüllt. Die Wände bestehen aus dem gleichen Ebenholz wie der Bodenbelag, wodurch eine Höhlen-ähnliche Atmosphäre entsteht.

Nichts im Blue Casino ist mit Bliss zu vergleichen. Nur eine Suite im Club Tahoe Resort meines Vaters kommt in Bezug auf Größe und Luxus auch nur annähernd an das hier heran. Aber selbst diese Präsidentensuite scheitert dort, wo Bliss die Extravaganz gelingt. Und die Präsidentensuite im Club Tahoe kostet mehrere tausend Dollar pro Nacht.

Irgendetwas stimmt nicht mit dem Bliss Projekt. Zum einen, warum die Geheimhaltung? Die Bliss-Suiten sind fast fertig und dennoch hat das Casino sie in der Öffentlichkeit noch kein einziges Mal beworben. Die Menge an Geld die in den Bau der Suiten geflossen ist muss astronomisch hoch sein. Jedes Unternehmen, das eine solche Rechnung bezahlt, würde ein solches Projekt von Anfang an intensiv bewerben.

»Wofür sind die Suiten?«, frage ich leise, aber Pauls Augen huschen in meine Richtung und bestätigen, dass er mich gehört hat.

»Bridget«, sagt er. »Geh zu Eve. Sie wird dir sagen welche Vorräte wir für die Schlafzimmer brauchen.«

Bridget nickt und geht zu Eve hinüber, die gerade mit dem Bauleiter spricht. Nach einer kurzen Begrüßung führt Eve Bridget in eines der Schlafzimmer.

»Also?«, sage ich, sobald die beiden außer Hörweite sind.

Paul blickt William an und neigt den Kopf zum Bauleiter. William geht hinüber und macht dort weiter, wo Eve aufgehört hat.

»Die Bliss-Suiten sind exklusiv«, sagt Paul schließlich.

Ich schaue den Arbeitern zu, aber meine Aufmerksamkeit ist auf den aalglatten Manager gelenkt, der Krümel von Informationen über ein Vorhaben austeilt, das ich langsam wirklich infrage stelle. »Definiere exklusiv. Die Suiten sind riesig und gut ausgestattet. Wie willst du sie gefüllt halten?«

»Jeder Gast, der einsteigen will, zahlt eine Prämie für das Teileigentum an den Suiten der Bliss-Serie. Deine Familie besitzt den Club Tahoe. Betrachte es einfach als eine Mitgliedschaft in einem Golf Resort.«

»Unsere Mitglieder zahlen über eine Viertelmillion Dollar für den Zugang zum Club und zum Golf und dann noch eine Jahresgebühr obendrauf.«

Paul fixiert mich mit einem scharfen Blick. »Ganz genau.«

Ich schaue mich im Raum um. »Warum sollte jemand eine Viertelmillion für ein Penthouse bezahlen, das er für ein paar Tausend pro Nacht mieten kann?«

»Bliss ist nicht nur eine Suite, es ist ein Erlebnis. Ein verführerisches Erlebnis der Spitzenklasse für den Genuss-suchenden Connoisseur. Es wird Frauen geben, wie die in der Burleske-Show, die unseren Mitgliedern… nun ja, eine Kostprobe der Glückseligkeit bieten werden. Was auch immer ein Mitglied wünscht, wir wollen es ihm bieten. Natürlich zu einem höheren Preis. Jeder, der bei Bliss mitmacht, muss mindestens achtzehn Jahre alt sein und eine Einwilligungserklärung unterschreiben. Das steht in dem Vertrag, den die Mitglieder unterzeichnen.«

Ich denke über diese Stadt nach. Das Glücksspiel, die Drogen und die reichen, verderbten Bastarde, mit denen ich im Club Tahoe aufgewachsen bin. Ich habe meine Jungfräulichkeit an die 35-jährige Frau eines Milliardärs verloren. Es gibt hier eine breite Palette von Ausschweifungen, von denen Drogen die geringste Rolle spielen.

Ich sehe mich um. »Was gibt es noch außer Zugang zu Prostituierten und Glücksspielen?«

»Das ist eigentlich so gut wie alles. Mach dir keine Sorgen. Alle sind sicher aufgehoben, besonders weil alles betriebsintern geregelt wird. Das ist das Schöne an Bliss. Die Mitgliedschaft ist nur auf Einladung möglich und vertraulich, was eine Forderung der Gründungsmitglieder war.« Er nickt zu den hohen Fenstern. Um aus den zwei Meter hohen Fenstern hinausschauen zu können, müsste ich mich auf meine Zehenspitzen stellen. »Die Prominenten wollen nicht, dass die Paparazzi ihr Versteck entdecken. Wir werden Bodyguards haben, von denen ich annehme, dass du sie unter Kontrolle hast.«

»Ich habe mit zwei Männern auf der Liste gesprochen, die du mir geschickt hast. Keiner von ihnen hat einen Highschool-Abschluss, aber sie haben einen Hintergrund als private Leibwächter. Einer der Kandidaten ist ein Ex-Marinesoldat.«

Paul nickt. »Die Bodyguards sind eine notwendige Vorsichtsmaßnahme. Sie sind eine von vielen, die wir einsetzen.« Er zeigt auf etwas an der Seite des Raumes, vorbei an Arbeitern und abgedeckten Möbeln. »Eine dieser Türen führt zu einem kennwortgeschützten Aufzug, der die Leute in ein normales Stockwerk und im Notfall auch ins Erdgeschoss bringt. Bei den ersten Luxussuiten, die wir entworfen und ausprobiert haben, hatte ein Mitglied einen Herzinfarkt. Es war eine Herausforderung, ihn in ein normales Zimmer zu bringen, bevor der Krankenwagen eintraf.«

Ich blinzle. »Das ist doch ein Witz, oder? Ihr habt das Leben eines armen Schluckers riskiert, um seine Geliebte zu verstecken?«

Paul zuckt mit den Achseln. »Er hat für die Privatsphäre bezahlt. Der Kerl hat überlebt. Knapp. Und falls du dich fragst, er war der erste, der sich für Bliss 2.0 eingeschrieben hat. Hätten wir die Situation nicht so gut gemeistert, wäre er nicht zurückgekommen.«

»Manche Menschen sind Masochisten. Das macht es ihnen schwer einzuschätzen, was gut für sie ist.«

Paul neigt sein Kinn in Richtung eines der Schlafzimmer. Ich betrete den Raum und er schließt die Tür hinter uns. »Es ist nicht die Aufgabe des Casinos, sich darum zu sorgen, was gut für seine Gäste ist. Ich dachte, du wärst dabei, Cade? Was ist es – Boni und Prestige, oder suchst du nach einer anderen Arbeit? Und wenn du glaubst, dass du über das Bliss-Projekt auch nur ein Wort verlieren wirst, kannst du nochmal haarscharf drüber nachdenken. Das Blue Casino wird dir den Arsch wegen Verleumdung an die Wand nageln.« Mein Kiefer verkrampft sich bei der offensichtlichen Drohung. Er steckt die Hände in die Hosen seines Anzugs, die Schultern angespannt. »Hör zu, versuch nicht gegen Blackwell anzutreten. Du verstehst nicht, welche Verbindungen er hat. Er wird dich ruinieren und das auch nur, wenn er großzügig ist. Verstehst du, was ich meine?«

»Ich glaube nicht, dass ich es verstehe. Drohst du mir mit meinem Leben?« Mein finsterer Blick lässt ihn zusammenzucken.

Er hebt versöhnlich die Hände und das falsche Lächeln kehrt zurück. »Nicht ich natürlich. Und es muss auch nicht dazu kommen, solange du den Mund hältst. Aber ich muss sicherstellen, dass du hundertprozentig dabei bist.« Ein tiefes Seufzen entfährt ihm. »Komm schon, Adam, wir haben dich ausgewählt, weil du unter Druck erst aufblühst. Niemand weiß was sich hinter deiner kühlen Fassade wirklich versteckt. Diese Art von Diskretion ist das wonach wir gesucht haben. Du hast das richtige Temperament für das Bliss-Projekt.«

Ich wende meinen Blick von Paul ab und lasse ihn über das Schlafzimmer schweifen. Bisher füllen nur wenige Einrichtungsgegenstände den Raum, aber am Fuß einer ovalen Matratze befindet sich eine Stripper-Stange. Der Blick ins Badezimmer offenbart einen Whirlpool für sechs Personen und Spiegel an allen Wänden. »Es ist hundertprozentig einvernehmlich? Niemand wird verletzt?«

»Nur wenn sie es wollen.« Paul legt seine Hand auf seine Brust. »Hand aufs Herz. Und niemand, der minderjährig ist.«

Ich habe beim ersten Mal schon verstanden was er meint. Es erfüllt mich nicht mit Zuversicht, dass Paul das Bedürfnis hatte, mir das nochmal zu versichern.

Ich lege den Kopf in den Nacken und starre an die Decke. An der Decke ist ein weiterer Spiegel, der mit dem Bliss-Logo versehen ist.

Sex, Glücksspiel, Alkohol und wer weiß was noch. Aber was kümmert mich das? In dieser Umgebung gibt es zumindest jemanden, der darauf achtet, dass die Leute nicht außer Kontrolle geraten.

Jeder, der eine Viertelmillion für die Mitgliedschaft übrighat, weiß, worauf er sich einlässt. Ich muss davon ausgehen, dass Blackwell irgendein Schlupfloch gefunden hat, um alles am Laufen zu halten.

Vielleicht werde ich die Entscheidung noch bereuen, aber im Moment…

»Ich bin dabei.«

———

ICH REIBE mir die Augen unter der Lesebrille als mir die Worte auf dem Computer zu verschwimmen beginnen. Aber nicht, weil ich müde bin. Ich kann nicht aufhören, über Pauls eklatante Drohung nachzudenken, als er dachte, ich könnte aus dem Bliss-Projekt aussteigen. Ich würde ihn fertigmachen, wenn er jemals etwas versuchen würde und er weiß das. Es ging nicht um ihn. Er hat mich vor Blackwell und seinen Verbindungen gewarnt.

Ein weibliches Räuspern ertönt und ich blicke auf. Hayden steht in der Tür zu meinem Büro. Ohne weiteres verflüchtigen sich meine Sorgen. Eine ganz andere Art von Spannung baut sich in mir auf.

Ich erhebe mich, gehe um meinen Schreibtisch herum, lehne mich mit der Hüfte dagegen und verschränke meine Arme. »Was verschafft mir die Ehre?« Normalerweise bin ich derjenige, der Hayden aufspüren muss. Aus rein beruflichen Gründen natürlich. Und um meiner Schadenfreude freien Lauf zu lassen. Oder um sie zu reizen. Aber hey, ich halte sie auf Trab. Ich möchte nicht, dass sie bei der Arbeit einschläft.

Sie starrt meine Brille an. »Ich war gerade… Wann hast du eine Brille bekommen?«

Ich nehme die schwarz gerahmte Brille ab und werfe sie auf meinen Schreibtisch. »Ich hatte schon immer eine. Ich trage sie nur nicht ständig.«

Sie atmet tief durch. »Großartig«, murmelt sie.

»Wie bitte?« Diesmal wollte ich sie nicht absichtlich frustrieren, deshalb interessiert mich, wie ich es trotzdem so leicht geschafft habe.

Ihr Lächeln ist angespannt. »Ach, gar nichts. Ich wollte nur nachfragen, ob Sie etwas über die Burleske-Tänzerinnen gehört haben. Hat William sich für ein Subunternehmen entschieden?«

Sie versucht gezwungen unbekümmert dreinzublicken, aber ich kann sehen, wie schwer es ihr fällt. Als ich nicht mehr anders kann, fängt mein Blick an zu schweifen. Sie trägt einen marineblauen Rock mit kleinen weißen Tupfen und eine durchsichtige Bluse, durch die ich ohne das unglückselige Leibchen problemlos hindurchsehen könnte. Hayden ist ohnehin nicht klein und in ihren cremefarbenen Stilettos reicht ihr hübsches Köpfchen jetzt bis zu meiner Augenhöhe. Ihre High Heels, stelle ich fest, haben einen sexy Riemen über den Knöcheln, der mir Bilder von Fesseln durch den Kopf schießen lässt, obwohl ich normalerweise nicht auf so etwas stehe.

Wenn es um Hayden geht, ist alles anders. Ich kann mir vorstellen, dass ich viele Dinge tun würde, die ich normalerweise nicht tun würde, nur um sie zu erregen oder – verdammt nochmal - ... sie glücklich zu machen.

Wo kommt das plötzlich her?

Ich räuspere mich. »Hayden, suchen Sie nach Insiderinformationen?«

Sie tritt vollständig in mein Büro und schließt die Tür.

Mein Puls beschleunigt sich bei dem Gedanken, mit ihr allein zu sein, die Fantasie von ihrem nackten Körper noch ganz frisch in meinem Gedächtnis. Ich hebe eine Augenbraue. »Brauchen wir Geheimhaltung?«

»Hören Sie auf so schwierig zu sein. Ich habe Ihnen eine einfache Frage gestellt. Ich möchte nur wissen, für welche Firma William sich entschieden hat.« Sie kommt zu mir herüber und lehnt ihre Hüfte gegen meinen Schreibtisch, in einer Pose, die meine eigene widerspiegelt. Sie ist ein Kunstwerk. Dann greift sie über meinen Schreibtisch und streicht abwesend über meine Brille.

Ich beobachte ihre grazilen Bewegungen. »Haben Sie

eine Schwäche für Brillen? Ich kann sie gern wieder aufsetzen.«

Schnell zieht sie die Hand zurück. »Was? Nein! Natürlich nicht.«

Es klopft an der Tür und Bridget guckt herein. Sie blickt von Haydens errötendem Gesicht zu mir.

»Oh, Entschuldigung. Ich wusste nicht, dass Sie in einem Meeting sind. Soll ich später kommen?«

»Kein Problem, Bridget«, sage ich. »Wie kann ich Ihnen behilflich sein?«

Als Bridget die Tür ganz aufdrückt, hält sie ihre Handtasche und eine Liste in der Hand. »Ich gehe jetzt einkaufen. Es gibt einige Dinge von… meiner alten Arbeitsstelle, die ich für Eve besorgen soll. Im Souvenirladen«, sagt sie vorsichtig.

Da Bridget eine Stripperin war bevor ich sie eingestellt habe, massiere ich meine Nasenwurzel und stelle mir genau vor, was Eve vorhat.

»Oh! Keine Sorge«, fügt Bridget schnell hinzu. »Eve hat das Meiste schon online bestellt. Es gibt nur ein paar Dinge, auf die sich mein alter Arbeitgeber mehr oder weniger… spezialisiert hat. Ein paar Produkte, die ich empfohlen habe.«

Als ich zu Hayden hinübersehe, ist ihre Stirn gerunzelt. »Ja. Gut«, sage ich. »Ihre Ausgaben werden natürlich erstattet.«

Bridget eilt aus meinem Büro und Haydens Augen verengen sich zu schmalen Schlitzen. »Was sollte das denn?«

»Ach, gar nichts.«

Sie knirscht mit den Zähnen. »Warum müssen Sie immer so schwierig sein? Ich versuche wirklich, mich höflich mit Ihnen zu unterhalten.«

»Höflich«, sage ich, lasse mir das Wort auf der Zunge

zergehen und versuche ihren schnippischen Gesichtsausdruck zu interpretieren.

»Ja, höflich. Wir sind doch Arbeitsfreunde, oder?« Ihr Blick ist fast eifrig. Hm, das ist neu. Hayden hat noch nie ein Interesse an einer Freundschaft bekundet, weder aus geschäftlichen noch aus anderen Gründen.

»Oh, ja, sind wir das? Das wusste ich nicht.«

»Ach, vergessen Sie's.« Sie dreht sich um, um zu gehen, aber ich greife nach ihrer Hand, um sie aufzuhalten. Sie bleibt an Ort und Stelle stehen und behält den größtmöglichen Abstand. Es ist offensichtlich. Sie will etwas, aber es ist definitiv nicht Freundschaft.

Ich lasse ihre Hand los. »Es tut mir leid. Mit Ihnen argumentieren ist eine schlechte Angewohnheit.« Ich lehne mich zurück und greife nach der Kante des Schreibtisches, an die ich mich anlehne, um meine Hände zu beschäftigen, damit ich nicht noch einmal versuche, sie zu berühren. »Ja, wir sind Arbeitsfreunde. Und nein, ich habe noch nichts darüber gehört, wen William für die Burleske-Show engagieren will, aber ich habe nächste Woche einen Termin mit ihm. Ich gehe davon aus, dass die Entscheidung dann dort gefällt wird.«

Sie lächelt mich an, aber ich traue ihr nicht. Hayden lächelt selten, und noch seltener ist ihr Lächeln mir gegenüber aufrichtig. »War das so schwierig?«

Ich klopfe mit meinen Knöcheln auf den Schreibtisch. »Ist das alles oder möchten Sie doch, dass ich meine Brille wieder aufsetze?«

Ihr Wangen erröten und sie schluckt. »Nein, schon okay. Ich sollte gehen.« Sie huscht zur Tür hinaus und ich starre auf ihren wohlgeformten Hintern, der vor Aufregung hin und her schwingt.

Die süße Hayden hat einen Nerd-Fetisch. Angesichts ihrer vielen Bücher sollte mich das nicht überraschen.

Ich kehre zu meinem Computer zurück. Es ist spät, aber ich habe eine anstrengende Woche vor mir. Ich würde es bevorzugen, dass die zwölf geplanten Bewerbungsgespräche reibungslos ablaufen. Ich genieße diese Gespräche ungefähr so sehr wie ein Abendessen mit meinem Vater. Also überhaupt nicht. Je früher die Bodyguards und Burleske-Tänzerinnen eingestellt sind, desto eher kann ich Hayden davon abhalten, herumzuschnüffeln und ein unangemessenes Interesse an meinen Geschäften bei Blue zu entwickeln.

Der Tag an dem Bridget zwei Wochen im Büro durchgehalten hat und ich die Wette mit Hayden gewinne, kann nicht schnell genug kommen.

Kapitel Vierzehn

Hayden

Meine kleinen Vögelchen (alias Mira und Nessa) zwitschern mir zu, dass Adam in den letzten zwei Tagen eine Reihe von Interviews anstehen hatte. Die Interviews fanden alle in dem großen Konferenzraum statt, der völlig schalldicht ist. Verdammt. Es ist ja nicht so, als wäre ich nicht schon mehrfach daran vorbeigegangen, um dies zu testen.

Es ist an der Zeit, Adams neuer Assistentin einen Besuch abzustatten. Ich bin eine Managerin. Sie kann meine Anfragen nicht ablehnen. Es sei denn, Blackwell hat sie gewarnt, so wie die Blue Star-Manager... Daumen drücken, dass er es wie immer gemacht und die Sekretärinnen und Assistentinnen sich selbst überlassen hat.

Obwohl er eine Nervensäge ist, geht Adam nicht auf alle Wünsche Blackwells ein, so wie der Rest der Managerbande. Das dürfte erklären, warum er immer noch mit mir spricht. Ich glaube nicht, dass Adam zu Bridget gesagt hätte, sie solle sich von mir fernhalten.

Ich trinke den letzten Schluck meines supergroßen Super-Espresso-Latte, verfasse eine letzte E-Mail an den Datenmanager, der unser Personalinformationssystem aktualisiert, und schüttle meinen Faltenrock aus. Durch die komplette Innenraum-Klimatisierung des Casinos herrscht eine Eiseskälte, aber zwischen dem heißen Getränk und der überschüssigen Energie, die ich wegen der heimlichen Erkundungen habe, während Adam in Besprechungen beschäftigt ist, errötet mein Gesicht.

Ich greife mir einen Notizblock und bevor ich die Nerven verliere, eile ich zur Tür hinaus – und Mira stürzt sich auf mich.

»Zurück, zurück – *geh zurück*!« Sie schubst mich hinein. »Du kannst nicht herumschnüffeln.«

»Warum nicht? Du hast mir gerade geschrieben, dass die Luft rein ist.«

»Sie war rein, aber dein Vater ist aufgetaucht.« Ihre Augen sind weit aufgerissen.

»Was? Warum?«, sage ich mehr zu mir selbst als zu Mira. Meine Familie ist nach dem Vorfall an der High School nach Reno gezogen. Sie kommen ab und an zu Besuch, aber nie ohne Vorankündigung.

Voller Verzweiflung hebt sie die Hände. »Das fragst du mich? Eigentlich ist es auch egal. Er spricht mit Adam.«

»Ich dachte, du hast gesagt, dass Adam in einem Interview ist.«

»Ist er aber nicht. Er redet mit deinem Vater.«

Sorge erfüllte meine Brust. »Das muss aufhören, und zwar sofort. Ich will nicht, dass sich Adam mit meinem Vater anfreundet. Was glaubt er, was er da tut?«

Mira dreht mich an meinen Schultern herum, öffnet die Tür und schubst mich hinaus. »Das solltest du ihn fragen, weil es so aussieht, als würde er sich mit deinem

Vater ein bisschen zu gut verstehen, und dem solltest du vielleicht ein Ende bereiten.«

Dünn wie sie ist, hat mir Mira dennoch einen ziemlichen Stoß verpasst, sodass ich mich gerade noch fangen konnte, bevor ich über meine Stöckelschuhe gestolpert wäre.

Ich blicke den Flur hinunter und genau wie Mira sagte, stehen mein Vater und Adam einige Türen weiter im Flur und unterhalten sich miteinander. Mein Vater lacht sogar über etwas, was Adam gesagt hat.

Adam blickt auf und sieht mich zuerst, einen wissenden Ausdruck auf seinem Gesicht.

Was ist hier los? Dies ist meine Aufklärungsmission, nicht Adams Tag, um in mein Privatleben einzudringen. Ich fege über den Flur und Adams Blick fällt auf meine Hüften, seine Lippen formen sich zu einem Lächeln. Ich mache vor ihm Halt und starre ihn an.

Mein Vater blickt von Adam zu mir, er wirkt verwirrt. Normalerweise bin ich höflicher, mein Vater hat jedoch keine Ahnung wie sehr Adam meine Nerven strapaziert.

»Hayden«, sagt Adam. »Ich wusste nicht, dass Ihr Vater ein Fan der Warriors ist.«

Ich starre ihn an. Wen interessiert es, ob mein Dad ein Warriors-Fan ist?

Männer interessiert es scheinbar, denn mein Vater grinst, als wären das alle Referenzen, die er braucht. »Los Dubs», sagt er.

Ich stöhne frustriert. »Dad, was machst du hier? Waren wir verabredet? Es steht nichts in meinem Kalender.«

»Na ja, nein. Ich war in der Stadt und dachte, ich schaue mal vorbei.«

»Oh.« Ich klinge enttäuscht. Mist, natürlich will ich meinen Vater sehen. Das Problem ist, dass ich mich gerade zu dieser Informationsbeschaffungs-Mission aufgerafft hatte, während Adam angeblich beschäftigt war.

Ich drehe meine Schulter, um Adam aus der Konversation zu schließen. Aus irgendeinem Grund steht er immer noch da. »Dad, das ist super. Sollen wir zusammen zu Abend essen? In ein paar Stunden habe ich Feierabend.«

»Ehrlich gesagt, Schatz, Adam hier hat mir gerade eine Führung angeboten.«

Ich werfe einen irritierten Blick auf Adam, der lächelt. »Aber Dad, ich habe dir im letzten Casino, in dem ich gearbeitet habe, einen Rundgang gegeben. Erinnerst du dich nicht mehr?«

»Sicher, Schatz, aber das ist das Blue Casino. Ich wollte diesen Ort schon immer mal auschecken und sehen, wie die schicken Schuppen geführt werden.« Er grinst frech.

Tja, dann ist Adam wohl die perfekte Person, um meinem Vater eine Tour zu geben. Er steckt hinter allem, zusammen mit dem Rest der Blue Stars.

»Tut mir leid, Dad. Das war mir nicht klar. Ich führe dich gern herum.«

Er drückt meinen Arm und gibt mir einen Kuss auf die Wange. »Nein, nein – geh du nur zurück an die Arbeit. Ich werde mit Adam hier einen kurzen Rundgang machen und komme später zurück, um dich abzuholen. Was meinst du zu fünf Uhr dreißig?«

Ich kann die Feindseligkeit nicht verbergen, die in Wellen hochkommt, während ich versuche, Adam mit einem Blick zu töten. Warum freundet er sich mit meinem Vater an? Und wie hat er meinen klugen Vater so schnell um seinen Reicher-Junge-Finger gewickelt.

»Kannst du uns kurz allein lassen, Dad?« Nicht auf die Antwort meines Vaters wartend, ziehe ich Adam in den nächsten leeren Raum, der zufällig das Büro des Hausverwalters ist.

Ich schließe die Tür und wirble zu ihm herum. »Was glauben Sie, was Sie da tun?«

»Ihren Vater herumführen?«, sagt der Trottel ganz unschuldig.

»Das glaube ich nicht.«

»Nein?« Er gluckst, als ob es ihm auf seltsame Weise Spaß bereiten würde.

»Sie haben irgendetwas vor. Glauben Sie, Sie kommen so aus unserer Wette raus?«

Er macht einen Schritt auf mich zu. »Wieso sollte ich das wollen? Ich freue mich auf den Sieg.«

Für den Bruchteil einer Sekunde bin ich verunsichert von seinem suggestiven Ton und seiner Nähe – was ich als Fortschritt betrachte, wenn man bedenkt, wie sehr mich seine Anwesenheit entwaffnet. »Lassen Sie meinen Vater aus dem Spiel.«

Adams Gesicht wird ernst und seine Stimme weicher. »Hayden, er hatte sich verlaufen und ich war dabei ihm den Weg zu beschreiben. Er hat mir erklärt, dass er Ihr Vater ist und wir haben angefangen zu plaudern. Das ist alles. Ich habe ihm einen Rundgang angeboten, weil er noch nie hier war. Ehrlich gesagt, kann ich nicht glauben, dass Sie seit fast einem Jahr bei Blue arbeiten und ihm keine Tour angeboten haben.«

Okay, klar. Ich bin eine schlechte Tochter. Aber zu meiner Verteidigung, ich hatte keine Ahnung, dass mein Vater Interesse am Blue hatte. Er hat es nie zuvor erwähnt. »Eine Tour und das ist alles?«

»Ich verspreche, dass er frühzeitig zurück ist für Ihre Verabredung zum Abendessen.« Er tritt ein Stück zurück damit ich an ihm vorbeigehen kann, doch plötzlich wird mir die Wichtigkeit dieses Ortes bewusst. Dies ist das Büro des Facility-Managers – der Mann mit Zugang zu jedem Raum im gesamten Gebäude.

Adam folgt meinem Blick. »Mir gefällt dieser hinterhältige Blick in Ihren Augen nicht. Was überlegen Sie gerade?«

Wieso hatte ich das nicht früher in Betracht gezogen? Adam und sein Assistent sind nicht die, auf die ich mich konzentrieren sollte. Es gibt Leute, die Informationen zur Hand haben, die hilfreicher sein könnten. Und sie sind nicht einmal Teil der Blue Stars.

»Hayden, haben Sie mich gehört?«

Ich gehe zur Türe. »Beeilen Sie sich lieber, Adam. Mein Vater wartet.«

Er öffnet die Türe, immer noch finster dreinblickend, und ich gehe an ihm vorbei, aber ich kann seinen hitzigen Blick auf meinem Rücken spüren.

Ich lächle meinen Vater an. »Alles bereit, Dad. Adam wird dir die Führung geben.«

Die Augen meines Vaters verengen sich vor Misstrauen. »Wird er das? Nun, ich bin froh, dass *du* das entschieden hast.«

Ich umarme meinen Vater zum Abschied. Es sieht also verdächtig aus, dass ich Adam in einen Raum geschleppt habe, um unter vier Augen zu sprechen. Aber mein Vater hat keine Ahnung, was bei Blue vor sich geht, und das ist auch besser so. Er würde sich Sorgen machen, und der Sinn der Rückkehr nach Lake Tahoe war nicht, meinen Eltern einen weiteren Grund zur Sorge zu geben. Es ging darum, ihnen und der Welt zu zeigen, dass ich das, was in der Vergangenheit passiert ist, hinter mir gelassen habe.

Ich werfe Adam einen scharfen Blick zu. »Passen Sie auf ihn auf.«

Daraufhin schenkt Adam mir ein charmantes Grinsen das wahrscheinlich hunderte ahnungslose Eltern dazu gebracht hat, ihre kostbaren Töchter in seine Obhut zu geben. Normalerweise wäre ich besorgt, aber ich weiß, dass mein Vater auf sich selbst aufpassen kann.

Ich mache mich auf den Weg zu meinem Büro. Oh, aber nur für einen Augenblick. Ich habe die feste Absicht, in das Büro des Facility-Managers zurückzukehren. Sobald Mira mir bestätigt hat, dass der Raum mindestens eine halbe Stunde lang leer sein wird.

———

ICH BLICKE DEN FLUR HINUNTER, um sicherzugehen, dass mich niemand sieht, betrete schnell das Büro des Hausverwalters und schließe die Tür hinter mir. Laut Mira habe ich eine dreiviertel Stunde bis er zurückkommt.

Ich haste zu seinem Schreibtisch, der von jeder Wackel-Kopf-Figur umringt ist, die je geschaffen wurde und sehe mir die Papiere oben auf sorgfältig an. Ich brauche nur einen einzigen Hinweis darauf wo sich die geheime Suite befindet, eine Art Gebäudeplan, das ist alles.

Obenauf liegt ein Mietvertrag, ein weiterer Stapel enthält einen Energieeffizienzplan. Nichts davon ist das, was ich suche.

Ich öffne die Schreibtischschubladen, blättere durch Akten über Sicherheitsdienste, Parkdienste… *Kommen Sie, wo bewahren Sie Informationen über Geheimsuiten auf?*

Es kann nicht sein, dass der Facilitiy-Manager nichts über die Suite weiß, die Mira und Tyler gefunden haben. Er hat Zugang zu allem, was im Gebäude vor sich geht. Ich schlage die Schublade zu und alle Wackel-Köpfe nicken zustimmend. Es muss hier irgendwo sein.

Als ich meinen Blick suchend durch den Rest des Raumes schweifen lasse, bleibt er an einem hohen Aktenschrank in der Ecke hängen. Ich gehe hinüber und ziehe an den Schubladen. Eine ist verschlossen, aber die anderen sind offen. Ich öffne eine nach der anderen und treffe schnell auf Gold. Hier bewahrt er Lagepläne für das Gebäude sowie Unterlagen für die Reparaturarbeiten auf. Ich bin jetzt definitiv nah dran.

Ähnlich wie bei meinen vorherigen Nachforschungen finde ich nichts Ungewöhnliches beim Durchstöbern der Papiere. Ich habe jede Etage des Hotels im Blue Casino durchsucht und trotzdem keine Suite gefunden die nicht wie jede andere aussieht. Eine der Etagen ist seit Monaten im Bau, aber es war die erste, die ich durchsuchte. Die meisten Abschnitte sind ausgecheckt. Diese Dokumente auch.

Ich schließe die untere Schublade des Schranks und starre auf die obere, verschlossene. Wenn jemand etwas geheim halten wollte, wäre es hinter Schloss und Riegel versteckt.

Ich eile zurück zum Schreibtisch und suche nach Schlüsseln. Mir läuft die Zeit davon und der Facilitiy-Manager hat etwa zweihundert Schlüssel in seinem Schreibtisch zur Auswahl. Nur wenige sind klein genug und sehen so aus, als könnten sie passen. Ich schnappe mir die kleinen Schlüssel, eile zurück zum Schrank und probiere jeden in der verschlossenen Schublade aus. Keiner von ihnen passt.

Mist. Ich sehe mich noch einmal um. Das Büro ist sehr einfach möbliert, ein Schreibtisch und ein Stuhl, der Schrank und ein Haufen Wackel-Kopf-Figuren. Die meisten der Wackel-Köpfe haben ein Sportthema, aber einige wenige sind interessanter designt, darunter auch ein fröhlicher kleiner Skelett-Pirat mit einer quadratischen Schatztruhe…

Eine Schatzkiste, die sich öffnen lässt.

Ich lege die Schlüssel in die Schreibtischschublade

zurück und starre auf die Schatzkiste von Herrn Pirat. Ich greife danach, um den Deckel zu öffnen.

Und sehe einen kleinen Schlüssel darin.

Heilige Scheiße.

Ich schnappe mir den Schlüssel und gehe mit ihm hinüber zur Schublade, meine Hände zittern. Ich schiebe den Schlüssel in das Schloss und er dreht sich. Der Schrank öffnet sich für mich.

Verschlossene Schrankschubladen sind verdächtig, aber das ist nicht der Grund, warum mir das Herz bis zu den Ohren schlägt. Die Reihe von Akten mit der Aufschrift *Bliss* in der Schublade sind der eigentliche Grund. Alles, was ich bisher gefunden habe, konnte ich als etwas identifizieren, das ich schon einmal im Casino gesehen oder gehört habe, aber nicht als das Bliss-Projekt. Ich habe noch nie davon gehört und als Personalabteilungsleiterin hätte ich davon schon mal etwas mitbekommen haben sollen.

Ich ziehe eine Handvoll Ordner heraus, gehe zum Schreibtisch und lege sie darauf.

Der Penthouse-Trakt befindet sich seit Monaten im Bau. Blackwell sagte uns vor einer Weile, dass er renoviert wird und es war der erste Ort, den ich durchsuchte, nachdem Mira und Tyler das verdächtige Gästezimmer gefunden hatten. Die Penthouse-Suiten waren in Ordnung. Den Bliss-Akten zufolge aber ist eine Hälfte der Penthouse-Ebene durch eine Veranda von den restlichen getrennt und völlig anders als die anderen. Und dieser Teil des Stockwerks wurde in den letzten Monaten während der Bauarbeiten für den Zugang von Angestellten gesperrt.

Diesen Dokumenten zufolge gibt es vier Suiten, die jeweils gleich aufgebaut sind. Und sie sind so groß, dass sie schon fast grotesk erscheinen. Wir haben wohlhabende Mitglieder, die in unseren regulären Penthouse-Suiten wohnen, die schon ein paar Riesen kosten. Diese Zimmer sind meistens für besondere Anlässe gebucht und ich habe noch nie gehört, dass jemand enttäuscht wieder nach Hause gefahren ist. Der einzige Grund, warum das Casino sie auf den neuesten Stand bringt, ist, dass es mit den Trends Schritt halten will. Aber vielleicht gab es noch einen anderen Grund für den Zeitpunkt des Umbaus.

Die vier Bliss-Suiten, die die zweite Hälfte der Penthouse-Etage einnehmen, sind wahnsinnig extravagant, mit einer Bar, einem aufwendigen Wohnbereich, einem eigenen Aufzug und fast keinen Fenstern, was mir sehr merkwürdig vorkommt. Die Penthouse-Suiten sind bekannt für ihre weitläufigen Terrassen und die Aussicht auf die Berge und den See.

Die ganze Zeit über dachte ich, Blackwell hätte für seine illegalen Aktivitäten ein paar Zimmer getauscht. Aber was wäre, wenn er einen neuen Platz für sie geschaffen hätte, anstatt sie in die Casino-Kulisse einzuschmuggeln? Einen, der so auffällig ist, dass er mit dem bestehenden hohen Standard der Penthouse-Etage verschmilzt?

Eigentlich durfte niemand diesen Teil der Penthouse-Etage sehen. Das Betreten einer Bauzone durch unbefugte Mitarbeiter ist ein Sicherheitsrisiko für das Casino. Allein der Lärm hat uns gezwungen, die darunter liegende Etage zu blockieren, um den Qualitätsstandard für die Hotelgäste aufrechtzuerhalten. Aber wenn ich es mir recht überlege, hat das Verwehren des Zutritts zu den obersten Stockwerken auch einen Puffer und ein Maß an Privatsphäre geschaffen für alles, was sie dort oben tun wollen.

Die Bliss-Suiten sind riesig, ihre Anordnung ist ungewöhnlich und aus dem Grundriss zu urteilen, gibt es keinen Grund warum sie nicht die gleiche Rolle spielen könnten wie die Suite, über die Mira und Tyler gestolpert sind. Das muss es sein.

Männerstimmen ertönen vor der Tür des Facilitiy-Managers.

Ich blicke auf, dann sehe ich auf die Akten, die willkürlich auf dem Schreibtisch verteilt sind. »Mist.«

Ich schlage die Akten zu und rase zum Schrank, schiebe sie zurück in die Schublade und schließe sie ab. Ich könnte so tun, als würde ich dem Facilitiy-Manager eine Notiz hinterlassen. Das bedeutet aber, dass ich eine erstellen muss. Verdammt.

Ich husche zurück zum Schreibtisch und schreibe eine kurze Notiz für den Verwalter in der ich ihn bitte zu mir zu kommen. Den Grund denke mir später aus. Ich stürzte zur Tür, aber erstarre auf halbem Weg dorthin.

Der Schlüssel.

Ich drehe mich um und laufe zurück, um den Schlüssel in die Schatzkiste des Piraten-Wackel-Kopfs zurückzulegen, aber mein Absatz verhakt sich im Teppich, sodass ich vorwärts stolpere und der Schlüssel aus meiner Hand fliegt. Ich klammere mich an der Tischkante fest, bevor ich einen Sturzflug mache, aber der Schlüssel ist nirgends zu sehen.

Scheiße. *Scheiße.*

Ich lasse mich auf den Boden fallen und krieche suchend unter dem Schreibtisch herum. Mir läuft es kalt den Rücken herunter, als ich nach einer Weile noch immer keinen Schlüssel auf dem Teppich finden kann.

Hinter mir schließt sich die Tür und ich halte den Atem an.

»Hayden? Was machen Sie da?«

Nur Adam. Ich kann mich aus der Sache herausreden.

Ich atme tief durch und krieche unter dem Schreibtisch hervor. Währenddessen entdecke ich den Schlüssel, der an einem der Tischbeine lehnt. Ich schaue über meine Schulter und fange Adams Blick auf. »Woher wussten Sie, dass ich es bin?« Schnell greife ich nach dem Schlüssel, während Adam mein Gesicht fixiert.

Er glotzt mir vielsagend auf den Hintern und grinst gemächlich.

»Das ist sexuelle Belästigung, wissen Sie.« Holprig komme ich auf meinen zehn Zentimeter hohen High Heels auf die Füße und wünsche mir, ich hätte für heute ein praktischeres Paar gewählt. Den Schlüssel halte ich unauffällig in meiner Hand.

Er geht um den Schreibtisch herum und ich schiebe den Schlüssel zurück in die Schatztruhe des Herrn Pirat, als Adam nicht hinsieht. »Oh bitte. Es ist keine sexuelle Belästigung jemanden von… hinten zu erkennen.« Sein Blick flackert anzüglich.

Ich verziehe das Gesicht. »Sehr lustig.«

Er deutet mit dem Kopf zum Boden. »Was haben Sie da unten gemacht? Und bitte sagen Sie nicht, Sie haben was fallen gelassen. Ihr schuldiger Blick sagt mir alles, was ich wissen muss.«

»Gut, ich sage Ihnen nicht, dass mir etwas hinuntergefallen ist.« Ich fange an wegzugehen. »Auf Wiedersehen, Adam.«

Er greift nach meiner Hand und zieht mich zu sich, meine Schulter stößt leicht an seine Brust. »Tun Sie es nicht.« Seine Augen sind ausnahmsweise einmal aufrichtig.

Mein selbstgefälliges Grinsen verblasst. »Was tun?«

»Mischen Sie sich nicht ein, Hayden.«

»Was kümmert das einen gefühllosen Eisblock wie Sie?« Mir fällt nur ein Grund ein und der ist, dass er nicht mit den anderen Führungskräften des Casinos geschnappt werden will, wenn ich herausgefunden habe, was sie vorhaben.

»Ich bevorzuge Höhlenmensch.« Er streicht eine Haarsträhne hinter mein Ohr und sein Blick fällt auf meinen

Mund, sein Ausdruck voller Sorge, der sich langsam in etwas… mehr Erhitztes verwandelt. Da ist eine Menge Hitze in seinen Augen.

Mir schwimmt der Kopf. Seine Hand ist warm und um meine gehüllt, sein Oberkörper breit und schützend, welcher leicht über meine linke Brust streicht. Plötzlich scheinen seine Handlungen nicht mehr egoistisch zu sein.

Ich atme zittrig aus. Ich hasse die körperliche Wirkung, die er auf mich hat. Er bringt mich ganz durcheinander. Adam ist schuldig. Er steckt mit Blackwell und den anderen unter einer Decke. Ich bin mir dessen sicher, aber ich kann meinen Blick trotzdem nicht von seinem Mund abwenden.

Seine Lippen sind einen Farbton dunkler als seine leicht gebräunte Haut, die untere Lippe ist voller als die Obere. Ich möchte, dass er seinen Mund auf meinen drückt und mich festhält - mir sagt, dass all gut wird. Denn Adam *ist* der Eiskönig. Nichts kann ihm etwas anhaben. Und obwohl er mit dem Feind zusammenarbeitet, könnte ich seine Stärke gebrauchen. Er ist ein Fels in der Brandung, zeigt niemals Schwäche. Ich wünschte, ich wäre so stark. Ich bin mir nicht sicher, ob ich ihn bewundern oder verachten soll, aber meine körperliche Reaktion auf ihn deuten auf ersteres hin. Bewundern. Auf jeden Fall bewundern.

Er schluckt und macht einen Schritt zurück. Seine Augen haben sich verändert, die Intensität, die hinter ihnen brennt, ist nicht mehr von Verlangen erfüllt. »Verdammt, Hayden, hören Sie auf sich einzumischen.« Er streift an mir vorbei und schreitet zur Tür hinaus.

Ich sacke in mich zusammen, der Zauber, mit dem er mich an Ort und Stelle gefesselt hat, ist gebrochen.

Ich will nicht, dass Adam sich als eine andere Person entpuppt, als jene, die ich am ersten Arbeitstag als oberflächlich und eigennützig eingeschätzt habe, als er sich nicht an mich erinnert hat.

Aber oberflächliche, eigennützige Arschlöcher machen sich nicht die Mühe, Mädels vor Gefahren zu warnen. Und im Moment kann ich nicht sagen, ob er sich mehr Sorgen um seine eigene Haut macht oder um meine.

Kapitel Fünfzehn

Mein Vater füllt seinen Teller mit Jasminreis, einen Moment später folgen gelbes Hühnercurry und Pad-Thai-Nudeln. Wir haben uns für unser thailändisches Lieblingsrestaurant entschieden, nachdem er mich von der Arbeit zu unserer Verabredung zum Abendessen abgeholt hat.

»Meine Tour mit Adam war sehr kurz.« Er wirft mir einen vorwurfsvollen Blick zu, als ob es meine Schuld sei.

»Ich bin sicher, er war sehr beschäftigt«, sage ich abgelenkt. Ich bin noch nicht über die Wut hinweggekommen, die ich in Adams Gesicht gesehen habe, als er mich heute Nachmittag einfach so stehen ließ. Es sollte mich eher stören, dass er für einen Moment so aussah, als wolle er mich küssen, aber nein. Es war der wütende Teil, den ich nicht mochte.

Mein Vater reicht mir die Nudeln. »Ich hatte den Eindruck, dass eure Beziehung etwas angespannt ist.«

Das ist eine Untertreibung. »Adam und ich gehen uns ständig an die Gurgel. Wir kommen nicht miteinander aus.« Dad braucht nicht jede Quelle meiner und Adams Frustration zu kennen.

Dad schaufelt sich gedankenverloren das Essen rein, die Stirn gerunzelt. Er kaut einen Moment lang. »Das ist aber nicht, was ich aufgeschnappt habe. Während der Tour schien es, als wolle er so schnell wie möglich zu dir zurück. Sei vorsichtig. Beziehungen am Arbeitsplatz können kompliziert werden.«

»Dad, es gibt keine Beziehung.« Wie erkläre ich meinem Vater am besten Adams Motivation? »Wenn Adam zu mir zurückkommen wollte, dann nur, um mir das Leben schwer zu machen.«

»Wollte er das? Zurückgehen und dir einen Vortrag halten?«

Adam hat mich beim Herumschnüffeln erwischt und mich gewarnt, also… »Ja.«

Mein Dad gießt Tee in die winzige Teetasse des Restaurants. »Er ist nicht dein Chef, oder?«

»Nein.« Ich schlucke das Essen in meinem Mund hinunter. »Obwohl er sich sicher wünscht, er wäre es, damit er mich kontrollieren kann.«

Er stellt seine Tasse ab. »Mir gefällt nicht, wie sich das anhört. Er kam mir wie ein guter Kerl vor als wir uns während der Führung unterhalten haben. Ich muss ihn falsch eingeschätzt haben.«

Ich könnte meinem Vater glauben lassen, dass Adam kein guter Mensch ist und vor ein paar Wochen hätte ich das auch getan. Aber ich kann die flüchtigen Eindrücke von Adam nicht ignorieren, die mich dazu bringen, anders zu denken. »Du hast ihn gut eingeschätzt, Dad. Er ist kein schlechter Kerl. Wir sind nur… nicht einer Meinung.«

Mein Vater nimmt noch einen Bissen und beobachtet mich. »Und nichts weiter? Sonst stört dich nichts? Du schienst etwas abgelenkt das letzte Mal als du zu Hause angerufen hast. Deine Mutter hat mich hergeschickt, um sicherzugehen, dass alles in Ordnung ist. Hast du schon neue Freunde gefunden?«

Es spielt keine Rolle, wie alt ich bin. Meine Eltern werden sich immer Sorgen machen.

»Ja. Es geht mir gut. Es ist nur die Arbeit.«

»Willst du über irgendwas reden?«

Mein Vater würde ausflippen, wenn ich ihm erzählen würde, was sich hinter verschlossenen Türen im Blue Casino abspielt. Deshalb werde ich es lieber nicht tun. »Nö.« Der Blick in seinen Augen sagt mir, dass er immer noch besorgt ist. »Dad, ich bin siebenundzwanzig. Ich kann auf mich selbst aufpassen.«

Er versucht zu lächeln und tätschelt meine Hand. »Das Alter ändert nichts. Du bist immer noch meine Tochter.«

»Ich hab's verstanden. Einmal ein Vater, immer ein Vater. Jetzt iss auf. Wir möchten nicht, dass Mom zu lange warten muss, um herauszufinden wie unsere Verabredung gelaufen ist.«

Seit meine Mutter Vizedirektorin an einer Junior High School in Reno wurde, arbeitet sie viele Überstunden. Sie besucht mich zwar nicht so oft wie mein Vater, aber das bedeutet nicht, dass sie nicht auf dem Laufenden ist.

Er grinst. »Da ist was Wahres dran. Ich bin sicher, dass sie mich auf dem Heimweg anrufen wird. Also sollte ich mehr Informationen aus dir herauskitzeln, sonst höre ich nie das Ende der Geschichte.« Er trinkt einen Schluck heißen Tee. »Also, was diesen Adam betrifft. Warum versteht ihr euch nicht?«

»Dad, wirklich?« Er hebt vielsagend die Augenbrauen und fordert mich stillschweigend auf zu leugnen, dass an meiner Beziehung zu Adam etwas Ungewöhnliches ist. »Es ist kompliziert.«

»Adam ist ein professioneller, gutaussehender Typ und

er scheint an dir interessiert zu sein. Ich bin mir immer noch nicht sicher, ob es eine kluge Entscheidung ist mit einem Kollegen auszugehen, aber wenn du sagst, dass er ein anständiger Typ ist, dann…« Er zuckt mit den Achseln und sieht mich fragend an.

»Was? *Nein.* Dazu wird es nicht kommen.« Ich schüttle den Kopf. »Adam…« Ich will gerade sagen, *er hasst mich,* als ich mich davon abhalte. Denn das ist nicht wahr. Ich habe in den letzten Wochen genug gelernt, um zu wissen, dass er mich nicht hasst. Er macht mich verrückt, aber er hasst mich nicht.

»Er interessiert sich nicht für etwas Ernstes«, sage ich schließlich. Nicht, dass Adam Interesse an mir bekundet hätte, aber zumindest wird das meinen Vater besänftigen, ohne dass ich die komplizierte Vergangenheit die ich mit Adam teile, erklären muss.

»Hmm«, sagt mein Vater, sein Mund verzogen.

Die nachdenkliche Miene gefällt mir nicht. »Was meinst du, *hmm?*«

»Nun, es ist nur so, dass die meisten von uns Kerlen nicht der Typ sind, der sesshaft wird… bis wir es dann tun.«

»Ist das eine Art verrückte Männerlogik? Was soll das denn bedeuten?«

Er wirft mir ein Pfefferminz-Bonbon hin und zieht die Rechnung auf seine Seite des Tischs. »Nur, dass wir nie wissen, welche Frau uns sesshaft machen wird. Für immer.«

»Du sagst also, es gibt keine netten Typen da draußen. Jeder Kerl ist ein Aufreißer, bis er die richtige Frau gefunden hat?«

»Es gibt nette Kerle. Aber selbst ihnen wird es angst und bange, wenn sie *die Richtige* finden.«

Mein Gesicht erhitzt sich. »Gutes Gespräch, Dad.

Schön zu wissen, dass du ein Aufreißer warst, bevor du Mama getroffen hast. Dieses Bild muss ich mir so schnell wie möglich aus dem Kopf schlagen. Denkst du, du kannst fürs Erste zum Haus kommen und die Dachrinnen säubern?«

Kapitel Sechzehn

Adam hat mich die ganze Woche gemieden. Woher weiß ich das? Weil ich ihn diese Woche nicht ein einziges Mal gesehen habe. Was nur zeigt, dass all die Male, in denen wir uns *zufällig* begegnet sind oder in Konferenzräumen nebeneinander gedrängt saßen, unsere Treffen orchestriert wurden, um meine *Gereiztheit* auf die maximale Stufe zu erhöhen. Aber die jetzige Alternative gefällt mir auch nicht. Ich muss in Adams Nähe sein. Im Büro des Facilitiy-Managers habe ich einen großen Schritt in die richtige Richtung gemacht. Ich weiß jetzt wonach ich Ausschau halten muss. Aber wenn ich mehr über Bliss erfahren will, brauche ich jemanden der direkt involviert ist.

Ich habe versucht, mit meinem Handy bewaffnet ins Büro des Facilitiy-Managers zurückzukehren, um Fotobeweise zu sammeln, aber das Büro war verschlossen. Was mich nicht ganz abgeschreckt hat. Als ich jedoch mithilfe meiner Assistentin Mira, der Schlosserin, die Tür aufbrach, stellte ich fest, dass der Schrank mit den interessanten Bliss-Akten verschwunden war. Völlig aus dem verflixten Büro entfernt.

Es ist alles Adams Schuld. Er ist mir auf der Spur und er muss dem Facilitiy-Manager aufgetragen haben, den Schrank zu entfernen. Aber ich lasse mich davon nicht abhalten. Ich weiß jetzt über Bliss Bescheid. Ich weiß, wo die Suiten sich befinden. Und ich wette, dass Blackwell seine illegale Suite dorthin verlegt hat.

Bridget packt ihre Mappe nach dem Marketing-Meeting für die Burleske-Show das wir gerade beendet haben. »Haben Sie einen Moment Zeit?«, frage ich sie.

»Natürlich.« Sie lächelt und beißt sich dann auf einen Mundwinkel. »Würde es Ihnen etwas ausmachen, mir zurück in mein Büro zu folgen? Ich muss noch schnell eine E-Mail losschicken.«

Ich bestätige ihr, dass es in Ordnung ist und wir machen uns auf den Weg den Flur hinunter. Adam und Blackwell haben mich vielleicht in meiner Kapazität als Personalabteilungsleiterin gewarnt, mich Adams neuer Assistentin nicht zu nähern, aber das bedeutet nicht, dass ich nicht als Kollegin mit ihr reden kann, oder?

Bridget und ich unterhalten uns über das Treffen, als Mark aus der IT-Abteilung vorbeihuscht, sein Gesicht glänzt und ist ein bisschen rot. »Hi, Bridget«, sagt er leise.

Ich bin beeindruckt. Mark vermeidet normalerweise Augenkontakt.

Bridget begrüßt ihn und ich nicke ein *Hallo* als wir unsere Diskussion über die Werbung für die Veranstaltung fortsetzen.

Keine zwei Sekunden später geht ein anderer Angestellter vorbei, mit einem ebenso hingerissenen Gesichtsausdruck.

»Guten Tag, Bridget.« Dieses Mal ist es einer der Gebäudetechniker. Ein wahnsinnig schüchterner Mann.

Der einzige Grund, warum er zwei Worte zu mir gesagt hat, ist, dass ich seine Gehaltsschecks unterschreibe.

Was zum Teufel? Ich muss zweimal hinsehen, um zu glauben was ich sehe. »Sieht so aus, als hätten Sie Fans.« Ich lächle. Wenn Bridget die Leute aus ihren Schneckenhäusern holt, ist das toll.

»Oh ja. Alle sind so nett.« Ihr Ausdruck ist bescheiden und ich stelle fest, dass ich Bridget eigentlich mag. Sie ist hübsch, also kann ich verstehen, warum die Jungs sie mögen, aber sie ist genauso freundlich zu den Frauen, wie ich gesehen habe. Und Adam hat keine einzige schlechte Bemerkung über ihre Leistung gemacht. Ich nehme an das liegt daran, dass er mit ihr zufrieden ist und nicht daran, dass er mir etwas verheimlicht, nur um unsere Wette zu gewinnen.

Verdammt! Ich kann nicht glauben, dass Adam gewinnen wird. Ich war mir sicher, dass er keine geeignete Kandidatin finden würde. Das wird es schwerer machen etwas über die anderen Leute herauszufinden, die er einstellen will. Ich habe versprochen meine Nase aus der Sache rauszuhalten, falls er gewinnt. Natürlich werde ich meine Nase immer noch in seine Angelegenheiten stecken, aber jetzt muss ich es noch verstohlener tun.

Wir betreten Bridgets Büro und ich schließe die Tür. »Wir hatten noch keine Gelegenheit, uns hinzusetzen und zu reden und ich wollte sichergehen, dass Sie sich gut eingelebt haben. Herausfinden, ob Sie etwas von der Personalabteilung brauchen?«

Ich verstoße völlig gegen die Regel, nicht mit Bridget über offizielle Personalangelegenheiten zu sprechen, aber ich brauche eine Ausrede, um mit ihr zu reden und es ist sowieso eine dumme Regel. Bridget braucht vielleicht etwas von meiner Abteilung und wie soll sie Hilfe bekommen, wenn wir nicht miteinander sprechen dürfen?

Außerdem brauche ich einen Grund, um prüfende Fragen über Adam zu stellen. Er geht mir aus dem Weg. Verzweifelte Zeiten und so weiter.

Sie zuckt fröhlich mit den Schultern. »Alles geregelt. Obwohl ich eine Frage zur Krankenversicherung habe. Können Sie eine Sekunde warten, während ich die erwähnte E-Mail abschicke?«

»Aber natürlich. Es sei denn, Sie möchten lieber in mein Büro kommen, wenn Sie fertig sind?«

»Oh nein. Ich brauche nur einen Moment.« Bridget ruft ihre E-Mail auf und klickt sich schnell durch die Bildschirme.

Sie blickt herüber und lächelt nervös. Ich merke, dass ich starre, also sehe ich mich im Raum um, um ihr Privatsphäre zu geben.

»So«, sagt sie und verkleinert den Bildschirm. »Alles geschafft.«

Bridget stellt mir ein paar Fragen zu den betrieblichen Krankenversicherungsverträgen. Alles Dinge, die Mira und ich mit ihr besprochen hätten, wenn Adam mir erlaubt hätte Bridget zu informieren als sie anfing. Aber ich bin froh, ihr jetzt zu helfen.

»Vielen Dank für die Informationen«, sagt sie. »Das hat mir wirklich geholfen.«

»Oh, gut.« Ich stehe auf, um zu gehen. Vielleicht sollte ich es nicht sagen, aber ich möchte jedem Mitarbeiter, egal was Adam und Blackwell sagen, zur Verfügung stehen. »Kommen Sie jederzeit vorbei, wenn Sie noch Fragen haben.«

Bridget lächelt breit und ich weiß, dass das Treffen mit ihr der richtige Schritt war. Ja, ich hatte Hintergedanken, aber sie ist immer noch eine Angestellte und hat den Anspruch zu wissen, was ihre Personalabteilung zu bieten hat.

Es wird ätzend werden, wenn Bridgets zwei Wochen Probezeit vorbei sind. Adam und ich müssen Grenzen setzen, was diese ›Keine Fragen über meine Neueinstellungen‹-Regel betrifft, denn es ist offensichtlich, dass die Mitarbeiter, die er einstellt, Fragen haben werden, die er nicht beantworten kann. Zumindest glaube ich, dass sie sie haben werden. Es sei denn, Blackwell stellt von außen ein. Bridget ist keine Vertragsangestellte, aber ich weiß nicht, was Blackwell für die anderen geplant hat.

Ich bleibe in der Nähe der Tür stehen. »Bevor ich gehe, wissen Sie wie es Adam geht? Ich habe ihn in letzter Zeit nicht mehr bei den Besprechungen gesehen.« Hoffentlich ist mein Auskundschaften nicht zu offensichtlich, aber verdammt, Adam ist verschwunden und ich stehe so kurz davor diese Bliss-Sache zu verstehen.

»Er war mit den neuen Suiten beschäftigt. Blackwell lässt ihn Überstunden arbeiten, um sicherzustellen, dass alles rechtzeitig für die Burleske-Show bereit ist. Es ist alles streng geheim, aber nur um Sie zu beruhigen… Alles läuft *wirklich* gut. Sie sollten sehen, was ich für die Zimmer gekauft habe. Diese Suiten werden fantastisch ausgestattet sein.«

Ich habe nichts Besonderes über die Umgestaltung der Suiten gehört, außer dass sie gerade stattfindet. Mir war auch nicht klar, dass Blackwell sie für die Burleske-Show fertig haben will. Bridgets Kommentare bestätigen, dass die im Bau befindlichen Suiten mehr sind als das Casino der Öffentlichkeit und dem Rest der Angestellten zugesteht und dass sowohl Bridget als auch Adam daran beteiligt sind. Kein Wunder, dass er mich nicht in ihrer Nähe haben will.

»Was für Dinge haben Sie denn gekauft…«

»Verhören Sie meine Angestellten?«

Ich drehe mich um und mein Herz schlägt wild in

meiner Brust. Adam steht in der Tür und er sieht sauer drein.

»Ich lerne gerade Ihre neue Assistentin kennen.« Auf keinen Fall lasse ich mich von ihm einschüchtern. »Sie hatte ein paar Fragen zu den Sozialleistungen des Casinos.« Ich blicke zurück zu Bridget. »Bridget, ich lasse Sie wieder an die Arbeit gehen. Denken Sie daran was ich gesagt habe. Sie können mich jederzeit besuchen.«

Sie lächelt und ich gehe auf Adam zu und bleibe vor ihm stehen. »Kann ich Sie bitte in meinem Büro sprechen?«

Er tritt zur Seite und ich gehe an ihm vorbei. Als wir das Büro verlassen haben und außer Hörweite von Bridget sind, holt er mich ein. »Blackwell hat Ihnen ausdrücklich befohlen, die Einstellung meiner Assistentin nicht zu behindern.« Seine Stimme ist nicht seine normale elegante Kadenz, sondern hart mit einer eisernen Spitze.

Es stimmt, ich bin schuldig, weil ich Bridget Fragen gestellt habe, von denen ich wusste, dass Adam nicht wollte, dass ich die Antworten kenne, aber irgendetwas geht in diesem Betrieb vor und ich werde herausfinden was es ist.

Ich schieße ihm einen kalten Blick zu. »Blackwell hat nichts darüber gesagt, dass ich nicht mit neuen Leuten sprechen kann, sobald sie eingestellt sind. Deine Angestellte hatte spezifische Fragen zu unseren Sozialleistungen. Ich bezweifle sehr, dass Sie diese hätten beantworten können, ohne zu mir zu kommen.«

»Sie haben sie über meine Arbeit ausgefragt.«

Ich gehe in mein Büro und Adam schließt die Tür hinter uns. »Das ist kein Verbrechen. Was auch immer für Projekte im Bereich des Hotelbetriebs durchgeführt werden, sollte jedem Mitglied der Geschäftsleitung bekannt sein«, sage ich süß.

Er lässt einen Hauch von Frustration heraus. »Hayden, wie lange ist es noch… ein bis zwei Tage… bis Bridget zwei Wochen hier ist? Unsere Wette ist fast vorbei. Und ich habe Sie nicht für jemanden gehalten, der eine Wette nicht einhält. Geben Sie zu, dass Sie verloren haben, damit wir das hinter uns lassen können.«

»Nein. Aber selbst, wenn ich die Wette verliere, müssen wir Bedingungen festlegen. Der Deal war, dass ich mich aus dem Einstellungsprozess heraushalte. Sie können nicht erwarten, dass ich nie mit neuen Mitarbeitern spreche. Ich muss ihnen für Sozialleistungen und für andere HR-Bedürfnisse zugänglich sein.«

Anstatt auf dem Stuhl vor meinem Schreibtisch Platz zu nehmen, geht Adam mit der Hand in der Hosentasche zum Fenster und starrt heraus. »Die anderen werden als Auftragnehmer angestellt. Keine Vergünstigungen. Sie können mit allen Fragen zu mir kommen, die sie haben.«

Blackwell sagte bei unserem letzten Treffen, dass die Burleske-Tänzerinnen über ein Sonderkonto als Subunternehmer angestellt werden würden. Ich bin nicht überrascht, dass Adam Mitarbeiter über ein ähnliches Verfahren einstellt. Aber es kotzt mich an. Das ist falsch. Das Personalwesen ist dazu da, das Unternehmen und seine Mitarbeiter zu schützen. Aber das können wir nicht tun, wenn sie uns nicht einsetzen, wenn sie unseren Zuständigkeitsbereich einschränken.

Und ich weiß nicht, wie ich sie aufhalten soll.

Ich verschränke meine Arme über der Brust. »Das ist eine lächerliche Verschwendung von jedermanns Zeit. Wollen Sie wirklich der Vermittler sein?«

Er sieht mich mit frustrierten Blick an. »Wenn es sein muss.«

Okay, ich mache es ihm nicht leicht, aber es hat einen guten Grund.

Ich lasse meinen Blick über die scharfen Kanten seines hübschen Gesichts schweifen. »Warum ist hier alles so geheimnisvoll?« Meine Stimme ist vorwurfsvoll. Ich will, dass Herr Eisberg zugibt, was wir beide wissen. Dass das Blue Casino etwas Illegales im Schilde führt.

Sein Blick wird schmaler. Er öffnet den Mund, um etwas zu sagen, aber mein Handy summt. Eine halbe Sekunde später klingelt auch Adams Handy.

Er bricht den Blickkontakt ab und greift in seine Tasche. Ich lange nach meiner Handtasche und krame nach meinem Handy, denn wenn wir beide Nachrichten empfangen, ist es wahrscheinlich etwas Wichtiges.

Die Nachricht ist von Bridget, zusammen mit einer Reihe von Bildern. Für einen Moment weiß ich nicht, was ich da sehe. »Ist das eine Gurke… in ihrem…? *Ohhh!*«

»Verdammte Scheiße.« Adam stopft sein Handy in seine Tasche und stürmt aus meinem Büro.

Heilige Scheiße! Bridget sagte, sie müsse eine wichtige E-Mail abschicken. Sie schien nervös gewesen zu sein als sie merkte, dass ich ihr über die Schulter schaue. Aber das ist schon eine halbe Stunde her. Vielleicht hatte es etwas damit zu tun?

Ich lege meine Hände auf den Schreibtisch und blinzle ungläubig. Wieso sollte sie…? Das ist unwichtig. Es ist geschehen.

Ich checke die SMS noch einmal. Sie hat sie an alle geschickt. An das gesamte obere Management. Aber keine Kunden, Gott sei Dank. Wir können das eindämmen.

Ich nehme mein Schreibtischtelefon und wähle IT. »Entfernen Sie es vom Server. Und zwar sofort!«

»Bin schon dabei«, sagt der Support-Typ, seine Stimme klingt ängstlich.

Mein nächster Anruf geht an den Sicherheitsdienst. »Hier ist Hayden Tate von der Personalabteilung. Ich möchte, dass Sie eine Mitarbeiterin hinausbegleiten. Ja, sie ist gefeuert.«

Zumindest wird sie das sein. Ich nehme an, Adam war auf dem Weg dorthin.

Was Bridget getan hat, selbst wenn es ein Fehler war, war inakzeptabel. Nein, einfach *nein*. Mehr als unangebracht. Und ein schwerer Fall von sexuellem Fehlverhalten. Das ist keine ›Verwarnungs‹-Situation. Besonders so kurz nach der Anklage einer Ex-Angestellten wegen tätlichen Angriffs auf Firmengrund. Bridgets Vorgehen ist Grund für eine sofortige Entlassung.

Ich gehe zu ihrem Büro und höre Adams Stimme schon vom Ende des Flurs.

»Was haben Sie sich dabei gedacht?« Sein Tonfall ist ruhig. Kühl. Nicht die harte Stimme, die er vorhin bei mir benutzt hat, die ich als reine Hayden-Frustrationsstimme interpretierte. Diese Stimme ist in ihrer Eiseskälte erschreckender.

Adam würde Bridget nie etwas antun, aber ich rase trotzdem den Flur hinunter.

»Es tut mir leid.« Bridgets Stimme zittert, als ich um die Ecke zu ihrem Büro gehe. »Es war ein Versehen. Es sollte nur an ein paar Leute gehen.«

Bridget steht vor ihrem Schreibtisch, ihr Gesicht ist blass als sie verzweifelt durch ihr Telefon klickt. »Ich muss einen Namen falsch eingetippt haben und Autokorrektur muss eine der Listen automatisch inkludiert haben. Ich kann nicht glauben, dass das passiert ist.«

»Warum schicken Sie überhaupt explizite Bilder an Mitarbeiter?«, fragt Adam. Bridget sagt nichts. »Antworten Sie mir«, knurrt er.

Sie senkt sich auf ihren Stuhl und sieht weg. »Es ist ein Nebengeschäft.«

Wow. Plötzlich ist die Aufmerksamkeit, die Bridget von

Blues männlichem Kontingent, selbst von den schüchternen Männern, erhalten hat, erklärlich. Ich dachte es lag daran, dass sie eine nette Person ist.

Junge, ist sie nett. Sie ist so nett, dass sie ihnen schmutzige Bilder von sich schickt.

»Dies ist kein Strip-Club. Sie haben das Verhalten verstanden, das ich von Ihnen erwartet habe?«

»Das habe ich.« Jetzt klingt sie verzweifelt und sie ringt die Hände. »Es war ein Fehler, Adam. Es wird nicht wieder vorkommen. Die anderen, die Manager, waren offen dafür. Nun, solange ich es diskret behandelt habe...«

Oh, ich bin sicher, dass die Manager des Blue Casino für ihre Nebengeschäfte offen waren. Dreckige Bastarde. Sie tut mir leid, aber verdammt, das ist nichts, was wir unter den Teppich kehren können.

»Packen Sie Ihre Sachen. Sie sind gefeuert.« Adam dreht sich um und streicht an mir vorbei, so wütend, dass er nicht mal in meine Richtung blickt.

Bridget schaut flehend zu mir herüber. »Können Sie mit ihm reden? Ich will meinen Job nicht verlieren. Ich dachte wirklich, es wäre okay, solange nichts dergleichen passiert.« Sie blickt nach unten, ihr Gesicht verzerrt.

Ich schüttle den Kopf. Ich mag Bridget, aber es gibt keine Möglichkeit sie da herauszuholen.

»Was Sie in Ihrer Freizeit machen ist Ihre Sache, aber Adam hat recht. Sie sind bei der Arbeit. Unabhängig davon, ob Sie die Bilder an einige wenige Auserwählte geschickt haben ... sie wollten, sowas ist während der Arbeitszeit nicht erlaubt. Das verstehen Sie doch, oder?«

Sie schließt die Augen und langt nach ihrer Handtasche. Sie sieht sich auf ihrem Schreibtisch um und greift nach einer Plastikbox, aus der sie die Visitenkarten herausnimmt. »Ich nehme diese einfach mit.«

Sie steckt die Karten in ihre Tasche und blickt über

meine Schulter. »Sie haben den Sicherheitsdienst gerufen?«

Ich drehe mich um und sehe eine Wache in der Tür hinter mir stehen. »Es gibt Formulare, die Bridget unterschreiben muss«, sage ich zu ihm. »Danach möchte ich, dass Sie sie hinausbegleiten.«

»Ich stelle keine Bedrohung dar«, sagt Bridget.

»Nein, natürlich nicht.« Meine Stimme ist freundlich, aufrichtig. »Das ist Standard in solchen Situationen.« Obwohl ich bezweifle, dass das Blue Casino schon einmal auf einen *ungezogenen Selfie* Verstoß getroffen ist.

Bridget lässt den Kopf hängen, aber sie folgt mir in mein Büro und füllt die Formulare aus, die ich für sie zusammensuche. Es sind grundlegende Kündigungsunterlagen und obwohl Adam für ihre Einstellung und Entlassung verantwortlich war, bezweifle ich, dass Blackwell riskieren möchte, dass ihre Position nicht ordnungsgemäß geschlossen wird. Immerhin wurde sie als reguläre Angestellte eingestellt.

Der beste Teil meiner Arbeit besteht darin, einer begeisterten und würdigen Kandidatin eine Stelle anzubieten. Der schlimmste Teil ist, jemanden zu entlassen. Ich möchte wissen, dass es Bridget gut gehen wird. Ich möchte sie fragen, ob sie an ihren alten Arbeitsplatz zurückkehren kann, aber das wird ihr nur ein Fenster öffnen, um ihre Position zu verhandeln. Aber das kann sich das Unternehmen nicht leisten. Stattdessen sage ich nichts, meine Eingeweide verknotet, als Bridget dem Sicherheitsmann aus meinem Büro folgt.

Vielleicht ist es besser für sie. Bridget hatte irgendwie mit den Bliss-Suiten zu tun und jetzt wird sie nicht mehr da sein, wenn alles auffliegt.

Ich bringe Bridgets Kündigungspapiere zur Gehaltsabrechnungsstelle und mache mich auf den Weg zu

Adams Büro. Seine Tür steht immer offen, aber nicht heute.

Ich klopfe zweimal so hart, dass meine Knöchel durch den Aufprall schmerzen.

»Herein«, ruft er.

Er steht mit dem Rücken zu mir als ich eintrete, seine breiten Schultern und seine schlanken Hüften zeichnen sich als Silhouette gegen das Fenster ab. »Sind Sie hier, um sich an Ihrem Gewinn zu weiden, Hayden?«

»Sie Bastard.«

Er dreht sich langsam um. »Wie bitte?«

»Ich hasse es, Leute zu feuern. Es ist Ihre Schuld, dass ich die arme Frau nach Hause schicken musste.«

Sein Mund verzieht sich zu einem schiefen Lächeln. »Die arme Frau hat unangebrachte Bilder an das gesamte Managementteam geschickt. Und Sie haben sie nicht gefeuert, sondern ich.«

»Von mir aus, aber Sie haben nicht gesehen, wie ihre Hände zitterten, als sie die Kündigungsformulare ausgefüllt hat oder wie sie mit verlorenen Gesichtsausdruck in Begleitung des Sicherheitsdienstes hinausgeführt wurde. Mir gefällt nicht was sie getan hat, Adam. Natürlich nicht. Aber Sie haben sie ins Blue gebracht. Sie waren dafür verantwortlich sie zu betreuen und anzuleiten. Wie konnten Sie das zulassen?«

Vielleicht ist es nicht fair von mir, aber ich kann nicht anders, als meine Wut an ihm auszulassen. Adam weiß, was bei Blue vor sich geht und er lässt es geschehen. Es hört sich so an, als ob ein Teil des Managements sogar unterstützte, was Bridget tat, bis sie erwischt wurde. Adam trägt vielleicht nicht den Ring mit dem blauen Stern, aber er ist darin verwickelt. Er ist dafür verantwortlich.

Er stößt einen Seufzer aus und lehnt sich gegen die

Fensterbank, die Finger gegen seine Schläfen gedrückt. »Es war ein langer Tag. Können wir das später besprechen?«

Ich wüsste gern genau was er getrieben hat und warum er so ausgelaugt aussieht, aber ich weiß auch, dass Adam entschlossen ist, alles geheim zu halten. Bis zu dem Punkt, an dem er bereit war, mit mir zu wetten, um zu verhindern, dass ich die Wahrheit herausfinde. Ich habe doppelt so viele Informationen über die Suiten wie gestern und ich kann noch etwas länger warten, um den Rest herauszufinden.

»Ich erwarte von Ihnen, dass Sie die Sache mit Blackwell bereinigen«, sage ich schließlich.

Er lässt seine Hand fallen, sein Gesichtsausdruck ist müde. »Schon erledigt. ›Nichts passiert‹, war seine Antwort.«

»Wie konnte er nicht… Ach, vergessen Sie's«, sage ich gereizt und wende mich zum Gehen.

»Ich weiß, was Sie denken«, sagt er hinter mir.

Ich blicke über meine Schulter.

»Es ist nicht wahr. Blackwell mag sich vielleicht nicht dafür interessieren was heute passiert ist, weil es dem Casino nicht geschadet hat, aber mir ist es nicht egal.« Er blickt aus dem Fenster. »Ich übernehme die volle Verantwortung dafür, dass ich Bridget feuern musste, egal wie falsch sie lag.«

Das ist mehr, als ich von Adam erwartet habe. Ich dachte, er würde das zurückweisen, so wie er alle Kritik von sich weist, was Blackwell betrifft.

Sein Blick fällt auf mich, dunkel und starr. »Ich werde am Samstag bei Ihnen zu Hause sein, um die Wette einzulösen, die ich Ihnen schulde. Seien Sie vorbereitet.«

Kapitel Siebzehn

Adam

»Du siehst scheiße aus«, sagt Jaeger.

Ich lockere meine Krawatte und treffe ihn an der Tür zu seiner Holzwerkstatt. Wenn seine Knieverletzung vor Jahren nicht gewesen wäre, wäre Jaeg jetzt ein Profisportler. Stattdessen macht er Holzkunst und Schnitzereien. Ich kritisiere ihn oft wegen seiner Berufswahl, aber ich muss zugeben, dass er talentiert ist. Wenn ich Lust habe, etwas mit meinen Händen zu machen, gehe ich rüber zu Jaeg, um etwas zu zersägen. Das baut den Stress ab. Aber heute Abend brauche ich nur sein Werkzeug. »Nicht möglich. Ich sehe immer gut aus.«

Jaeg schnaubt und geht zum Sägetisch. Er trägt Arbeitshandschuhe und in seinem kurzen braunen Haar sind Sägespäne. Ich habe ihn offensichtlich inmitten eines Projekts erwischt. »Was führt dich hierher?« Er bläst Holzstaub vom Tisch. »Brauchst du ein Brett und eine Säge, um deinem Frust Luft zu machen?«

»Geht nicht. Ich habe keine Zeit. Ich muss wieder in die Arbeit.« Ich sehe mich um.

»Ich bin vorbeigekommen, um mir ein paar Dinge auszuleihen.«

Ich habe keine Ahnung was ich an diesem Wochenende für Hayden bauen soll, aber ich denke, ich sollte Werkzeuge besorgen, solange ich Zeit habe. Die Grundlagen habe ich zu Hause, aber Jaeg investiert in die guten Sachen. Ich spiele mit seiner Ausrüstung, wann immer ich die Gelegenheit dazu habe.

Die Arbeit mit Elektrowerkzeugen hilft mir, mich zu entspannen. Deshalb macht es mir trotz der vielen Arbeit bei Blue nichts aus, meine Wette mit Hayden dieses Wochenende einzulösen. In gewisser Weise freue ich mich sogar darauf.

»Langsam frage ich mich, ob ich den Job bei Blue hätte annehmen sollen«, sage ich.

»Vielleicht sollte ich kündigen und meine Verluste begrenzen.«

Der Druck bei der Arbeit nimmt immer weiter zu. Ich kannte Bridgets Hintergrund. Ich hätte bei ihrer Einstellung bessere Richtlinien festlegen müssen, wie Hayden schon sagte. Aber das habe ich nicht getan. Ich nahm an Bridget würde verstehen, dass ein Nebengeschäft, bei dem sie Bilder von sich selbst in obszönen Positionen an einsame Mitarbeiter verkaufte, nicht akzeptabel war. Genial, weil sie offensichtlich eine nette kleine Gefolgschaft aufgebaut hat, aber nicht angemessen.

Offensichtlich muss so etwas einigen Leuten noch erklärt werden.

Ich habe mich umgehört. Paul hat gestanden, dass er wusste, was Bridget tat. Er dachte, dass es niemanden verletzen würde, also sagte er nichts. Ich vermute, dass er die Bilder auch erhalten hat, wenn man bedenkt, dass ich ihn in ihrem Büro fand, wie er seine Visitenkarte übergab, gemeinsam mit den anderen Idioten, mit denen wir zusammenarbeiten. Ich wäre nicht überrascht, wenn Paul irgendeine Art von Schmiergeld dafür erhalten hätte, damit der dreckige Bastard den Mund hält.

Laut Paul waren die Jungs auf der Arbeit begeistert Geld für Bridgets Nacktfotos auszugeben, obwohl sie so etwas kostenlos online hätten sehen können. Bridget, die ihnen in ihrer geschniegelten und gestriegelten Sekretärinnen-Kleidung tagsüber Updates über ihre Aktivitäten nach Feierabend zuschickte, war zu verlockend, um sich das entgehen zu lassen.

Jaeg legt sein Maßband zur Seite, die Stirn in Falten gelegt. »Deine Verluste begrenzen? Was meinst du damit? Du gibst nie auf. Es sei denn, es geht um Frauen, dann ist alles möglich.«

Ich lasse mich auf die Ledercouch in seiner Werkstatt fallen und stützte meine Ellbogen auf die Knie, den Kopf in den Händen. »Vielleicht muss ich diese Philosophie ändern. Es gibt Leute bei Blue, die die verdorbenen Milliardäre im Club Tahoe wie brave Bürger aussehen lassen.«

»So ist das Casino-Leben, was hast du erwartet?«

»Das verstehe ich und ich bin auch kein Heiliger.« Jaeg gibt einen Laut von sich und ich schieße ihm einen halbherzig feurigen Blick zu. »Es ist mehr als das. Ich traue diesen Typen nicht, was hart ist, denn ich will diesen Job. Mein Vater hat mich unter Druck gesetzt den Job anzunehmen, wie er es normalerweise tut, aber es hat geklappt, weißt du? Es könnte dort tatsächlich eine Zukunft geben. Besonders jetzt, wo es keinen Konflikt mit Club Tahoe gibt. Der alte Herr hat eine hundertachtzig Grad Kehrtwendung hingelegt. Er hat mich angerufen und sogar Gewissensbisse geäußert, weil er mir den Treuhandfond all die Jahre über den Kopf gehalten hat.«

»Ernsthaft?« Jaeg dreht sich um und starrt mich entgeistert an. Er hat Zeit mit meinem Vater verbracht. Er weiß, wie der Mann ist.

»Nicht mit so vielen Worten, aber er hat zugegeben, mich zurückgehalten zu haben.« Ich schmunzele. »Angeblich hat er auch meine Brüder angerufen. Bei diesen Gesprächen wäre ich gern eine Fliege an der Wand gewesen. Der alte Herr muss wohl gerade eine Art Midlife-Crisis durchmachen. Zugeben, dass er mir Unrecht getan hat, ist eine Sache, aber *angespannt* ist milde ausgedrückt, um das Verhältnis zwischen ihm und meinen Brüdern zu beschreiben. Jaeg lehnt sich gegen den Tisch, den Kopf nach unten geneigt. »Ich erinnere mich.«

Als wir aufwuchsen, waren meine Freunde Zeugen zahlreicher lautstarker Auseinandersetzungen zwischen meinen Brüdern und meinem Vater. Die Streite führten gewöhnlich dazu, dass Hunt, Bran, Wes, Levi oder eine Kombination der vier aus dem Haus stürmten und mehrere Tage lang nicht zurückkehrten.

»Levi sagte die Anrufe seien so unangenehm gewesen, dass ihm der alte Herr tatsächlich leidtat.« Ich schüttle den Kopf. »Aber all das ist nebensächlich. Ich überlege mir, was ich mit Blue machen soll. In der Zwischenzeit habe ich eine Wette verloren. Ich muss dieses Wochenende etwas für Hayden bauen.« Ich blicke auf die Werkzeugwand. Kann ich mir ein paar Sachen ausleihen?«

Jaeg kratzt sich am Kinn, sein Blick richtet sich auf mein Gesicht. »Warum machst du Wetten mit Hayden?«

Ich habe die Wette abgeschlossen, um Hayden zu schützen und sie von den Blue Bastarden fernzuhalten, mit denen wir zusammenarbeiten. Die Irritation in Jaegs Stimme stört mich. »Was ist los? Spielst du wieder den großen Bruder? Oder gibt es einen anderen Grund, warum du die Idee nicht magst, dass ich Zeit mit ihr verbringe?«

Sein Kiefer spannte sich an. »Mir gefällt nicht was du andeutest. Du hattest einen schwierigen Tag, also lasse ich das mal durchgehen. Aber nur für den Fall, dass es nicht klar ist… Cali ist mein Leben. Hayden ist eine Freundin und jemand, von dem ich nicht will, dass sie verletzt wird.«

»Es tut mir leid.« Ich fahre mit den Händen über mein Gesicht und schüttle den Kopf. »Ich habe es nicht so gemeint. Du hast recht, es war ein höllischer Tag. Ich weiß was Cali dir bedeutet.«

Jaeger dreht sich um und hebt einen Lappen vom Tisch auf. »Schon vergessen. Ich werde nicht fragen, welche Absichten du Hayden gegenüber hast, denn das habe ich bereits getan. Das Einzige, was ich sagen werde, ist, dass du ihr besser nicht wehtust.« Er blickt zurück. »Und wenn du glaubst, ich warne dich, weil ich dich verprügeln werde, irrst du dich gewaltig. Vielleicht mache ich das trotzdem, aber es ist Cali, vor der du dich wirklich fürchten solltest. Mira und Nessa haben sie über all den Scheiß informiert, den Hayden bei Blue ertragen muss. Kombiniere das mit dem, was Hayden in der High School passiert ist und Cali wird dich kastrieren, wenn sie denkt, dass du Hayden verletzt hast.«

»Zur Kenntnis genommen.« Cali ist ein feuriges kleines Ding und Jaeg hat recht. Es sind die Frauen, um die ich mir Sorgen machen muss. »Aber ich habe nicht die Absicht Hayden zu verletzen. Glaub mir, ich bleibe so weit weg wie möglich.« Ich stehe auf und durchquere den Raum zu den Regalen mit Werkzeugen und anderer Ausrüstung.

»Scheint mir nicht so«, grummelt er und wirft einen Blick auf das Werkzeug, das ich ausgewählt habe.

Ich blicke ebenfalls auf die Jumbo-Wasserwaage in

meiner Hand herab. »Ja, na ja, das ist wegen der Wette, die ich verloren habe. Sonst würde ich nicht in die Nähe ihres Hauses gehen. Du bist nicht die einzige Person, auf deren schwarzer Liste ich stehe. Ich bin nicht gern auf Haydens schlechter Seite. Wenn eine schöne Frau mich hasst, gibt mir das Komplexe.«

»Das hat dich noch nie zuvor gestört«, sagt er ironisch.

Ich werfe ihm einen verärgerten Blick zu. Jaeg braucht mir nicht zu sagen, wie anders ich mich in Haydens Nähe verhalte. Ich habe das schon einmal gehört und ich bin mir dessen wohl bewusst. Aber es ist nicht leicht sich von ihr fernzuhalten, wenn wir zusammenarbeiten. Was soll ich dazu sagen? Ihre Anwesenheit ist berauschend und bringt mich dazu dumme Sachen zu machen. Aber ich habe das unter Kontrolle. Ich fahre am Samstag zu ihrem Haus, kümmere mich um was auch immer ich für sie reparieren soll und dann bin ich fertig damit.

Jaeg bemerkt die Stichsäge, die ich mir gedankenverloren geschnappt habe. »Was baust du da eigentlich?«

»Keine Ahnung.« Ich reibe mir über die Stirn, hinter der sich hämmernde Kopfschmerzen aufbauen. Er reicht über den Tisch und wirft mir eine Arbeitsbrille und eine Maske zu. »Vielleicht solltest du einen Schutzanzug tragen.« Er kräuselt eine Augenbraue.

»Haha.« Meine Stimme ist flach. Aber ich bin froh, dass Jaeg Witze über meine Beziehung – Mist – *Freundschaft*, was auch immer, mit Hayden macht. Es beruhigt mich, dass zwischen ihnen nichts brodelt. Sie haben beide nein gesagt und ich glaube das auch, aber aus irgendeinem Grund bin ich in Bezug auf Hayden besonders empfindlich.

Sie ist eine umwerfend schöne, ›Sie-raubt-mir-den-Verstand‹-Frau, und ich spreche nicht von ihrem Äußeren. Ich könnte leicht eine Ode über ihr Aussehen schreiben.

Aber sie ist auch klug, rechthaberisch und sie würde jeden Kerl auf Trab halten. Ich weiß, dass Jaeg Cali liebt, aber es ist gut zu wissen, dass er genauso abhängig von Cali ist wie ich von…

Niemandem. Ich bin von niemandem abhängig.

Hayden ist schön, das ist alles. Ich bin müde und habe Halluzinationen.

»Danke für *die* hier.« Ich halte meine Beute hoch. »Ich gehe besser zurück. Ich habe noch mehr Arbeit zu erledigen.«

Jaeg winkt ab. »Ja. Lass mich wissen, falls du noch was brauchst, sobald du deine Schatz-mach-doch-mal-Liste von Hayden bekommen hast.« Er kichert.

»Arschloch.« Ich strauchle aus der Tür und lasse die schwere Ausrüstung hinten in den XKR fallen.

Der Kofferraum meines Sportwagens ist zu klein und zu sauber, um diesen Mist und meine Ausrüstung von zu Hause zu transportieren. Nach der Arbeit werde ich das Auto wechseln. Um Mitternacht. Herrgott. Ich kann es kaum erwarten, bis die Bliss-Suiten fertig sind und laufen. Eine Sache weniger um die ich mich kümmern muss.

Ich kehre ins Büro zurück und es ist wie ausgestorben. Nur Sicherheitspersonal und eine Notbesetzung bleiben abends in den Chefetagen. Ich habe Hayden ein paar Mal hier gesehen, aber sie ist heute Abend nicht hier. Was gut ist. Mir gefällt der Gedanke nicht, dass sie hier allein spät arbeiten muss.

Ich versende ein paar Mitteilungen über Luxusgegenstände die Blackwell in jeder der Bliss-Suiten gratis haben möchte. Ich habe drei von den etwa ein Dutzend Personen auf seiner Liste potenzieller Leibwächter eingestellt. Da ich mich um jeden Aspekt der Anstellungen kümmere, arbeite ich jetzt auch mit der Rechtsabteilung an meiner Meinung nach sehr dubiosen Verträgen, bei denen jemand von außen als Auftraggeber für die neuen Mitarbeiter aufgeführt ist.

Und mit diesem beunruhigenden Gedanken lehne ich meinen Kopf zurück gegen die Stuhllehne und prüfe die Uhrzeit auf der Uhr an der Wand. Es ist bereits nach elf.

Ich sollte eine Zeit für das Treffen mit Hayden am Samstag vereinbaren. Ich könnte ihr morgen eine Nachricht schicken, aber ich werde den ganzen Tag in Meetings sein und aus irgendeinem Grund habe ich das Bedürfnis, mich jetzt bei ihr zu melden. Vielleicht liegt es an meinem Gespräch mit Jaeg oder vielleicht ist es mein beunruhigender Wunsch mit ihr verbunden zu sein, auch wenn es nur zum Streit kommt. So oder so, ich schicke ihr eine Nachricht.

Adam: *Ich werde am Samstag um 10 Uhr morgens bei Ihnen sein.*

Ich lege mein Handy auf meinen Schreibtisch und keine Sekunde später summt es auch schon mit ihrer Antwort.

Hayden: *Seien Sie bereit Ihre manikürten Hände schmutzig zu machen.*

Ich grinse. Ohne nachzudenken schieße ich ihr eine Antwort zurück.

Adam: *Für Sie bin ich immer bereit mir die Hände schmutzig zu machen.*

Etwas anzüglich, aber was soll's. Der heutige Tag war schrecklich und ich würde lieber mit Hayden flirten, als Leute zu feuern und dabei Haydens Zorn zu spüren. Das

Geplänkel ist nur zu meinem Vergnügen. Ich bin erschöpft und brauche Haydens Verwegenheit, es macht meine Arbeitstage einfach besser.

Hayden: *Grenzen. Finden Sie nicht, dass nach Bridgets veranschaulichender SMS schont genug davon überschritten worden sind?*

Adam: *Touché. Bis Samstag. Gehen Sie ins Bett, Hayden. Sie müssen morgen arbeiten.*

Hayden: *Gehen Sie nach Hause, Adam. Ich weiß, dass Sie noch bei Blue sind. Meine Spione informieren mich über alles.*

Verdammt.

Blackwell mag sie vielleicht unterschätzen, aber Hayden weiß mehr darüber was in diesem Laden vor sich geht als die meisten. Das ist ein Problem. Blackwell ist ein Narr sie nicht einzusetzen. Sie ist talentierter als die Hälfte seiner Führungskräfte. Ich mache mir Sorgen über den Grund für seine Feindseligkeit. Wenn ich wüsste, warum er sie so behandelt würde mir das helfen. Da ich es nicht weiß, ist es einfach besser, wenn sie von seinem Radar verschwindet.

Die Last auf meinen Schultern ist leichter als ich einpacke, um zu gehen. Ich versuche nicht über das *Warum* nachzudenken. Jaeg hatte recht sich Sorgen zu machen, auch wenn ich es nicht zugeben würde. Ich muss achtsam sein, wenn es um Hayden geht. So streitlustig sie auch ist, ich spüre, dass die Anziehung auf Gegenseitigkeit beruht. Ich spüre auch ihre Verwundbarkeit. Und ich weiß, wozu ich fähig bin.

Eine Frau mögen? Ja, natürlich.

Eine Frau lieben? Nicht möglich.

Kapitel Achtzehn

Hayden

Ich stecke das Sofakissen, das ich als Schreibtisch für meinen Laptop benutzte, wieder an seinen Platz als das Geräusch eines Automotors meinen Blick zum Fenster lenkt. Ich schiebe den Leinenvorhang beiseite und sehe einen roten Truck, der neben meinem sieben Jahre alten Kompakt-SUV anhält. Der alte Pickup lässt meinen gebrauchten SUV wie ein edles Stück Maschinerie aussehen.

Adam sagte, er würde gegen zehn Uhr kommen, aber *das* ist auf keinen Fall Adam. Zum einen ist der Truck kein Adam-taugliches Fahrzeug. Er fuhr einen Sportwagen im Wert von einer Milliarde Dollar zu Zachs Dinnerparty. Nur das Beste für ihn. Zweitens scheint der Fahrer dieses Trucks eine Baseballmütze zu tragen.

Adam mit einer Baseballmütze? Unmöglich.

Aber die Härchen auf meinen Armen haben sich aufgerichtet, was nie ein gutes Zeichen ist, wenn man meinen Instinkten in Bezug auf Adam trauen soll.

Der Mann steigt aus dem Truck, zieht die Baseball-mütze vom Kopf und wirft sie zurück ins Fahrerhaus. Und ich muss meinem Körper Anerkennung zollen. Er erkannte Adam ungesehen aus dutzenden von Metern Entfernung und durch eine Glasbarriere hindurch. Und er sieht aus wie… *Wow.*

Ich bin in großen Schwierigkeiten.

Adam trägt abgetragene Jeans, die den unglaublichen Arsch umschmeicheln, den ich normalerweise nur sehe, wenn er seine Anzugjacke auszieht… Was *praktisch nie* der Fall ist. Ein marineblaues T-Shirt spannt sich über seine muskulösen Schultern und Arme und seine Jeans sind in seine Arbeitsstiefeln gestopft. Kurz gesagt, er sieht aus wie ein köstlich heißer Holzfäller und bringt mein Blut zum Kochen. Was zum Teufel? Wie kann er es wagen in diesem Aufzug bei mir aufzukreuzen? Adam in einem Armani Anzug lässt meine Eierstöcke explodieren, aber ganz schroff und sexy gekleidet? Nicht akzeptabel.

Er lehnt sich ins Fahrerhaus und holt einen Werkzeug-kasten heraus, sein Hemd rutscht nach oben und zeigt einen flachen Bauch, die starken Muskeln über seinem Hüftknochen und mir entgleist die Miene. Sein Haar ist nicht gekämmt, sondern zerzaust und leicht gewellt, an manchen Stellen ist es wild. Mehrere Locken fallen ihm in die Stirn und ich habe den Drang, diese Locken in meiner Faust zu packen und ihn zu fragen, was er sich eigentlich dabei denkt.

Verdammt noch mal. Der lässige, arglose Adam macht mich völlig aus der Fassung. Und er kommt zu meiner Tür.

»*Mist.*« Ich drehe mich hektisch nach links, dann nach rechts, auf der Suche nach -etwas. Keine Ahnung wonach.

Reiß dich zusammen!

Mit einem tiefen, Atemzug haste ich zur Tür und stoße meinen Zeh an der Couchkante. »Ahh!« Ich knirsche mit den Zähnen, während ich herumhüpfe und tonlos alle altbekannten Schimpfwörter schreie.

Ich setzte meinen Fuß auf den Boden und untersuche meinen roten kleinen Zeh. Nicht schief. Der Schmerz lässt nach. Nur gestoßen.

»Alles klar da drin?« Adams Bariton dringt mit einem Anflug von Humor durch die Tür.

Lacht er mich aus?

Ich humple hinüber, schwinge die Tür auf und atme tief durch. Ich blicke über seine Schulter, anstatt in seine Augen. Und atme wieder aus.

Und noch einmal einatmen. So ist es besser. *Sieh nicht ins Auge des Sturms und alles wird gut.* »Ja. Alles ist okay. Ich habe mir den Zeh gestoßen.«

Nach einer kurzen Pause sehe ich ihm schließlich ins Gesicht, denn es wäre langsam seltsam, wenn ich es nicht täte. Er lächelt und oh mein Gott. Da ist ein Grübchen in seiner Wange, das ich noch nie zuvor bemerkt habe. Es ist undeutlich, aber wenn man es mit dem zerzausten Haar, dem engen T-Shirt über einer starken, muskulösen Brust kombiniert, wird es mir ganz schwindelig.

Seine Stirn kräuselt sich und sein Ausdruck wird ernst, als er mein Gesicht mustert. »Sind Sie sicher, dass alles okay ist? Ich könnte ein anderes Mal wiederkommen.«

Ich winke ihn herein. »Nein, es geht mir gut.« *Mir geht es überhaupt nicht gut.*

Er geht an mir vorbei, mit dem metallenen Werkzeugkasten in einer Hand.

»Kann ich etwas zu trinken anbieten?«, frage ich ihn.

Er sieht sich um und macht sich mit der neuen Umgebung bekannt. »Alles gut. Gehört das Haus Ihnen?«

»Nein, es gehört einem Fremden. Ich habe es mir nur ausgeborgt.«

Sein Blick gleitet zu mir, die Augenbraue und Mundwinkel nach oben gezogen.

»Also so wird es heute laufen, ja?«

Ich stoße einen Seufzer aus. »Natürlich ist es meins«, ich wanke ins Wohnzimmer als mein kleiner Zeh sich besser anfühlt, aber noch nicht ganz erholt hat.

Adam hat mich verunsichert. Ich kann ihm nicht in die Augen sehen. Das macht mich verletzlich. Und mit verletzlich meine ich, dass ich mich ihm an den Hals werfen möchte.

»Also.« Er setzt seine Inspektion des Hauses fort. »Was soll es werden? Muss eine Glühbirne gewechselt werden?«

»Haha, Sie sind urkomisch. Ich glaube die Wette war, dass Sie mir etwas bauen müssen. Wie ich sehe, haben Sie Ihr Werkzeug dabei.« Ich beäuge den großen Metallkasten.

»Mein *Werkzeug* ist bereit.«

Ich werfe ihm einen panischen Blick zu. Wenn er anfängt mit mir zu flirten, wie er es vor ein paar Abenden in seiner frechen Nachricht tat, habe ich keine Chance.

»Hayden?« Der Humor in seinen Augen ist verschwunden. »Besteht eine Chance, dass ich Sie überzeugen kann, sich in den nächsten Wochen aus meinen Angelegenheiten herauszuhalten, während ich Leute einstelle?«

Für einen Moment bin ich bereit nachzugeben. Ihm zu sagen, dass er machen kann, was er will. Weil sein Gesichtsausdruck so offen und aufrichtig ist, fallen alle meine Barrieren. Aber ich habe mir selbst versprochen, soviel über die Hintergrundaktivitäten von Blue herauszufinden, wie ich finden kann. Ich kann jetzt keinen Rückzieher machen. »Tut mir leid, ich habe vor, mich ganz in Ihre Angelegenheiten einzumischen. Das heißt, was die Personalabteilung betrifft. Warum ist es so eine große Sache, wenn ich von den Leuten weiß, die Sie einstellen?«

Er sieht weg. »Es ist einfach so.«

Ich seufze und versuche eine andere Taktik. »Was mit Bridget passiert ist, hätte verhindert werden können. Hätten Sie mir die Gelegenheit gegeben, mit ihr die Regeln von Blue durchzugehen, hätte sie es sich vielleicht zweimal überlegt, bevor sie mit ihrem Nebengeschäft begann. Was einen weiteren Punkt aufwirft. Die beteiligten Männer wurden nie getadelt. Wie kommt es, dass Bridget gefeuert wird, aber die Männer, die während der Arbeitszeit schmutzige Bilder kaufen, werden nicht zur Rechenschaft gezogen?«

»Ich habe mir das mal angesehen. Die meisten von ihnen haben die finanzielle Transaktion nach Feierabend gemacht. Und wenn wir sie alle zurechtweisen würden, wäre es der gesamte männliche Stab.«

»Wollen Sie mich auf den Arm nehmen?«

»Es gab einige wenige die nicht teilgenommen haben, mich eingeschlossen, aber der Rest…«

»Weil Sie nichts davon wussten«, grummle ich.

Er fängt meinen Blick auf. »Ich hätte nicht mitgemacht, selbst wenn ich es gewusst hätte.«

Ich feuchte meine Lippen an, studiere seine blauen Augen, die mir etwas zu sagen scheinen, was seine Worte nicht ausdrücken können. Seine Anwesenheit in meinem Haus verunsichert mich, macht mich verrückt, aber die Art und Weise wie er jetzt dreinblickt, lässt mein Herz schneller schlagen.

Adams Blick landet auf meinen Mund, wo die von meiner Zunge hinterlassene Feuchtigkeit abkühlt, doch er reißt ihn wieder weg. »Was ist es, das ich für Sie bauen soll?«, sagt er schroff.

Ich räuspere mich. »Hier drüben.«

Ich gehe mit Adam den Flur entlang, immer noch verunsichert durch das, was gerade zwischen uns gewechselt hat und zeige auf die Tür eines Schrankes, der eine

Wand mit meinem Schlafzimmer teilt. »Ich möchte, dass Sie diese Tür im Flur verschließen und einen Zugang zu meinem Schlafzimmer schaffen. Oh, und Einbauschränke. Ich hätte gern Regale für alle meine Schuhe.«

Er starrt die Tür an und wendet sich dann zu mir. »Das ist ein Witz, oder? Sie wollen, dass ich Ihnen einen Schlafzimmerschrank baue?«

Okay, vielleicht ist es eher ein Auftrag für einen Handwerker, aber hey, er hat zugestimmt. »Ich meine es todernst.«

Er lacht und kratzt sein unrasiertes Kinn. »Hayden, das ist nicht mal annähernd das, was ich im Sinn hatte. Ursprünglich ging es bei der Wette darum, dass ich etwas repariere.«

»Oh nein, das haben *Sie* gesagt. Aber ich habe vereinbart, dass Sie mir etwas bauen. Und ich hätte gern einen begehbaren Schrank, der diesen Raum nutzt.« Ich zeige stolz auf den Flurschrank.

Er neigt seinen Kopf zur Seite und späht in mein Schlafzimmer. »Was stimmt nicht mit dem Schrank, den Sie schon haben?«

Ich liebe mein Schlafzimmer. Es ist grau und violett mit einem espressobraunen Bett, das ich gekauft habe, als ich wieder in dieses Haus zog. Die Möbel im Wohnzimmer sind alt und original aus der Zeit als meine Eltern und ich hier wohnten, aber die Schlafzimmermöbel sind neu. Die Wohnzimmermöbel werden in der zweiten Phase des Hausumbaus erneuert.

»Er ist zu klein. Der Platz reicht nicht für meine Schuhe.«

Er geht in mein Schlafzimmer und öffnet die Akkordeon-Türen des Schranks. Eine einzige Schiene beherbergt meine Kleidung für alle Jahreszeiten und Kisten säumen den Fuß des Schranks. »Wenn Sie diese Kisten umstapeln, haben Sie Platz für Ihre Schuhe. Sie haben eigentlich nicht sehr viele Klamotten.«

Es stimmt, ich habe meinen Kleiderschrank unter Kontrolle. Ich spende unbenutzte oder veraltete Teile regelmäßig. Die Kisten enthalten große, dicke Mäntel und Schneestiefel, sowie einige andere Kaltwetter Sachen.

»Die Schuhe würden nicht mal reinpassen, wenn ich die Winterkisten auf den Dachboden stellen würde.«

Er hebt die Augenbrauen und sieht sich im Schrank um. »Wo sind Ihre Schuhe?«

Ich lächle. »Sehen Sie, jetzt begreifen Sie es. Deshalb brauche ich den Einbauschrank.« Ich gehe zurück in den Korridor, öffne den Flurschrank und schalte das Licht ein.

Adam betrachtet die Regale und stellt langsam seinen Werkzeugkasten ab. Er pfeift. »Ich wusste gar nicht, dass Sie ein Schuh-Messie sind.«

Mein Gesicht wird warm. Ich hatte nicht daran gedacht, wie persönlich dieses Projekt sein könnte. »Ich bin ein bisschen besessen von Schuhen. Ich bin kein Messie. Ich bin eine *Sammlerin.*«

Er schnappt sich ein Paar klobige, flache Mary Janes, die auf einem oberen Regal verstaut sind. »Passen die noch?«

»Die habe ich in meinem letzten Schuljahr jeden Tag getragen. Es waren meine Lieblingsstücke. Und ja, sie passen.«

Er sieht mich an, als hätte ich den Verstand verloren. »Hayden, wenn Sie einige dieser Schuhe loswerden passen sie in Ihren Schlafzimmerschrank.«

Ich schnappe mir meine Mary Janes und wische sie hastig mit dem Ärmel meiner Bluse ab.

»Und Ihnen nichts zu tun geben? Auf keinen Fall. Außerdem will ich einen begehbaren Schrank.« Meine Stimme klingt verträumt. »Mit Regalwänden die diesen

Schönheiten gewidmet sind.« Ich drücke die Schuhe an meine Brust und er bedeckt seinen Mund mit der Hand, vermutlich um sein Lachen zu verbergen.

Ich springe und stelle die Schuhe wieder an ihren Platz im obersten Regal zurück.

»Meinen Sie nicht, Sie sollten sich an die Arbeit machen? Es ist ein großes Projekt.«

Mein Flurschrank ist schön groß. Er wird ein fantastischer begehbarer Schuhschrank werden.

Adam schüttelt den Kopf und hebt den Werkzeugkasten an. »Klar doch, Ms. Marcos.«

»Imelda Marcos? Das ist goldig. Sehr lustig«, sage ich trocken.

»Nicht wahr?« Er grinst.

Ich schürze meine Lippen. *Er macht sich über mich lustig…* Damit kann ich leben. Solange er einen affengeilen begehbaren Schrank für all meine Hübschen baut.

Adam schuldet mir das. Nennt es Bestrafung für seine Arroganz in den letzten Monaten, die darin gipfelte, dass er annahm, jeder könne meinen Job machen und gute Mitarbeiter einstellen. Solche, *die keine expliziten Fotos an andere Mitarbeiter verkaufen.*

Adam wäre beim Einstellungsprozess für seine Abteilung ohnehin beteiligt gewesen, aber jeder Bewerber durchläuft zuerst eine gründliche Personalprüfung. Das ist der Teil, den er übersprungen hat und ich bin entschlossen zu wissen, warum er und Blackwell es für nötig hielten.

Ich lasse mich auf mein Bett fallen und beobachte wie Adam alle Gegenstände aus dem Flurschrank entfernt. Und Gott, ist das nicht hinreißend? Die Muskeln in seinen Bizeps, wenn er einen Karton herunterzieht, sein muskulöser Hintern, wenn er sich bückt, um sie auf den Boden zu stellen. *Mhm.* Er müsste nur diese Sachen eine Stunde lang in meinem Haus herumtragen und ich wäre glücklich. Denn diese Aussicht…

Soll ich es auf Video aufnehmen?

Nein, das ist unheimlich.

Ich stalke Adam Cade nicht. Ich sabbere ihm aus der Ferne hinterher, aber das ist kein Stalking. Warum sollte ich das tun wollen, wenn ich gezwungen bin, seine Arroganz jeden Tag bei der Arbeit zu ertragen? Aber dieser sexy, lässige Adam, der seine Muskeln benutzt, um mir Sachen zu bauen? An diesen Adam könnte ich mich gewöhnen. »Brauchen Sie Hilfe?«

Er stellt einen weiteren Karton hin und stützt seinen Arm gegen den Türrahmen meines Schlafzimmers, wobei die Unterseite seines Unterarms und Bizeps angespannt sind. »Ich habe alles im Griff. Aber ich nehme das Angebot mit dem Getränk an. Wasser wäre toll.«

Ich reiße meinen Blick von seinem Körper, um sein Gesicht zu betrachten, was nicht gerade hilfreich ist, denn der leicht ungepflegte, zerzauste Adam ist ebenso hinreißend.

Es war eine schlechte Idee, ihn in mein Haus einzuladen.

»Aber natürlich.« Ich springe auf, durchquere den Raum und gehe vorsichtig an ihm vorbei. Dabei trifft mich ein leichter Duft. Er riecht sogar gut. Ein frisch geduschter, seifiger Männer-Duft.

In der Küche atme ich einen Hauch Adam-freier Luft ein und stoße ein paar Mal mit dem Kopf an den Kühlschrank, um ihm etwas Verstand einzuhauchen. Ich fülle ein Glas mit Wasser und drehe mich um – zu Adam, der am Eingang der kleinen Küche steht.

»Geht es deinem Kopf gut?«, sagt er und sein Mund wölbt sich zu einem halben Lächeln.

»Nein«, murmle ich leise. Mein Gehirn ist vernebelt wegen diesem Trottel.

»Was war denn das?«, sagt er.

»Gar nichts.« Ich reiche ihm das Wasser.

»Brauchen Sie sonst noch etwas?«

Er schüttelt den Kopf und sieht sich die neue Küche an.

»Gehört Ihnen dieses Haus?«

Ich blicke auf den Raum, den ich liebevoll umgestaltet habe. Bevor ich das Haus kaufte, war die Küche gelb wie aus den 1970er Jahren. Jetzt ist sie mit weiß gestrichenen Glasschränken und Theken aus Kalkstein ausgestattet.

»Ich habe es gekauft, als ich in die Stadt zurückkam.«

Adam schluckt das Wasser und beobachtet mich.

»Wollten Sie nicht für eine Weile etwas mieten? Um sicherzugehen, dass Sie auf lange Sicht zufrieden sind? Sie waren lange weg.«

Ich fülle noch ein Glas und nehme einen Schluck.

»Es ist kompliziert. Ich habe es meinen Eltern abgekauft. Sie waren nicht in der Lage, es zu verkaufen, als wir die Stadt verlassen haben. Sie haben es vermietet, nachdem wir umgezogen waren, aber ein Teil von mir hatte immer das Gefühl, ihnen etwas schuldig zu sein.«

Er sieht sich noch etwas mehr um, als würde er es jetzt aus einer anderen Perspektive betrachten.

»Es ist klein, aber ich verstehe nicht, warum Ihre Eltern es nicht verkaufen konnten. Viele Leute suchen nach Berghütten als Zweitwohnsitz.«

Ich stelle das Glas auf den Tresen und trete ihm gegenüber.

»Es lag nicht an der Größe oder dem Aussehen. Sie waren dabei, Adam. Sie haben gesehen, wie die Leute mich behandelt haben – so wie Sie mich behandelt haben.«

Sein Gesicht verkrampft sich. »Ich war nicht grausam zu Ihnen.«

»Waren Sie es nicht?«

Er streckt seinen Hals und sieht weg.

»Ich habe Jaeg gesagt, er soll Schluss machen –«

»Ja, ich erinnere mich.«

»*Weil*«, sagt er mit Nachdruck, als sein Blick zu mir zurückgleitet, »ich nicht wollte, dass er mit Ihnen ausgeht«.

Adams Augen sind weder zynisch noch verschlagen. Sein Blick ist sehr entschlossen.

»Sie wollten nicht, dass ich mit Jaeg ausgehe… und es hatte nichts mit dem Gerücht zu tun?«

Er schüttelt langsam den Kopf.

»Warum dann?«

Er senkt sein Kinn, und plötzlich wird meine Kehle trocken. Es ist nicht so, als hätten nicht schon Männer mich vor ihm begehrt. Es ist nur so, dass niemand, der meine Gedanken beherrscht, es je getan hat. Und ob diese Gedanken nun Bilder davon sind, ihn zu töten oder ihn zu küssen, Adam geht mir durch den Kopf, seit er anfing, bei Blue zu arbeiten.

Was geht hier vor? Adam flirtet mit mir. Er geht mir absichtlich auf die Nerven. Aber echtes Interesse zeigen? Was er sagt, liegt elf Jahre zurück. Das ist kein einfaches Flirten mit einem Kollegen, das ist… etwas anderes.

»Ich war sechzehn und dumm, aber ich hätte es nicht tun sollen«, sagt er. »Ich weiß, ich habe mich schon entschuldigt, aber es *tut mir leid*.«

Er sieht weg, fährt sich mit der Hand durchs Haar und zerzaust es noch mehr. Er stellt das Glas ab und sein Miene wird heller.

»Ich mache mich besser wieder an die Arbeit. Es wird eine Weile dauern, den Schrank für Sie zu bauen.« Sein

Mund verzieht sich zu einem trockenen Lächeln, aber ich hänge immer noch an seinem Geständnis.

Ich verstehe Adam nicht. Ich verstehe ihn überhaupt nicht.

Ich verlange nach ihm. Adam flirtet, weil es in seiner Natur liegt – er ist ein Frauenheld. Aber was er eben gebeichtet hat… Nie im Leben hätte ich gedacht, dass er auf Jaeger und mich eifersüchtig sein könnte. Am Abend des Taco-Dinners deutete er einen anderen Grund für seine Handlungen in der High School an, aber ich nahm an, dass er damit meinte, ich sei nicht gut genug für Jaeger.

Ich war dünn, eine Streberin – wem mache ich was vor, ich bin immer noch eine – und ich war nicht beliebt. Es kann keinen anderen Grund dafür gegeben haben, dass er wollte, dass Jaeger mit mir Schluss macht. Nicht bei dem Gerücht und allem anderen, was so vor sich ging.

Es sei denn, er wollte, dass Jaeger mit mir Schluss macht, *bevor* das Gerücht ausbrach. Und ich habe keine Ahnung, was ich damit anfangen soll.

Adam geht ins Wohnzimmer und wirft einen Blick zurück. »Sie sollten vielleicht hier draußen bleiben. Ich werde demolieren.«

Ich bin immer noch erschüttert – bis ich seine Worte registriert habe.

»Warten Sie! Wie meinen Sie das?« Ich folge ihm in den Flur. Alle Schuhe und Kisten sind aus dem Schrank geräumt, und Adam steht mittendrin, eine Schutzbrille im Gesicht, ein Hammer über seinem Kopf.

»Adam. Legen. Sie. Den. Hammer. Runter. Was machen Sie da?«

Er grinst verschmitzt. »Was Sie gewünscht haben.« *Bumm.* Er schlägt mit dem Hammer gegen die Wand, dann reißt er mit der Hammerklaue ein Stück Gipskartonplatte heraus.

Ich starre das Loch an. Dann ihn. Dann wieder das Loch. »Ist das klug?«

Ich ging davon aus, dass er inzwischen einen Rückzieher gemacht und zugegeben hätte, dass er die Arbeit nicht machen kann. Ich sollte jemand qualifizierten damit beauftragen das zu bauen, nicht Adam Cade.

Er fegt weißes Pulver von seinem Hemd und späht in die Wand. »Sie sagten Sie wollen einen begehbaren Schrank.« Er blickt herüber und runzelt die Stirn. »Für Ihre *Schuhe*.« *Bumm*. Er schlägt mit dem Hammer drauflos, sodass mehr von der Fläche weggeschlagen wird, die den Schrank von meinem Schlafzimmer trennt. »Und wenn das der Fall ist, brauchen Sie einen Eingang.«

Dämmstoff und weißer Kalk schweben in der Luft und erzeugen eine Wolke aus Staub und anderem Schmutz.

»Da kann ich nicht zuschauen«, murmle ich und ziehe mich ins Wohnzimmer zurück.

Ich setze mich im Schneidersitz auf die Couch und zucke jedes Mal zusammen, wenn Adam gegen meine Wand schlägt. Er hatte recht. Dies ist ein großes Projekt. Was habe ich mir dabei gedacht?

Ich weiß, was ich gedacht habe. Ich wollte ihn bestrafen. Nur bin ich diejenige, die bestraft wird, wenn mein begehbarer Schrank unförmig und nicht funktionsfähig ist.

Es ist meine Schuld. Ich war stolz auf meine Arbeit. Zugegeben, ich hatte recht mit Bridget. Aber trotzdem, warum habe ich eine Wette mit Adam abgeschlossen? Es führt zu nichts Gutem, mit einem Mann zu wetten, der einen in einem Moment vor Frustration und im nächsten vor Lust wütend macht.

Nach einer Stunde voller Klopf- und Krachgeräusche, die mein Haus erfüllen, ruft Adam mich ins Schlafzimmer. Und er hat eine Motorsäge in der Hand, über den Boden und andere Oberflächen sind Planen drapiert.

»Wozu soll das gut sein?« Meine Stimme ist schrill.

Er klopft mit den Knöcheln auf die Holzvertäfelung. »Ich brauche ein Loch, wo der neue Schrank hinkommt. Ich habe es ausgemessen, aber ich wollte nur sichergehen, dass es eine Standardtür ist, die Sie einbauen, bevor ich schneide.«

»Wage Sie es nicht, meine Wände zu zersägen.«

Er legt die Säge ab. »Hayden, wie wollen Sie einen begehbaren Schrank ohne eine Öffnung haben, durch die man hindurchgehen kann? Sie sagten, Sie wollen einen Eingang direkt ins Schlafzimmer.«

Ich hebe meine Hände in den Himmel. »Ich weiß es nicht. Aber das sind meine schönen Wände.« Ich gehe hinüber und streichle das Holz. »Was, wenn Sie sie ruinieren?«

Er seufzt. »Vertrauen Sie mir?«

»Auf keinen Fall. Sie sind ein hübscher Junge, der keine Elektrowerkzeuge halten sollte.«

Er schüttelt den Kopf und kommt näher, wobei er mein Kinn mit der Spitze eines leicht schwieligen Fingers hebt, der nach meinem Klischee kein Recht hat, schwielig zu sein. »Denken Sie das wirklich von mir?« Seine Augen sind entschlossen. Er zwingt mich, das zuzugeben, was ich mir nie erlaubt habe.

Irgendwann habe ich aufgehört, Adam als einen verwöhnten kleinen reichen Jungen zu betrachten. Er ist ein harter Arbeiter, den ich mehr respektiere, als ich zugeben möchte. Er fordert mich heraus. Wichtiger ist jedoch, dass Adam mich immer als Gleichberechtigte behandelt hat. Er gehört nicht zu den Neandertalern, mit denen wir zusammenarbeiten. Und ich vermute, dass er sogar eine sensible Seite hat.

»Nein, so denke ich nicht von Ihnen«, sage ich schließlich.

Er senkt seine Hand und greift nach meiner, um unsere Finger ineinander zu flechten. Mein Herz schlägt plötzlich einen Zacken schneller. Er drückt unsere verschlungenen Hände sanft gegen meinen Bauch und drängt sich gegen mich bis ich gezwungen bin einen Schritt zurückzutreten. Und einen weiteren bis ich im Flur stehe.

Er lässt seine Finger aus meiner Handfläche gleiten und etwas was sich anfühlt wie ein elektrischer Schock durchfährt meinen Körper als er mir einen eindringlichen Blick zuwirft. »Bleiben Sie hier, wo es sicher ist.«

Adam tritt vor die getäfelte Wand, senkt die Schutzbrille von oben auf seinem Kopf und wirft die Motorsäge an.

Ich halte mir die Ohren zu während er den ersten Schnitt macht und laufe ins Wohnzimmer, um in Deckung zu gehen.

Schockierender Weise vertraue ich Adam voll und ganz damit, gute Arbeit an meinem Haus zu leisten. Was sehr viel bedeutet, denn ich habe meine gesamten Ersparnisse investiert, um meinen Eltern dieses Haus abzukaufen.

Stunden vergehen während ich versuche zu arbeiten, ohne jedes Mal zusammenzuzucken, wenn Adam ein lautes Geräusch macht. Schließlich betritt er das Wohnzimmer mit seinem Werkzeugkasten im Schlepptau.

Ich schwinge meine Beine von der Couch und stehe auf. »Alles in Ordnung?« Ich spähe um ihn herum in Richtung Flur. »Das ging aber schnell. Ist alles fertig?«

Er steckt ein Maßband in seine hintere Hosentasche. »Nicht mal annähernd. Ich komme morgen wieder. Etwas später als heute, wahrscheinlich um eins. Ich muss mich um ein paar Dinge für die Arbeit kümmern. Danach komme ich vorbei.« Er reibt sich über das Kinn und hinterlässt einen Hauch von Schmutz, der zu den schwachen dunklen Linien unter seinen Augen passt.

»Sonntags arbeiten?«, frage ich.

Er blickt vielsagend auf meinen Laptop und hebt seine Augenbraue.

»Richtig. Ich schätze, das Casino macht nie dicht, oder?«

»Nein«, sagt er.

Ich zögere einen Augenblick lang. Auf der einen Seite frage ich mich warum er so müde aussieht und auf der anderen Seite bin ich verdammt begierig darauf herauszufinden, was er an einem Sonntag für Blue tut. »Und Sie waren beschäftigt mit…?«

Er schenkt mir ein wissendes Lächeln. Ich schätze, meine Bemühungen nach Informationen zu angeln sind offensichtlich. »Dingen«, sagt er.

»Richtig, Dingen.« Obwohl ich unsere Wette gewonnen habe, wird Adam mir nicht verraten was er vorhat.

Ich begleite ihn zur Tür und meine Schuldgefühle übertrumpfen mein Verlangen, ihn als meinen Arbeitssklaven hier zu behalten. Trotz der potenziell heißen Aussicht auf seinen Knackarsch. »Danke für den Schrank. Ich weiß, ich verlange viel von Ihnen. Wir können es jetzt dabei belassen.«

Er blickt mich skeptisch an. »Mit einem Loch in der Wand und Ihrer obdachlosen Schuhsammlung? Vielleicht ändern sei Ihre Meinung, wenn Sie erstmal einen Blick darauf werfen.«

Fantastisch. Jetzt mache ich mir Sorgen, aber ich habe trotzdem das Gefühl, dass ich ihn ausgenutzt habe. »Ich kann jemanden damit beauftragen. Sie haben die harte Arbeit gemacht. Das hilft schon viel.«

»Vertrauen Sie mir immer noch nicht?« Ein kleines Lächeln breitet sich auf seinem Gesicht aus, aber sein Blick sagt mir, dass ich ihn mit meiner Aussage verletzt habe.

»Nein, das ist es nicht«, sage ich schnell. Gott, warum macht er es so schwierig? »Ich versuche zuzugeben, dass es irre von mir war, Sie überhaupt erst zu bitten einen Schrank für mich zu bauen.«

»Es macht mir nichts aus.« Er dreht sich um und schreitet auf seinen Truck zu. »Ich arbeite gern mit meinen Händen.«

Und das ist der größte Schock von allen. Adam ist nicht so glattpoliert und verklemmt, wie ich dachte. Es ist ziemlich praktisch, ihn um sich zu haben.

Oder vielleicht ist es gar nicht so ungewöhnlich.

Denn es besteht die Möglichkeit, dass ich den richtigen Adam gar nicht wirklich kenne.

Kapitel Neunzehn

Adam

Hätte ich gewusst, dass Hayden vorhatte, mich zu bitten ihr einen Schrank zu bauen, wäre ich zu Lewis gegangen, um Werkzeug zu besorgen, anstatt zu Jaeg. Lewis ist der Bauunternehmer in unserer Gruppe. Jaeg ist der kunstvolle Holzarbeiter. Gestern demolierte ich so viel wie ich konnte, nahm Messungen vor und besorgte Trockenbauwände und Holz für die Einrahmung. Aber heute spreche ich mit einem Profi, bevor ich etwas zerhacke.

»Lewis, ich bin's, Adam. Hast du kurz Zeit?«, sage ich, während ich meine Arbeitsstiefel schnüre.

Ich stelle Lewis ein paar Fragen, um sicherzugehen, dass ich Haydens Schrank richtig baue. Jaeg und ich haben Lewis vor ein paar Jahren beim Bau seines Hauses geholfen. Dabei habe ich das ein oder andere über das Bauen gelernt. Ich kenne die Grundlagen, aber es kann nicht schaden, sicherzustellen, dass ich alles richtig mache.

Er gibt mir noch Tipps wie ich das Loch in der Flurwand schließe, als ich mich am Ende des Gesprächs an etwas erinnere. »Bevor wir auflegen, wollte ich dich noch etwas über den Umbau der Penthouse-Suiten von Blue fragen. Ich war neulich dort oben und bemerkte, dass ein anderes Bauunternehmen dafür zuständig ist. Warum machen deine Jungs die Arbeit nicht? Ich dachte, *Sallee Construction* erfüllt die meisten Aufträge bei Blue.«

»Gute Frage«, sagt er. »Wir haben eine informelle Vereinbarung mit Blue, aber sie haben behauptet, dass sie selbst mit dem Rabatt, den wir ihnen gewähren, einen besseren Preis gefunden hätten. Es ist das erste Mal, dass das passiert ist.«

»Deine Firma war also nicht zu beschäftigt?«

»Wir haben immer viel zu tun, aber wir haben eine Backup-Crew für größere Projekte wie Blue. Unser Zeitplan war nie das Problem. Warum, haben sie das behauptet?«

»So etwas in der Art. Glaubst du, es hat etwas mit dem Manager zu tun, der Gen angegriffen hat?« Ich war nicht dabei, aber ich habe gehört, dass Jaeg und Zach die ganze Nacht brauchten, um Lewis davon abzuhalten den Typen zu töten. »Wenn du das was Drake Peterson getan hat, nicht dem Casino übelnimmst, verstehe ich nicht, warum Blackwell ein Problem mit der Fortsetzung eurer Arbeitsbeziehung haben sollte.

»Wer weiß, was die Beweggründe eures CEOs sind?«, sagt Lewis. »Aber eines kann ich dir versichern… Gens Vater, Jeb Kendrick, hat nicht aufgehört sich das Blue Casino näher anzusehen, nur weil Drake Peterson verurteilt wurde. Von dem was ich gehört habe, hat deine Herzallerliebste auch nicht damit aufgehört.«

»Hayden?« Ja, ich habe mitbekommen, dass Lewis Hayden als *meine Herzallerliebste* beschrieben hat, aber scheiße, es ist die Wahrheit. Es liegt mir jedoch mehr daran herauszufinden was Lewis weiß, als mich zu verteidigen.

»Hayden sucht nach etwas anderem, das sie der Polizei bringen kann«, sagt Lewis.

»Wenn sie etwas findet, werden sich Jebs Männer darum kümmern. Er arbeitet mit der Polizei und privaten Ermittlern zusammen.«

Kein Wunder, dass Hayden so neugierig ist. »Scheiße, Lewis, Hayden ist mir wegen Blue auf den Fersen. Ihr müsst sie da raushalten.«

Lewis schmunzelt. »Netter Versuch. Glaubst du ernsthaft, ich habe da etwas zu sagen?«

»Gutes Argument«, sage ich widerwillig. »Du sagst, Gens Dad heißt Jeb Kendrick. Er ist nicht der Ex-Fußballstar, oder?«

»Der einzig wahre. Und er hat Verbindungen.«

Paul und William sind gerissene Idioten, aber sie sind nicht Drake Peterson. Obwohl es angesichts der Drogen und Prostituierten, die Paul in mein Haus liefern ließ und der Art, wie er mit Drohungen um sich wirft, vielleicht an der Zeit ist, dass ich das ernst nehme.

»Kannst du mir Jebs Nummer geben? Nur für alle Fälle.«

Lewis gibt mir die Nummer und wir legen auf. Ich lege das Handy auf die Bettkante und stütze mich mit den Armen auf meinen Knien ab. Warum sollte Blue nicht Sallee Construction für Bliss verwenden? Es ist seltsam, aber ich will keine voreiligen Schlüsse ziehen.

Natürlich würde Hayden nicht davor zurückschrecken, Bösewichte hinter Gitter zu bringen. Aber weshalb? Wegen einer Vermutung? Ich schüttle den Kopf. Ich will nicht einmal darüber nachdenken, wie ich sie von Paul und William und wohl auch von Blackwell fernhalten kann, da er das Sagen hat, aber ich muss es zumindest versuchen.

Noch bin ich nicht bereit, das Blue Casino zu verurteilen. Nicht, wenn es meinen Lebensunterhalt bezahlt. Aber ich mag die Art und Weise nicht, wie Paul versucht hat Druck auf mich auszuüben und gedroht hat, mich rechtlich zu verfolgen, wenn ich etwas über Bliss sage. Ich habe ein schlechtes Gefühl dabei und ich will Hayden nicht in der Nähe dieser Scheiße wissen.

Ich checke meine E-Mails ein letztes Mal und finde eine Nachricht von Paul über die Inbetriebnahme von Bliss. Wir haben jetzt genug Leibwächter und er hat einen Backup-Plan für die Tänzer, sodass ich aufhören kann, Leute einzustellen. Die Vorbereitungen für das Wochenende der Auktion und der Burleske-Show laufen auf Hochtouren.

Ich schließe meinen Laptop und fahre mir mit einer Hand durchs Haar im Versuch es etwas zu zähmen. Ich habe vor ein paar Stunden geduscht als ich angefangen habe von zu Hause aus zu arbeiten, aber Kämmen und Rasieren stehen am Wochenende nicht auf dem Plan. Es ist Sonntag und ich habe in den letzten Nächten nur ein paar Stunden geschlafen. Ich gehe auf dem Zahnfleisch, eine schlechte Frisur ist an der Tagesordnung.

Nachdem ich gestern Nachmittag Besorgungen für Haydens Schrank erledigt hatte, ging ich zur Arbeit und blieb bis zum frühen Morgen, um Papierkram auszufüllen, wie ich es die letzten paar Nächte auch getan habe. Es gibt keinen logischen Grund, warum ich meine Schulden bei Hayden an diesem Wochenende zusätzlich zu allem anderen begleichen sollte. Es ist ein beschissenes Timing und ich bin sicher, Hayden wäre einverstanden, ein oder zwei Wochen zu warten. Aber ich will nicht warten. Zeit mit ihr zu verbringen, ist der größte Spaß, den ich seit langem hatte. Ich habe mich noch nicht entschieden, ob es daran liegt, dass ich an etwas außerhalb von Blue arbeite, welches mir hilft den Kopf freizubekommen, oder ob es an ihr liegt. Ich bin mir ziemlich sicher, dass ich die Antwort darauf nicht kennen will. Nicht, wenn ich nicht einmal die Bemerkung von Lewis widerlegen kann, dass sie mein Liebling ist.

Ich schnappe mir meine Schlüssel und mache mich auf den Weg zum Chevy, den ich vor zehn Jahren vom Platzwart des Club Tahoe gekauft habe. Meine Brüder und ich benutzen ihn, um sperrige Dinge durch die Stadt zu transportieren. Das Biest ist ein Schandfleck, aber er ist praktisch und ich kann mich nicht dazu durchringen ihn zu ersetzen.

Augenblicke später, so kommt es mir zumindest vor, fahre ich in Haydens Einfahrt und schalte den Motor aus. Die Uhr mag den frühen Nachmittag anzeigen, aber es ich bewege mich etwas schleppend. Ich strecke meinen Nacken, steige aus und atme tief die nach Kiefern duftende Luft ein. Die frische Luft klärt meinen Kopf etwas und ich greife ins Fahrerhaus, um die zusätzlichen Gegenstände zu holen, die ich heute mitgebracht habe.

Haydens Haus ist klein, aber jeder verdammte Zentimeter davon ist charmant, von der Z-Rahmen-Haustür und den Blumenkästen bis hin zu ihrem mädchenhaften lilafarbenen Schlafzimmer. Es hat keinerlei Ähnlichkeit mit dem Haus, in dem ich aufgewachsen bin oder gar mit dem Haus, das ich jetzt miete. Aber es ist zehnmal gemütlicher als jedes Haus, in dem ich jemals gelebt habe.

Ich klopfe zweimal an die Tür. Nach einem Moment öffnet Hayden die Tür, diesmal ohne Verletzungen. Sie trägt Jeans und ein T-Shirt, das ihre Kurven umschmeichelt, ihr Haar zu einem Pferdeschwanz zusammengebunden.

Mein Herz setzt für einen Augenblick aus. Hayden außerhalb der Arbeit zu sehen bringt mein Blut in

Wallung. Sie bringt es auch bei der Arbeit in Wallung, aber außerhalb von Blue kann ich mich nicht bremsen. Ich liebe es, diese lässige Seite von ihr zu sehen.

Eine sandig blonde Haarsträhne ist ihrem Pferdeschwanz entkommen, welche sie versucht aus ihrem Gesicht zu streichen. »Noch mehr Zeug?« Sie starrt auf die Eimer und die andere Ausrüstung, die ich trage.

»Und es gibt noch mehr, wo das herkommt.« Ich stelle die Sachen auf die Veranda und stapfe zum Chevy zurück, wo ich mir eine große Trockenbauwand schnappe. Ich stütze sie mit meiner Schulter und meinem Kopf, trage sie ins Haus und setzte sie an einer freien Stelle im Flur ab. »Ist das in Ordnung?«

Hayden nickt und beäugt die Platte skeptisch.

»Machen Sie sich keine Sorgen«, sage ich. »Ich benutze nur einen Teil davon. Trockenbauwände gibt es nur in einer Einheitsgröße im Baumarkt. Ich musste das ganze Ding kaufen.«

Glücklicherweise hat Haydens Flur nicht dieselbe Holzverkleidung, die in ihrem Schlaf- und Wohnzimmer zu finden ist. Ich brauche nur Trockenwand, um das Loch im Flur zu schließen, etwas Klebeband und die passenden Spachtelmasse und Farbe.

»Ich erstatte Ihnen das Geld für das Zubehör und bezahle Sie für Ihre Arbeitszeit, wenn Sie mich lassen«, sagt sie.

Ich winke dankend ab. Als bräuchte ich ihr Geld. Ja, ich habe die Wette verloren, aber ich tue es schlicht ergreifend, weil ich es will.

Hayden reicht mir ein Pacifico-Bier, welches ich gern annehme und setzt sich im Schneidersitz auf den Boden, um mich zu beobachten, während ich beginne, das riesige Loch, welches einmal ihr Wandschrank im Flur gewesen ist, zu flicken. Ich werfe einen heimlichen Blick auf sie. Im

Büro erregt sie meine Aufmerksamkeit, aber ohne Make-up, entspannt und mit halb-offenem Haar kann ich meine Augen kaum von ihr lassen. Sie sieht aus wie das junge Mädchen, das ich während der High School nicht aus den Augen lassen wollte.

Letzte Woche habe ich mich bei der Arbeit von Hayden ferngehalten, weil ich mit Interviews beschäftigt war. Aber das war nicht der einzige Grund. Ich war nur eine Haaresbreite davon entfernt, sie zu küssen, nachdem ich sie beim Herumschnüffeln im Büro des Facilitiy-Managers erwischt hatte. Ich weiß nicht, was über mich gekommen ist. Das muss die Erschöpfung sein. Und die Enthaltsamkeit. Und Hayden. Ihre Nähe weckt in mir meine grundlegendsten Instinkte, die der begehrenden Sorte. Aber auch andere Instinkte, wie sie zu beschützen und für sie zu sorgen. Wo zum Teufel kommen die her?

Ich mag es, wenn Dinge unkompliziert sind. Zahm. Und meine Gefühle, was Hayden betrifft, sind nicht im geringsten Sinne zahm.

Blackwell nimmt den kürzesten Weg zum Ziel, um Bliss in Schwung zu bringen. Er müsste keine Mitarbeiter unter Außenvertrag nehmen oder seine eigene Personalabteilung umgehen, aber er tut es und ich habe noch nicht herausgefunden, warum. Mein lang unterdrückter Beschützerinstinkt bringt mich dazu, Hayden von Bliss und den daran Beteiligten abzuschirmen, aber ich bin nicht so altruistisch. Ich brauche dieses Projekt genauso sehr wie Blackwell. Aber von jetzt an werde ich vorsichtiger sein. Ich werde mich an Jeb Kendrick wenden.

»Sie haben mir nie zu Ende erzählt, warum Ihre Eltern dieses Haus nicht verkaufen konnten«, sage ich, um mich von meinen Gefühlen für sie abzulenken, über die ich Moment nicht nachdenken will. Und wie reizend sie mit dem Kinn auf der Hand aufgestützt aussieht.

Sie verzieht das Gesicht. »Habe ich nicht?«

Ich vermesse die Trockenbauwand, schneide die Stücke zurecht und nagele sie an der richtigen Stelle fest. »Sie sagten, niemand wollte das Haus kaufen«, fahre ich fort. »Sie dachten, es sei wegen der Gerüchte.«

»Das ist auch der wahre Grund.« Sie lehnt sich zurück und streckt ihre wohlgeformten Beine aus.

»Die Leute waren nicht daran interessiert, der Familie des Mädchens, welches deren Lieblingslehrer verführt und aus der Stadt vertrieben hat, Geld zu zahlen.«

Mit dem Nahtabdichtungsband in den Händen halte ich inne und versuche ruhig zu bleiben, während ich auf dem Boden knie. Es ist einfach so verdammt ärgerlich, wie voreingenommen und grausam Menschen sein können. »Ich wusste nicht, dass sich die Dinge so weit in der Gegend rumgesprochen haben. Sind sie sicher, dass sich das Haus wegen der Wirtschaftslage nicht verkaufen ließ?«

Sie schüttelt den Kopf, ihr Blick gesenkt, als sie vorsichtig das Etikett von ihrer Bierflasche ablöst. »Die Schule war die Wurzel des Problems, aber sobald sich das Gerücht erstmal herumgesprochen hatte, breitete es sich aus wie ein Lauffeuer.«

Ich hatte das Gerücht schon gehört, alle hatten davon gehört, aber ich habe noch nie Haydens Seite gehört. »Was ist passiert?«

Sie hebt ein Stück rote Schnur vom Boden auf und dreht sie zwischen Daumen und Zeigefinger. Es erinnert mich an die Kiefernnadel, mit der sie während des Lagerfeuers bei Zach und Nessa spielte. »Es war als hätte etwas den Frieden der Oberfläche eines Sees gestört. So subtil, wissen Sie? Aber die Wellen wurden immer größer. An dem Nachmittag stieß mich ein Mädchen in einen Picknicktisch und ich prellte mir eine meiner Rippen. Ich blieb ein paar Tage zu Hause, um von der ganzen Sache wegzukommen.« Sie blickt auf. »Ich hörte was sie sagten, aber ich konnte mir nicht erklären, warum jemand so etwas Dummes glauben sollte. Ich konnte nicht glauben, dass sie über *mich* redeten. Ich war nicht sexy oder aufreizend.«

Da bin ich anderer Meinung. Hayden war eine ruhige, sexy Streberin. Sie wusste es nur nicht.

»Wie auch immer.« Sie nimmt einen Schluck von ihrem Bier und starrt auf ihre rote Schnur. »Ich kam zurück in die Schule und dachte, das Gerücht sei ausgestorben. Aber das war es nicht. Es war noch schlimmer. Sie waren so wütend, Adam.« Ihre Hand fängt an zu zittern und sie schließt die Augen. »Die ganze Schule, nicht nur die Schüler.«

Der Drang, sie in den Armen zu halten überwältigt mich. Ich gebe mich damit zufrieden, meine Hand auf ihr Knie zu legen. »Ich erinnere mich. Sie haben sich den falschen Lehrer für eine Affäre ausgesucht«, sage ich und versuche damit, die Stimmung aufzulockern.

Sie stößt einen langen Atemzug aus, welcher in einem nervösen Lachen endet. Ihre Augen flattern zu meinen, sie sind feucht und ich sehe den Schmerz in ihren goldbraunen Tiefen. »Herr Miller war gutaussehend, nicht wahr?«

Es bringt mich um, sie so zu sehen. Ich zucke die Achseln. »Wenn man die große, sportliche Sorte von Mann mag.«

Sie verzieht leicht ihre Lippen. Nicht gerade ein Lächeln, aber es ist ein Anfang. »Jedes Mädchen war in ihn verknallt. Und die Jungs wollten wie er sein. Sogar die Kiffer passten im Unterricht auf, so inspirierend war er. Und die Schule zwang ihn meinetwegen zu gehen.« Ihre Stimme zittert.

Scheiße. Warum habe ich das erwähnt? »Es war nicht Ihre Schuld.«

»Alle dachten, es wäre meine Schuld. *Gott.*« Sie wischt sich über die Augen und atmet zitternd aus. »Ich kann nicht glauben, dass mich das immer noch so mitnimmt. Es war einfach so demütigend. Ich habe mich so machtlos gefühlt. Und der arme Herr Miller… Das einzig Gute war, dass er keine Schuld zugesprochen bekam. Alle zeigten mit dem Finger auf mich. Er stritt die Affäre natürlich ab und sie erhoben keine Anklage gegen ihn. Der einzige Beweis, den die Polizei hatte, war der anonyme Anruf, der in der Schule eingegangen war. Ich habe gehört, dass Herr Miller eine Stelle in einem anderen Bundesstaat gefunden hat.«

Ich starre auf den Boden. »Es tut mir leid, dass Sie beide das durchmachen musstet. Und es tut mir besonders leid, dass ich Sie damals noch mehr verletzt habe… Nach dem, was ich zu Jaeg gesagt habe.«

Sie schüttelt den Kopf. »Dass mein Freund mit mir Schluss gemacht hat… Na ja, ich werde nicht lügen, es war scheiße. Aber es war nicht mein größtes Problem. Die Gerüchte waren so überzeugend, wissen Sie? Ein kleiner Teil von mir konnte es den Leuten nicht verübeln, dass sie es geglaubt haben. Die Person, die in der Schule angerufen hatte, sagte, ich hätte den Lehrer auf dem Schulgelände getroffen, nachdem ich von der Arbeit gekommen war. Und ich *war* tatsächlich an diesem Tag auf dem Gelände. Die Sicherheitskameras zeigten mich dort. Ich war hingegangen, um ein Buch zu holen, das ich brauchte. Niemand hätte diese Details kennen können, außer…«

»Jaegs Ex«, knurre ich, lehne mich zurück und streiche durch mein Haar. »Jaeg hat sie jetzt endlich aus der Stadt gejagt, aber sie war ein hartes Stück Arbeit.«

»Das Witzige ist«, sagt Hayden, »dass ich sie nie verdächtigt habe, obwohl wir zusammen in der Eisdiele gearbeitet haben. Sie wusste, dass ich an dem Tag, an dem alles passierte, auf dem Weg zurück zur Schule war, um das Buch abzuholen. Ich habe es erst realisiert, als es zu spät war. Ich hätte nie gedacht, dass jemand so etwas tun würde, nur um an meinen Freund heranzukommen.«

»Wenn Sie sich dadurch besser fühlen, kann ich bestätigen, dass sie Jaeg auch durch die Mangel genommen hat.«

»Das tut es nicht«, sagt Hayden und starrt auf ihre Hände. »Das macht mich traurig. Ich bin froh, dass er Cali gefunden hat.«

Ich stoße einen tiefen Seufzer aus. »Jaeg hat es überstanden, aber was ist mit Ihnen? Haben Sie mit der Schule gesprochen?«

»Nachdem ich den Direktor und dem Hauptkommissar angefleht hatte mir zu glauben, dass die Gerüchte nicht wahr seien und sie mich wegschickten, fühlte es sich unmöglich an. Als würde ich mich gegen die Welt stellen. Und meine Familie… Meine Mutter… Sie war Lehrerin an einer Grundschule.« Haydens Gesichtsausdruck wird hart. »Sie konnten sie nicht feuern, aber jeder an der Schule tat, was er konnte, um sie wissen zu lassen, dass sie nicht willkommen war. Und die Kids an unserer Schule machten mir *überdeutlich*, dass ich nicht willkommen war.«

Mir gefällt nicht, wie sich das anhört.

»Meine Eltern beschlossen, einen Neuanfang außerhalb von Lake Tahoe zu machen. Wir versuchten, dieses Haus zu verkaufen, aber niemand kam zu den Besichtigungen. Eine junge Familie aus Carson zeigte schließlich Interesse, aber sie sahen sich die Schulen für ihren Sohn an und hörten von dem Gerücht, das mit den Eigentümern dieses Hauses in Verbindung gebracht wurde und das war's dann. Meine Eltern waren nicht bereit, das Haus unter dem Marktwert zu verkaufen. Sie vermieteten es an Touristen, Leute, denen Kleinstadtklatsch egal war und wir zogen nach Reno.

Es ist erstaunlich, wie leicht eine Lüge eine Familie

ruinieren kann. Wenn einem Cade so etwas passiert wäre, hätten unsere Anwälte und PR-Leute es in den Boden gestampft, bevor es hätte Fuß fassen können. Aber Hayden stammt aus einer bürgerlichen, typisch amerikanischen Familie, die ohne guten Grund gelitten hat. Weil sie nicht die Macht hatten, etwas dagegen zu unternehmen.

In gewisser Weise bin ich nicht überrascht, dass Hayden der Geschäftsleitung des Blue Casino misstraut und sicherstellen will, dass nichts Schlimmes mehr dort passiert.

Sie versucht, die Angestellten zu schützen, denn das ist Hayden. Sie ist selbstlos. Ich vermute es hat auch etwas damit zu tun, dass andere nicht das Gleiche für sie getan haben, als sie es gebraucht hat.

Eine Mischung aus Emotionen überkommt mich. Wut, Frustration, dieses seltsame Bedürfnis, sie zu trösten… und Schuldgefühle, weil ich damals nichts getan habe, um Hayden zu helfen. Ich habe es sogar noch schlimmer gemacht, indem ich ihren Freund davon überzeugt habe, sie zu verlassen, weil ich sie nicht mit einem anderen sehen wollte.

Vor allem nicht mit meinem besten Freund. Oh, das ist nicht das, was ich mir damals eingeredet habe. Ich redete mir ein, dass es das Beste für Jaeg sei. Ich war ein Arschloch.

Hayden war damals schon ein zu guter Mensch für mich und sie ist heute noch ein verdammt viel besserer Mensch als ich.

Ich versuche diese Erkenntnisse zurückzudrängen und beginne, die Wand abzukleben, wobei ich ignoriere, wie sich meine Brust verkrampft. »Sie hätten jetzt sicher kein Problem damit, dieses Haus zu verkaufen.«

»Nein«, stimmt sie zu, »aber das ist nicht der Grund, warum ich es gekauft habe.« Sie hört auf mit der Schnur zu spielen und zieht ein weiteres Stück von ihrem Bieretikett ab. »Es klingt verrückt, aber als wir gingen, war mein Leben so außer Kontrolle. Niemand abgesehen von meinen Eltern glaubte mir, dass nichts mit dem Lehrer vorgefallen war. Nicht einmal mein Freund…« Ihr Blick flimmert zu mir herüber, als sie sich ihrer Umgebung wieder bewusst wird.

Die Schuldgefühle liegen mir schwer im Magen und die Wut brennt sich wild durch meine Eingeweide. »Es tut mir leid, Hayden. Was mich betrifft. Es war mir egal, was sie über Sie gesagt haben. Ich habe es nie geglaubt.«

»Haben Sie es nicht?«

»Natürlich nicht. Jeder, der Sie mit Jaeg zusammen gesehen hat, wusste, dass Sie verrückt nacheinander waren. Sie hätten ihn nie betrogen.«

Sie schluckt und betrachtet mich, ihre Hand fest um den Hals der Flasche geschlossen. »Und das wissen Sie, weil Sie mich beobachtet haben?«, sagt sie vorsichtig.

Ich sehe sie nicht an, als ich ihr antworte. »Ja. Ich hätte Sie verteidigen sollen. Hätte es verhindern sollen.«

Ich zweifelte nicht daran, dass das Gerücht über sie falsch war. Es gab keinen genauen Grund, wieso ich etwas anderes hätte glauben sollen als der Rest der Stadt, außer dass ich Hayden beobachtet hatte. Sie hatte es nicht getan. Ich hätte sie mit Mr. Miller gesehen, hätte bemerkt, wie ihr Blick zu ihm wandert… denn so intensiv war ich mir ihrer bewusst.

Ich wusste, dass sie es nicht getan hatte und ich hatte nichts gesagt, um sie zu verteidigen.

»Ich glaube kaum, dass es etwas ausgemacht hätte, wenn eine einzelne Person das Wort ergriffen hätte«, sagt sie. »Es war wie ein führerloser Zug, das Gerücht war nicht mehr aufzuhalten, sobald es in Bewegung war. Der Verdachte hat ihnen genügt.«

Vielleicht hat sie recht, aber ich fühle mich dadurch nicht besser.

Ihr Gesichtsausdruck wird nachdenklich. »Adam, kann ich Sie etwas fragen?«

Ich nicke.

»Warum haben Sie mich nicht erkannt, als Sie angefangen haben, bei Blue zu arbeiten? Wenn Sie mich auf der High School so gut gekannt haben…«

Ich schüttle mit dem Kopf. »*Kennen* ist ein zu starkes Wort. Ich habe Sie beobachtet. Und ich bin mir nicht sicher, warum ich Sie nicht sofort erkannt habe. Sie benutzten jetzt einen anderen Namen, das hat also nicht geholfen. Ich hatte Sie auch seit elf Jahren nicht mehr gesehen und hatte nicht erwartet, Sie im Blue Casino wiederzutreffen. Und Sie sehen… anders aus.« Ich sehe zu ihr hinüber. »Ziehen sich anders an. Sie tragen keine Brille mehr. Und Sie haben Kurven bekommen.« Ein träges Grinsen, das ich nicht verbergen kann, breitet sich auf meinem Gesicht aus. Ich lasse meinen Blick auf ihre Brust fallen.

Sie runzelt die Stirn. »Trottel. Kommen Sie mir nicht so. Ich habe mich vielleicht verändert, aber nun auch wieder nicht so viel.«

»Zu meiner Verteidigung muss ich sagen, dass ich Sie bei unserer ersten Begegnung bei Blue nur von hinten gesehen habe, falls Sie sich daran erinnern. Ich konnte Ihr Gesicht nicht richtig sehen.« Ich lache jetzt, während mir das Bild von Hayden durch den Kopf schießt, wie sie auf dem Boden herumkriecht, ihr reizender kleiner Hintern in der Luft.

Unsere Begegnung begann nicht viel anders, als ich sie neulich im Büro des Facilitiy-Managers fand.

Sie wirft mir das ausrangierte Bieretikett an den Kopf. »Ich schwöre, Sie sind die einzige Person, die mich konstant in dieser unglücklichen Lage erwischt. Nur zu Ihrer Information, ich hatte meinen Lieblingsstift verloren.«

Ich schieße ihr ein scherzhaftes Grinsen zu. »Ich Glückspilz.«

Sie schüttelt verzweifelt den Kopf, aber sie lächelt.

»Sie müssen einsehen«, sage ich, »dass Ihr Gesicht, so hübsch es auch ist, zu diesem Zeitpunkt nicht meine Aufmerksamkeit erregt hat.«

Sie wirft verdrossen die Hände in die Luft. »Und später? Nachdem wir uns richtig vorgestellt wurden.«

»Ja, diesen Teil kann ich nicht erklären. Sie sind nicht mehr das stille, in der Ecke versteckte Mädchen, das Sie einmal waren. Sie kommen wie ein ganz neuer Mensch rüber, aber ich *habe* Sie bemerkt. Da war immer etwas zwischen uns.«

Sie verändert nervös ihre Position und ich glaube, sie spürt die Spannung zwischen uns, die den Flur beherrscht und die Temperatur um einige Grade erhöht.

So war es von Anfang an, diese Spannung, und wenn ich meine Gefühle für das schüchterne Mädchen vor all den Jahren nicht blockiert hätte, hätte ich Hayden dieses Mal vielleicht wiedererkannt, unabhängig von der Namensänderung. Ich hätte sie vielleicht schon vor langer Zeit aufgesucht.

Seltsamerweise fühlt es sich gut an, zuzugeben, wie sie auf mich wirkt... sie hat mich immer beeindruckt. Zu erkennen, dass ich nicht so gefühllos bin, wie ich dachte.

»Ich habe dieses Haus gekauft«, sagt sie, indem sie offensichtlich das Thema wechselt oder zumindest zu unserem ursprünglichen Gespräch zurückkehrt, »um etwas zu beweisen.« Sie sieht sich um.

»Und das wäre?«

Ihr Blick schweift über mich. »Egal, was jemand sagt

oder tut, ich kann mich behaupten.« Ihr Ausdruck ist stark und unerschütterlich und für einen Moment bekomme ich keine Luft.

Ich denke daran sie zu küssen.

Und halte mich mit all meiner Kraft zurück.

Dieser Drang, sie zu küssen, gerät so langsam außer Kontrolle.

Die Arbeit im Blue Casino mit Paul und William und mit Blackwell als Chef ist nicht viel anders als die Arbeit für meinen Vater, aber es ist auch in jeder erdenklichen Hinsicht anders. *Denn mein Vater hat nicht das Sagen.* Ich verstehe also ihren Wunsch, sich zu beweisen. Als wir Teenager waren, wurde ihr das Leben schwer gemacht. Das ist ihre Chance. Und ich will, dass sie sie bekommt. Solange sie nicht verletzt wird.

Sie senkt ihren Blick und ein kleines Lächeln umspielt ihren Mund. »Es klingt dumm. Vielleicht ist es unsinnig, dass ich das Haus gekauft habe, aber ich wollte es meinen Eltern wiedergutmachen. Sie haben alles für mich geopfert.«

»Das ist es, was gute Eltern tun.« Ich denke an meine Mutter und wie sie starb, um meinem jüngsten Bruder das Leben zu schenken und der Kopfschmerz, der mich in den letzten Tagen geplagt hat, kehrt zurück. Ich reibe meine Schläfen und greife nach den Werkzeugen, die ich brauche, um den Fugenlehm vorzubereiten.

Hayden ist stärker als jede Frau, die ich je gekannt habe, mit Ausnahme meiner Mutter. Das Licht und die Kraft, die von Hayden ausgehen, ziehen mich an. Je besser ich sie kennenlerne, desto stärker wird der Drang, ihr nahe zu sein. Ich will sie ganz für mich allein.

»Wir sind doch gleich alt, oder?«, frage ich unverblümt und wie aus dem Nichts, aber ich habe mich das schon länger gefragt. Sie muss in meinem Alter sein, aber ihre

Entschlossenheit und ihre Entscheidungskraft lassen sie älter wirken.

Sie presst ihre hübschen, pinken Lippen zusammen. »Es ist nicht angebracht, nach dem Alter einer Dame zu fragen.«

Sie lässt mir nie etwas durchgehen. Gott, ich liebe das. »Es ist nur unhöflich, wenn man vierzig oder älter ist.«

»Ich glaube, Sie meinen dreißig oder älter, aber nur damit Sie wissen, dass ich souverän in meiner Weiblichkeit bin, ich bin zufällig siebenundzwanzig.«

Im selben Alter wie ich. »Wann ist Ihr Geburtstag?«

»Einunddreißigster August. In ein paar Monaten werde ich achtundzwanzig.«

Ich nicke. »Jungfrau.«

»Woher wussten Sie das?« Ihr Blick folgt dem Pulver, das ich in einen Eimer schütte.

Dieser Mist macht viel Dreck. Ich sollte es wahrscheinlich draußen anrühren.

»Ich habe vier Brüder. Unter uns fünf nehmen wir die Hälfte der Sternenbilder in Anspruch.«

Haydens Kiefer fällt. »*Vier* Brüder? Es laufen fünf von Ihrer Sorte auf Erden herum?«

Es ist eine beängstigende Aussicht, aber so ist es.

Sie starrt mich weiter wie benommen an. Ich zeige auf den Eimer. »Das wird unschön werden. Kann ich es draußen anmischen? Ich brauche eine Steckdose.«

Sie wird wieder ernst und steht auf. »Ja, klar. Hier entlang.« Sie streift die Rückseite ihrer Jeans ab, um jeglichen Staub abzustreifen, obwohl nichts daran klebt. Das hält mich nicht davon ab, ihren süßen Hintern zu betrachten.

Ich folge ihr nach draußen und mustere sie unverhohlen, denn das ist, was aus mir geworden ist. Ich kann mich nicht erinnern, schon einmal so gierig auf jemanden gewesen zu sein. Ich kann mich auch nicht an die letzte Frau erinnern, die ich so angegafft habe. Es scheint, als würde ich mir das alles für meine temperamentvolle Kollegin vorbehalten.

»Wann haben *Sie* Geburtstag?«, fragt sie, während sie mich zur Hintertür führt. Wir betreten eine kleine Terrasse. Ein Metalltisch mit einer gelb blühenden Pflanze darauf trennt zwei Liegestühle. Es ist charmant, genau wie der Rest von Haydens Haus.

»Fünfzehnter Februar«, sage ich. »Ich bin genauso alt wie Sie.«

»Nicht ganz.« Sie klopft mir mit ihrer kleinen Hand auf die Schulter. »Ich bin ein paar Monate älter als Sie.«

Ich schmunzle über die Lächerlichkeit dieser Aussage. »Sie sind nur fünfeinhalb Monate älter.«

»Und vergessen Sie das bloß nicht«, sagt sie und geht die Treppe zu einem eingezäunten Hintergarten hinunter, wobei sie mir ein verschmitztes Grinsen zuwirft.

So läuft es die nächsten Stunden. Ich spachtle, dann baue ich den Eingang zu ihrem neuen begehbaren Kleiderschrank in ihrem Schlafzimmer, während der Lehm trocknet, dann mache ich eine Bier- und Burger-Pause mit Hayden, die sie aus einer Burger-Bude in der Nähe ihres Hauses geholt hat und wir scherzen miteinander. Die Stunden vergehen und erst um zehn Uhr abends wird mir klar, wie spät es ist.

Hayden ist in der Küche beschäftigt, auch wenn ich mir nicht sicher bin, womit, denn ich habe konzentriert an der Schlafzimmerwand gearbeitet. Ich lege mein Werkzeug weg und bringe den von zu Hause mitgebrachten Staubsauger herein. Gegen den Staub, der sich angesammelt hat, kann ich nicht viel tun. Ich habe ein paar Tücher mitgebracht und wir haben das Bettzeug mit einem Laken abgedeckt, aber diese Arbeit ist schmutzig. Der Staub ist überall.

Ich sauge den Schutt vom Boden auf und bringe meine Werkzeuge zu meinem Truck zurück. Mit Ausnahme des Schleifens, Streichens und Regale Einbauens bin ich fertig, aber das muss warten, bis der Lehm getrocknet ist.

Ich sehe mich um, um sicherzustellen, dass ich alles mitgenommen habe. Haydens Haus ist sauber und ordentlich, das genaue Gegenteil ihres Büros, was mich überrascht. Die Töne in ihrem Schlafzimmer sind kühl und beruhigend. Es war eine lange Woche. Mehr als einmal habe ich sehnsüchtig auf ihr Bett geblickt. Die Kopfschmerzen, die sich in den letzten Tagen stoßweise zusammengebraut haben, sind jetzt in vollem Gange und es fühlt sich an, als würden mein Kopf explodieren.

Ich bleibe in der Tür ihres Schlafzimmers stehen, schließe meine Augen und reibe mir die Schläfen.

»Geht es Ihnen gut?«

Die verdammten Kopfschmerzen haben meine Wahrnehmungskraft gedämpft. Ich habe nicht einmal gehört, wie sie sich nähert, aber Hayden steht jetzt nur ein paar Meter entfernt. Irgendwann hat sie sich umgezogen, denn sie hat eine Jogginghose und ein Tank-Top an. Mein Kopf tut höllisch weh, aber ich bin munter genug, um zu bemerken, dass sie zu meiner Enttäuschung immer noch ihren BH trägt.

»Kopfschmerzen. Die habe ich manchmal.« Ich nicke in Richtung ihres Schlafzimmers. »Das ist alles, was ich für heute tun kann. Ich muss morgen nach der Arbeit zurückkommen. Oder nächstes Wochenende, wenn das okay ist?«

Sie kaut auf ihrer Lippe herum. »Natürlich, aber sind Sie sicher? Sie haben so viele Stunden investiert. Ich habe es gestern gesagt und ich sage es noch einmal, wir sind quitt. Sie schulden mir nichts.«

»Es hat Spaß gemacht und es macht mir nichts aus.« Ich versuche ein Lächeln, aber es ist eher ein Zucken. Die Kopfschmerzen lassen meine Augen tränen.«

Bevor ich weiß, was passiert, zieht mich Hayden am Arm in Richtung ihres Betts.

Vorsichtig zieht sie das Laken ab, das wir zum Schutz darauf platziert haben und drückt mir auf die Schultern. »Setzen Sie sich.«

Ich tue, was sie sagt, denn ich bin zu müde, um zu protestieren. Ich würde ihr in solch einer Situation ohnehin nicht widersprechen. Welcher zurechnungsfähige Mann würde eine schöne Frau abweisen, die ihn in ihr Bett zieht?

Sie kriecht von hinten an mich heran. Hätte ich nicht solche Kopfschmerzen würde ich mir Mittel und Wege überlegen, wie ich die Situation ausnutzen könnte. Aber alles, woran ich denke, ist, dass ich immer noch aufstehen, zu meinem Auto gehen und nach Hause fahren muss. Ich hätte schon vor Stunden Schmerzmittel nehmen sollen, aber ich hatte eine kreative Phase. Jetzt bezahle ich dafür.

Warme, kleine Hände massieren leicht meinen Kopf und lassen den Schmerz unverzüglich verschwinden.

Meine Schultern entspannen sich und meine Augenlider schließen sich. Haydens Finger gleiten zu meinen Schläfen und sie reibt in sanften Kreisen. Ich lege meine Unterarme auf die Knie und mein Kopf fällt nach vorn. Ich spüre, wie sie näher an mich heranrückt, um mich zu massieren. Ich sollte mich nicht so weit nach vorne lehnen, aber es fühlt sich so gut an, dass ich mich kaum aufrecht halten kann. Eine ihrer Hände gleitet zu meinem Nacken. Sie beginnt, mit der einen Hand meinen Kopf und mit der anderen meinen Nacken zu massieren.

Ich bin im Himmel. Es fühlt sich so gut an…

Wahrscheinlich sollte ich ihr sagen, dass sie das nicht tun muss, aber Hayden massiert mich freiwillig. Ich bin kein Dummkopf, ich halte meinen verdammten Mund. Und dann verliere ich wirklich das Zeitgefühl, weil alles verschmilzt wie Schnee in der Sonne.

Die durch das Blue Casino verursachten Spannungen.

Die Barrieren, die Hayden und mich trennen.

Bis ich träume, dass nichts mehr zwischen uns steht…

Kapitel Zwanzig

Hayden

Ich habe Adam noch nie so erschöpft gesehen. Als ich ins Schlafzimmer ging, um nach ihm zu sehen, schwankte er in der Tür und hielt sich mit den Händen den Kopf. Ich dachte nicht nach und zog ihn einfach zum Bett, um die Schmerzen zu lindern, die in offensichtlich plagten.

Sobald meine Hände seinen Kopf berührten, atmete Adam erleichtert durch. Er ist jetzt schon seit einiger Zeit ganz ruhig. Kein Geplänkel, keine Beleidigungen. Das sieht ihm gar nicht ähnlich.

Nach weiteren fünf Minuten des Massierens und Bewunderns meines affengeilen, begehbaren Schrankes, der erstaunlich aussieht und all meine Schuh-Träume wahr werden lässt, bemerke ich etwas Eigenartiges. Adam scherzt nicht nur nicht mit mir, er bewegt sich auch nicht.

Ich halte mit meinen Fingern inne. »Adam?«
Nichts.
Ich beuge mich näher zu ihm heran. Er atmet tief und

ruhig und seine Augen sind geschlossen. Ein leichtes Schnarchen ertönt.

Ist er eingeschlafen?

Adam sah in den letzten paar Tagen müde aus. Von meinen Spionen im Kollegium habe ich erfahren, dass er viele Überstunden bei Blue geschoben hat. Und musste das ganze Wochenende bei mir zu Hause arbeiten. Was bin ich für ein herzloser Mensch? Ich wusste, ich hätte nicht auf ihn hören sollen, als er sagte, es mache ihm nichts aus, den Schrank zu bauen.

Ich lehne mich nachdenklich zurück und stütze mich auf meinen Händen ab. Ich habe ein richtig schlechtes Gewissen. Sollte ich ihn wecken? Ihn einfach weiterschlafen lassen und später wecken?

Ich neige meinen Kopf und betrachte ihn, wie er vornübergebeugt auf dem Bett sitzt. Es sieht unbequem aus.

Ich strecke die Hand aus und gebe seiner Schulter einen Schubs, nur um zu sehen, was passiert. Dabei erwarte ich voll und ganz, dass er aufwacht.

Das tut er aber nicht. Stattdessen kippt er auf den Rücken, eine Hand landet auf seiner Brust.

Adam Cade schläft auf meinem Bett. Und er sieht friedlich aus, ganz entspannt und jungenhaft. Aber es ist trotzdem seltsam.

Ist er krank? Ich lege ihm meinen Handrücken auf die Stirn. Er ist nicht überdurchschnittlich warm, also hat er kein Fieber. Er greift nach oben und bedeckt meine Hand mit seiner starken, breiten Hand und mein Herz rast in meiner Brust. Und jetzt habe ich Adam auf meinem Bett, seine Handfläche ist warm und schwielig und umschließt meine Hand komplett.

Und warum sollte das schlecht sein? Adam ist H.E.I.ß. und der Hauptdarsteller in vielen meiner großartigsten

Tagträume. Aber ich kann nicht die ganze Nacht so sitzen bleiben.

Ich könnte ihn wecken. Das wäre das Normalste, was ich tun könnte. Aber das möchte ich nicht. Zunächst einmal ist er erschöpft, deshalb ist er bei der Kopfmassage eingeschlafen. Es scheint mir irgendwie gemein, ihn zum Aufwachen zu zwingen. Zweitens – und ich weiß, das ist der egoistischste Grund von allen – will ich nicht, dass er geht.

Ich genieße es Adam im Haus zu haben, so schockierend es auch klingt, das zuzugeben. Manchmal blieb ich im selben Raum, weil es unglaublich sexy war, ihm dabei zuzusehen, wie er seine geschickten Hände benutzte und weil ich seine Gesellschaft genoss. Wir unterhielten uns, als wären wir schon immer Freunde. In seiner Gegenwart fühlte ich mich nie schlecht wegen meiner Vergangenheit. Ich fühlte mich sogar *besser*, nachdem ich mit ihm darüber geredet habe. Manchmal habe ich aber auch meine eigene Arbeit in einem anderen Raum erledigt. Aber meistens blieb ich bei Adam, denn mit ihm fühlte sich mein Haus wie ein zu Hause an. Was überhaupt keinen Sinn ergibt.

Ich entziehe ihm sanft meine Hand und er rollt sich zur Seite, ein leises Schnarchen entfährt ihm. Ich stehe auf und gehe um das Bett herum, um seine Beine auf darauf zu ziehen. Anstatt aufzuwachen, kuschelt er sich tiefer in die Bettdecke. Ich ziehe ihm vorsichtig die Stiefel aus. Und, okay, ich gehe super sanft mit ihm um. Ihn jetzt zu wecken wäre gemein. Aber trotzdem. Die meisten Menschen würden schon bei einem leichten Ruck aufschrecken. Vielleicht ist er einer dieser Tiefschläfer?

Adam kann nicht ewig so schlafen. Er wird in einer Stunde aufwachen und sich fragen, was passiert ist. Dann wird er nach Hause gehen. Das ist besser und viel humaner, als ihn wachzurütteln, wenn er so ausgelaugt ist.

Zufrieden mit meiner Entscheidung verlasse ich das Schlafzimmer und lehne die Tür an. Ich räume die Küche auf, sehe die Nachrichten und falte eine Ladung frisch gewaschener Handtücher. Die ganze Zeit erwarte ich, dass Adam benommen aus dem Schlafzimmer taumelt und mich fragt, was passiert ist.

Das tut er aber nicht.

Ich ziehe meine Jogginghose aus, ziehe Pyjamashorts an, damit ich nachts nicht schwitze und putze mir die Zähne. Das zweite Schlafzimmer des Hauses habe ich in ein Büro und Lagerraum umgewandelt. Es steht kein Bett darin, also kehre ich in mein Schlafzimmer zurück und lege mich vorsichtig unter die Decken am anderen Ende des Betts. Ich könnte auf dem Sofa schlafen, aber um ehrlich zu sein bin ich lieber bei Adam.

Ich wälze mich auf die Seite und greife nach dem neusten Erotikroman auf meinem Nachttisch. Mira hat ihn mir geliehen, die ihren Vorrat von Gen bekommt. Ich versuche meine Augen geöffnet zu halten, aber nachdem ich dieselbe Seite dreimal gelesen habe, gebe ich den Kampf auf und schalte das Licht aus.

Ich liege eingeengt am oberen Ende des Betts und Adam liegt am unteren Ende. Einer von uns wird seine Position wechseln und aufwachen und Adam wird nach Hause gehen. Keine große Sache. Fürs Erste schließe ich meine Augen.

Adam

DIE LETZTEN ERINNERUNGEN an meinen Traum verblassen als ich langsam zu mir komme. Darin fahre ich mit Hayden neben mir in meinem Jaguar XKR durch die

Berge, aber sie trägt winzige Shorts und ich kann nicht aufhören, ihre Beine zu bewundern. Wäre dies die Realität, könnte mich nichts davon abhalten. Hayden hat hinreißende Beine.

Ich reibe meine Augen und sehe mich um.

Das ist nicht mein Zimmer. Ich bin nicht in meinem Bett.

Und dann sehe ich die schönen Beine aus meinem Traum und plötzlich spannen sich alle meine Muskeln an. Eigentlich ist es nur ein Bein. Das andere ist unter der Decke. Aber das Bein außerhalb der Decke ist mit winzigen Schlafshorts bekleidet. Die bloße Andeutung eines runden Arsches lässt mein Blut sofort in die untere Hälfte meines Körpers schießen.

Was zum Teufel ist letzte Nacht passiert?

Ich stützte mich auf meine Ellbogen und lasse meinen Blick über die schöne Frau am anderen Ende des Betts gleiten. Und dann erinnere ich mich. Ich wollte gerade gehen, aber in meinem Kopf hämmerte es wie verrückt. Hayden gab mir eine Kopfmassage und ich muss eingeschlafen sein. Nach dem goldenen Schimmer zu urteilen, der durch das Fenster hereinströmt, habe ich die ganze Nacht durchgeschlafen.

Mein Gott. Ich kann mich nicht erinnern, jemals zuvor so tief geschlafen zu haben. Nicht einmal während meiner College-Zeit, als ich es mir zur Aufgabe gemacht habe, mich mit billigem Bier in den größtmöglichen Mengen zu besaufen. Und ich bin sicher, es hatte alles damit zu tun, dass Hayden sich so um mich gekümmert hat.

Wann hat mich das letzte Mal eine Frau auf diese Weise berührt? Nicht zum Vorspiel, nur eine sanfte Liebkosung, um meine Schmerzen zu lindern. Scheiße, hat mir außer meiner Mutter jemals jemand diese Art von Aufmerksamkeit geschenkt?

Ich reibe mir die Stirn. Die Antwort ist ein klares Nein. Und nicht, weil ich noch nie nette Frauen gedatet habe. Ich *wollte* nie auf so eine fürsorgliche Weise berührt werden. Bis gestern Abend. Von Hayden. Sie streichelte mich mit ihren zierlichen kleinen Händen und ich war im siebten Himmel. Alles, was danach passiert ist, ist verschwommen.

Einen Augenblick lang war ich in Panik geraten, weil ich dachte, ich wäre im Bett einer anderen Frau gelandet. Ich machte mir Sorgen, dass ich den größten Fehler meines Lebens gemacht hatte. Denn das einzige Bett, in dem ich mich wiederfinden möchte, ist das von Hayden.

Das ist nicht nur die simple Anziehung zu einer Frau, mit der ich arbeite. So einfach war es nie.

Als Hayden aufwacht, seufzt sie leise und streckt ihre Arme über dem Kopf, wobei ihr Tank-Top sich über den erstaunlichsten Brüsten straffzieht, die ich je gesehen habe. Diesmal ohne BH.

Ich stöhnte auf. Sie bringt mich um den Verstand.

Hayden blickt zu mir und setzt sich auf, Verwirrung erfüllt ihr Gesicht, als sie sich überrascht umsieht. »Es ist Morgen?«

»Es sieht ganz danach aus.« Ich setze mich auf. Meine Bewegungen sind langsam und ich streiche mir mit den Fingern durch mein Haar, das mir zu Berge steht. »Tut mir leid wegen gestern Abend. Das war… beispiellos. Normalerweise schlafe ich nicht einfach im Bett einer Frau ein. Normalerweise bin ich zu beschäftigt.« Ich schenke ihr ein einseitiges Grinsen.

Sie verdreht die Augen und lächelt schüchtern und verdammt, sie ist umwerfend. Ich bin schon immer mit attraktiven Frauen ausgegangen, aber keine von ihnen sah je so aus wie Hayden, wenn sie morgens aufwacht. Sie sieht aus wie Sonnenschein und all meine Träume in einem. Oh, Haydens Haar ist ein großes Durcheinander und sie hat Schlafabdrücke entlang einer Wange, aber Sie. Ist. Verdammt. Schön. Ihre Schönheit strahlt von innen heraus.

Wir sind einen halben Meter voneinander entfernt und ich kämpfe innerlich mit mir selbst. Das ist dasselbe Mädel, das mich aus Gründen faszinierte, die mein pubertär geplagtes Gehirn damals noch nicht interpretieren konnte. Und es ist die Frau, die ich mit meinen Händen berühren und halten will. Aber Hayden vertraut mir nicht und ich weiß, dass das nicht alles auf die Vergangenheit zurückzuführen ist.

»Ich sollte wahrscheinlich gehen«, murmle ich. Wenn ich bleibe, werde ich sie küssen und ich bin mir nicht sicher, ob sie dafür schon bereit ist. Mit Hayden zusammen zu sein ist nichts, was ich versauen möchte.

»Haben Sie Durst?« Sie schwingt ihre langen Beine aus dem Bett und ich kann mich nicht davon anhalten, sie anzustarren, denn *ihre Beine…* »Ist Apfelsaft okay?«

Ich nicke wie in Trance und folge ihr. Sie trägt ein winziges Tank-Top und Shorts, welche es mir schwer machen, klar zu denken.

Hayden betritt die Küche und öffnet den Kühlschrank. Sie holt Saft heraus und greift nach den Gläsern in einem der Hängeschränke. Ich beobachte die anmutigen, unbefangenen Bewegungen, die sie so überaus faszinierend machen. Und sexy. Sie trägt einen Pyjama und ihre Haare sind vom Schlaf zerzaust, aber alles, was sie tut… Der Klang ihrer Stimme, die Art, wie sie sich bewegt… zieht mich an wie das Licht eine Motte.

Sie schenkt zwei Gläser ein und reicht mir eines. Ich trinke die Hälfte meines Glases in einem Zug. Der reife, fruchtige Geschmack schärft meine Sinne, als würden sie nicht ohnehin schon auf Hochtouren laufen.

Hayden nimmt ihr Glas und kommt zu mir am anderen Ende der Küche. Sie hüpft und setzt sich auf den niedrigen Teil der Arbeitsplatte. Ihre Beine schwingen hin und her, ihre Knöchel sind überschlagen. Sie lächelt mich über den Rand ihres Saftglases an. Ein geheimnisvolles, privates Lächeln. Und das war's.

Ich stelle mein Glas ab, ohne sie aus den Augen zu lassen und trete näher.

Ihr Lächeln verblasst und ihre Augen weiten sich. Sie stellt ihr Glas zur Seite.

Ich lehne mich zu ihr und stütze meine Hände auf die Theke neben ihren Hüften. »Sind wir jetzt damit fertig?«

»Womit?«, sagt sie, ihre Stimme am Morgen kratzig und etwas außer Atem. Ihre goldenen Augen sind verhangen und auf meinen Mund gerichtet. Mein Blick wandert zu ihrem Hals, wo ihr Puls sichtbar pocht.

»Mit dem Spiel.« Und dann presse ich meinen Mund auf ihren.

Für einen Moment ist sie spürbar überrascht, als wäre dies nicht der Höhepunkt extremer sexueller Spannung zwischen uns, die sich seit dem Tag aufgebaut hat, an dem ich das Blue Casino betrat und sie mit ihrem Hintern in der Luft erwischte. Dann lösen sich ihre Knöchel und sie greift nach meinen Schultern, um mich näher zu sich heranzuziehen.

Lass die Spiele beginnen.

Ich ziehe ihre Hüften an den Rand der Arbeitsplatte und dränge meine Beine zwischen ihre weichen Oberschenkel, genau dorthin, wo ich schon seit Monaten sein will. Ich bin kein Heiliger, aber ich bin loyal, egal, was meine Exfreundinnen sagen. Und, wie es scheint, hoffnungsvoll. Denn genau dieser Moment ist der Grund für meine lange Abstinenz, auch wenn es mir nicht bewusst war. Ich habe auf Hayden gewartet.

Ich halte sie fest in meinen Armen und ziehe sie zu mir heran, bis sie dicht an meine Brust gedrängt ist. Ich kann fühlen, wie ihr Herz klopft. Oder vielleicht ist es meins. So oder so, ihr Körper schmiegt sich passgenau an meinen.

Hayden schlingt ihre Beine um die Rückseite meiner Beine und meine Lenden drücken gegen die verheißungsvolle Stelle zwischen ihren Schenkeln. Mir bleibt fast das Herz stehen, als ein Stöhnen aus ihrer Kehle entweicht. Der Klang dieses Sirenengesangs raubt mir die Kontrolle.

Ich hebe sie in meine Arme und trage sie zurück ins Schlafzimmer. Ihre Berührungen und ihr Geschmack auf meinen Lippen bringen mich um den Verstand. Wir erreichen ihr Bett, ich lege sie ab und bedecke ihren Körper sofort mit meinem. Sie schlingt ihre Arme um meinen Hals und gräbt ihre Finger in meine Haare.

Ich küsse die weiche Stelle hinter ihrem Ohr und lasse meine rechte Hand über ihr nacktes Bein gleiten, wobei ich sie fest an meinen Körper drücke. Mit den Fingerspitzen streiche ich von ihrer Wade bis zu der weichen Kurve, die mich heute Morgen kurz nach dem Aufwachen neckte. Ich knete ihren runden Hintern mit meinen Händen. Sie stöhnt auf und drängt sich an die steinharte Erektion unter meiner Jeans.

»Hayden«, sage ich. In zwei Sekunden könnte ich sie nackt haben und in ihr sein. Und Gott, wenn das nicht jeden rationalen Gedanken aus meinem Kopf vertreibt…

Ich blinzle, um den verdammten Nebel zu beseitigen, der alles außer der Euphorie, die ich ihr bereiten möchte, verdunkelt und ziehe mich etwas zurück. »Ist es das, was du willst?«

Sie folgt mir bereitwillig, greift nach mir, küsst mein Kinn, meinen Hals. Ich schlucke, versuche, die Kontrolle zu behalten, obwohl ich eigentlich nachgeben will. »Hayden?« Dieses Mal erregt meine Frage ihre Aufmerksamkeit.

Sie fällt zurück und starrt mich an, sie atmet schwer. Genau wie ich. Aber sie zögert den Bruchteil einer Sekunde und das ist alles, was ich wissen muss.

Ich setze mich auf und streiche mir über das Gesicht. Ich möchte nichts mehr in meinem Leben, als in Haydens sinnlichem Körper zu sein, ihn besitzen und ganz besonders ihr Herz erfüllen. Noch nie wollte ich das Herz einer Frau erobern, aber bei Hayden ist mir dieser Teil besonders wichtig. Ich muss warten, bis sie bereit ist, sich mir komplett zu öffnen.

Ich stehe abrupt auf. »Ich muss gehen.«

Sie setzt sich auf und greift nach meinem Arm. »Adam?« Ihre Augen blicken mich suchend an.

Ich habe sie verwirrt. Herrgott, ich habe mich selbst verwirrt.

Ich gleite meine Hand durch eine Locke sonnengeküssten Haares, die ihr ins Gesicht gefallen ist und hebe mit meinen Fingern ihr Kinn, um sie näher zu bringen. Sanft küsse ich ihren Mund und lege meine Stirn auf ihre, mein Atem ist rau. »Wir sehen uns im Büro.«

Kapitel Einundzwanzig

Hayden

Seit Adam heute Morgen gegangen ist, bin ich ein komplettes Nervenbündel. Wie kann er es wagen, mich in diesem hormonellen Chaos zurückzulassen?

Sein Kuss. *Küsse.* Und seine Hände. Die Art, wie er mich ansah. Ganz hingebungsvoll und gleichzeitig, als ob er mich verschlingen wollte. Hätte er sich nicht gezügelt, hätte ich getan, was auch immer er wollte. Weil ich es auch wollte. Aber er hat sich zurückgezogen und jetzt bin ich verwirrt.

Alles fühlte sich richtig an. Die spielerische Art und Weise, wie wir in den letzten zwei Tagen miteinander umgegangen sind, während er in meinem Haus gearbeitet hat. Und vorher, wenn ich mal genau darüber nachdenke. Wenn wir uns nicht gestritten haben, meine ich. Ich bin körperlich tiefer zu Adam hingezogen als zuvor und das ist verwirrend.

Er ist mir wichtig.

Ich senke den Kopf und stoße damit mehrmals gegen die Schreibtischplatte.

»Du wirst dir eine Gehirnerschütterung zuziehen, wenn du so weitermachst«, sagt Mira.

Ich stöhne. »Klopfst du denn nie an?«

»Warum sollte ich das tun?« Sie kommt herüber und setzt sich mir gegenüber hin.

Ihre Augen werden schmal und ihr Kinn neigt sich. »Deine Wangen sind gerötet. Und du bist nervös. Hayden, was hast du getrieben? Hast du… Hast du mit jemandem geschlafen? Ich weiß, wir sind nur Kolleginnen, aber ich dachte, du würdest die saftigen Details mit mir teilen.«

Ich rolle meine Augen. Wie kann sie mich so gut lesen? Oh, richtig, Adam sagte, meine Emotionen kann man auf meinem Gesicht wie ein Buch lesen. Daran muss ich unbedingt arbeiten. »Wir sind mehr als nur Kolleginnen, Mira. Du bist eine meiner besten Freundinnen in der Gegend.«

»Verdammt richtig, also spuck die geilen Details aus, die du verheimlichst.«

Ich springe auf, durchquere den Raum und strecke meinen Kopf aus der Tür, um sicherzugehen, dass niemand sie gehört hat. Ich schließe die Tür und drehe mich um.

»Sei verdammt noch mal etwas leiser«, flüstere ich laut. »Und es gibt nichts zu erzählen.«

»Natürlich gibt es etwas zu erzählen. Zum einen, wer ist er?«

Ich sinke auf meinen Stuhl. Und dann senke ich meine Stirn wieder auf den Schreibtisch. »Das willst du nicht wissen.«

»Oh, ich glaube schon, dass ich das ganz genau wissen will.«

Ich blicke auf und sehe, dass sie gespannt an die Kante

ihres Stuhls vorgerückt ist. »Ich bin in jemanden verknallt, für den ich keine Gefühle haben sollte.«

Ihre Augen funkeln. »Die sind von der besten Sorte.«

Ich schüttle den Kopf und stoße einen Seufzer aus. »Nein, das sind sie wirklich nicht.«

Miras warmer brauner Blick, ein paar Schattierungen dunkler als mein eigener, ist vielsagend. »Hayden, kam Adam nicht am Wochenende vorbei, um seine Wettschulden zu begleichen?«

Ich sage gar nichts.

»Heilige Scheiße.« Ihre Stimme geht eine Oktave höher. »Es ist *Adam*? Ich sagte, du sollst dich ihm nähern, aber *das* habe ich nicht gemeint.«

Ich stehe auf und gehe um meinen Schreibtisch herum, um mich auf den Stuhl neben ihr zu setzten. Und blicke nervös zur Tür. »Nicht so laut.« Ich bemerke ihren Gesichtsausdruck und neige meinen Kopf neugierig zur Seite. »Ich glaube, ich habe dich noch nie fassungslos gesehen. Baucht es so etwas, um dich zum Schweigen zu bringen?«

»Du und Adam? Äh... ja. Ich habe erwartet, dass ihr zwei es irgendwann miteinander treibt, aber ich dachte, es wäre wilder Affensex und du würdest ihn dir wieder aus dem Kopf schlagen. Ich dachte nicht, dass du dich verlieben würdest.«

»Ver... Was? Was meinst du denn damit?«

Sie ignoriert meine Frage und plappert weiter. »Adam arbeitet für die Bösen, Hayden. Was denkst du dir nur dabei?«

Während des Wochenendes habe ich nicht ein einziges Mal über die Blue Stars und Adams Rolle bei dem nachgedacht, was sich hier abspielt.

Ich beiße mir auf die Unterlippe. »Macht er das wirklich? Vielleicht liege ich falsch. Ich bin mir über nichts mehr sicher.«

Mira schüttelt langsam den Kopf, als könne sie nicht glauben, was sie da hört. Ich mache ihr da keinen Vorwurf. »Lass dich nicht von heißem Sex ablenken.«

Ich werfe ihr einen ungläubigen Blick zu. »Lass mein aktives Sexleben aus dem Spiel. Es ist gar nicht so aktiv, wie du denkst.« Es hätte aktiv sein können, hätte Adam heute Morgen nicht den Stecker gezogen. Aber Mira weiß das nicht.

Mira schweigt für einen Moment und fragt dann leise, »Magst du ihn wirklich?«

Ich nicke, meine Lippen zusammengepresst. »Ich mag ihn wirklich.«

Adam

PAUL STEHT in der Mitte der dritten Bliss-Suite, als ich ihn am späten Vormittag einhole.

Diese Suite ist identisch mit der ersten, die ich neulich gesehen habe, außer dass diese komplett möbliert ist. Das sind sie jetzt alle. Die einzige, die noch hier herumläuft, ist die Dekorateurin und ihre Assistentin. Die Bauarbeiter sind weg.

Und die Suite ist spektakulär.

Ich kann nicht behaupten, dass ich verstehe, warum die Mitglieder eine Viertelmillion plus einen Jahresbeitrag für Bliss zahlen würden, aber sie werden Zugang zu einer Lounge und einer Suite haben, die der Prominenten würdig sind, wenn sie ankommen.

»Hast du dich also doch entschieden aufzutauchen?«, sagt Paul.

Ich bin nach meiner spontanen Pyjamaparty bei Hayden etwas zu spät zur Arbeit gekommen. Ich kann ehrlich sagen, dass es die beste Nacht meines Lebens war und Sex war nicht einmal involviert.

Ich kann mir nichts Besseres vorstellen, als *jeden* Morgen neben Hayden aufzuwachen und fühle nicht einmal einen Anflug von Unbehagen, wenn ich daran denke.

Das wurde mir klar, als ich nach Hause kam. Ich will, dass die Sache mit ihr funktioniert. Darum zog ich mich zurück, als ich sie Zögern sah. Hayden ist mir wichtig und ich will es nicht vermasseln.

»Was war es, das du mir zeigen wolltest?«, frage ich ihn, statt ihm eine Erklärung zu geben.

»Ist das alles, was du zu sagen hast?« Er streckt seine Arme bedeutend aus. »Und? Was sagst du dazu?«

»Es sieht fantastisch aus. Die Mitglieder werden es lieben.«

»Du hast den besten Teil noch gar nicht gesehen.« Paul geht in eines der Schlafzimmer und ich folge ihm. In diesem Zimmer steht ein riesiges, mit roter Seide bezogenes Bett mit einer tiefvioletten Tagesdecke, die am unteren Ende gefaltet ist. Hinter dem Bett drapiert, hängen rote Satin-Vorhänge von der Decke bis zum Boden. Gegenüber davon befinden sich weitere Vorhänge, Aerial Silk Tücher, über einer ovalen Bühne. Es ist keine Stripper-Stange, obwohl ich glaube, dass der Zweck derselbe ist. Wer auf dem Bett liegt, bekommt eine Show.

Paul sieht, wohin ich starre. »Das ist noch nicht alles. Sieh dir das an.« Er geht durch den Raum zum Badezimmer.

Es ist genauso luxuriös wie das, das ich neulich gesehen habe, aber es gibt keinen Whirlpool. Dieses Badezimmer beherbergt wasserfeste Stühle und Wandduschdüsen und es regt meine Fantasie an. Es ist erst ein paar Stunden her, seit ich Hayden verlassen habe und mein Blut ist immer noch in Wallung. »Nett.«

»Du hast das pièce de résistance noch nicht gesehen.« Paul geht zu einer von zwei Türen und öffnet sie. Was ich sehe, gebietet meiner Fantasie ruckartig Einhalt. »Nun?«, sagt er.

Ich betrachte ihn, sein schmales Kinn, das die Hälfte seines Gesichts einzunehmen scheint, das glatte Haar, das er in einer leichten Welle frisiert, um seine Geheimratsecken zu verbergen. Pauls marineblauer Anzug ist für meinen Geschmack eher etwas langweilig, aber er verströmt eine gewisse professionelle Ausstrahlung. Ihn in einem BDSM-Raum zu sehen, tut das nicht.

Oder vielleicht doch. Vielleicht ist dies der Ort, an dem die Reichen und Schönen ihren exzentrischen Geschmack ausüben, ohne dass die Öffentlichkeit etwas davon erfährt. »Du bedienst hier eine sehr spezielle Klientel.«

Er schmunzelt. »Nicht einmal annähernd. Unsere Mitglieder fragten nach dem Kerker. Wir gaben ihnen mit Bliss 1.0 eine Kostprobe davon, aber sie wollten mehr. Nicht alle sind begeistert, aber wir haben jede Bliss-Suite mit einem Domina-Schlafzimmer ausgestattet.«

Ich sehe mich nochmal in dem Raum um, der so groß ist wie das luxuriöse Badezimmer. Es gibt eine Art Hängekonstruktion und eine Lederbank. Und Dutzende von Peitschen, Ketten und anderen Formen von Fesseln und Geißelungsausrüstung, ganz zu schweigen von einer eleganten schwarzen Kommode, die mit Sicherheit zusätzliches Sexspielzeug enthält. »Wie soll das alles sauber gehalten werden?«

Paul lacht. »Du siehst das Spielzimmer und das ist das Erste, an was du denkst?«

Ich sehe noch einmal hin. »Ich bin kein Fan von Geschlechtskrankheiten.«

Er klopft mir hart auf die Schulter und lässt seine Hand dann darauf liegen. Ich richte meinen Blick vielsagend auf seine Hand und richte ihn dann wieder auf Pauls Gesicht. Er lässt seine Hand fallen und räuspert sich. »Ich schätze, wir wissen, welche Rolle du spielen würdest.«

Ja, ich verstehe, was er andeutet. Ich bin immer noch nicht amüsiert.

Er schließt die Tür und wir verlassen die Suite, während er redet. »Unsere Mitglieder zahlen ein Vermögen. Wir stellen ihnen ihre eigene Ausrüstung zur Verfügung und richten das Spielzimmer nach ihren Wünschen ein, bevor sie ankommen. Es gibt ein Menü von Hostessen und Gebieterinnen zur Auswahl.«

»Gebieterinnen?«

Paul bleibt stehen und kratzt sich am Kinn. »Warst du wirklich noch nie bei einer Domina?« Ich werfe ihm einen vielsagenden Blick zu. »Wie du willst. Du musst es nicht mögen, aber unsere Kunden schätzen den Service.«

»Du und William scheint euch gut um die Mitglieder zu kümmern«, sage ich. »Als Hotelmanager nehme ich an, man erwartet von mir, dass ich dafür sorge, dass das hochklassige Sex-Verlies reibungslos läuft. Was muss ich sonst noch wissen?« Meine Stimme ist irritiert.

»Bliss ist kein Sex-Verlies. Das wäre gewöhnlich.« Paul schüttelt den Kopf. »Ich vergesse immer wieder, dass du erst kürzlich zu uns gestoßen bist.« Er geht zur Bar, schnappt sich ein Glas und füllt es mit Gran Patrón. Das muss sein Lieblingsgetränk sein, denn er hat es auch am Abend meiner Beförderung bei Farley's getrunken.

Er bietet mir etwas davon an, aber ich schüttle den Kopf. Paul klopft mit seinem blauen Saphir-Ring gegen das Glas, eine besonders nervende Angewohnheit, und starrt auf die Flüssigkeit hinunter, als würde er nachdenken.

»Bliss soll alles bieten, was sich unsere Kunden je wünschen könnten.« Er nimmt einen Schluck und beobachtet mich. »Komm mit. Die beste Art, es zu erklären, ist, dir den Rest zu zeigen.«

Er geht auf eine Seitentür zu und öffnet sie. »Gourmet-Küche. Ein professioneller Koch und Personal werden rund um die Uhr im Dienst sein.«

Und so wie es aussieht, ist die Küche voll funktionsfähig und einsatzbereit.

Paul schließt die Tür und schlendert zum Concierge-Bereich. Dieser ist mit blickdichtem Opakglas ausgestattet, um für Privatsphäre zu sorgen. »Das ist das Herzstück der Operation. In jeder Suite gibt es eine Bliss-Concierge, aber in Wirklichkeit ist sie die Leiterin des ganzen Spaßes. Du wirst die Bliss-Concierges leiten, aber sie werden die Arbeit des Gästeservices übernehmen. Jede Concierge wird die Vorlieben der Mitglieder notieren und sie mit allem versorgen, was sie brauchen.

»Sie versorgen?«, sage ich.

Paul gibt einen Code in die Glastür ein und geht zu einem Computer, wo er eine Weile damit verbringt, Passwörter einzugeben. Ein neues Fenster öffnet sich. »Das ist die Bliss-Datenbank.« Er klickt sich durch Bilder von schönen Frauen. Dutzende von ihnen. »Das sind die Begleiterinnen. Wie ich bereits vor einer Woche erwähnt habe, brauchst du dich nicht mehr nach Tänzerinnen umsehen. Die wenigen, die du eingestellt hast, sind großartig. Und wir haben uns um die Eskorten gekümmert. Ursprünglich war geplant, zu prüfen, ob eine der Tänzerinnen bereit wäre, einen Begleitservice anzubieten, aber wir haben durch Blackwells Verbindungen eine bessere Lösung gefunden. Wir haben mehr Frauen, als wir brauchen und du wirst sabbern, wenn du sie persönlich kennenlernst.«

Ich bezweifle das sehr, aber ich lasse Paul in seinem Glauben. »Was noch?«

Paul ruft eine Excel-Tabelle auf. »Hier ist die Liste der Ausrüstung, die wir anbieten.«

Sie besteht aus Gegenständen, die ich im Sex-Verlies gesehen habe, sowie aus Kondomen, Gleitmitteln und anderen Körperpflegemitteln. Ich weise auf eine weitere Liste hin. »Was ist das?«

»Decknamen, die wir uns für die Drogen ausgedacht haben, die unsere Mitglieder während ihres Aufenthalts vielleicht konsumieren möchten«, sagt er. »Aus Bliss 1.0 haben wir gelernt, dass es problematisch sein könnte, Drogen im Haus aufzubewahren. Deshalb bringen unsere Begleiterinnen sie bei ihrer Ankunft mit.

»Das ermutigt die Mitglieder auch, auf Begleitpersonal zurückzugreifen, wenn sie Drogen wollen.« Eine Feststellung, keine Frage. Und, Gott im Himmel, schiebt die strafrechtliche Verantwortung auf das arme Mädchen, das sie liefert.

Paul schmunzelt. »Ganz genau. Sie bekommen zwei für den Preis von einem. Aber sobald die Eskorte ankommt, kann ich mir nicht vorstellen, dass sie sie gehen lassen wollen.« Er grinst zügellos. »Übrigens, wie hat dir die Ware gefallen, die ich dir nach Hause geschickt habe? Ich hoffe, es ist noch nicht alles aufgebraucht? Das war der beste Stoff. Es kostet uns ein Vermögen, aber wir haben eine Insiderbeziehung mit dem Händler.«

Die Prostituierten und das Kokain, das Paul mir nach Hause schickte, waren mehr als ein Test meiner Diskretion. Sie waren eine Kostprobe. Wunderbar.

Ich wusste, dass Paul und William ihrem Verhalten nach zu urteilen, weiterhin etwas verheimlichten. Es musste noch einen Haken am Bliss-Projekt geben, aber ich wollte einfach keine Probleme. Ich dachte mir, solange Blackwell alles legal hält, gibt es kein Problem. Die Leute bringen ständig Drogen ins Casino. Alles andere, was ich heute Morgen so gesehen habe, ist in Nevada auch nicht unbedingt illegal. Aber es ist genug, um meine Alarmglocken zum Läuten zu bringen.

Das Casino hält sich ständig innerhalb der gesetzlichen Grenzen, aber nur knapp. Was hält die Manager davon ab, diese Grenze hin und wieder zu überschreiten, wenn dadurch zusätzliches Geld hereinkommt? Darum geht es bei diesem Unternehmen für Blackwell. Um Einnahmen. In großen Mengen.

Ich war egoistisch, weil ich etwas nicht verlieren wollte, auf das ich nie hatte verzichten müssen. Ich wollte das Geld so sehr wie Blackwell und die anderen, aber meine Moral ist jetzt völlig durcheinander. Ich bin etwas weniger nachlässig und um einiges vorsichtiger, denn ich habe mehr zu verlieren. Außerdem will ich keinen Lebensstil, der Hayden nicht mit einbezieht, und ich will ganz sicher nicht, dass sie in das, was auch immer das ist, verwickelt wird. Ich bin sicher, dass ich noch immer nicht alles davon sehe.

Diskretion, sagten Paul und William. Ich nahm an, die Bliss-Mitglieder wollten nicht, dass jemand über ihre sexuellen Affären und die Drogen, die sie anschleppten, Bescheid wusste. Aber warum sollte Paul mir damit drohen, Bliss geheim zu halten? Warum sollten sie Bliss nicht in der Öffentlichkeit bekannt machen?

Irgendetwas passt da nicht zusammen.

Paul beendet seine große Bliss-Tour, und ich kehre in mein Büro zurück. Die dunstigen Sommerwolken streichen den See vor meinem Fenster grau-blau an. Paul machte deutlich, dass es unklug wäre, über Bliss zu sprechen.

Wenn Blackwell mit Drogendealern zusammenarbeitet, wozu wäre er sonst noch bereit, um das Blue Casino so profitabel als möglich zu machen?

Ich ziehe mein Handy heraus und mache ein paar Anrufe, einen davon an Jeb Kendrick, Gens Vater. Zum Teufel mit der Diskretion und Vertraulichkeit. Ich erzähle Jeb von Bliss, und wir besprechen Möglichkeiten, wie wir herausfinden können, wer hinter den Drogen steht.

Paul hat schrittweise die Einzelheiten über Bliss erläutert. Ich mache keinen Rückzieher, sondern ich gehe behutsam vorwärts.

Ich wollte Hayden von Bliss fernhalten, wegen der Geheimniskrämerei und der Eigenartigkeit, die Paul und William bei diesem Unternehmen an den Tag legten, weshalb ich unsere Wette vorschlug. Später lieferten Pauls Drohungen mehr Munition, um sie aus den Dingen herauszuhalten. Je mehr ich weiß, desto mehr möchte ich, dass Hayden die Stadt verlässt. Die Eskorten, die Drogen, ganz zu schweigen von dem Sex-Verlies – wofür das Casino keine Lizenz hat, da bin ich mir ziemlich sicher – das ist die Art von Atmosphäre, die Probleme verursacht.

Hayden kehrte nach Lake Tahoe zurück, um zu beweisen, dass sie es verdient, hier zu sein. Sie würde nicht gehen, selbst wenn ich ihr alles erläutern würde. Wenn überhaupt, dann würde es sie nur anspornen. Sie würde Beweise finden wollen, die sie der Polizei vorlegen könnte, genau wie Lewis sagte.

Blackwell will nicht, dass Hayden in Bliss verwickelt ist, und ich nehme an, das liegt daran, dass ihm klar ist, dass Hayden nicht zögern würde, ihn zu verpfeifen. Kluger Bursche.

Ich habe keine Ahnung, wie ich mit meiner Beziehung zu Hayden und meiner Beteiligung an dem Bliss-Projekt umgehen soll. Mir gefällt meine Arbeit, und ich glaube, dass es klappen wird. Bliss könnte sich durchaus als legitim erweisen, aber angesichts des Verhaltens meiner Kollegen und meines Chefs werde ich für alle Fälle mit Jeb in Kontakt bleiben.

Ich sollte dem, was sich zwischen Hayden und mir aufbaut, Einhalt gebieten. Wenn sich herausstellt, dass Bliss mehr ist, als ich erwartet habe, muss ich Entscheidungen treffen, die gefährlich sein könnten. Momentan ist es nicht klug, mit mir zu verkehren, wenn es das jemals war.

Aber ich bin ein egoistisches Arschloch. Ich habe Hayden einmal aus meinem Leben verschwinden lassen. Ich werde es nicht wieder tun.

Kapitel Zweiundzwanzig

Hayden

Die Anweisungen für die neue Personalmanagement-Software machen mich verrückt. Ich prüfe noch einmal das Formular, das mir der Datenbankmanager geschickt hat. Sie ergeben immer noch keinen Sinn. *»Grrr!«*

Eine Sekunde, bevor ich meine Tastatur durch den Raum pfeffere, tritt Adam in mein Büro und sperrt die Tür hinter sich ab.

Mit steigender Herzfrequenz drehe ich meinen Schreibtischstuhl zu ihm. Alle Frustrationen, die ich empfand, sind vergessen, als ich ihm zusehe, wie er durch den Raum schreitet. Ich habe den ganzen Tag an ihn gedacht und mich gefragt, ob ich den heutigen Morgen und unsere Verbindung am Wochenende geträumt habe. Alles ist anders. Ich versuche, nicht über Miras Frage nachzudenken, ob ich verliebt sei. Ich bin *nicht* in Adam verliebt.

Ich *mag* ihn. Sehr, sehr stark.

In typischer Adam-Manier sind seine Haare

gekämmt, sein Anzug stilvoll – und ganz und gar nicht wie der Mann, den ich die letzten zwei Tagen gesehen habe. Die dunkle Absicht in seinen Augen ist jedoch genau das, was ich unter diesem polierten Äußeren sah. Dieselben Augen, die mich heute Morgen vor Lust verrückt gemacht haben.

Ich stehe auf. Ich weiß nicht, warum, aber ich stehe auf. Und dann werde ich in seine Arme gefegt.

»Ich habe dich vermisst«, murmelt er und küsst mich.

Ich lege meine Arme um seine Schultern und lasse meine Finger in sein Haar gleiten. Ich zerzause es, und es ist mir egal. Er ist geschniegelt und schön, aber er ist auch der süße Kerl, der letzte Nacht auf meinem Bett eingeschlafen ist. Und er küsst mich wieder, obwohl ich mir nicht sicher war, ob er es jemals wieder tun würde.

Adam lehnt mich gegen den Schreibtisch und drückt seinen Körper an meinen. »Ich habe eine Frage an dich.«

»M-hmm«, murmle ich und küsse seinen Mundwinkel und seinen Hals. Gott, riecht er gut. Ich muss diesen Mist in Flaschen abfüllen, damit ich ihn immer dann riechen kann, wenn ich einen Muntermacher brauche.

»Ich möchte nicht warten, bis ich deinen Schrank fertig habe, um dich wiederzusehen«.

Ich lächle an seinem Hals. »Okay.« Meine Stimme ist atemlos. Und ja, ich klinge wie ein liebeskrankes Mädchen, aber was soll's. Ich habe mir Sorgen gemacht, dass er die Sache heute früh beendete, weil er es sich anders überlegt hat. Angesichts des festen Umrisses von Köstlichkeit, der an meinen Bauch gepresst ist, ist der Mann glücklich, mich zu sehen.

»Geh morgen Abend mit mir aus«, sagt er. »Auf eine Cocktailparty, der ich zugesagt habe. Sei mein Date.«

Ich lehne mich zurück und sehe ihm in die Augen. Darin liegt ein Hauch von Nervosität, aber auch Aufregung, wenn ich mich nicht irre. »Fragst du mich oder befiehlst du es mir?«

»Ich frage.«

Ich beuge mich vor und küsse sein Kinn. »Ja.«

———

»ICH HABE NOCH NIE JEMANDEN HIERHERGEBRACHT«, sagt Adam, während wir die Einfahrt zum Club Tahoe hinunterfahren. Seine Hand liegt lässig auf dem Lenkrad, und er sieht ein wenig verwirrt aus, als ob er von seinen eigenen Handlungen überrascht wäre.

Adam trägt einen Sportsakko und ein knackiges weißes Button-Down-Shirt mit lässiger Krawatte, und er sieht zum Anbeißen lecker aus. Die Schnelligkeit, mit der sich dieser Mann vom heißen Bergbewohner in einen heißen Geschäftsmann verwandelt, verursacht bei mir ein Schleudertrauma, aber ich beschwere mich nicht. Am liebsten mag ich den ungezwungenen, lässigen Adam, aber dieser Adam wird's auch tun.

Ich schaue auf den Eingang und sehe den Bediensteten mit eifrigem Blick im Gesicht herüberlaufen, als ob er Adams Auto erkennt. »Du hast nie Verabredungen in das Ferienresort deiner Familie mitgebracht?«

»Nein.« Er bringt das Auto in Parkstellung.

Der Bedienstete öffnet Adams Tür und begrüßt ihn mit Namen. Ein anderer Valet öffnet mir die Tür und hilft mir heraus. Ich trage ein blass-rosa Cocktailkleid mit V-Ausschnitt und enger Taille, wobei der Rock bis knapp über meine Knien reicht. Es liegt ein Hauch von Kühle in der Luft, aber ich habe nichts zum Überwerfen geschnappt, bevor ich das Haus verließ. Ich dachte, wir würden nicht lange draußen bleiben.

»Warum solltest du sie nicht hierherbringen?«, frage

ich über die Motorhaube des Wagens hinweg, während Adam herüberkommt.

Er legt seine Hand auf meinen unteren Rücken und führt mich zum Eingang. »Club Tahoe bin nicht ich«, sagt er schließlich.

Ein Pförtner öffnet eine von zwei massiven Türen aus Schmiedeeisen und Holzstämmen. Ich sollte nach vorne schauen, aber mein Blick bleibt auf dem Kronleuchter über uns hängen. Er ist ein Hingucker, mit opakem beigem Glas und kunstvollem Schmiedeeisen, das zur Tür passt, die Oberseite funkelt mit edelsteinartigem Glas und kleinen Lichtern, die in Wirklichkeit wahrscheinlich so groß sind wie meine Hand. Ich habe einen schlaffen Kiefer, und das ist erst die Außenbeleuchtung.

Adam führt mich weiter, und ich verstehe, warum sich der Designer an der Front so große Mühe gegeben hat. Im Inneren gleicht der Club Tahoe einer Blockhütte - wenn eine Blockhütte auf Steroiden wäre und jemand zig Millionen Dollar für die Einrichtung ausgeben würde.

Weitere schmiedeeiserne Kronleuchter baumeln von Holzdecken. Die Wände sind mit dunklem, knorrigem Holz vertäfelt, mit Bögen aus Rohstein über Nischen und Gängen. Üppige Perserteppiche zieren die Holzböden, und abgenutzt-Leder-Ottomanen ruhen vor Samt-Sofas mit Seidenkissen. Und das nur auf einen Blick.

Ich trete zurück und begutachte Adam, jetzt, da ich das Gebäude gesehen habe. Mit seinen maßgeschneiderten italienischen Anzügen, seinem unglaublich schönen Gesicht und seiner selbstbewussten Haltung sieht er aus wie ein Mann, den man in der Werbung für diesen Ort sehen würde. Und dann denke ich an den Typen, der scharfe Chickenwings mag und sein Wochenende damit verbrachte, einen Schrank für ein Mädchen zu bauen, weil er eine Wette verloren hatte. Und ich denke an die Art und

Weise, wie er küsst, mit äußerster Sorgfalt und Leidenschaft in einem.

»Nein«, sage ich. »Du bist nicht wie der Club Tahoe. Er ist schön und streng, und du bist so viel mehr.«

Sein Blick verdunkelt sich. Er beugt sich herunter und küsst mich, sein Atem streicht über mein Kinn, während er verweilt, bevor er den Kopf hebt. Als er das tut, liegt ein schelmisches Funkeln in seinen Augen. »Bist du bereit, deine Rolle zu spielen?«

»Die der attraktiven, lebenslustigen Verabredung des verwöhnten kleinen, reichen Jungen?« Adam rollt mit den Augen, greift hinter mich und packt mir an den Hintern. Fest. »*Iüp.*«

»Kommen Sie, Frau Marcos. Spielen Sie die Prinzessin für Ihren Prinzen. Besser noch, sei einfach du selbst. Mein Vater erwartet, dass ich eine Frau der Gesellschaft heirate. Ich möchte, dass er sieht, wie viel mehr ich erreicht habe.«

Ich sehe ihn aus dem Augenwinkel an, weil er gerade Ehe und mich im gleichen Satz erwähnt hat. Er scherzt, aber meine Brust flattert, als hätte jemand ein Kaleidoskop von Schmetterlingen in ihr entfesselt. Auch wenn Adam den Teil mit der Ehe nicht ernst meint, ist das das Süßeste, was ein Mann jemals zu mir gesagt hat.

Ich muss aufhören, ihn zu unterschätzen. Wenn wir miteinander ausgehen, und aufgrund des heutigen Abends kann man das wohl mit Sicherheit sagen, muss ich mich an den Gedanken gewöhnen, dass er mehr ist, als ich mir bei einem Mann jemals vorstellen konnte, ganz zu schweigen von dem Mann, von dem ich einst glaubte, dass er unfähig ist, sich um jemand anderen als um sich selbst zu kümmern.

Adam führt mich durch die weit ausgedehnte Lobby, durch einen wunderschönen Korridor mit antiken Spaliertischen, mit leuchtenden Kerzenarrangements und bunten

Ölgemälden von Berglandschaften, die unter steinernen Mauerbögen an den Wänden hängen. Wir umrunden eine Ecke, und er öffnet eine holzbeplankte Tür mit dekorativen Details aus Eisen.

Auf der anderen Seite erwartet uns ein weiterer spektakulärer Raum, in dem eine Party stattfindet. Eine lange Bar ist mittig an einer Wand ausgerichtet, und vor einem hohen Fenster mit dreieckigen Scheiben und Blick auf den See befindet sich eine kleine Tanzfläche. In einer Ecke des Raumes sind weitere Fenster, die den Blick auf die Rückseite der Lobby freigeben und auf etwas, das wie ein geschlungener Innenpool oder ein Fluss aussieht.

»Das ist fantastisch.«

Er blickt auf mich herab. »Du warst noch nie hier? Nicht vor Jahren mit deinen Eltern?«

Ich lache. »Ist dir klar, wie teuer das Resort deines Vaters für den Rest von uns Menschen ist?«

Er blickt sich um, die Stirn gerunzelt. Dieser Ort muss ihm wie nichts Besonderes erscheinen.

»Club Tahoe veranstaltet von Zeit zu Zeit Schulabschlussbälle«, sagt er. »Ich dachte nur, du wärst vielleicht schon einmal hier gewesen.«

»Ich war erst im zweiten High School-Jahr, als ich wegzog. Ich ging erst nach meinem Umzug zu Bällen. Nicht, dass ich als Abschlussball-Date in dieser Stadt bei irgendjemandem ganz oben auf der Liste gestanden hätte.«

Er runzelt die Stirn und drückt meine Taille. »Wir tun so, als wäre das dein Abschlussball in Lake Tahoe.« Er hebt eine Braue und führt mich zur Bar. »Holen wir dir einen Drink und sehen wir mal, ob ich mein Date zum Abschlussball verderben kann.«

»Warst du so in der High School?« Ich mache nur

halbe Witze, denn es *war* tatsächlich der Eindruck, den ich damals von ihm hatte.

Er zwinkert mir ein Grinsen zu. »Nur mit den Mädchen, denen es nichts ausmachte, verdorben zu werden.«

Ich täusche Beleidigung vor. »Und sehe ich wie so ein Mädchen aus?«

Er gibt beim Barkeeper eine Bestellung für uns auf, dann schaut er herunter, sein Gesicht plötzlich ernst. »Du bist wie keine andere, Hayden.« Adam hebt mein Kinn an und küsst mich leicht, einen Arm schützend um meine Taille gelegt.

Ich blicke in seine wunderschönen blauen Augen und lese alle möglichen stillen Bedeutungen hinter seinen Worten - als sich neben uns ein Paar breite Schultern hereinzwängen.

Adam dreht sich um, sein Gesicht weitet sich zu einem Lächeln. »Levi. Was machst du hier?«

Der Mann namens Levi trägt einen ähnlichen Sportsakko wie Adam, und sein Hemd ist hellblau, die gleiche Farbe wie seine Augen.

Adams Augen sind blau wie das Meer mit graugrünen Rändern. Ja, ich habe aufgepasst. Vor allem, seit wir uns nähergekommen sind und Adams Augen ihre hypnotische Spur hinterlassen haben, während sie mich zu einem Kuss gelockt haben. Okay, gut, es war nicht viel Locken erforderlich.

Zusätzlich zu Jacke und Hose trägt Levi auch einen Gips an einem Bein vom Knie abwärts.

»Wurde auch an der Zeit, dass du kommst«, sagt Levi.

»Ich?« Adam kichert. »Ich bin überrascht, dass du deinen Arsch für diesen Anlass hergeschwungen hast.«

Levi stößt einen tiefen Seufzer aus und schüttelt den Kopf. »Der alte Herr rief ein halbes Dutzend Mal an. Ich entschied, dass es besser wäre, herzukommen, als noch mehr seiner Anrufe zu ertragen.«

»Kluger Schachzug.« Adam dreht sich zu mir um, den Arm immer noch um meinen Rücken geschlungen. »Hayden, das ist mein älterer Bruder Levi.«

»Schön, Sie kennenzulernen«, sage ich und sehe die Ähnlichkeit. Sie sind gleich groß und sehr gutaussehend, obwohl Adams Haar etwas dunkler und oben etwas länger ist. Wo Adam im Club Tahoe ganz natürlich hineinpasst, verzieht Levi seine Schultern und sieht in seinem Sportsakko unbehaglich aus, als ob er lieber woanders wäre.

»Das Vergnügen ist ganz meinerseits, obwohl ich mich frage, warum eine so schöne und kultivierte Frau ihre Zeit mit diesem traurigen Exemplar, das sich mein Bruder nennt, verschwendet.«

»Er hat mir versprochen, mich abzufüllen«, kontere ich mit ernster Miene, da ich das Gefühl habe, dass das Geplänkel, das Adam und ich miteinander treiben, ein Teil des Cade-Charmes ist.

Levi schüttelt den Kopf in Adams Richtung und freut sich sichtlich über meinen Kommentar. »Elegant, Adam. Du hast auf die Taktiken Uni-Vereinigungen zurückgegriffen.« Er sieht mich wieder an. »Wenn Sie mich brauchen, ich bin an der Bar. Ich liebe es, Jungfrauen in Nöten zu retten.«

»Sie hat ihren Helden genau hier«, sagt Adam und reicht mir den Chardonnay, den er bestellt hat.

Levi macht einen zweifelnden Laut im hinteren Teil seiner Kehle, aber er lächelt. Er weist mit dem Kopf in einen Bereich am anderen Ende des Raumes. »Die anderen sind dort drüben.«

Adams Augen weiten sich und er blickt in die von Levi angedeutete Richtung. »Alle?«

»*Alle*«, sagt Levi und macht sich langsam auf den Weg

zurück zu dem Barhocker, den er wohl bei unserer Ankunft besetzt hatte.

Adam trinkt einen Schluck aus seinem Getränk - einen Gin Tonic, so wie es aussieht, mit einem Limetten-Schnitz – sein Blick abgelenkt.

»Alles in Ordnung?«, frage ich.

Er küsst meine Stirn. Ich könnte mich an die Zuneigungsbekundungen gewöhnen, die er mir zuteilwerden lässt, jetzt, da wir uns küssen. »Gut. Ich hatte nur nicht erwartet, dass meine Brüder hier sein würden. Normalerweise bin ich der Einzige, der bei solchen Gelegenheiten aufscheint.«

»Ist es schlimm, dass sie da sind?«

»Überhaupt nicht. Es ist nur... überraschend.«

Ich schaue zu Levi, der ein paar Plätze weiter allein an der Bar sitzt und den Barkeeper statt den überfüllten Raum beobachtet. »Warum ist Levi nicht bei den anderen?«

Adam streicht eine Haarsträhne hinter mein Ohr. »Levi hatte ein paar harte Monate. Und er und mein jüngster Bruder, Hunter, kommen nicht miteinander aus. Überhaupt nicht.«

»Das ist traurig. Ich dachte immer, es wäre wunderbar, Geschwister zu haben.«

Er klopft mir auf die Schulter. »Vielleicht änderst du deine Meinung, wenn du meine Brüder triffst.«

»Ich weiß nicht, sehen sie alle so gut aus wie Levi?« Adam runzelt die Stirn, und ich lache. »Hab' ich dich.«

Er stellt seinen Drink auf die Theke, dann stellt er meinen auch ab. Er packt mich an der Taille und zieht mich an seine Brust. »Neckst du mich wegen meiner Brüder?« Er schüttelt den Kopf. »Schlecht. Ich zeige dir später, warum ich die Creme de la Creme bin.«

Ich lache, als er an meinem Hals knabbert, sein

Lächeln drückt sich in meine Haut. »Hör auf damit. Wie soll ich respektabel aussehen, wenn du mir einen Knutschfleck verpasst?«

»*Mmm*, Knutschflecken«, murmelt er. »Das ist eine Idee.«

Ich beuge mich vor der Bedrohung meines makellosen Nackens weg, aber er greift schon nach unseren Gläsern, offensichtlich nur geneckt. Und dem Himmel sei Dank dafür. Ich kann mir bloß vorstellen, was für eine Scheiße ich mir von Mira anhören müsste, wenn ich mit einem riesigen Knutschfleck zur Arbeit ginge.

Wir machen uns auf den Weg zu Adams Brüdern, und selbst wenn Levi nicht in ihre Richtung gezeigt hätte, hätte ich sie in einer Menschenmenge ausmachen können. Denn heilige Hölle. Das mit Levi war kein Scherz. Der Kerl ist auf raue Art gutaussehend, und die anderen drei Cades sind in unterschiedlichem Maße wie Levi und Adam. Groß, attraktiv, breite Schultern und kräftige Kiefer - jeder von ihnen hat edelsteinfarbene Augen und mittelbraunes bis dunkles Haar.

»Crikey«, sage ich. »Wie um alles in der Welt sind du und deine Brüder Single?« Keiner von ihnen scheint ein Date zu haben.

Er hebt die Augenbrauen. »Crikey?«

Ich greife seinen Arm. »Ich war ein Crocodile-Hunter-Fan. Jetzt erkläre es mir, bevor wir zu nahekommen.«

Adam neigt seinen Kopf zu meinem, während seine Brüder auffällig beobachten, wie wir uns nähern. »Single zu sein ist eine Cade-Tradition.«

»Was mache ich dann hier?«

»Du zählst nicht«, sagt er.

Meine Brust verengt sich und mein Gesicht wird ernst. Ich habe mich verabredet, hatte sogar ein paar anständige Freunde, aber die Vergangenheit scheint nie zu verschwinden. Adam hat mich heute Abend hierher eingeladen, und er hat mich geküsst, wie ich noch nie zuvor geküsst wurde. Das war echt. Ich bin nicht mehr sechzehn Jahre alt. Trotzdem kann ich nicht umhin zu fragen: »Warum zähle ich nicht?«

Er sieht mich an. Er schaut mich *wirklich an*. »Weil du etwas Besonderes bist. Und wenn sie dich treffen, werden sie das auch wissen, genau wie Levi.«

Ich schlucke. Und schlucke wieder. *Mein Gott*. Wenn Adam Cade seinen Charme versprüht, tut er das auf spektakuläre Weise.

Der warme Druck seiner Hand auf meinem unteren Rücken, der intensive Blick in seinen Augen und seine Worte - all das von einem Mann, der einen sarkastischen Ausdruck trägt, als wäre es seine zweite Haut. Nur, dass er diesen Blick seit Wochen nicht mehr um mich herum aufgesetzt hat. Tatsächlich erinnere ich mich nicht daran, in letzter Zeit etwas anderes auf seinem Gesicht gesehen zu haben als Humor und Zuneigung. Wovon mir der Kopf schwimmt.

Er bleibt vor seinen Brüdern stehen, die alle lächeln und mich diskret abchecken, einige mehr als andere. »Hayden, ich möchte dir Wes, Bran und Hunter vorstellen«, sagt Adam.

Wir tauschen Grüße aus und Hunter schenkt mir ein verschmitztes Grinsen. »Darf ich mit der charmanten Hayden tanzen?«

»Nein«, antwortet Adam automatisch. Die anderen lachen, aber die Luft wird dick.

Mein Gesicht wird warm und Adam schüttelt den Kopf. »Ignoriere ihn. Er hat keine Scham.«

Hunter schüttet sein Getränk hinunter. »Nun, Hayden, wenn Sie der billigen Imitation überdrüssig werden, wissen Sie wo Sie den echten Cade finden.«

Ich sehe Adam an. »Ist es eine Familientradition, sich gegenseitig die Dates zu stehlen?« Ich mache nur Spaß. Aber der scharfe Blick, den Adam Hunter zuwirft, verwundert mich.

»Kümmere dich nicht um sie.« Adam zieht mich zu sich heran. »Sie wünschten, sie hätten ein so schönes und intelligentes Date wie dich. Eifersüchtig – die ganze Bande.«

Wes hebt sein Glas. »Wahrere Worte wurden nie gesagt.«

»Da seid ihr ja alle.« Adam und ich drehen uns zu der Stimme von hinten um. Ein älterer Mann nähert sich, sein reicher, leicht kultivierter Bariton ähnelt dem von Adam. Er blickt an uns vorbei. »Wo ist euer Bruder?«

»Levi ist an der Bar«, sagt Adam. »Sein Bein...«

»Richtig.« Der Mann nickt. »Nun, zumindest seid ihr vier zusammen.«

Wes und Bran tauschen einen unbeholfenen Blick aus.

»Vater«, sagt Adam. »Das ist Hayden. Hayden, das ist mein Vater, Ethan Cade.«

Adams Vater studiert mich, als wäre ich ein Insekt. »Und woher kennt ihr euch?«

Wow, nicht gerade ein herzliches Willkommen.

«Durch die Arbeit«, antwortet Adam, seine Stimme ist von Wut durchdrungen. »Aber Hayden ist auch meine Freundin.«

Ich drücke unwillkürlich seine Hand und werfe ihm einen nervösen Blick zu. Was redet er da?

»Freundin?«, sagt sein Vater. »Das *ist* was Neues.«

Meine Brauen ziehen sich zusammen. Was ist das heute Abend mit all dem Neuen? Adam hat Freundinnen gehabt. Ich habe von seinen früheren Beziehungen gehört. Na ja, zumindest in kleinen Bruchstücken. Laut Mira und Cali schien er kein besonders guter steter Freund zu sein.

Aber der Adam, den sie beschrieben haben, ist nicht der Mann, den ich kennengelernt habe.

»Hayden, macht es Ihnen etwas aus, wenn ich Adam für einen Moment entführe?«, sagt sein Vater. »Ich würde gern mit meinen Söhnen sprechen.«

»Nein«, sagt Adam, bevor ich antworten kann. Er nimmt einen Schluck von seinem Getränk, die Hand in der Tasche, obwohl sein Kiefer angespannt ist. »Ich habe Hayden als mein Date mitgebracht. Ich werde sie nicht allein lassen.«

Adams Brüder blicken zwischen Adam und ihrem Vater hin und her, dann zu mir.

»Es ist nur für einen Moment«, sagt sein Vater. »Und dann kannst du deine... Freundin wiederhaben.«

Adam streckt seinen Hals, und ich spüre, wie Wes sich langsam auf Adam und Herrn Cade zubewegt. »Was soll das heißen?«

»Entschuldige?« Der Ton seines Vaters ist voller Warnungen.

»Hallo, ihr beiden.«, sagt Bran. »Ihr könnt nicht miteinander streiten. Ihr seid die Einzigen, die sich sonst vertragen.« Er lächelt, aber sein Ausdruck ist angespannt.

Ethan Cade atmet tief durch. Seine Augen flackern einen Moment lang. »Ich habe euch nicht hergebeten, um zu streiten.«

»Adam«, unterbreche ich, »ich bin an der Bar.« Ich drücke seine Hand kurz und eile davon. Als ich zurückblicke, runzelt Adam die Stirn und sieht mir hinterher, die Hand seines Bruders Wes auf seiner Schulter. Ich lächle zurück und gehe weiter. Denn es ist etwas Ernstes im Gange, und ich habe das Gefühl, Adam braucht Zeit für seine Familie, auch wenn er es nicht glaubt.

Kapitel Dreiundzwanzig

Adam

»Du hast nichts über private Treffen gesagt«, knurre ich meinen Vater an. »Ich habe Hayden heute Abend mitgebracht. Ich werde sie nicht so behandeln, wie du die Menschen in deinem Leben behandelst. Sie verdient meine Aufmerksamkeit.«

Das Gesicht meines Vaters wird rot und seine Schultern steif. »Sie scheint ein großes Mädchen zu sein. Ich bin sicher, dass sie auf sich selbst aufpassen kann.«

»Darum geht es nicht. Es ist unhöflich, und das gefällt mir nicht.«

Seine Augen sind schmal. »Seit wann ist es dir wichtig, deine Freundinnen so höflich zu behandeln?«

Ich streiche mir mit steifen Fingern durchs Haar und sehe meine Brüder an, die nicht im Geringsten geneigt scheinen, mir zu helfen. »Ich habe sie immer mit Höflichkeit behandelt.«

»Vielleicht, aber nicht mit Wärme.«

Das trifft mich jetzt tief. Der Eiskönig selbst hat mir das

unterstellt.

»Ich werde das nur einmal sagen«, sage ich ihm. »Das Mädchen da drüben verdient euren ganzen Respekt.« Ich sehe meinen Vater und jeden meiner Brüder einzeln an.

Meine Brüder und ich haben uns immer gegenseitig aufgezogen, aber heute Abend hat mich ihr Flirt mehr als sonst geärgert.

Meine nächste Bemerkung richte ich an meinen Vater. »Wenn du Zeit mit mir verbringen möchtest, solltest du sie mit einbeziehen.« Ich weiß nicht, worauf ich hinauswill, oder warum ich Hayden vor meiner ganzen Familie als meine Freundin bezeichnet habe, aber es fühlt sich richtig an. So sehe ich sie. Und zum Teufel nochmal – *nicht* erst, seit wir uns geküsst haben. Hayden ist schon lange etwas Besonderes für mich.

Das ist der Grund, warum ich mit niemand anderem zusammen war.

Warum ich sie beschützen will.

Ich schüttle den Kopf, starre nach unten und reibe mir die Schläfen. Ich stecke tief drin. Tiefer als je zuvor.

»In Ordnung, Adam. Ich sehe, dass dir Flügel gewachsen sind, seit du bei Blue zu arbeiten begonnen hast.« Der Ton meines Vaters ist herablassend, aber ich bin daran gewöhnt, also ignoriere ich es.

Hunt gähnt, sichtlich gelangweilt, jetzt, da das Feuerwerk zwischen unserem Vater und mir abgebrannt ist. »Warum sind wir hier?«, sagt er. »Du weißt, dass wir nicht gern herkommen.«

Mein Vater schaut sich um, sein Blick plötzlich unsicher. »Ich dachte, es wäre schön, wenn wir uns treffen würden.«

Meine Brüder schweigen und starren einen Mann an, der eindeutig den Verstand verloren hat.

Bran spricht zuerst. »Wir treffen uns.« Die unausgesprochene Bedeutung - *wir* treffen uns, nur nicht mit dem Mann, der uns gezeugt hat.

»Ich verstehe«, sagt mein Vater. »Ich hatte gehofft, die Dinge zu glätten und mehr Zeit als Familie zusammen verbringen zu können.«

Jeder meiner Brüder funkelt den Bruder neben sich an und geht vom selben Gedanken aus wie ich. Wer hat dem alten Herren in den Kopf gesetzt, dass wir Zeit mit Daddy verbringen wollten?

»Warum?«, sagt Levi.

Mein Vater dreht sich um und bemerkt Levi, der herüberkam, als Hayden in die Bar ging. »Weil wir eine Familie sind, und wir sind alles, was wir haben.«

Ich bin zu fassungslos, um etwas zu sagen.

Levi entleert sein Getränk. »Sprich für dich selbst. Darüber hättest du nachdenken sollen, bevor du dieses Unternehmen zu deiner Priorität gemacht hast.« Er wirbelt herum und stürmt davon, so gut er es in seinem Gipsbein kann, und verlässt die Party, die das dreißigjährige Bestehen des Club Tahoe feiern soll. Nicht, dass es jemanden von uns interessieren würde.

»Ich habe eine Verpflichtung.« Bran blickt zu Wes, der sein schweigendes Angebot zur Flucht liest.

»Ich begleite dich nach draußen«, sagt Wes.

»Ich sehe jemanden an der Bar, den ich am Ende des Abends kennen werde.« Hunt geht los, aber ich packe seine Schulter und halte ihn auf. Er schaut zurück. »Nicht deine Hayden«, bellt er. »Ich bin nicht so schlimm, wie ihr mich alle darstellt.« Er reißt seine Schulter aus meinem Griff und geht auf schnellstem Weg zur Bar, wobei er dem Barkeeper ein Zeichen gibt.

Mein Vater hebt die Augenbraue, sagt aber nichts. Er starrt meinen Brüdern nach, als sie weggehen oder sich in Hunts Fall an der Bar niederlassen, sein Ausdruck ist voll

Bedauern und Sehnsucht. Und ich wurde mit ihm stehen gelassen. So wie es immer gewesen ist. Nur dieses Mal möchte ich auch nicht hier sein.

Ich blicke auf Hayden. Sie sitzt lieblich an der Bar und blickt sich im Raum um. »Sind wir fertig?«

Mein Vater seufzt und sieht plötzlich zehn Jahre älter aus als seine achtundfünfzig. »Nicht ganz. Ich hatte gehofft, die Kluft zwischen deinen Brüdern und mir zu überwinden. Ich bin die Ursache dafür, aber ich weiß nicht, wie ich sie beheben kann.«

»Du fragst mich um Rat?«, sage ich fassungslos.

»Ja.«

Ich schüttle den Kopf. »Nun, du könntest damit anfangen ihnen zu erklären, was du mir gerade gesagt hast. Lass sie wissen, dass du dich sorgst und dass du dich bemühst, anstatt uns zu einer Party zu bestellen und zu erwarten, dass wir nach Jahren des Streites eine glückliche Zeit miteinander verbringen.«

Er lächelt, ein scharfes, schnelles Zucken der Lippen. »Wir haben gekämpft, deine Brüder und ich. Du warst immer der Sensible. Bis...«

Er beendet den Gedanken nicht, und ich weiß nicht, wovon zum Teufel er spricht. Ich bin der gefühlloseste in der Schar, und deshalb kann ich diesen Mann ertragen. Weil ich seine Scheiße ausblende.

»Ich konnte nie gut mit Leuten außerhalb des Geschäftslebens umgehen«, sagt er. »Außer mit deiner Mutter. Jedenfalls weiß ich nicht, wie ich reparieren soll, was ich zerbrochen habe. Du bist der Einzige, der noch übrig ist.«

Ich sehe wieder zu Hayden hinüber und erblicke einen Geier im dreiteiligen Anzug, der sich auf den Zustoß vorbereitet. »Es ist heute Abend nicht gut gelaufen, aber du hast ein Leben lang Zeit, die Dinge wieder in Ordnung zu bringen. Beim nächsten Mal solltest du dich nicht so sehr anstrengen. Das kommt überheblich rüber, und du weißt, wie sehr meine Brüder es lieben, herumkommandiert zu werden.

Mein Vater schaut nach unten und lacht. »Ungefähr so viel wie ich.«

»Dad, ich muss zurück zu meiner Verabredung. Sind wir hier fertig?«

Er hebt den Kopf. Zum ersten Mal – seit einer Ewigkeit – ist da ein sanfter Ausdruck auf seinem Gesicht. »Deine Freundin?«

Ich nicke. Es war eine spontane Entscheidung, aber der effizienteste Weg, um zu erklären, was sie mir bedeutet. Ihr fragender Blick ist mir aber nicht entgangen. Ich bin voll und ganz bereit, diese Rechnung später zu bezahlen.

»Bevor du gehst«, sagt er, »muss ich dir etwas sagen.«

Ich spähe zur Bar. Der Herr Dreiteiler ist jetzt nur noch eine Person von Hayden entfernt, und er starrt sie an und versucht, ihre Aufmerksamkeit zu erregen. »Kann das warten?«

»Nein. Ich finde, du solltest es hören, besonders wegen Hayden.«

Ich spüre, wie mein Blutdruck steigt. »Mache keine abfällige Bemerkung über sie. Sie ist besser als du, ich und jeder einzelne Mensch in dieser Stadt...«

Er hält eine Hand hoch. »Das ist nicht das, was ich sagen wollte.« Er zeigt zum Fenster mit Blick auf den See. »Da drüben ist es ruhiger. Macht es dir etwas aus?«

Ich folge ihm nur widerwillig zum Fenster.

»Deine Mutter war eine erstaunliche Frau«, sagt er, nachdem er einen Moment auf den See hinausgestarrt hat.

Meine Frustration wächst. Wie lange wird das noch dauern? Ich hätte aussteigen sollen, als meine Brüder es taten.

»Ihr vier – bevor Hunter dazukam – habt sie fast in den Wahnsinn getrieben, aber sie liebte euch mehr als alles andere auf der Welt.«

Ich starre auf das Profil meines Vaters. Es ist schwierig, etwas über meine Mutter zu hören, aber ich höre zu, weil ich weiß, dass dieses Gespräch eher enden wird, wenn ich das tue. Und weil mein Vater nie über sie spricht.

»Sie hätte keine andere Entscheidung getroffen, außer für euch da zu sein, als ihr aufgewachsen seid. Das war die eine Sache, mit der sie in den letzten Monaten keinen Frieden finden konnte. Dass sie nicht in der Lage sein würde, sich um euch zu kümmern.« Die Stimme meines Vaters bricht, und meine Augen werden groß.

Ich habe ihn noch nie weinen gesehen. Nicht einmal nach dem Tod meiner Mutter.

»Ich habe versucht, ihr zu versichern, dass ich für euch sorgen würde«, sagt er, nachdem er sich geräuspert hat. »Aber nichts, was ich sagte, tröstete sie. Mein Vater schluckt und er hustet in seine Faust. «Das Einzige, was sie tröstete, warst du.«

»Wovon redest du?«

Sein Blick wendet sich mir zu. Und er ist aufrichtig. »Ich fand dich immer neben ihr im Bett vor, sobald die Krankenschwestern damit fertig waren, es ihr so bequem als möglich zu machen. Sie lag im Sterben, aber sie hatte ein Lächeln im Gesicht, als du ihre Stirn küsstest und ihr Haar streicheltest.«

Ich lasse einen zittrigen Atem aus. Heilige Scheiße. Ich wusste nichts davon. Ich habe keine Erinnerungen an meine Mutter, als sie krank war, nur Augenblicke von ihr, als sie gesund war. Und ich erinnere mich an die tiefe Liebe. So verdammt tief. Ich habe diese Frau mehr geliebt, als ich jemals jemanden in meinem Leben geliebt habe.

Ich schaue auf und blinzle das Brennen zurück, meine

Brust ist eng. Warum bringt er das jetzt zur Sprache?

Als ich zurückblicke, starrt mich mein Vater an. »Eure Mutter hat euch alle geliebt, aber du hattest eine besondere Bindung zu ihr. Ich bin mir nicht sicher, an wie viel du dich erinnerst. Du warst fünf oder sechs? Aber ich wollte, dass du weißt, wie viel du ihr bedeutet hast. Es ist in Ordnung, eine Frau zu lieben, Adam…«

»Whoa.« Ich trete zurück und stecke meine Hände in die Taschen. »Das ist genug. Wir müssen da jetzt nicht weitermachen.«

»Aber müssen es.« Er wirft einen Blick zur Bar. »Ich sah, wie die Mauern sich um dich herum aufbauten, nachdem deine Mutter gestorben war. Du hast nicht gedacht, dass ich diese Dinge bemerken würde. Keiner von euch hat das. Aber meine Schwäche liegt in der Kommunikation, nicht in der Beobachtung. Der Kommunikationseinbruch in dieser Familie ist etwas, das ich nie überwinden konnte.«

Er starrt zu der wartenden Hayden. »Dir bedeutet das Mädchen etwas?«

»Ich habe bereits gesagt, dass sie das tut.«

»Dann lasse nicht zu, dass der Verlust deiner Mutter dich daran hindert, eine andere Frau einzulassen. Vertraue mir. Ich spreche aus lebenslanger Erfahrung.«

Ich starre meinen Vater an und denke, er hat wirklich den Verstand verloren, aber er schaut mich so fürsorglich und verständnisvoll an, dass ich nicht wegschauen kann.

Ich schüttle den Kopf. »Ich weiß nicht, was in letzter Zeit in dich gefahren ist. Ich weiß es zu schätzen, dass du Dinge über Mom mit mir teilst. Aber ja, ich bin es nur nicht gewohnt, mit dir über meine Gefühle zu sprechen.« Oder mit irgendjemandem.

»Schon gut«, sagt er. »Aber ich wollte sichergehen, dass das gesagt wird.«

Kapitel Vierundzwanzig

Hayden

»Geht es dir gut?« Adam sagte kaum zwei Worte, als er an die Bar zurückkam und verkündete, dass wir aufbrechen würden. Er wirkte aufgebracht, und ich stellte keine Fragen. Aber jetzt tue ich es.

»Mir geht's gut.« Auf dem Weg zur Hauptverkehrsstraße fährt er die lange, kurvenreiche Strecke des Club Tahoe hinunter. »Macht es dir etwas aus, wenn wir zu dir fahren?«

»Natürlich nicht. Aber wenn du vorhast, in deiner Frustration ein paar Wände einzureißen, sollten wir vielleicht zu dir gehen. Ich habe nach deiner Arbeit am Schrank nicht mehr viele übrig, und die, die ich noch habe, möchte ich behalten.«

Er schenkt mir ein kurzes Lächeln. »Ich dachte, wir könnten einen Bissen zu essen holen und mitnehmen. Abhängen.«

»Das würde mir gefallen.«

Er greift herüber und hält meine Hand. Wer hätte gedacht, dass Adam so gefühlsbetont ist?

Auf dem Weg zu mir halten wir an einem Taco-Laden an. In Cocktail-Aufmachung. Es ist interessant. Und auch die natürlichste Sache der Welt.

»Zwei Chicken Burritos.« Adam schaut zu mir. »Scharfe Soße?«

Ich schüttle den Kopf.

»Scharfe Soße auf einem, und bitte beschriften Sie ihn.«

»Und ein Churro«, sage ich und stoße ihm in die Rippen, damit er es auch wirklich rafft. Ich bin am Verhungern. Und etwas angeheitert nach dem zweiten Glas Wein, das ich ohne Essen hinunterkippte, während ich darauf wartete, dass Adam das Gespräch mit seinem Vater beendete.

»Zwei Churros«, sagt er zu dem Typen.

Adam bezahlt unser Essen, und wir gehen zur Seite, beobachten die Leute und essen Churros, während wir auf den Rest unserer Bestellung warten. Er nimmt Papierservietten und reicht mir eine, dann wischt er sich Zucker vom Mund. Die Leute gehen in dem Zwei-Tisch-Taco-Laden ein und aus und starren unverhohlen, aber mich stört es nicht. In der Taco-Bude zu warten und Churros mit Adam zu essen, ist der größte Spaß, den ich seit langem hatte. Wenn ich es mir recht überlege, ist es der größte Spaß, mit Adam Zeit zu verbringen, den ich seit einer Ewigkeit hatte, selbst als er mich bei der Arbeit verärgerte und mich verrückt machte. Damals war mir das nur nicht bewusst.

»Freundin alsooo?«, sage ich, als wir mit unseren Churros fertig sind. Die Bemerkung, die er gegenüber seinem Vater gemacht hat, lasse ich ihm auf keinen Fall durchgehen.

Er hebt eine Augenbraue und schaut mich herausfordernd an.

So ein Spielchen treibt er also? Er will es nicht einmal diskutieren? »Ich nehme an, du wirst von nun an auf alle anderen Frauen verzichten.« Das war ein Scherz, aber im Ernst: Wenn er glaubt, er könne mich seine Freundin nennen und mit anderen herummachen, dann ist er verrückt. Mir sind zwanglose Verabredungen lieber, als uns gleich einen Stempel aufzudrücken, bevor es eine feste Bindung gibt.

Adam durchquert den Raum und füllt kleine Pappbecher mit Wasser aus dem Spender. Er reicht mir einen. »Ich hatte seit fast einem Jahr keine Verabredung mehr«, sagt er.

Meine Augen weiten sich. »Eine formelle Verabredung. Aber andere Arten von… intimen Beziehungen.« Mein Gesicht erwärmt sich. Ich höre mich an wie eine Politikerin. »Du weißt, was ich meine.«

»Nö.« Er trinkt das Wasser aus, zerquetscht die Tasse und wirft das zerknitterte Papier in den Müll mit einem perfekten Korb. »Auch das nicht seit langer Zeit.«

»Wirklich?«

»Wirklich. Und du?«

»Ich hatte viel zu tun.«

Er schlingt seinen Arm um mich, ergreift meine Hüfte und zieht mich zu sich heran. »Was hattest du zu tun?« Sein Tonfall ist etwas scharf.

Ich lache nervös. »Nicht das, woran du denkst. Ich war mit der Arbeit beschäftigt.«

Er beugt sich vor und streicht mit den Lippen über mein Ohr. »Du triffst dich also mit niemandem? Außer mir, meine ich.«

Ich lehne mich zurück und starre ihn an. Ich erinnere mich an unser Gespräch bei Nessa und Zach über meinen Dating-Status. Er versuchte damals, mich darüber auszuquetschen, und ich wollte ihm nicht die Genugtuung geben. Zumal die Wahrheit nicht sehr aufregend war. Aber jetzt macht es mir nichts mehr aus, dass er es weiß. Es ergibt sogar Sinn, angesichts all der Kuss-Geschichten, die beinahe zu ganz anderen Geschichten geführt hätten.

»Keine festen Freunde«, sage ich. »Ich kann mich nicht mehr an mein letztes Date erinnern, obwohl ich glaube, dass es nicht einmal ein Jahr her ist. Vielleicht sechs Monate.«

Für einen Augenblick blickt er zu Boden, um seine Gedanken zu sammeln. »Ich habe dich meine Freundin genannt, weil kein anderer Begriff zutrifft.« Er sieht auf. »Du bist mehr als eine Bekannte oder eine Kollegin. Besonderer als alle anderen. Es scheint schnell zu gehen, aber nicht, wenn man bedenkt, dass ich… seit ich bei Blue arbeite, *an dich denken muss*. Und unterbewusst, wahrscheinlich schon seit ich sechzehn Jahre alt war und Jaeg überredet habe, mit dir Schluss zu machen, damit ich dich nicht mit einem anderen Kerl beobachten muss. Es war seit längerer Zeit zu erwarten.«

»Um ehrlich zu sein bist du irgendwie ein ziemlich schlechter Freund«, sage ich, Humor in meiner Stimme. »Ich kann nicht glauben, dass du das Liebesleben deines besten Freundes für deine eigenen ruchlosen Zwecke sabotiert hast.«

Er beugt sich vor und küsst meinen Nacken. Sein warmer Atem kitzelt meine Haut und ich krümme und winde mich. »Wenn er dich so geliebt hätte, wie er es hätte tun sollen, wäre er nicht darauf hereingefallen. Ich habe dir einen Gefallen getan. Und Jaeg auch, denn er hat Cali gefunden.«

Ich blicke ihn finster an als er sein Gesicht verspielt

zwischen meine Schulter und mein Ohr kuschelt. »Natürlich ist deine Begründung nichts als clever.«

Er richtet sich auf, sein Gesichtsausdruck ernst. »Es war eine miese Nummer, aber ich bin in den letzten elf Jahren erwachsener geworden. Ich bin nicht perfekt, aber ich will, dass aus uns etwas wird.« Ein Hauch von Verletzlichkeit spiegelt sich in seinen Augen wider. Wenn ich ihn nicht so gut kennen würde, hätte ich es vielleicht übersehen. »Was meinst du dazu? Willst du meine Freundin sein?«

»Ach, jetzt fragst du mich?«, sage ich frech.

Ein Grinsen blitzt über sein Gesicht und er zieht mich an seine Brust. »Du wirst nie klein beigeben, oder?«

Ich schnüffle an seinem Sakko während ich antworte. »Niemals.«

»Wenn du an mir riechst, ist das wohl ein Ja, hm?«

»Ja. Und ich will die Befugnis, an dir zu schnüffeln, wann immer ich will, denn du riechst wirklich gut.«

»Ich kann diesen Bedingungen zustimmen, solange sie auch umgekehrt zutreffen.«

»Einverstanden.« Als ich meine Arme um seine Taille schlinge und mein Gesicht an seine Brust presse wird mir mollig warm. »Ich habe nichts dagegen, monogam zu sein und herauszufinden, wohin das führt. Wir können es langsam angehen lassen.« *Berühmte letzte Worte...*

———

WIR SCHAFFEN ES, durch die Tür zu meinem Haus zu kommen, bevor Adam mich küsst und ich seine Krawatte löse und darum kämpfe, sie loszubekommen, damit ich seinen Hals küssen kann. Natürlich muss mein modischer Adam eine Krawatte tragen, während alle seine Brüder nur in Sportjacken gekleidet waren.

»Ich hasse dieses Ding.« Irgendwie hat es dieser Gegenstand, der so einfach zu entfernen sein sollte, geschafft kompliziert zu werden. Es ist mir tatsächlich gelungen, den Schlupfknoten dreifach zu knüpfen. Adam schiebt die Träger meines Kleides über meine Schultern, was es noch schwieriger macht, den verdammten Knoten zu lösen. »Arghhh!«

Adam tritt einen Schritt zurück und blickt nach unten. Einen Moment lang zieht er an der Krawatte, dann geht er entschlossen in die Küche.

»Hey, wo gehst du hin?« Ich stehe verwirrt da, meine Arme durch die Träger meines Kleides an meine Seite gefesselt.

Ich höre, wie er in einer Schublade herumwühlt. Als er zurückkommt, hält er ein undefinierbares Bündel in der Hand. Er reicht es mir und beginnt erneut meinen Hals und meinen Brustansatz zu küssen. Ich blicke auf das Bündel. Es ist seine Krawatte. In zwei Hälften geschnitten.

Das ist heiß.

Ich schleudere meine Heels von mir und reiße ihm die Jacke von den Schultern. Er schlängelt sich heraus und ich beginne, an den Knöpfen seines Hemdes zu arbeiten. Einer von ihnen schießt an meinem Kopf vorbei, wobei er mir fast ein Auge nimmt, aber ich bleibe konzentriert. Bis kühle Luft auf meinen Rücken trifft und ich tief einatme. Adam öffnete den Reißverschluss meines Kleides und es fällt auf den Boden.

Nun, das war's dann wohl damit.

Ich trage einen Slip und einen trägerlosen BH, der verflixt eng anliegt, um der Schwerkraft entgegenzuwirken. Fast flehe ich Adam an ihn zu entfernen, nur um das Gefühl in meiner Haut zurückzubekommen, aber das ist nicht nötig. Mit einem Handgriff bin ich ihn los und

Adams forschende Hände auf meinen Brüsten bringen mein Blut in Wallung.

Sein Daumen gleitet über meine Nippel und ich quieke.

Er lehnt sich zurück und zieht eine Augenbraue hoch. »Empfindlich?«

»Vielleicht?«

Er beginnt erneut mich zu küssen, lässt seine Handflächen an meinen nackten Beinen hinuntergleiten und an den Rückseiten meiner Oberschenkel wieder hinauf. Ich bin so erregt, ich zittere am ganzen Körper. Und dann hebt er mich in seine Arme und schreitet zielstrebig durchs Haus. Seine Körper strahlt Hitze aus wo sich unsere Haut aneinanderschmiegt, obwohl ich nach meinen Berechnungen weit weniger Kleidung trage als er. Ich habe ihm das Hemd ausgezogen, aber er trägt immer noch ein verdammtes Untershirt.

Sein weicher, flinker Mund verführt mich, während er mich den Flur entlangträgt. Ich spüre die Matratze unter meinen Händen als ich halb darauf abgelegt werde. Adam bedeckt meinen Körper mit seinem während er gleichzeitig seine Schuhe abstreift, seine muskulösen Arme stützen dabei sein Gewicht. Aber das Gewicht, das er mich wissentlich spüren lässt, fühlt sich unglaublich an und drückt an genau den richtigen Stellen.

Ich zerre meinen Mund von seinem. »Shirt. Ausziehen. Sofort.«

Er setzt sich auf seine Fersen zurück, die Knie auf beiden Seiten meiner Hüfte und reißt das ärgerliche Kleidungsstück über seinen Kopf. Er beginnt erneut sich auf mich zu legen, aber es ist zu spät. Ich habe zum allerersten Mal seine Brust zu Gesicht bekommen.

»Whoa, whoa, *whoa.* Zurück, Kumpel.« Ich drücke seine Schultern bis er sich wieder aufrichtet, der Stoff seiner Anzughose spannt sich um seine muskulösen Oberschenkel und sein Gürtel unterstreicht die definierten Stränge seiner Bauchmuskeln.

Ich streiche meine Hände auf seiner Brust auf und ab und erkunde mit einem Finger die Muskeln über seinem Gürtel.

Sein Atem wird unregelmäßig und seine Mundwinkel spannen sich an. »Bist du fertig?«

Ich habe keine Zeit ihm zu antworten, denn plötzlich liegt er wieder auf mir und küsst mich mit einer Intensität, die mir den Kopf verdreht. »Hayden«, sagt er, mit so viel Gefühl, wie ich es noch nie zuvor von ihm gehört habe. Sanfte Finger streichen zart über mein Kinn, während er zu mir hinunterblickt. Seine Augen sind in diesem Licht fast schwarz und so warm, dass ich nicht weiß, wie ich ihn jemals für kalt und gefühllos halten konnte.

Ich seufze, schlinge meine Arme um seine Schultern und halte ihn an mich gedrückt.

In Adams Anwesenheit liegt der entscheidende Unterschied, ob ich einen guten oder schlechten Tag habe. Wie kann das sein? Früher war das Gegenteil der Fall, aber irgendwann haben sich die Dinge umgekehrt. Sein Duft – frische Wäsche und Mann – betäubt mich, seine Berührung entfacht meine Lust und seine Stimme verführt mich. Aber seine Augen… Sie sagen mir alles, was ich bisher übersehen habe. Adam ist nicht der reiche Opportunist, für den ich ihn gehalten habe. Und er schert sich mehr, als ich je vermutet habe.

Ich greife nach seinem Gürtel und fummle einen Augenblick lang daran herum. Beinahe entfährt mit ein kleiner triumphierender Schrei, als ich ihn zusammen mit dem Knopf und dem Reißverschluss seiner Hose locker bekomme. Adam küsst und leckt einen Weg zu meinen Brüsten, was mich ablenkt und mir die Arbeit erschwert, aber nicht unmöglich macht. Ich schiebe seine Hose mit meinen Füßen nach unten, gleichzeitig mit dem elastischen Band, das mein benebeltes Hirn als seine Boxershorts identifiziert. Und dann rutscht er weiter hoch, küsst meinen Hals, seine harte, lange Erektion drückt sich gegen meinen Slip. Lust durchfährt mich und wir stöhnen gleichzeitig auf.

Nur Sekunden später schmilzt mein Slip von meinem Körper, oder Adam zieht ihn mir aus, was weiß ich? Er ist weg, das ist alles, was zählt. Adam streift das letzte anstößige Kleidungsstück ab, das noch an seinem Knöchel hängt und dann rollen wir aufeinander in meinem Bett, nackt, heiß und können die Hände nicht voneinander lassen.

Adam arbeitet sich zentimeterweise nach unten, küsst meinen Hals und knetet meine Brüste, die hellen Haare auf seinen Beinen kratzen leicht über meine Beine. Seine Zunge streicht über meine Nippel und ich quieke.

Verdammt, das ist peinlich.

Ich blicke auf, um zu sehen, ob er es bemerkt hat. Er grinst. »Empfindlich«, sagt er und streicht leicht über den anderen Nippel.

Ich stöhne und schlinge meine Beine um ihn. Meine Augen verdrehen sich, als er seine Hüften anspannt. Starke Muskeln entlang seiner Arme streifen die Seiten meiner Brüste, während seine Erektion an meiner anderen empfindlichsten Stelle auf und ab gleitet, wo ich seit Monaten für diesen Mann pulsiere. Ich bin völlig außer Kontrolle.

Und es muss sich auch für ihn gut anfühlen, denn im nächsten Moment keucht er, »Kondom?«

Kondom? Überlege ich benommen. *Habe ich Kondome?* Wo zum Teufel sind die Kondome, die ich gekauft habe?

Ein Moment schierer Panik versetzt meinen sexbesessenen Verstand in volle Alarmbereitschaft. »Die Nacht-tischschublade!«, rufe ich triumphierend, als wieder genug Blut in mein Gehirn gelangt.

Adam lehnt sich über mich zum Nachttisch während seine Erektion, dort wo sie am dicksten ist, an genau der richtigen Stelle reibt. Das lässt meine Augen wieder nach oben rollen. Ich schlinge meine Beine um seine Hüften und wölbe mich ihm entgegen.

Das Geräusch, wie er die Schublade aufreißt, herum-fummelt und sie dann wieder zuknallt, erfüllt den Raum. Er reißt die Kondomverpackung mit den Zähnen auf und lehnt sich zur Seite. Ich sehe ihm zu wie er sich das Kondom überzieht und reiße meine Augen weit auf. Ich habe gespürt, wie sehr er mich will. Er ist größer als der Durchschnitt, gemessen an den Proportionen, die ich unten gespürt habe, aber *Gott*, mein gedankliches Bild wird ihm nicht gerecht. Die Realität ist viel besser.

Und dann ist sein Mund wieder auf meinem. Er zieht seine Handflächen meinen Körper hinunter, trifft auf meine Brust, knetet meinen Innenschenkel und erreicht dann meine Mitte, wo ich feucht bin und für ihn pulsiere. Sein Finger reiben geschickt über mein Nervenbündel und dann taucht er sie in mich hinein, da, wo ich eigentlich einen anderen Körperteil spüren möchte. Trotzdem bringen mich seine Finger sanft um den Verstand als er sich herunterbeugt und an meinem Nippel knabbert.

Ich könnte sofort kommen.

Ich beiße mir auf die Lippe und atme langsam aus.

Und dann positioniere ich ihn an meinem Eingang und dränge ihn, mit Reiben und Fordern, dazu, diese Party zu starten.

Er scheint es zu kapieren, denn mit einer schnellen Bewegung stößt er in mich und mein Körper krampft sich um ihn zusammen. Aber er hört nicht auf. Wieder und wieder spannt er seine Hüften an, jede stoßende Bewegung bringt ihn tiefer. Und es fühlt sich unglaublich an. Ich zittere, unsere Lippen reiben aneinander, eine seiner Hände drückt meine in die Matratze über meinem Kopf, während die andere sanft meinen Kopf umschlossen hält.

Meine inneren Muskeln ballen sich zusammen als ich spüre, wie sich mein Orgasmus aufbaut. Adam ist in mir, er liebt mich und nichts hat sich jemals zuvor so gut angefühlt. Ich zittere, Adrenalin strömt durch mich hindurch und bevor ich einen weiteren Gedanken fassen kann, zersplittere ich in tausend Teile. Wellen der Lust und Schwerelosigkeit strömen durch meinen Körper. Ich stöhne und werfe meinen Kopf in den Nacken.

Adam beschleunigt sein Tempo während er mein Gesicht mit sanften Küssen überschüttet.

Und dann hebt er den Kopf als sein ganzer Körper sich anspannt und das heißeste Geräusch sich aus seiner Kehle löst, das ich je gehört habe.

Er küsst meine Stirn, meine Augenlider, meinen Mund, während er sich langsam in mich und dann wieder hinaus wiegt, während kleine Nachbeben sich alle paar Sekunden an seiner Wirbelsäule entlang kräuseln. Er senkt sich auf mich, passt sein Gewicht an, damit er mich nicht erdrückt und schmiegt sein Gesicht in meinen Nacken, sein Atem ist unregelmäßig.

»Ich weiß, ich habe gesagt, wir sollten diese Beziehung langsam angehen lassen, aber langsam ist scheiße«, sage ich schläfrig. »Das war viel besser.«

Er greift nach unten und knetet meinen Hintern. Ich fasse das als Zustimmung auf. Ich habe ihm nicht gerade Zeit gegeben, sich zu erholen.

Mit meinem Finger fahre ich über seine breiten Schultern. »Ich kann nicht glauben, dass du das alles unter einem Anzug versteckst. Wir sollten lässige Freitage bei

Blue einführen, wo du nichts anderes tragen darfst als deine ramponierten T-Shirts, Jeans und Arbeitsstiefel.«

»Das würde gut ankommen.« Seine Stimme ist rau und so verdammt sexy.

»Das würde es, nicht wahr?«

Er schmunzelt und wirft das Kondom in den Papierkorb neben meinem Bett. Dann macht er es sich bequem und zieht mich näher an sich. Ich spüre, wie sich seine Atmung ausgleicht.

»Entschuldigung«, sage ich und bekomme ein Stöhnen als Antwort. »Mir ist klar, dass dies ein erstklassiger Zeitpunkt für einen Höhlenmenschen ist, ein Nickerchen zu machen, aber du hast einen Job zu erledigen. Dein Weib braucht Nahrung.«

Er stützt seinen Kopf auf seine Hand und grinst mich an. »Mir gefällt, dass du mir gehörst. Und ich dachte, ich hätte meinen Job schon erledigt.«

Ich kneife ihn in seine steinharten Bauchmuskeln und fahre ihm dann mit meiner Handfläche die Brust hinauf. Ich bin doch nicht dumm. Natürlich lasse ich keine Gelegenheit aus, Adam zu befummeln. »Das war nur einer deiner Jobs. Es gibt viele Aufgaben auf deiner Schatz-mach-doch-mal-Liste.«

Adam rollt sich auf den Rücken und zieht mich auf sich. »Du bist die zweite Person in den letzten Tagen, die eine Schatz-mach-doch-mal-Liste erwähnt hat. Jaeg sagte etwas über eine. Was ist das für eine mysteriöse Liste?« Seine Stimme verdunkelt sich anzüglich. Er taxiert mit den Handflächen meinen Arsch und streicht seine Hände über die Rückseiten meiner Oberschenkel, und entfacht neuerlich was ich gelöscht vermeinte.

Offensichtlich weiß ich ganz genau, was *er* der Liste hinzufügen würde.

»Nun«, sage ich und kreise mit der Fingerspitze um

einen seiner Nippel, wobei sich der Muskel darunter anspannt. Umgekehrt ist auch fair. »Du musst dafür sorgen, dass deine Höhlenfrau gesättigt ist. Du hast mich mit den Burritos angelockt und wir haben sie noch nicht einmal gegessen. Ich hoffe, du denkst nicht, dass ich zu den Frauen gehöre, die wie ein Vögelchen essen. Denn ich kann dir versichern, der Churro hat nicht gereicht, um mich zu befriedigen. Und… na ja, das war's eigentlich. Essen. Und Küsse. Ja, von diesen beiden Dingen könnte ich leben.«

Er dreht sich mit mir auf seiner Brust, bis er obenauf liegt. »Gibt es nichts, was du noch auf die Liste setzen willst?« Er spannt seine Hüften an. Als ob ich daran erinnert werden muss, dass er nur schmutzige Gedanken im Kopf hat.

»Nun, wenn wo du schon so nett fragst… Ich würde mich freuen, wenn du den Schrank fertig bauen würdest. Und wenn du damit fertig bist…«

Adam kitzelt meinen Hals mit flatternden Küssen, während sich seine Finger in meine Seiten graben. »Du bist ein böses Mädchen. Du weißt, was ich auf der Liste haben will.«

Ich lache und schiebe seine Hände erfolglos zur Seite. »Aber es ist meine Honey-do Liste!«

Er hört auf, mich zu kitzeln während sich ein breites Lächeln auf seinem Gesicht ausbreitet. »Dann schreibe ich mir besser meine eigene.« Er wackelt anzüglich mit den Augenbrauen.

»Du denkst so eingleisig.«

Er hilft mir mich aufzusetzen und greift dann nach seinen unachtsam weggeworfenen Boxershorts. »Lass dir das eine Lehre sein. Zuerst die Nahrung, denn *meine* Höhlenfrau braucht sie. Dann besprechen wir nochmal die Schatz-mach-doch-mal-Liste, zu der ich gedanklich schon

Dinge hinzufüge. Dazu gehören natürlich, nackte oder teilweise bekleidete Aktivitäten, wenn wir mal kreativ sein wollen.«

Ich schüttle den Kopf, als wäre ich genervt. Aber insgeheim liebe ich es. Ich liebe diesen Moment und das, was wir geteilt haben und ich liebe es mit ihm hier zu sein. Einfach alles.

Kapitel Fünfundzwanzig

Adam

Ich sitze Hayden gegenüber an ihrem kleinen Küchentisch, ein Glas mit Wiesenblumen zwischen uns und sehe zu, wie sie einen Burrito mampft. Ich sollte an den explosiven Sex denken, den wir gerade hatten... Wem mache ich was vor? Ich denke darüber nach. Aber ich denke auch daran, wie sehr ich diese Frau mag. Alles an ihr, die Art, wie sie schmeckt, wie sie sich anfühlt, wenn sie sich an meine Brust schmiegt, ihre lächerliche Schuhbesessenheit, die ich charmant finde. Zum ersten Mal ist *mögen* das falsche Wort, um meine Gefühle zu beschreiben.

Alles an Hayden ist charmant oder intelligent oder gütig und sie hat so viel Integrität. Ich sehe sie, alles an ihr... Und kann nicht wegsehen. Wenn ich sage es gefällt mir wie das klingt, dass Hayden mein ist, dann ist das kein Scherz. Ich betrachte sie als mein, was mir noch nie mit jemandem passiert ist. Ich habe nie mehr gewollt als ein wenig Vergnügen und Gesellschaft. Aber im Moment kann ich nur daran denken, wie schön es wäre, jeden Tag mit Hayden aufzuwachen. Sie nachts zu lieben und dann mit ihr in meinen Armen einzuschlafen…

Der Sex mit ihr hat bei mir eine Schraube gelockert.

Das ist mir gar nicht ähnlich. In ein paar Stunden bin ich wieder normal. Werde nicht diesen Drang verspüren, sie in meine Arme zu nehmen und nie mehr loszulassen.

Als ich mir den letzten Bissen Hähnchen-Burrito in den Mund stecke, sehe ich zu, wie sie die Hälfte von ihrem einwickelt und zum Kühlschrank trägt. Sie legt sie hinein und beugt sich mit einem konzentrierten Stirnrunzeln vor. Ihr süßer Hintern ist in die Luft gestreckt und bringt mich auf alle möglichen Ideen, hinter sie zu treten und mich mit ihr zu vergnügen. Bevor ich meine Fantasie ausleben kann, schließt sie den Kühlschrank, geht zu einem Schrank und langt nach etwas weit oben. Ich bin kurz davor, hinüberzugehen und ihr zu helfen, aber das würde ihre faszinierende Nahrungssuche und die Show, die sie mir bietet, unterbrechen. Ihr Tanktop ist hochgerutscht und enthüllt ihren Slip und die schönste weibliche Form, die ich je gesehen habe.

Ich kann sie nicht unterbrechen. Die Aussicht ist zu gut. Sie ist wunderschön. Körperlich genauso schön wie in ihrem Inneren.

Hayden hat Moralvorstellungen. Sie geht mir bei der Arbeit auf die Nerven, aber das liegt daran, dass sie für das kämpft, was sie für richtig hält. Ich kann noch viel von ihr lernen.

Ich zerknülle die Verpackung meines Burritos und werfe sie in den Mülleimer am Ende des Tresens. Hayden kommt herüber und starrt lüstern auf ein Stück dunkle Schokolade, das sie wohl aus dem Schrank geholt hat.

»Warum seid ihr umgezogen?«, frage ich, während sie sich hinsetzt. Ich bin von allem, was Hayden betrifft, fasziniert und ich möchte alles wissen, was ich verpasst habe.

Als in der High School das Gerücht ausbrach, ging es ihr beschissen, aber Hayden ist stark. Die meisten Leute wären wegen der Geschehnisse ausgeflippt, aber Hayden ist nicht wie die meisten Leute. Sie ist mutig und dickköpfig.

Sie kaut die Schokolade, ihr Blick auf den Tisch gerichtet. Dann zuckt sie leicht mit den Schultern, als ob sie zu einer Entscheidung gekommen wäre. »Sie haben mich gesteinigt.«

Für einen Moment schießt mir ein Bild durch den Kopf, von Frauen, die in Ländern gesteinigt werden, in denen sie ihre Haut nicht zeigen dürfen, oder wenn sie mit einem Mann gesehen werden, der kein Verwandter ist. Aber das kann nicht das sein, was sie gemeint hat. »Wie bitte?«

Hayden streift mit der Seite ihrer Hand Krümel vom Tisch und streicht sie in den Mülleimer. Ich kann immer noch nicht glauben, wie ordentlich ihr Zuhause ist im Vergleich zu ihrem Büro. Nicht, dass es mich einen Dreck schert, aber es gibt mir zu denken.

»Meine Eltern konnten mich an einem Tage nicht von der Schule abholen, also lief ich zu Fuß nach Hause. Die Kids in der Klasse flüsterten hinter meinem Rücken und jemand hatte mich nach der letzten Stunde gegen eine Wand geschubst. Alles typische Verhaltensweisen, seit das Gerücht aufkam.«

Sie blickt nervös auf, aber ich bin mir nicht sicher, ob es daran liegt, dass sie über etwas Unangenehmes spricht, oder ob es daran liegt, dass mein Gesicht wahrscheinlich so aussieht, als ob ich jemanden ermorden wollte. »Ich war ein paar Blocks vom Schulparkplatz entfernt. Ich war gerade in eine Seitenstraße voller Wohngebäude abgebogen und es waren kaum Autos in der Nähe. Ich erinnere mich, dass ich misstrauisch war, aber ich musste irgendwie nach Hause kommen und es schien dumm, umzukehren.« Sie stößt einen schweren Seufzer aus. »Ein Auto fuhr vorbei und jemand warf mir eine Limodose an den Kopf.«

Was soll der Scheiß?

»Ich hörte sie lachen und begann zu rennen«, fährt sie fort. »Als Nächstes kam eine Papiertüte mit Essen auf mich zu. Ich rannte weiter. Dann hörte ich, wie sich Autotüren schlossen und Schritte hinter mir auf dem Asphalt hämmerten.«

Ihr Atem ist zittrig, als ob sie den Moment noch einmal erlebt. Ich greife über den Tisch und drücke ihre Hand so fest, dass ich mich zwingen muss, nachzulassen.

»Dann regneten Steine auf meinen Rücken«, sagt sie. »Einer von ihnen war so groß, dass er mein Schulterblatt prellte und ich stolperte, aber ich blieb nicht stehen. Wenn überhaupt… Ich war in Panik und diese dumme Straße war so verdammt lang. Ich keuchte und weinte und rief nach Hilfe. Und dann schlug mir ein faustgroßer Stein an den Hinterkopf.« Die Hand, die ich nicht abwesend halte, berührt ihren Hinterkopf. »Ich wachte auf dem Boden auf. Sie waren weg und ich blutete.«

Ich beuge mich vor. »Willst du mich verdammt noch mal verarschen?« *Fuchsteufelswild* fängt nicht mal annähernd an zu beschreiben, was ich jetzt fühle, während die Frau, die mir… *wichtig ist…* erzählt, wie ein paar Arschlöcher sie fast getötet hätten.

Sie versucht ein kleines Lächeln. »Falls es einen Unterschied für dich macht, kann ich dir sagen, dass ich nicht glaube, dass sie geplant hatten, Steine nach mir zu werfen. Ich bin vor ihnen davongelaufen… Es war einer dieser im Eifer-des-Gefechts-Momente. Ich rief meine Eltern an und sie fanden mich. Sie brachten mich ins Krankenhaus. Ich musste genäht werden, aber sonst war ich okay. Aber das wars. Meine Eltern beschlossen, dass wir umziehen mussten und ich unterstützte sie, weil ich sie nicht mehr beunruhigen wollte.

Ihr Ausdruck zeigt eine Mischung aus Schuldgefühlen und Nervosität, die ich nicht verstehe. »Warum beunruhigt dich das? Du hattest keine andere Wahl. Es war gefährlich für dich, zu bleiben.«

Sie verschränkt ihre Arme über der Brust und reibt ihre mit Gänsehaut übersäten Oberarme. »Ich habe nicht getan, was die Gemeinde mir vorwirft, aber ich habe zugelassen, dass sie mich davonjagen. Das hat mich wütend gemacht. Es macht mich immer noch wütend.«

Ich stehe auf und gehe zur ihr hinüber. Ich greife nach ihrer Hand, ziehe sie hoch, setzte mich auf ihren Platz und ziehe sie auf meinen Schoß. Ich streiche die Haare an der Stelle, die sie berührt hat, zur Seite. Tatsächlich ist darunter eine kleine halbmondförmige Narbe.

Ich nehme sie in meine Arme und drücke ihre Wange an meine Brust, wo ich sie warm und geborgen halten kann. Ich möchte jemanden ernsthaft verletzen, am liebsten die Ärsche, die sie angegriffen haben. »Warum hat die Polizei nichts unternommen?«

»Sie versuchten es, aber es passierte so schnell, dass ich nie sah, wer es war. Ich war zu sehr damit beschäftigt, um mein Leben zu rennen. Mein Beschreibung des Autos, das ich nur für den Bruchteil einer Sekunde sah, bevor die Dinge auf mich geschleudert wurden, traf auf die Hälfte der Autos auf unserem High School-Parkplatz zu. Die Kids hätten genauso gut von einer anderen Schule sein können. Das Gerücht über mich beschränkte sich nicht nur auf unsere Schule. Es verbreitete sich.«

Hayden und ihre Eltern hatten nicht die Mittel, die meine Familie hat. Sie wären nicht in der Lage gewesen, einen Skandal wie diesen durchzustehen, ohne dass noch mehr Bastarde Hayden verletzt hätten. »Zu viele Menschen in dieser Stadt denken, es sei ihre moralische Verpflichtung, obwohl sie vom Glücksspiel und dem Trinken leben, über andere zu urteilen«, murmele ich.

Sie legt ihren Kopf auf meine Schulter. »Ich bin zurückgekommen... Das ist alles, was zählt. Ich laufe nicht mehr weg.«

Ich starre sie an und küsse sie leicht auf die Stirn. »Du wirst nie wieder davonlaufen müssen.«

Denn was mich betrifft, werde ich alles was nötig ist tun, um sie zu beschützen.

Hayden

ADAM TRÄGT mich zurück zu meinem Bett, wo er mir das wenige, was ich anhabe, auszieht und mich mit seinem Körper bedeckt. Es ist warm und kuschelig und ich bin mir sicher, er meint es als eine Art tröstende Geste, aber unsere Körper können keinen engen Kontakt aufrechterhalten, ohne dass unsere Hände anfangen zu wandern und erhitzte Küsse in Begehren umschlagen.

Im Nachglühen unseres zweiten Liebesspiels lege ich meinen Kopf auf seine Brust, unsere Beine verschränkt. Er zieht eine meiner Haarsträhne zu sich heran und betrachtet sie im Licht meines Weckers, der zwei Uhr morgens anzeigt. Ich muss morgen arbeiten, aber was solls. Ich will mich nie wieder von seiner Brust wegbewegen.

»Warum riechen deine Haare so gut?«, fragt er. »Wie Äpfel und Zimt. Ich will sie essen.«

»Bitte iss nicht mein Haar. Ich brauche es, um meinen Kopf warmzuhalten.«

Er atmet den Duft meiner Haare tief ein und legt dann meine Strähne vorsichtig wieder über meine Schulter. »Ängstige dich nicht, wenn ich ab und zu an deinen Haaren schnüffle. Das ist ganz normal. Es ist deine Schuld, dass es so gut riecht.«

»Mach dir keine Sorgen, wenn ich an deinem Hals rieche.«

Er schmunzelt. »Warum mein Hals?«

»Weil *du* gut riechst.«

Er hält mich fester in seinen Armen. »Du kannst an mir riechen, wann immer du willst. Und mich berühren. Tatsächlich streckt sich dir gerade jetzt etwas entgegen, das du gern berühren darfst.«

Ich schlage ihm spielerisch auf die Brust und er schmunzelt. »Ich kann nicht glauben, dass du die Energie dafür hast. *Wieder*.«

Adam gähnt. »*Habe ich nicht*, aber es gibt einen anderen Teil von mir, der aufwacht, wann immer du in der Nähe bist. Er ist rund um die Uhr in Alarmbereitschaft.«

»Gut zu wissen, wenn ich mir dich zu Nutzen machen will.«

»Rund um die Uhr«, wiederholt er, seine Stimme ist benommen, als würde er einschlafen.

Einen Moment später bin ich nicht einmal mehr sicher, ob er noch wach ist. Meine Gedanken schweifen zu unserem Gespräch vorhin. Von einer Gruppe von Schülern gesteinigt zu werden, war eine der demütigendsten Erfahrungen meines Lebens. Ich fühlte mich hilflos, aber irgendwie hob sich die Last von meiner Brust, als ich sie mit Adam teilte.

So sicher und behaglich wie seit langem nicht mehr, stelle ich die Frage, die mich den ganzen Abend beschäftigt hat. »Adam«, sage ich leise.

»Hmm?«, murmelt er.

»Wo ist deine Mutter?«

Sein Atem stockt. Dann atmet er ernüchtert aus und zieht mich näher zu sich heran. »Sie starb an Krebs, als ich sechs war.«

Meine Hand ballt sich unter dem Schock seines Geständnisses gegen seine Brust.

»Es tut mir leid.«

Er reibt meinen Arm. »Es ist schon lange her.«

»Was ist mit deinem Vater? Stehst du ihm nahe?« Ich habe nie herausgefunden, worüber sein Vater heute Abend mit ihm sprechen wollte, aber er machte deutlich, dass ich bei dem Gespräch nicht willkommen war. Ich kann mir nicht vorstellen, dass Adams Vater von dem Lehrergerücht weiß. Es ist zweifelhaft, dass was auch immer ihn beunruhigt hat, irgendetwas mit mir zu tun hatte.

»Ich stehe ihm näher als meine Brüder, aber das bedeutet nicht viel.«

»Wie können sechs Männer, die die Frau in ihrem Leben verloren haben, nicht zusammenhalten?« Ich möchte ihn gern verstehen. Und ihn trösten. Und damit ich das tun kann, muss ich mehr über ihn wissen.

Er ist lange still bevor er antwortet »Nachdem meine Mutter gestorben ist, hat mein Vater ausgecheckt. In gewisser Weise haben wir beide an diesem Tag verloren, unsere Mutter durch Krebs und unseren Vater durch den Club Tahoe, in den er nach ihrem Tod seine ganze Energie gesteckt hat. Der einzige Unterschied zwischen meinen Brüdern und mir ist, dass ich versucht habe unserem Vater nahe zubleiben. Ich lebte den Lebensstil, den er führt, ich arbeitete für ihn, ich tat alles, was er verlangte. Seit ich weggegangen bin, um bei Blue zu arbeiten, habe ich erkannt, dass die Entscheidungen, die ich getroffen habe, uns einander nie nähergebracht haben. Und sie haben mich nie glücklich gemacht.«

Er ist angespannt und ich sehe wie sein Gesicht zwiespältige Gefühle widerspiegelt. Ein attraktives Gesicht, das so selten Gefühle offenbart, immer maskiert durch seine sexy Fassade. Aber diesen Adam sehe ich nicht mehr. Ich sehe unter seinem gutaussehenden Äußeren eine Person, die von Freundlichkeit, Fürsorge, Intelligenz und manchmal auch Schmerz erfüllt ist. »Was macht dich glücklich?«

Er zuckt leicht mit den Schultern. »Meine Brüder haben ihre Treuhandfonds aufgegeben, um ihr Leben so zu leben, wie sie es wollen. Ich dachte, ich könnte ohne das Geld nicht leben.« Er sieht nach unten und sein Blick wird weich. »Aber jetzt bin ich hier bei dir. Und ich kann mir kein besseres Leben vorstellen als eines mit gefüllten Blumenkrügen und einer schönen Frau, die in Unterwäsche herumläuft und Schokolade isst.«

Ich grinse und er drückt mich an sich. »Als mein Vater heute Abend auf meine Brüder und mich zukam, wurde mir klar, dass ich mich nicht nach dem Lebensstil sehne, sondern nach seiner Aufmerksamkeit. Ich wollte seine Zeit. Alles zu tun, was er befahl, bedeutete, dass ich ihm auf irgendeine Weise nahe war, aber es war nie genug.

Ich klettere auf Adam bis unsere Körper dicht einander geschmiegt sind, kuschle mein Gesicht in seine Halsbeuge und halte ihn fest in meinem Armen. Ich will nicht, dass er sich allein fühlt. Niemals. »Was hat dein Vater heute Abend zu dir gesagt?«

Adam streicht mit seinen Händen über meinen unteren Rücken. »Er sagte, wir sollten mehr Zeit als Familie miteinander verbringen.« Sein Brustkorb hebt und senkt sich tief. »Ich kann dir gar nicht sagen, wie lächerlich diese Aussage nach so langer Zeit klang. Er bot mir das an, was ich seit dem Tod meiner Mutter wollte und ich konnte ihn nicht ernst nehmen.«

Ich neige meinen Kopf, um sein Gesicht zu sehen. »Vielleicht solltest du ihm eine Chance geben. Menschen können sich ändern.«

Er schüttelt den Kopf. »Mein Vater schnippt mit den Fingern und erwartet, dass wir seinen Befehlen folgen. Ich verstehe den Grund, warum meine Brüder dem alten Herren die kalte Schulter zeigen. Er weiß nicht, wie man...«

»Er weiß nicht, wie er dich lieben soll?«, frage ich.

Adam neigt sich zu mir herunter und küsst mich auf die Stirn. »Ich weiß nicht, was ich damit sagen will. Es ist das erste Mal, dass mein Vater uns entgegenkommt. Es ist seltsam. In letzter Zeit ist *er* seltsam.« Er schmunzelt. »Der Vorschlag meines Vaters hatte die vorhersehbare Wirkung. Levi, Wes, Bran und Hunter sind so schnell wie möglich gegangen.«

»Vielleicht kannst du deinem Dad mit der Zeit eine Chance geben. Wenn er nicht daran gewöhnt ist, es zu versuchen, kann es nicht leicht für ihn gewesen sein, die Bitte vorzubringen und vielleicht wusste er nicht, was er dir und deinen Brüdern sagen sollte.«

»Vielleicht.« Er zieht mich hoch, bis unsere Münder sich treffen. Der Schmerz in seinem Blick ist noch da, aber er wird schnell von einem frechen Schimmer übertrumpft, den ich langsam zu erkennen beginne. »Das reicht jetzt mit dem Gerede. Wir haben noch ein paar Stunden bis zur Arbeit. Wie sollen wir sie nutzen?« Seine Augen funkeln, als sie über meinen Mund zu meinen, an seine Brust gepressten Brüsten schweifen. »Wir könnten ein paar Punkte von meiner Liste streichen.«

»Versuchst du zu vermeiden, über deinen Vater zu sprechen?«

»Wir maximieren nur unsere Zweisamkeit.«

»Ich werde morgen Muskelkater haben«, sage ich mit einem langanhaltenden Seufzer, der komplett gespielt ist.

»Nicht, wenn ich meinen Mund benutze.« Er hebt vielsagend die Augenbrauen und mein Herz beginnt zu rasen.

Kapitel Sechsundzwanzig

Hayden

Um es langsam angehen zu lassen, blieb Adam in der letzten Woche nur vier Nächte. Okay, das ist also nicht gerade langsam. Ich wollte ihn sehen und er hat sich besonders leidenschaftlich um mich gekümmert. Wer hätte gedacht, dass wir uns so gut verstehen würden?

»Hayden, hast du meine Krawatte gesehen?«, sagt er von meinem Schlafzimmer aus.

»Welche Krawatte?«, rufe ich vom Badezimmer im Flur. »Du hast etwa fünfhundert.«

»Die marineblau Karierte.«

Ich laufe zu Adam hinüber. Er steht vor dem begehbaren Schrank, den er mir gebaut hat, bekleidet mit seiner Anzughose und einem aufgeknöpften Hemd. Ich sehe hinein und ein Chor von Engeln beginnt in meinem Kopf zu singen. Nicht wirklich, aber mein Schrank ist so schön, dass ich weinen könnte. Adam hat ihn vor ein paar Tagen fertiggestellt.

Zwei der drei Wände des Schranks sind mit schmalen

Regalen für eine maximale Schuhkapazität ausgestattet. Und auf Adams Drängen hin habe ich ihm erlaubt eine Wand mit Kleiderstangen und einem zusätzlichen Regal zu bestücken. Für die zusätzlichen Schuhe, die ich in Zukunft kaufen werde. Und irgendwie haben es ein paar von Adams Sachen auf die Kleiderstange geschafft.

Wenn ich schuhbesessen bin, dann ist der Mann eine Modepuppe.

»Sie ist nicht hier?«, frage ich. »Bist du sicher, dass du sie gestern Abend mitgebracht hast?«

Sein Blick gleitet über mich während er meinen schwarzseidenen Morgenmantel betrachtet. Er schlingt einen Arm um meine Taille und zieht mich zu sich heran. »Ich kann nichts sehen, wenn all deine Schuhe den Raum ausfüllen. Wolltest du nicht welche loswerden?«

»Ich bin ein paar losgeworden.« Genau *ein* Paar. Und es tat weh.

Er küsst meine Halsbeuge und zieht am Kragen meines Mantels. Ich wehre seine Hand ab und schlängele mich aus seinen Armen.

Ich knie mich auf den Boden, krieche auf allen vieren in den Schrank und greife nach einem Stück Stoff, das hinten im Schrank unter einem Paar Wildlederstiefeln von Gucci eingeklemmt ist.

Und höre, wie er tief durchatmet. »Wenn du nicht willst, dass ich dich berühre, während du dich fertig machst, ist diese Position nicht hilfreich. Du weißt, was es mir antut.«

Ich blicke über meine Schulter und strecke ihm die Krawatte mit einem Lächeln entgegen, aber er starrt mir nur auf den Hintern. »Du kommst zu spät, Adam.«

Er schüttelt den Kopf, greift abgelenkt nach der Krawatte und legt sie sich um den Hals. »Ich weiß, ich weiß.« Er knöpft sein Hemd zu und greift nach seinem Sakko und seiner Brieftasche, die Schuhe in der Hand.

Adam trägt seine Schuhe nicht im Haus. Er sagt, er will das Haus sauber halten. Ich finde das süß. Ich vermute außerdem, dass er ein Ordnungsfanatiker ist. Außer im Bett. Dort ist er ein schmutziger, *schmutziger* Junge.

Er sieht herüber und zieht mich mit seinem Blick aus. »Es wird ein langer Tag nach deiner kleinen Show eben.«

Ich stehe auf, stelle mich auf Zehenspitzen und fasse seinen Hinterkopf. Ich küsse ihn und es ist kein sanfter Kuss. Er ist lang und hingebungsvoll, denn egal wie schön es ist, ihn bei der Arbeit zu sehen, es ist auch zum Kotzen. Wir haben beschlossen unsere Beziehung vor den Kollegen geheim zu halten. Mira und Nessa wissen natürlich davon, aber abgesehen von unseren Freunden und ihren besseren Hälften haben wir niemandem davon erzählt.

Ich möchte mir gern sicher sein, dass unsere einwöchige Romanze von dauerhafter Art ist. Jeder Instinkt sagt mir, dass sie es ist, was seltsam ist und für mich etwas ganz Neues. Der andere Teil von mir sagt… *Du redest hier von Adam.*

Ich hätte nie gedacht, dass wir jemals miteinander herummachen, geschweige denn unsere antagonistische Arbeitsbekanntschaft in eine romantische Beziehung verwandeln würden. Aber das haben wir und ich brauche Zeit, um herauszufinden, was das bedeutet.

Adam besteht darauf, dass wir es unseren Kollegen nicht sagen, aus Gründen, die er sich weigert, zu erklären. Insbesondere will er nicht, dass Blackwell davon erfährt. Ich rede mir ein, dass es nichts mit der Tatsache zu tun hat, dass Blackwell mich hasst. Es ist nicht so, dass Blackwell uns vorschreiben kann, wen wir sehen. Aber die Blue Stars sind eng miteinander verbunden und Adam arbeitet mit ihnen zusammen, als ob er einer von ihnen wäre. Er hat keinen Saphir-Ring und das ist alles, was zählt.

Ich könnte Adam fragen, was bei Blue wirklich vor sich geht. Das war der Plan, um an ihn heranzukommen, aber irgendwie würde sich das jetzt schmutzig anfühlen. Als würde ich ihn benutzen. Was wir haben, hat nichts mit dem Blue Casino zu tun, sondern nur mit uns. Und je länger ich ohne Beweise für die illegale Suite bleibe, desto mehr frage ich mich, ob sie noch existiert.

Ich habe die Bliss-Lagepläne gefunden. Das bedeutet aber nichts, solange es keine Beweise gibt, dass etwas Illegales vor sich geht. Ich habe mit Mira über die neuen Suiten gesprochen und sie glaubt, sie könnten das sein, was wir suchen, aber ich habe meine Zweifel. Und solange diese Zweifel bestehen, werde ich mich mit dem Gedanken anfreunden, dass Bliss nichts anderes ist als die Luxus-Suiten, die sie vorgeben zu sein.

***

Adam

ICH DACHTE FRÜHER SCHON, dass meine Arbeit viel Spaß macht, aber seit ich mit Hayden zusammen bin und mit ihr arbeite ist mein Leben einfach perfekt. Mit Ausnahme des Bliss-Projekts.

Wir haben drei Wochen bis zu unserer großen Eröffnung, die mit der Auktion und der Burleske-Show zusammenfällt. Die Burleske-Show gibt den Gästen einen Grund, ins Casino zu kommen und dem Casino die Möglichkeit, seine exklusiven Bliss-Suiten - nur auf Einladung - den Reichen vorzustellen.

In meinem Büro geht die Event-Koordinatorin eine Liste der Speisen für die Bliss-Begrüßungsparty durch.

»Blumenkohl-Pfannkuchen und Kaviar, Blauschimmelkäse- und Birnentörtchen und Kobe Beef-Mini-Burger zum Auftakt«. Sie klopft mit dem Stift auf ihren Block, ihr braunes Haar ist zu einem strengen Knoten auf ihrem Kopf gebunden, so fest, dass es ihre Augenwinkel nach oben zieht. »Dom Pérignon wird zur Eröffnung der Party nach der Burleske-Show angeboten. Blues Weinspezialitäten werden für den Rest des Abends und am frühen Morgen zusammen mit einer voll bestückten Bar zur Verfügung stehen.

William rückt bis zu seiner Stuhlkante nach vorne, seine ausgeprägten Augenbrauen wölben sich vor Begeisterung nach oben. »Wir werden drei oder vier der Burleske-Tänzerinnen, die an diesem Abend auftreten, unter die Partygäste mischen.

Die Event-Koordinatorin hakt die Punkte auf ihrer Liste ab. »Und der berühmte DJ aus Los Angeles?«

»Den habe ich schon unter Vertrag«, sage ich. »Die Techniker arbeiten mit seinen Assistenten an den Vorbereitungen für die Einrichtung der Suite.«

Die Koordinatorin hakt weitere Punkte auf ihrem Klemmbrett ab. »Jeder Gast wird gebeten, eine Anstecknadel aus Platin und Saphir zu tragen, um das Ereignis zu zelebrieren und den Mitarbeitern zu helfen, potenzielle Bliss-Mitglieder zu identifizieren, während sie im Casino und Hotelbereich kursieren.

»Wie sieht es mit Zimmern für die Gäste aus?«, fragt Paul mit einem Blick auf mich.

»Wir haben die zweite Hälfte des Penthouses und das Stockwerk darunter gebucht. Alle Zimmer werden mit hochwertigen Handtüchern und Körperpflegeprodukten aus der Bliss-Serie ausgestattet sein.

Paul blickt auf sein Handy und nickt der Koordinatorin zu. »Sieht aus, als wären wir dann bereit.« Er steht auf und die Eventplanerin folgt seinem Beispiel. Sie jongliert ihr Klemmbrett und ihre riesige Aktentasche, die mit den Prospekten und Broschüren gefüllt ist, die wir in den letzten Monaten verwendet haben, um Bestellungen aufzugeben.

Er schüttelt ihr die Hand. »Danke für Ihre harte Arbeit«, sagt er, aber würdigt sie dabei kaum eines Blickes. Sie ist nicht auffällig schön und ich habe das Gefühl, Paul schenkt Frauen wie ihr nicht viel Aufmerksamkeit.

»Es war mir ein Vergnügen«, sagt sie.

Paul begleitet sie zur Tür und schließt sie hinter ihr. Er setzt sich neben William und verschränkt die Beine. »Wir haben einhundertzwanzig Plätze für Vollmitglieder zur Verfügung, von denen siebenunddreißig bereits vergeben sind. Blackwell will einen niedrigeren Tarif für rotierende Mitglieder anbieten, die Bliss nur kurzfristig nutzen wollen. Es wird sie insgesamt weniger kosten, aber sie bezahlen einen höheren Tagesbeitrag und es gibt uns die Möglichkeit, unsere Mitgliederzahl zu erhöhen, ohne die Vollmitglieder zu kompromittieren. Du weißt, was das bedeutet, nicht wahr?«

Ich stapele den Papierkram, den mir die Eventplanerin übergeben hat. »Blue wird einen Geldregen erleben.«

»Und wir auch.« Er grinst William an, der den Blick erwidert.

Ich gehe durch den Raum zu einem Safe, den ich installieren ließ und gebe den Code ein, wobei ich ihre Begeisterung ignoriere.

»Warum behältst du die?« Paul gestikuliert zu den Akten. »Blackwell will alle Bliss-bezogenen Materialien in der Cloud oder in einem externen Safe aufbewahren. Die Sicherheit für dieses Unterfangen ist entscheidend. Deshalb haben wir in dieses verdammte militärische Verschlüsselungssystem investiert.«

»Das ist ein feuerfester, verschlossener Safe, der über einhundertdreißig Kilo wiegt. Und ich bewahre die Informationen hier bis zum Ende der Veranstaltung auf, falls sich etwas ändert. Als Leiter des Hotelbetriebes stehe ich mit meinem Arsch in der Schusslinie, sollte die Veranstaltung darunter leiden, dass Subunternehmer nicht liefern können.«

Ich stecke die Mappe in den Safe als es an der Tür klopft. Hayden schlüpft mit einem Grinsen im Gesicht herein, bis sie Paul und William sieht.

Meine Schultern verspannen sich. Ich schließe den Safe und gehe zu meinem Schreibtisch, wobei ich ihr einen warnenden Blick zuwerfe, als Paul und William nicht hinsehen. Wir sollten außerhalb von Sitzungen nicht zusammen gesehen werden, vor allem nicht mit diesen beiden im Raum. Hayden wurde angewiesen, sich von den Bliss-Geschäften fernzuhalten. Ich will nicht, dass die beiden denken, sie würde sich nicht an die Anweisungen halten.

»Oh, Verzeihung«, sagt sie. »Ich bin gekommen... um Ihnen eine Liste mit Bewerbern zu geben.« Ihr Blick huscht zu den anderen, als sie den Raum durchquert.

Paul lässt seinen Blick über ihre Figur schweifen und seine Augen bleiben an ihrem Hintern hängen. Ich möchte ihm einen Tritt ins Gesicht geben.

»Warum arbeitest du mit ihr?«, sagt er zu mir, ganz sanft. Er ist in den letzten Monaten mutiger geworden. Die Entscheidungskraft, die Blackwell ihm gegeben hat, ist ihm zu Kopf gestiegen.

Ich nehme ihr die Mappe aus der Hand und schenke ihr ein höfliches Lächeln. Ihre Augen huschen zu meinen, eine Frage in ihnen, aber ich sehe weg.

»Ich arbeite mit Hayden«, sage ich zu Paul, während ich die Namen und Hintergründe der Bewerber in der

Akte scanne, »weil ich eine Assistentin brauche«. Ich lehne mich an meinen Schreibtisch und verschränke meine Beine am Knöchel. »Hast du damit ein Problem?« Ich werfe ihm einen betont stechenden Blick zu.

Pauls Gesicht läuft rot an. »Ja. Du sollst nicht mit ihr arbeiten.« Er steht auf und lehnt sich über Hayden und meine Arme spannen sich an. »Das ist eine vertrauliche Angelegenheit«, sagt er zu ihr. »Und ich erkläre Blackwell gern, wie Sie seine direkten Befehle missachtet und sich eingemischt haben.«

Hayden gibt nicht nach. Ihr Brustkorb hebt sich und ihr Gesichtsausdruck verhärtet sich. »Hätte ich von Anfang an bei den Einstellungen mitgewirkt, wäre das Problem mit der letzten Assistentin nie aufgetreten. Wussten Sie, dass sie für einen Stripclub arbeitete?«

Paul reibt sich das Kinn. »Hat sie das? Ich hatte keine Ahnung.« Seine Worte sind unaufrichtig. Und das sollten sie auch sein. Paul war derjenige, der mir sagte, ich solle jemanden aus dem Stripclub engagieren. Aber seine Kühnheit beunruhigt mich. Er versucht nicht einmal, es geheim zu halten. Es scheint ihm Freude zu bereiten, Hayden wissen zu lassen, dass man sie im Dunkeln gelassen hat.

Haydens Lippen pressen hart aufeinander. »Ich weiß nicht, was für eine Truppe Sie leiten, aber wenn Sie nicht wollen, dass die Behörden Ihnen wie zuvor an den Hals springen, schlage ich vor, dass Sie mit der Abteilung zusammenarbeiten, die das Unternehmen schützen soll.«

Paul tritt näher an sie heran. »Ist das eine Drohung?«, sagt er und seine Atmung vertieft sich.

Ich stehe abrupt auf und gebe ihm einen unsanften Schubs in die Brust. Er hat seinen verdammten Verstand verloren. Wahrscheinlich zapft er die Drogen an, zu denen das Casino Zugang hat.

Er taumelt zurück. »Wofür war das denn?«

»Reiß dich zusammen.« Meine Stimme ist stählern. »Ich brauchte gestern jemanden, der Bridgets Position übernimmt. Ich habe Hayden um Hilfe gebeten, sie mischt sich nicht ein. Wenn es ein Problem gibt, spreche ich mit Blackwell.«

»Was ist mit...« Paul funkelt Hayden an, dann sieht er zu mir. »Die Assistentin des Gastgewerbedirektors spielt eine *wichtige Rolle*.«

Er meint in Bezug auf Bliss. »Ich verstehe deine Bedenken, aber es müssen einige Zugeständnisse gemacht werden. Wir werden eine Lösung finden.« Paul wird sich mit der Tatsache auseinandersetzen müssen, dass meine Assistentin nicht, wie er wollte, eine Koordinatorin für die Bliss-Concierges sein kann. »In der Zwischenzeit kümmere ich mich um die Kommunikation, auf die du dich beziehst.«

Pauls knirscht mit den Zähnen und berührt sein Haar auf die präzise Art und Weise, die es glättet und gleichzeitig seine Geheimratsecken verdeckt. »Wir werden später darüber reden.« Er geht zur Tür und wirft Hayden einen vernichtenden Blick zu, den sie allerdings nicht sieht, als er hinausgeht, mit William dicht auf seinen Fersen.

Hayden sah Pauls drohenden Blick nicht, weil sie zu sehr damit beschäftigt war, mich zu beobachten. »Was geht hier vor?«, sagt sie.

Ich gehe zurück zu meinem Stuhl und lege die Bewerbermappe auf meinen Schreibtisch. »Überhaupt nichts. Paul ist ein Arsch, das weißt du ganz genau. Aber er ist harmlos.«

»Ist er das?«, sagt sie und ihre Stimme tropft vor Bedeutung.

Ich sehe zu ihr auf. »Bitte halt dich da raus, Hayden. Halt dich von Paul fern. Und William.« William ist zu verdammt freizügig mit seinen Annäherungsversuchen. Und außerdem gefiel mir nicht, wie Paul Hayden ansah, als sie hereinkam. Er sah in diesem Moment nicht nur eine schöne Frau, welches Hayden eindeutig ist. Nein, sein Blick war kalkulierend als er sie beobachtete. Wer weiß, ob Paul jemals seinem Verlangen freien Lauf lassen würde, aber mir wäre es lieber, wenn Hayden auf Distanz gehen würde.

»Wir reden später weiter.« Ich sehe zur Tür und schicke ihr schweigend eine Botschaft, dass jetzt nicht der richtige Zeitpunkt ist, um darüber zu diskutieren.

»Ich habe später Pläne. Ich treffe mich mit Mira.«

Ich hebe meine Augenbraue. »Lässt du mich sitzen?«

Ihr Mund zuckt und sie versucht, ein Lächeln zu verbergen. »Nein, aber... du hast gestern schon bei mir übernachtet«, sagt sie leise. »Wir können nicht jeden Abend zusammen verbringen.«

Mir fällt beim besten Willen keinen Grund ein, warum nicht. Aber mir ist klar, dass das nicht rational ist. »Nun gut. Wir reden später weiter.«

Sie geht zur Tür.

Ich stehe auf und folge ihr. »Hayden.«

Sie dreht sich um und ich greife über ihre die Schulter und lehne die Tür an so, dass niemand hineinsehen kann. »Vermiss mich nicht zu sehr, ja?« Ich beuge mich zu ihr runter und küsse sie sanft.

Ihr Blick wendet sich, mit halb geschlossenen Augen, auf meinen Mund. »Du darfst die Regeln brechen, aber ich nicht?«

»Wenn ich es muss. Und ich musste dich küssen.«

Sie lächelt und öffnet die Tür. »Daran werde ich denken, wenn *ich* das nächste Mal etwas brauche.«

Kapitel Siebenundzwanzig

Hayden

Mira und ich sind gestern Abend letztendlich ins Kino gegangen. Wir sahen eine romantische Komödie, einen Weiberfilm, aber ich fand sie fantastisch. Ich konnte Pauls gestriges Verhalten nicht verstehen. Was zum Teufel war sein Problem? Sein Auftreten hat mir nicht versichert, dass bei Blue alles in Ordnung ist. Ganz im Gegenteil, unsere Begegnung in Adams Büro hat mich eher beunruhigt. Vielleicht war ich zu voreilig, in meiner Annahme, Adam habe nichts mit der hässlichen Seite des Blue Casinos zu tun. Das macht mir Kopfzerbrechen, da er mein neuer Freund ist.

Wir sind im Beacon Restaurant und Mira und Nessa schlürfen Rum Runners neben mir. Nach unserem Kinobesuch machten Mira und ich Pläne, uns heute Nachmittag mit Nessa zu treffen. Die Arbeit und wenn ich ehrlich bin, Adam, haben diese Woche meine Zeit in Anspruch genommen und ich wollte es mit den Mädels besprechen.

»Also du und Adam?«, sagt Mira. »Läuft alles gut? Versteht ihr euch gut?«

Ich hoffe inständig, dass er nicht in Pauls Plan verwickelt ist. »Du wärst überrascht, wie gut wir uns verstehen.« Mira blickt Nessa an, die leicht mit den Schultern zuckt. »Ist das so schwer zu glauben?«

Mira grübelt über ihrem Drink bevor sie antwortet. »Es ist nicht schwer zu glauben, dass bei euch die Chemie stimmt. Das war von Anfang an klar. Aber ja, ich glaube, ich habe noch nie gesehen, dass Adam es mit jemandem ernst gemeint hat. Oder du, was das betrifft. Die Arbeit hat immer an erster Stelle gestanden.«

Das stimmt, aber gleichzeitig ist Adam mir jetzt auch wichtig. »Ich kann es nicht erklären«, sage ich. »Wir kommen einfach gut miteinander zurecht.«

Nessa lächelt. »Ich verstehe was du meinst. Manchmal überrascht Lie... Äh, *Beziehungen* überraschen einen manchmal.«

»Das ist richtig.«, Ich grinse.

Mira kneift die Lippen zusammen, als ob sie skeptisch wäre. »Was ist mit Blue? Hast du in all der Zeit, die du mit Adam verbracht hast, etwas herausgefunden?«

»Nein, aber gestern gab es ein Problem mit Paul. Er hat sich sehr aufgeregt, als er herausfand, dass ich mit Adam zusammenarbeite, um seine Assistentin zu ersetzen.«

Miras Augenbrauen heben sich. »Hast du Adam danach gefragt?«

»Wir waren bei der Arbeit.«

»Aber danach?«

»Danach bin ich mit dir ins Kino gegangen. Ich hatte keine Gelegenheit dazu.«

Sie blinzelt mehrmals und lässt ihre langen, dunklen Wimpern klimpern, während sich ihre scharfsinnigen karamellbraunen Augen verengen. »Hayden, versprich mir bitte, dass du nicht wegen eines Mannes einen Rückzieher machst.«

»Nein, ich halte nur mein Urteil zurück, bis ich Beweise habe.«

Sie setzt ihren Rum Runner ab und beugt sich vor. »Aber du gehst der Sache nach, oder?«

»Das werde ich und das habe ich in der letzten Zeit auch schon getan. Die Suiten, von denen ich euch erzählt habe, sind nicht mehr im Bau, aber Blackwell hat Wachen davor positioniert, die mich nicht hineinlassen wollen.«

»Und das sagt dir nichts?«

»Natürlich tut es das. Aber alles, was es mir sagt, ist, dass Blackwell keine Mitarbeiter in die Suiten lässt. Was unseren CEO betrifft, stehe ich auf wackligem Boden. Das Letzte, was Blackwell tun wird, ist, für mich eine Ausnahme zu machen. Wenn du eine Idee hast, wie ich dort hineinkommen kann, bin ich ganz Ohr.«

Mira schürzt ihre wohlgeformten Lippen und dreht sich zu Nessa. »Was denkst du?«

Nessas Gesichtsausdruck ist nachdenklich. »Jetzt, wo du es erwähnst, erinnere ich mich an etwas. Vor ein paar Tagen erhielt ich in der Marketingabteilung einen Anruf von einer Lieferantin, die unsere Kontaktdaten verloren hatte. Sie war auf der Suche nach jemandem, der für eine Party, die das Casino angeblich in der Nacht der Burleske-Show und der Auktion veranstaltet, maßgeschneiderte Servietten bestellt hat. Ich fragte sie, für welche Party und sie sagte, es sei für irgendeine feierliche Eröffnung. Als ich ihr sagte, ich wüsste nichts von einer feierlichen Eröffnung, stotterte sie und legte schnell auf. Wenn die Suiten fertig sind«, fuhr sie langsam fort, »und das Burleske- und Auktionsevent am selben Abend stattfindet, glaubst du, dass das die Party für die neuen Suiten ist? Ich meine, wenn die Marketingabteilung an der Werbung für die Suiten beteiligt wäre, was wir nicht waren und das ist seltsam, würden wir sie den wohlhabenden VIPs zeigen, die in die Stadt kommen. Eine Party für die Suiten während des Burleske-Wochenendes zu schmeißen, ergibt Sinn.«

»Genau«, sagt Mira. »Sie nutzen die Veranstaltung, um die neuen Liebeshöhlen vorzustellen.«

Ich kann zwei und zwei zusammenzählen wie jede andere Person, aber das ist ein Zufall, von dem ich wünschte, er wäre nicht wahr. Ich starre auf den See hinaus. »Wenn ich es bis dahin nicht in die Suiten schaffe, muss ich auf diese Party gehen.«

»*Eine* von uns muss hingehen«, sagt Mira.

Ich schüttle den Kopf. »Du hast keine Zeit. Erinnerst du dich nicht mehr? Du gehst an diesem Abend zu Tylers Herausgeber-Dinner.«

Mira flucht.

Nessa trommelt mit ihren Fingern auf die Tischplatte. »Ich werde da sein, aber ich helfe meinem Boss, im Club Party-Geschenke zu verteilen. Ich werde nicht in der Lage sein, mich zu verdrücken.«

»Aber ich kann es«, sage ich.

»Hayden.« Mira blickt mich warnend an. »Du hast gerade gesagt, sie lassen dich nicht in die Suiten. Sobald Blackwell merkt, dass du da bist, lässt er dich rausschmeißen.«

»Nicht, wenn er nicht weiß, dass ich es bin. Du sagtest, in der letzten Suite hätten Drogen herumgelegen. Ich muss da nur hereingehen und ein paar Fotos machen. Ich könnte mich als Kellnerin verkleiden oder so was.«

»Und du würdest aussehen wie du selbst in einer Kellnerinnen-Uniform. Jeder weiß, wer du bist. Wenn Blackwell darüber informiert ist, dass du versucht hast, in die

Suiten zu gelangen, hat er wahrscheinlich sein Personal gewarnt.«

»Das Personal, das Adam eingestellt hat«, sage ich und setze alle Bausteine zusammen.

»Adam wollte nicht, dass ich mit den Neueinstellungen zu tun habe und er hat einen Safe in seinem Büro, in dem er seine Akten aufbewahrt. Ich habe ihn gestern gesehen. Wer bewahrt seine Akten in einem Safe auf?«

Meine Handflächen werden klamm. Ich möchte Adam vertrauen, aber Mira hat recht. Ich kann meinen Kopf nicht in den Sand stecken, weil ich mich um ihn sorge. Nicht bei so etwas.

Mira schüttelt den Kopf. »Denk nicht einmal daran, in den Safe einzubrechen. Deine Tage als Einbrecherin sind vorbei«, sagt sie und ich runzelte die Stirn. »Gib es zu. Du warst scheiße.«

»Na gut, okay. Ich bin im Büro des Facilitiy-Managers erwischt worden. Außerdem will ich Adam nicht anlügen. In seinem Büro herumzuschnüffeln wäre unehrlich. Und eine gruselige Freundinnen-Aktion.«

Miras Augen weiten sich. »Bist du jetzt seine Freundin?«

Mist. Ich streiche eine Haarsträhne hinter mein Ohr. »Wir sehen sonst niemanden und ja, er stellte mich seiner Familie als seine Freundin vor.«

Miras Stimme wird eine Oktave höher. »Du hast seine Familie kennengelernt?«

»Nur ganz kurz. Es ist nicht so, wie du denkst.«

Ich weiß nicht, warum ich mich verteidige. Mit Adam zusammen zu sein fühlt sich richtig an.

»Hayden.« Nessa lächelt. »Es ist okay. Ich bin mir sicher, Adam mag dich wirklich. Es ist wirklich süß.« Ihre Brauen ziehen sich zu einem V zusammen. »Wie wäre es, wenn du ihn direkt nach den Bliss-Suiten fragst, anstatt hinter seinem Rücken herumzuschnüffeln.«

Ich hätte schon vor Tagen mit Adam reden können. Ich wollte es nicht, weil ich keinen Streit beginnen wollte. Zu diesem Zeitpunkt hatte ich keine Beweise dafür, dass die Bliss-Suiten mit der Suite verbunden waren, die Mira und Tyler gefunden hatten. Aber nachdem ich in das gestrige Treffen zwischen Adam, Paul und William hineingeplatzt bin und jetzt mit dieser Enthüllung über eine Eröffnungsparty... habe ich Angst.

»Was, wenn ich ihn frage«, sage ich, »und er sagt mir, er weiß alles über Bliss und es ist so schlimm, wie wir denken? Oder er sagt mir, dass er nicht involviert ist, obwohl er es doch ist?«

Nessa langt über den Tisch und drückt meine Hand. »Er mag dich, Hayden. Gib ihm eine Chance.«

Ich lasse meinen Kopf in meine Hände fallen. »Gott, du hast recht. Wir sind erst seit einer Woche zusammen und ich vermassle schon alles. Er hat nichts getan, um mein Misstrauen zu verdienen.«

»Nun...« Mira steht auf und beschattet ihre Augen mit der Hand und sieht aufs Wasser hinaus. »Das ist deine Gelegenheit, ihn zu fragen.«

»Wovon redest du?« Ich sehe in die gleiche Richtung. Zur Beacon Anlegestelle. Und sehe Adam, Zach und Tyler, wie sie aus einem großen Ski-Boot steigen.

»Was machen die hier?« Meine Stimme bricht und okay, ich kriege Panik.

Ich bin noch nicht bereit, Adam zu konfrontieren. Ich will zu ihm rennen und ihn umarmen, nicht ihn beschuldigen, mit dem Blue Casino unter einer Decke zu stecken.

Diesmal ist es Mira, die schuldig dreinblickt. »Nun, also, wisst ihr, ich habe sie sozusagen eingeladen. Tyler wollte heute mit mir abhängen und ich hatte Pläne mit euch Mädels. Er hat mich vielleicht, äh, davon überzeugt, durch geschickte Taktiken, zu verraten, wo wir sein würden.«

Nessa verzieht das Gesicht. »Bitte spar' uns die Details.«

Mira runzelt die Stirn. »Er ist überzeugend! Ich meine, Scheiße, sieh ihn dir an.«

Und das tun wir. Wir blicken zu den drei Männern, die den Strand überqueren und alle anderen in der Nähe tun es auch. Weil sie hinreißend sind. Adam trägt Board Shorts und ein tailliertes T-Shirt, seine Baseballmütze ist nach hinten gedreht. Er ist leicht golden gebräunt und hat wahnsinnig sexy Beine, in die ich das Vergnügen hatte, mich zu verheddern. Er trägt eine Aviator Sonnenbrille und ein selbstgefälliges Grinsen und ich kann mir nicht helfen, als ich anfange zu sabbern.

Als ich meinen Blick von meinem unglaublich gutaussehenden Freund abwende, bestätigt ein kurzer Blick auf Tyler und Zach, dass auch sie verdammt gut aussehen. Nicht so gut wie Adam, aber niemand sieht auch nur annähernd so gut aus wie er.

Das Beste an diesem ganzen Heiße-Typen-überqueren-Sandstrand-Bild, ist, dass Adam mich direkt anblickt. Er scheint nicht zu bemerken oder sich darum zu kümmern, dass jeder Frauenkopf in seine Richtung gedreht ist.

Adam betritt die Terrasse, auf der Mira, Nessa und ich stehen und nimmt mich in seine Arme. »Hey, meine Schöne. Hast du mich vermisst?«

Mein Gesicht hat die Temperatur eines Ofens. Seit ich ihn das letzte Mal gesehen habe, habe ich ununterbrochen an ihn gedacht, sogar während dieses verdammten Weiberfilms und er weiß es. »Vielleicht.«

»Ich werde dich daran erinnern müssen, warum du mich so sehr magst. Später. Im Bett.« Er flüstert mir den letzten Teil ins Ohr und jagt mir einen Schauer über den Rücken.

Das Komische ist, dass Sex mit Adam nicht einmal der beste Teil ist. Mit ihm beim Essen zu lachen, mit ihm im Bett zu kuscheln oder über demütigende Lebenserfahrungen zu sprechen und ihn in meinem Namen empört zu sehen, das sind die besten Situationen. Der unglaubliche Sex ist nur ein massives Sahnehäubchen, ebenso wie sein hübsches Gesicht.

Adam stellt mich wieder auf die Beine und ich sehe mich um, um die Blicke aller auf uns zu finden. Mira lächelt, ihren Arm um Tylers Taille geschlungen und Tyler sieht Adam an, als hätte er den Mann noch nie gesehen, obwohl sie sich seit mindestens zehn Jahren kennen. Zach und Nessa werfen uns hier und da heimliche Blicke zu, aber sie haben die guten Manieren, nicht zu glotzen.

Zach rückt Nessa den Stuhl heraus und stiehlt einen riesigen Schluck ihres Rum Runners, während sie sich setzt.

Tyler winkt die Kellnerin heran und die Männer bestellen mehr Getränke und Essen.

»Also, was denkt ihr, meine Damen?« Adam drapiert seinen Arm über die Lehne meines Stuhls, sein warmes, muskulöses Bein stößt ab und zu gegen meins. Das habe ich vermisst. Wir können bei der Arbeit nicht flirten und Adams Flirten ist ungefähr so verführerisch wie seine Hände auf meinem Körper. Okay, nicht ganz.

Er sieht mich an. »Wollt ihr eine Bootstour mit uns machen?«

Ich werfe ihm einen Blick zu. »Ich wusste nicht, dass du ein Boot besitzt.«

Er grinst. »Du hast nicht gefragt.«

»Natürlich, denn das ist eine Frage, die in einem beiläufigen Gespräch aufkommt.«

Er schmunzelt. »Und? Hast du Lust?«

Ich sehe mich am Tisch um und sowohl Mira als auch Nessa nicken zustimmend.

»Okay, gerne«, sage ich. »Ich schätze unser Mädelslunch ist jetzt ein Gruppendate.«

Kapitel Achtundzwanzig

Adam

Wir beenden unseren Lunch im Beacon und ich befördere meine Piratenbeute, damit meine ich meine schöne Freundin, mit den Jungs auf mein Boot.

Als Zach anrief und vorschlug, mit der Chaparral auf den See zu fahren, musste er mich nicht zweimal Fragen. Der Himmel strahlt in einem klaren Blau und die Temperatur ist in den hohen Zwanzigern. Ich begrüße jeden Grund, auf den See hinauszufahren, besonders an einem Tag wie diesem. Und als er vorschlug, die Mädels abzuholen, habe ich alles stehen und liegen lassen, um ihn und Tyler abzuholen. Denn, so schwer es mir fällt es zuzugeben, ich habe Hayden gestern Abend wie verrückt vermisst.

Wir haben ein paar Nächte getrennt voneinander verbracht, seit ich vor über einer Woche mit der Arbeit an ihrem Schrank begann und ich muss sagen, ich bin kein Fan. Ich möchte meine gesamte Freizeit mit Hayden verbringen, aber ich muss mich etwas einbremsen. Unsere

Beziehung ist ganz frisch und ich will Hayden nicht überrumpeln. Ich bin mir nicht sicher, wie ich mich verhalten soll, wenn es um sie geht.

Als Hayden sagte, sie hätte Pläne mit Mira, habe ich mich schließlich dazu entschlossen mit Wes abzuhängen. Wir waren auf einem Nachtgolfplatz und tranken Bier. Wie immer hatte ich eine tolle Zeit mit meinem Bruder, aber das war nichts im Vergleich zu dem Moment, in dem ich Hayden von der anderen Seite der Beacon-Terrasse aus sah. Mein Herz schlug mir in den Ohren, als wäre ich im Endspurt eines Marathons.

Ich wusste, dass sie dort sein würde, deshalb sind wir heute hergekommen. Immer wenn Hayden mich sieht, nachdem wir Zeit voneinander getrennt verbracht haben, leuchten ihre Augen auf, welches mein Herz fast platzen lässt. Denn dieses Lächeln ist hundertprozentig echt. Im Umkreis meines Vaters war ich von vielen oberflächlichen Menschen umgeben. Im Vergleich dazu, gibt es bei Hayden keine Heuchelei. Sie ist das einzig Wahre, daher weiß ich, dass ich ihr vertrauen kann.

Mira und Tyler faulenzen vorne im Boot und Zach und Nessa liegen ausgestreckt auf den Sitzen im hinteren Teil des Boots. Hayden sitzt neben mir, in kurzer Hose und einem blassen mintfarbenen Tanktop, das locker an ihren Kurven anliegt. Sie schiebt sich die Sonnenbrille auf den Kopf und lächelt, als ich den Motor starte und dem Wärter an der Beacon Anlegestelle zuwinke.

»Sie lassen dich hier einfach parken, wann immer du willst?«, fragt sie.

»Na klar«, sage ich, während ich rückwärtsfahre und das Boot durch die Kielwasserfreie Zone steuere.

Zach lacht von hinten. »Cade hat einen Pass zu jedem Dock am See.« Ich wende mich Zach zu und funkle ihn an. »Was? Es ist wahr«, sagt er.

Hayden schlüpft aus ihren Flip-Flops und lehnt sich in ihrem Sitz zurück. »Was bedeutet das?«

»Gar nichts.«

»Sei nicht so bescheiden«, sagt Zach von hinten. »Es bedeutet, Hayden, dass dein Freund, weil er ein reicher Kerl ist und jeder seinen Vater kennt, hingehen kann, wo er will.«

»Das ist nicht wahr«, entgegne ich. »Das Hyatt hasst es, wenn ich an ihrer Anlegestelle an der Nordküste andocke.«

Zach lacht. »Das liegt daran, dass du im Sommer nach unserem Abschluss in ihre Partyyacht gekracht bist.«

»Es war ein leichter Stups«, sage ich gereizt. »Und der Fahrer des anderen Bootes war betrunken.«

Nessa legt ihre kleinen Beine über Zachs fleischige Oberschenkel und streckt ihr Gesicht der Sonne entgegen. Zach legt abwesend eine Hand auf ihren Oberschenkel. »Es geht das Gerücht um«, fährt er fort und ignoriert meinen Blick, »dass der Typ im Hyatt sagte, *du* wärst betrunken gewesen.

Ich schüttle meinen Kopf und sehe hinüber zu Hayden. »Ich würde nie trinken und dann Boot fahren.«

Sie wirft einen Blick zu der Kühlbox, die Tyler gerade durchwühlt. »Niemals?«

»Nun, ich biete es an, aber nein, ich trinke nie, wenn ich das Boot fahre. Meinen Brüdern und mir wurde die Gottesfurcht eingeflößt, als wir die Sicherheitsvorschriften auf dem Wasser lernten.« Ich schmunzle. »Wir wurden von einem Club Tahoe Platzwart unterrichtet, der ein ehemaliger Navy SEAL war. Er quälte uns wie in einem Bootcamp, bevor er uns erlaubte, irgendetwas auf dem Wasser zu bedienen. Hunt ist der größte Fanatiker für die Bootssicherheit, aber wir anderen sind es auch.

Hayden starrt aufs Wasser hinaus und lächelt eine

vorbeifahrende Paddelboarderin an, ihre Hände auf dem Schoß verschränkt. Sie sieht entspannt und glücklich aus.

»Irgendwann müssen wir mal ohne den Rest der Bande mit dem Boot rausfahren«, sage ich mit leiser Stimme. Sie sieht herüber. »Das bedeutet nicht, dass ich unsere normale Umgebung ändern möchte, denn ich mag dein Haus.«

Wir waren noch nie in meinem Haus am See und ich vermisse es nicht. Aber ich vermisse das Boot.

»Das würde mir gefallen«, sagt sie und meine Brust füllt sich mit Wärme. Ich bin mit meiner Freundin auf dem See und ich war noch nie glücklicher als in diesem Moment.

Hayden

MIRA, Nessa und ich nippen an Margaritas aus der Dose, die Tyler freundlicherweise zu den Bieren mitbrachte, während wir auf dem in der Emerald Bay verankerten Boot leicht schaukeln und die Sonne genießen. Die Jungs zogen ihre Shirts aus, was in Adams Boot ein sehr, sehr schöner Anblick ist.

Adam hat einen Fuß auf die Kühlbox gestützt und lächelt mich an. Wie soll ich mit ihm über Blue sprechen, wenn er mich so ansieht? Diese Beziehung, die wir aufbauen, ist anders. Sie ist etwas Besonderes, und ich will nicht, dass etwas zwischen uns kommt.

Sein Lächeln schwindet langsam, als könnte er meine Gedanken spüren. Er beugt sich vor und öffnet den Mund, aber bevor er etwas sagen kann, lenkt der Klang von Plätschern unsere Aufmerksamkeit auf sich.

Nessa greift über den Rand des Bootes und spritzt

Zach an. Er ist bereits nass, also muss sie ihn vor einigen Sekunden auch schon erwischt haben. Sie setzten sich auf die Sitze auf dem kleinen Deck am Heck, und das Wasser liegt ihnen direkt zu Füßen. Zach schüttelt den Kopf wie ein Hund, bespritzt sie mit Wasser, und sie lacht.

Nessa sieht herüber und grinst. »Lasst uns ins Wasser gehen. Was sagt ihr Jungs dazu?«

»Du hast deinen Badeanzug nicht dabei«, betont Zach.

»Ich trage strapazierfähige Unterwäsche.« Seine Augen werden schmal. »Du hast keine strapazierfähige Unterwäsche - nicht, dass ich mich beschwere.» Er grinst teuflisch.

»Ich habe meine neue Boy-Cut-Unterwäsche an. Das ist wie ein normaler Badeanzug, nur aus Baumwolle.«

Er runzelt die Stirn. »Ich bin dabei.« Er blickt zu Adam und Tyler, »Seid ihr dabei?«

Tyler antwortet, indem er aufsteht und seine Arme ausstreckt. Er tritt an die Seite des Bootes und taucht über Bord.

»Ich schätze, wir gehen auch.« Mira fängt an, ein Floß von der Größe eines Frisbees aufzublasen.

»Was ist das?«, frage ich.

Sie verschließt das Ende und setzt ihre Dose Margarita in der Mitte ein. »Ein schwimmender Bierhalter«.

Mira lässt ihren Margarita sanft im Wasser treiben und zieht dann ihr schulterfreies T-Shirt aus, unter dem ein knappes Tank-Top zum Vorschein kommt. Sie lässt ihre Shorts fallen und taucht nach Tyler ins Wasser.

Eine Sekunde später taucht ihr nasser Kopf aus dem Wasser, »Verdammt! Es ist eiskalt.« Sie schlägt um sich, vermutlich um sich aufzuwärmen. «Tyler, komm hier rüber. Ich brauche deine Körperwärme.«

Tyler schwimmt zu Mira und schlingt seine Arme um sie und grinst über ihre theatralisch klappernden Zähne. Sie klammert sich an ihn wie ein Koalabär.

Mira ist Washoe, einer der Ureinwohnerstämme des Lake Tahoe, daher finde ich es verdammt komisch, dass sie im Wasser ein totales Weichei ist. »Mira, was ist mit Deinen einheimischen Wurzeln geschehen?«

»Wirf mir das nicht an den Kopf«, ruft sie. »Komm du doch hier rein und sieh selbst, wie warm es ist«.

Adam sieht mich an und hebt die Augenbraue.

»Ich kann nicht«, sage ich leise.

»Feige?«, fragt er leise.

»Nein. Ich trage nur… unpassende Unterwäsche«, murmle ich. Mein Gesicht erwärmt sich und ich winde mich in meinem Sitz.

Er beugt sich plötzlich sehr interessiert vor. »Was trägst du da drunter?« Seine Blick gleitet meinen Körper hinab.

Es sollte mir nicht peinlich sein. Er hat das, was unter meinem Oberteil ist, schon oft gesehen, weil wir in der vergangenen Woche… *aktiv* waren.

Schnell flippe ich mein loses Tank-Top hoch, um ihm einen Blick zu gewähren.

Sein Lächeln schwindet und sein erhitzter Blick trifft den meinem. Er atmet ein und reibt eine Hand über seinen Mund. »Lass uns von hier verschwinden. Ich kann sie alle in zehn, vielleicht fünfzehn Minuten nachhause bringen.«

Ich lache. »Adam, das können wir nicht tun.«

Er greift über das Boot, zieht mich auf seinen Schoß, küsst meinen Nacken und zerrt mein Top herunter, um an den BH zu gelangen, den ich ihm gerade gezeigt habe. »Warum nicht? Wer kümmert sich überhaupt um die?«

»Äh, du? Weil sie deine Freunde sind?«

»Wenn einer von ihnen in meiner Position wäre, würden sie mich schneller abservieren, als ich blinzeln kann.«

Ich lache und verscheuche seine übergriffigen Hände.

Eine seiner Handflächen rutscht an meinem Bein hoch, und die andere drückt heimlich die Seite meiner Brust unter meinem Top. »Du bist ungezogen.«

»Du kannst mir nicht einfach deine Unterwäsche zeigen und dann erwarten, dass ich mich beherrsche.«

»Du wolltest doch wissen, warum ich nicht ins Wasser kann.«

Er wirft mir einen unverblümten Blick zu. »Und jetzt bekomme ich das Bild nicht mehr aus meinem Kopf«

»Hey«, ruft Mira. »Was passiert da oben? Kommt ihr rein, oder was?«

»Nein!«, schreit Adam im selben Moment, in dem ich: »Vielleicht« sage.

Er schüttelt den Kopf. »Auf keinen Fall. Nein.« Er beugt sich vor, bis sein Mund mein Ohr berührt. »Dein BH ist durchsichtig.«

»Naja, ich habe eben an dich gedacht.« Ich schüttle mich, um seine Hand, welche mit jeder Sekunde dreister wird, von unter meinem Oberteil zu verscheuchen. Seine Finger stecken in meinem BH, und er macht ungehörige Dinge mit meiner Brustwarze, die mein Herz zum Rasen bringen. »Ich dachte, du würdest später vorbeikommen, und ich würde mich vielleicht passend für den Anlass anziehen.

»Und dafür danke ich dir. Aber unter keinen Umständen möchte ich, dass meine Freunde dir auf deine schönen Brüste starren«. Die Hand, die ich aus meinem Oberteil befreien konnte, legt sich fest um meine Taille.

»Soll ich mit meinen Klamotten reingehen?«, frage ich.

Sein Blick schweift zur Seite, als ob er nachdenkt. »Ist dein Höschen auch so?« Ich lächle, und er schüttelt den Kopf mit einem Knurren. »Du bringst mich um. Das weißt du, oder?«

Ich wollte ihn später mit meinen sexy Dessous beeindrucken und nicht, während unsere Freunde dabei sind.

»Ich hab's.« Er greift nach dem T-Shirt, das er vor meinen Stuhl geworfen hatte, und wirft es mir über den Kopf.

Ich stehe da mit Adams Shirt, das mir bis knapp oberhalb die Knie reicht.

Ich ziehe das Mädchen-Ding durch und manövriere mich unter dem T-Shirt aus dem Tank-Top und ziehe meine Shorts aus. »Gut?«

Als Antwort hebt Adam mich hoch und springt über Bord. »Kanonenkugel!«

Ich keuche, würge und lache und schlage ihm auf die Brust. »Verflucht!«

Er grinst und schwimmt davon, taucht unter das dunkle, seegras-farbige Wasser. Er taucht ein paar Meter neben mir auf.

Mira lacht, also spritze ich sie an und sie spritzt zurück, und macht einen Volltreffer. Das Seewasser dringt in meine Nase, meinen Mund und in meine Augen.

Ich tauche unter das Wasser, um wegzukommen. Als ich wieder auftauche, hängt Nessa an Zach, ihre Arme um seine Schultern geschlungen, und sie schlägt mit ihren kleinen Füßen auf das Wasser, um Mira anzuspritzen. Sie grinst wie eine Irre.

Tyler schüttelt den Kopf zu Nessa hin. »Jetzt hast Du es geschafft.«

Mira macht eine entschlossene Miene. Ich kenne diesen Blick, also tue ich, was jeder vernünftige Mensch tun würde, und gehe in Deckung.

Mira richtet den Angriff ihrer Orkanhände auf Nessa und Zach, und die Hölle bricht los. Ich schaue zu und gratuliere mir, dass ich aus dem Gefecht herausgekommen bin, als sich etwas unter mein T-Shirt schlängelt und mir an den Hintern fasst. »Ahh!«

Adam taucht auf und wirft sein Haar zur Seite, ein breites Grinsen im Gesicht.

Ich legte meine Arme um seine Schultern, denn Mira hatte recht: Das Wasser ist eiskalt. »Du hast mich zu Tode erschreckt.« Er hält mich hoch und ich küsse seine Wange, die leicht gekühlt und etwas stoppelig ist, aber ich *liebe* ihn...

Oh, mein Gott! Mein Lächeln schwindet.

»Was ist los?«, sagt er.

Ich gebe ihm ein kurzes Grinsen und ein Zwinkern. »Nichts.« Ich fahre mit den Fingern durch sein Haar, schließe die Augen und küsse seine Schläfe, wobei meine Lippen eine Sekunde zu lang dort ruhen, aber er lässt nicht los. Er hält mich noch fester.

Das war abzusehen. Ich ahnte, dass das kommen würde, aber ich dachte, wir würden uns trennen, bevor so etwas passiert, oder dass sich mein erster Eindruck von Adam bestätigen würde. Aber diesen Mann kann ich nicht einmal mehr sehen. Ich sehe nur den, der vor mir ist. Mit mir zu lachen, mich zu halten und mich auf eine Weise zu lieben, wie es sonst niemand getan hat. Es ist heiß und intensiv, und gleichzeitig so sanft. Und ich will, dass es niemals endet.

Ich muss Adam wegen Blue fragen. *Weil* ich ihn liebe.

Nicht über die Arbeit zu sprechen und das, was mich beunruhigt, das kommt mir langsam wie eine Lüge vor. Das Letzte, was ich tun möchte, ist Adam anzulügen.

Kapitel Neunundzwanzig

Adam

Wir setzen unsere Freunde ab und gehen zu mir, um uns umzuziehen.

Hayden sieht sich im Wohnzimmer um. »Wieso gehen wir nie hier in dein protziges Haus am See? Mein Haus sieht im Vergleich dazu aus wie eine Bruchbude.«

Ich blicke zu den Decken-Balken und der großzügigen Aussicht auf den See. »Es ist nett, aber es passt mir nicht mehr. Dein Haus bist *du*. Ich will sein, wo du bist.«

Sie betrachtet mich und ein Lächeln breitet sich langsam über ihr Gesicht aus. Bei diesem Lächeln werde ich schwach. »Okay«, sagt sie leise.

In meinem XKR machen wir uns auf den Weg zu Haydens Haus und für einen kurzen Augenblick erlebe ich ein Déjà-vu. Ich habe das geträumt – durch die Berge zu fahren, ohne meine Augen von Haydens fantastischen Beinen wenden zu können, das intensive Gefühl etwas so sehr zu wollen und zu wissen, dass ich es haben kann. Sie wollte mich auch. – Es war der

Morgen, an dem ich zufällig in Haydens Bett einge-schlafen war. Und hier sind wir, fast zwei Wochen später.

Ich nehme ihre Hand und drücke sie, während ich einen Blick zu ihr hinüberwerfe. Sie sieht aus dem Fenster während sie auf ihrer Unterlippe herumkaut. »Hey,« sage ich. »Alles in Ordnung?«

Sie schüttelt den Kopf.

Das ist nicht so wie in meinem Traum. In meinem Traum ist sie glücklich, nicht bekümmert. »Was ist los? Hattest du heute keinen Spaß?« Für mich war es einer der besten Tage, an den ich mich erinnern kann, aber das spielt keine Rolle, wenn sie nicht glücklich ist.

Sie blickt zu mir, dieser besorgte Ausdruck immer noch in ihrem Gesicht. »Ich hatte eine schöne Zeit. Es gibt einfach etwas, worüber wir reden müssen.«

Meine Gedanken rasen. *Sie will das nicht. Sie zweifelt an uns.* Aber ich zwinge mein Unterbewusstsein ruhig zu blei-ben. »Du kannst mit mir über alles sprechen.«

Sie atmet aus und ihre Schultern entspannen sich merklich. »Okay. Ich weiß, dass ich das kann. Oder ich meine, dass ich das kann. Es ist nur – es hat mit der Arbeit zu tun. Und was die Arbeit angeht, waren wir nicht immer gleicher Meinung.«

Mist.

Sie hat recht.

Es gibt Dinge in meinem Job, über die ich mit ihr nicht sprechen kann. Und nicht, weil ich es nicht will, sondern weil es gefährlich ist. »Sag mir einfach, was dich bedrückt und dann sehen wir weiter?«

Sie lächelt mich sanft an, blickt dann geradeaus und nimmt einen tiefen Atemzug. »Ich muss dich nach den Blue Stars fragen.«

»Paul und die anderen?«, sage ich. »Haben sie etwas

getan?« Der Gedanken daran stellt mir die Nackenhaare auf.

»Nein – na ja, ich weiß nicht«, sagt sie. Meine Augen sind auf die Straße gerichtet, aber aus meinem Augenwinkel sehe ich, wie sie mich mustert. »Hast du dich nie gefragt, was sie so besonders macht? In jeder anderen Firma arbeiten die Angestellten zusammen. Aber bei den Blue Stars werden alle vom CEO persönlich ausgewählt und scheinen die totale Kontrolle zu haben, ungeachtet ihrer Position.«

Ich rolle in ihre Einfahrt, schalte den Motor aus und drehe mich zu ihr. »Ich habe nie darüber nachgedacht. In jedem Unternehmen werden gewisse Mitarbeiter vorgezogen.« Ich ergreife ihre Hand. »Ich mag nicht, wie Blackwell dich behandelt. Es macht mich wahnsinnig. Aber versuche, es nicht an dich ranzulassen. Du bist sehr kompetent und gut in dem, was du tust.«

»Aber du bist ein Teil davon – den Blue Stars. Du unterstützt die Art wie sie mich und die andern behandeln.«

»Ich werde nicht als Blue Star angesehen. Ich arbeite mit ihnen zusammen. Es ist Teil meines Jobs.« Ich sehe weg und versuche zusammenzureimen, worum es hier geht. »Möchtest du, dass ich in deinem Namen etwas sage? Ich dachte, du wolltest nicht, dass ich mich einmische, aber –«

Sie zieht ihre Hand weg. »Ich kann auf mich selbst aufzupassen. Das habe ich schon lange bevor du aufgetaucht bist gemacht.«

»Du hast nur wenige Monate vor mir bei Blue angefangen,« stelle ich fest, was sie scheinbar nur noch mehr verärgert. Mein verdammtes Mundwerk.

»Was hat das mit irgendwas zu tun? Sie haben mich

eingestellt, weil sie dachten, sie konnten mich kontrollieren.«

Ich schüttle meinen Kopf. »Hayden, du ziehst voreilige Schlüsse. Paul und William und die anderen sind Trottel. Lass dich nicht unterkriegen.«

»Und was ist mit Blackwell? Denkst du er ist einfach irgendein Trottel?«

Ich lege mein Handgelenk auf das Lenkrad. Jetzt bin ich mittendrin, dann kann ich es jetzt genauso gut durchziehen. »Nein. Ich denke er hat eine für uns kaum vorstellbare Macht.«

Sie seufzt. «Ich stimme dir zu. Darum erwähne ich das. Nicht weil du mich retten musst.«

Sie ist verärgert, aber mein eigener Frust wächst. »Warum sagst du mir nicht, was dich wirklich stört?«

Sie kreuzt ihre Arme über ihrer Brust und sieht mich herausfordernd an. Ich weiß bereits, dass mir das, was jetzt kommt, nicht gefallen wird. »Ich glaube, Blackwell benutzt Blue, um illegale Geschäfte abzuwickeln.«

Nein, wo das hinführt behagt mir wirklich nicht.

Hayden vermutet etwas, sonst hätte sie nicht im Büro des Facility-Managers herumgeschnüffelt. *Auf der Suche nach Beweismitteln*, wie Lewis sagte. Hayden versucht herauszufinden, was sie bisher übersehen hat.

Ich weiß nicht, wozu Blackwell noch fähig ist, doch meine Fantasie füllt die Lücken ziemlich schnell, wenn man bedenkt, welche Ressourcen er in Bliss gesteckt hat. Ehemalige Soldaten, die nach seiner Pfeife tanzen und die geheimnisvolle Quelle, die ihm seine Drogen über angeheuerte Escort-Frauen liefert. Und wenn Hayden irgendetwas davon weiß, wird sie versuchen etwas dagegen zu unternehmen. Sie will nicht, dass ich sie rette, doch ich kann ihr auch nicht die Informationen geben, die sie sucht, denn sonst werde ich sie in die Schusslinie bringen.

Ich muss das im Keim ersticken und sie vom Thema abbringen. »Vermutungen sind keine Beweise.«

»Und das klingt nicht nach einer Verneinung,« sagt sie. »Was hast du bisher vor mir verheimlicht?«

Ich seufze. »Ich weiß, was die anderen Manager wissen.«

Das war eine vage Antwort, doch ehrlich. Ich weiß nur zufällig ein paar Details mehr als die anderen Manager.

»Nicht alle Manager wissen von Bliss.«

Mein Kiefer mahlt. Die verdammten Dokumente im Büro des Facility-Managers. Ich wusste, dass sie sie gefunden hat. »Ich bin nicht befugt mit dir darüber zu sprechen,« sage ich. Sie schüttelt ungläubig den Kopf. »Das ist mein Job, Hayden. Es wäre falsch von mir, dich nach vertraulichen Informationen über die Angestellten zu fragen. Bitte versetze mich nicht in die gleiche Lage«.

Sie steigt aus dem Wagen, und ich folge ihr zur Veranda. Hayden dreht den Schlüssel, öffnet die Tür und steht auf der Türschwelle. »Was die machen ist illegal. Mira und Tyler wissen es. Lewis, Gen und die anderen auch. Wir haben versucht Beweise zu finden, die wir der Polizei übergeben können.«

»Verdammt, Hayden.« Ich fahre mit steifen Fingern durch meine Haare. »Benutze Blue nicht um dich für die Vergangenheit zu rächen. Es geht hier nicht um dich und wovon du da sprichst wird Konsequenzen für dich haben.«

Zitternd atmet sie aus. »Was ich tue ist richtig. Und was ist mit dir?«

»Woher willst du wissen, dass ich etwas falsch mache?«, erwidere ich.

»Arbeitest du mit ihnen?«, fragt sie.

»Ja.«

»Dann habe ich meine Antwort.«

Sie bewegt sich, um die Türe zu schließen und ich lege

meine Hand auf das Holz, um sie davon abzuhalten. »Lass mich rein. Wir sollten darüber sprechen.«

»Es gibt nichts zu besprechen.« Ihre Stimme schwankt, als ob sie versucht sich vom Weinen abzuhalten.

Mein Magen dreht sich und meine Brust zieht sich zusammen. Ich drücke die Tür auf und versuche sie in meine Arme zu ziehen, doch sie macht einen Schritt zurück.

»Bitte geh,« sagt sie. »Ich brauche Zeit zum Nachdenken.«

»Machst du Witze? Ich bin nicht der beste Liebhaber, Hayden. Ich habe einige Beziehungen verbockt. Aber ich weiß, dass Kommunikation wichtig ist. Stoß mich nicht weg.« Ich streiche mit meinem Finger über die, die sie an der Türe hat. »Lass uns reden, damit wir eine Lösung finden können.«

»Ich will ja,« sagt sie mit sanfter Stimme, ihre Augen fixieren meinen Finger, der kreisförmig über ihre streicht. »Aber das zwischen uns ist so schnell passiert. Und die Dinge, die ich bei Blue vermute, sind riesig.« Sie sieht mich durchdringend an. »Sie sind wichtig, nicht nur für mich, sondern auch für unsere Freunde und alle anderen, die von Blackwell und dem Casino betrogen wurden. Ich werde es nicht ignorieren, so wie es die Geschäftsleitung gemacht hat, als Gen ihre Anschuldigungen gegen Drake Peterson vorgebracht hat. Vielleicht *ist* das meine Wiedergutmachung dafür, dass ich mich vor all den Jahren aus der Stadt vertreiben ließ, aber es ist auch gefährlich so zu tun, als wäre nichts. Ich kann nicht zulassen, dass jemand verletzt wird, wenn ich es verhindern kann, verstehst du das nicht?« Sie schluckt und atmet zitternd ein. »Also wirst du mir erzählen, was im Blue und diesem Bliss abgeht?«

Ich blicke auf und knurre. »Ich kann nicht.«

Diesmal werden ihre Augen feucht und sie nickt.

»Dann wird das nichts mit uns. Nicht jetzt. Nicht wenn du Blackwell unterstützt und das, was ich glaube, dass im Casino abgeht.«

»Warte, Hayden. Du verstehst das nicht. Und ich kann dir die Antworten nicht geben, die du brauchst, aber wenn du mir Zeit lässt, werde ich es tun.«

»Wann?«

»Ich weiß es nicht.«

»Das klingt nach einer Ausrede.«, sagt sie. »Du warst bisher nicht wirklich zuvorkommend mit den Informationen. Alles, was ich entdeckt habe, habe ich selbst herausgefunden.«

»Und ich wünschte, dass du damit aufhören würdest.«

Ja, ich weiche ihren Fragen aus – zu ihrem eigenen Wohl. Ich will nicht, dass sie involviert ist, und ich werde alles riskieren, um sie da rauszuhalten. Sogar das, was zwischen uns ist, obwohl es seit dem Tod meiner Mutter das Erste in meinem Leben ist, die sich *echt* anfühlt. Aber Hayden ist es wert, sogar mehr als das. Ich werde nicht zulassen, dass sie verletzt wird.

»Auf Wiedersehen, Adam.« Sie schließt die Türe und ich stehe da, mit zitternden Händen, meine Brust hievt durch das Adrenalin, das durch mich pumpt.

Ich ramme meine Faust gegen den Türrahmen und schreite zu meinem Wagen.

Kapitel Dreißig

Hayden

Ich habe mich in meinem Haus verkrochen, mich vor zwei Nächten in den Schlaf geweint und gestern den halben Tag weiter geschluchzt. Ich bin hin- und hergerissen – verliebt in Adam, aber gleichzeitig so wütend auf ihn. Aber ich weigere mich, mit ihm zu sprechen, bis ich die Wahrheit herausgefunden habe. Adam könnte mich leicht verführen, das Bliss zu vergessen. Die Glückseligkeit, die ich fühle, wenn ich mit ihm zusammen bin, ist unglaublich mächtig. Ich habe meine Überzeugungen die letzten zwei Wochen fahren lassen. Ich kann nicht zulassen, dass das nochmals passiert, jetzt da ich weiß, dass er wirklich etwas vor mir verbirgt.

Mira betritt den Pausenraum, wo ich vor der Kaffeemaschine stehe, um meinen Schlafmangel mit Koffein zu kompensieren.

«Hey.« Sie scannt mein Gesicht und blickt auf meine Hände. »Du zitterst.«

»Zuviel Kaffee. Mir geht's gut.« Die verdammten Tränen, die so nahe an der Oberfläche waren, erscheinen wieder.

»Mist«, flüstert sie und zieht mich aus dem Pausenraum in ihr Büro zwei Türen weiter, bevor sie die Tür hinter uns schließt. »Was ist passiert? Ich habe dich erst letzten Samstag gesehen und alles war super.«

Ich seufze tief. »Ich habe mit Adam Schluss gemacht.«

Ihre Augen weiten sich. »Warum hast du das getan?«

Überrascht werfe meinen Kopf zurück. »Ich dachte, du magst ihn nicht?«

Sie setzt sich auf ihren Stuhl. »Natürlich mag ich Adam. Ich habe ihn immer gemocht. Ich war nur der Meinung, dass er seine ehemaligen Freundinnen dreckig behandelt hat. Aber er behandelt dich nicht so. Der Junge ist verliebt. So *richtig schwer verliebt*, Hayden.«

Ich schüttle den Kopf. »Nein, du verstehst das nicht. Er ist nicht in mich verliebt; er verheimlicht Sachen vor mir — er lügt, indem er mir Dinge vorenthält.« Ich deute mit der Hand zur Tür. »Er ist involviert. Mit ihnen. Den Bliss Suiten. Blackwell und den Blue Stars. Er weiß was sie machen, und er erzählt mir nichts.«

»Verdammt.« Sie presst ihre Hände flach auf den Schreibtisch. »Was genau hat er gesagt?«

»Dass er nicht darüber sprechen kann. Er wollte, dass ich ihm Zeit gebe.«

Sie blinzelt mehrmals. »Wirklich? Wie viel Zeit?«

Ich starre sie an. »Welchen Unterschied macht das? Er ist involviert.«

Sie trommelt mit den Fingern und starrt in die Ferne. »Vielleicht, oder eventuell hat er gute Gründe, dich um Zeit zu bitten. Ich kann einen schlechten Typen von Weitem riechen, und Adam ist nicht einer von ihnen.«

Ich zucke zusammen und drücke meine Augen zu. Mira ist mit Laster und Korruption aufgewachsen. Es ist eine Bescheinigung ihrer Stärke, dass sie nicht den gleichen Pfad genommen hat und an einer Drogenüberdosis gestorben ist wie ihre Mutter. »Ich kann nicht ignorieren was er macht. Falls er mit ihnen verwickelt ist, ist es nicht gut.«

Sie geht um ihren Schreibtisch und setzt sich auf die Armlehne des schmalen Gästestuhls aus Metall, auf dem ich sitze, was uns fast umwirft. Sie reibt meine Schultern. »Vertraust du ihm?«

Ich schüttle den Kopf – mein Level an Verwirrung hat nun epische Ausmaße erreicht. »Mein Herz vertraut ihm. Aber mein Kopf… Welche Gründe gibt es, die eigene Freundin anzulügen?«

Mira steht auf und macht einige Schritt zur Seite. »Ich weiß es nicht. Ich würde Tyler umbringen, wenn er mich bei etwas Wichtigem anlügt.

»Genau. Lügen sind nichts, worüber ich hinwegsehen kann. Und Adam hat zugegeben, dass er das mit den Beziehungen nicht sonderlich gut kann.« Ich lege den Kopf auf ihren Schreibtisch. »Mir geht's gut. Ich brauche nur Zeit um über das, was wir hatten, hinwegzukommen.«

»Natürlich«, erwidert sie trocken. »Du siehst aus, als würdest du sehr bald darüber hinwegkommen.«

Ich verdrehe die Augen über ihren Sarkasmus, aber sie kann es nicht sehen, da mein Kopf immer noch auf dem Tisch liegt. Ich nehme einen tiefen Atemzug und wische die Tränen und die verschmierte Mascara unter meinen Augen ab. »Ich sollte wieder an die Arbeit gehen.«

Mira reicht mir ein Taschentuch. »Überlege es dir einfach nochmal – ihm eine Chance zu geben. Seit Monaten versuchen wir herauszufinden, ob noch etwas vor sich geht oder nicht. Adam weiß so viel wie jeder andere, was die Übergriffe betrifft. Er weiß, dass Blue Probleme hatte. Und er ist ein guter Freund von Jaeger. Ich kann nicht glauben, dass er sowas unterstützen würde.«

Ich lächle bitter. »Und doch muss es so sein. Warum sollte er mir sonst nichts über die Suiten erzählen wollen?«

Adam

HAYDEN NIMMT meine Anrufe nicht entgegen, und ich bin kurz davor die Fassung zu verlieren. Ich versuche sie zu beschützen. Doch offensichtlich kann ich ihr das nicht sagen. Sie hätte mir fast den Kopf abgerissen, als ich anbot, mich bei Blackwell für sie einzusetzen. Ich mache mir Sorgen, was sie tun würde, wenn ich ihr sage, dass ich Bliss von ihr fernhalte, damit sie nicht damit in Verbindung gebracht wird. Sie hat die fixe Idee, dass es ihre Pflicht ist, die Angestellten zu beschützen, nachdem das Casino ihre Freunde verletzt hat. Ich weiß, dass es komplizierter ist als das – sie ist geprägt von dem, was auf der High School passiert ist und will nun für andere da sein, nachdem damals niemand sich für sie eingesetzt hat. Aber ich kann nicht zulassen, dass sie eine Zielscheibe für Blackwell wird. Nicht, wenn ich nicht weiß, wozu er fähig ist.

Paul und William spazieren in mein Büro und schließen die Tür. »Zehn Tage bis zur großen Enthüllung. Wie viele sind im Hotel registriert?«

Ich strecke meinen Nacken. Das Letzte, was ich jetzt will, ist mich mit Paul abgeben. Er nervt mich über jedes verdammte Detail in Bezug auf das Bliss Debüt, obwohl ich es ihm bereits zehnmal dargelegt habe. »Wie ich bereits vor einer Stunde erwähnt habe, haben sich fünfzig potenzielle Mitglieder für das Wochenende registriert und zwanzig unserer knapp vierzig Mitglieder werden für das Event in der Stadt sein. Eve stellt gerade ein Schreiben und einen Geschenkkorb für jedes Zimmer zusammen. Sonst noch was?«

»Und der DJ –«

»Bestätigt,« sage ich. »Sein Assistent hat mir seinen Flugplan geschickt, ich habe das an Eve weitergeleitet, deren Assistent ihn persönlich bei seiner Ankunft betreuen wird. Der Caterer ist gebucht; das Menü fix. Und wenn du etwas über die Auktion und die Burlesque Show wissen willst, musst du mit William sprechen.«

Paul schiebt seine Hand in seine Hosentasche. »Ich spüre Feindseligkeit.«

»Dann spürst du falsch.« Er spürt *richtig*, aber es ist besser, wenn Paul nicht weiß, was mir im Moment alles durch den Kopf geht.

William blickt Paul und mich abwechselnd an, mit einem unsicheren Grinsen im Gesicht. Er war schon immer daran interessiert, alle zufriedenzustellen. »Nun ja, ich kann euch sagen, dass die Auktion und unsere wunderschönen Tänzerinnen alle bereitstehen. Die Ladies kommen am Freitag für die Show am Samstag an. Ab sechs Uhr am Samstagmorgen wird eine Crew kommen, um den Klub für den Abend vorzubereiten. Ich arbeite mit der Security, um den Bereich abzuriegeln, während die Ausrüstung reingebracht wird.«

»Sieht aus, als wären wir bereit,« sage ich. »Wenn ihr mich entschuldigt.« Ich stehe auf, um zu gehen. Ich hatte nicht vor mein Büro zu verlassen, aber es ist beengend hier drin und ich habe den plötzlichen Drang, mich aus dem Staub zu mache.

Paul klimpert mit den Münzen in seiner Hosentasche. »Ich denke, wir sind fast bereit. Blackwell rechnet damit, dass alle bei der Mitternachtsparty nach der Show anwesend sind und das Bliss-Erlebnis verkaufen. Rechnet damit, die ganze Nacht da zu sein. Ich werde euch eine Liste mit Dingen senden, die ihr ansprechen sollt, wenn ihr euch unter die potenziellen Mitglieder mischt.«

Ich nicke, obwohl ich nicht die geringste Absicht habe, seine Liste durchzusehen. »Sind wir fertig?« Ohne ihre Antwort abzuwarten, hebe ich die Hand, um sie vor mir rauszulassen.

Paul und William gehen hinaus, aber Paul kehrt sich zu mir als wir vor meinem Büro stehen. Er signalisiert William, dass er vorausgehen soll. »Vergiss nicht, wenn am Eröffnungsabend alles nach Plan verläuft, kannst du am Jahresende einen großzügigen Bonus erwarten.« Seine Augen werden schmal. »Bleibe auf der Spur, Adam, dann wird alles gut.«

Ich sehe zu, wie er selbstbewusst davonschlendert. Er ignoriert den vorbeigehenden Spielemanager, zwinkert aber Eve zu, als er an ihr vorbeikommt. Der ehrerbietige Umgang mit manchen Angestellten ist offensichtlich – ich habe einfach nie bemerkt, wie exklusiv er zwischen den Blue Stars ist. Nicht, bis Hayden mich darauf aufmerksam gemacht hat.

Ich mache mich auf den Weg zu ihrem Büro. Abend und den Abend zuvor habe ich ihr etwas Freiraum gegeben, doch nun müssen wir reden. Wenn Hayden jemand anders wäre, wäre ich schon längst weg. Aber ich kann das nicht. Nicht mit ihr. Ich werde mich fernhalten, wenn es das ist, was sie will, aber ich werde nicht derjenige sein, der geht. Nicht dieses Mal.

Ich klopfe an die massive Holztür und trete auf ihre Einladung hin ein.

Sie hebt den Kopf und wir sehen uns in die Augen. Genau wie vor zwei Tagen, als ich sie auf der anderen Seite der Terrasse im Beacon erspähte, hämmert mein Herz in meiner Brust.

»Adam?« Sie sieht hinter mich, aber ich schließe die Tür. »Warum bist du hier?«

»Weil ich hier arbeite?«

»Du weißt, was ich meine.«

»Ich wollte mit dir sprechen.«

Sie seufzt traurig. »Wirst du mir erzählen, was du mir über die Bliss Suiten verheimlichst?«

«Hayden.« Verzweiflung erfüllt meine Stimme. »Das liebe ich an dir. Dass du so stark bist und nie einen Rückzieher machst, aber dieses eine Mal muss ich dich darum bitten. Ich will alles mit dir teilen, aber über das kann ich nicht reden.«

Sie presst die Augen zu und schüttelt ihren Kopf, als würde sie mit sich selbst ringen.

»Wenn du in etwas Illegales verwickelt bist, dann solltest du wissen, dass ich es nicht ruhen lassen werde.« Unruhig atmet sie aus. »Ich wusste, es würde dazu kommen. *Ich wusste es*. Aber ich hätte nie gedacht, dass es so sehr wehtun würde.

Ich gehe um ihren Schreibtisch und ziehe sie in meine Arme. »Es muss nicht so sein. Du kannst mir vertrauen.« Ich flehe sie mit meinen Augen an und ihr Gesichtsausdruck wird weicher, aber ich kann nicht erkennen, ob ich zu ihr durchgedrungen bin. Und Gott, ich muss zu ihr durchdringen.

»Mein Herz vertraut dir.« Ihre Stimme ist leise, als würde dieses Bekenntnis sie verwirren.

»Ich liebe dein Herz,« sage ich mit so viel Gefühl, dass ich mich selbst überrasche. Mit meinen Worten wollte ich sie ermutigen, mir eine Chance zu geben, aber es ist mehr als das. Ich liebe Hayden. Kein Feuerwerk; keine plötzliche Erkenntnis. Die einfache Wahrheit, die schon immer da war. »Ich habe dir keinen Grund gegeben, mir zu misstrauen, seit ich bei Blue angefangen habe, oder?«

»Nein,« sagt sie zögerlich, weil sie keine Ahnung hat von der Tiefe dessen, was ich mir gerade eingestanden habe. Ihre Mundwinkel ziehen sich nach unten. »Nichts, abgesehen von den Dingen, die du vor mir verbirgst.«

»Das hat einen guten Grund. Einen Grund, den ich dir nenne, sobald ich es kann. Alles was ich von dir brauche, ist ein bisschen Zeit. Vielleicht habe ich dein Vertrauen in der Vergangenheit nicht verdient, aber bitte glaube jetzt an mich. Ich werde dich nicht enttäuschen.«

Sie ist einen Moment lang still, während sie meine Augen studiert. »Ich denke, deine Absichten sind gut, auch wenn es mich nervt, dass du etwas vor mir verheimlichst.« Sie stößt einen langen Seufzer aus. »Ein bisschen Zeit… in Ordnung. Das kann ich.«

Ich drücke sie an meine Brust und umarme sie so fest, dass ich fürchte, sie zu erdrücken, doch sie klammert sich an mich, und ich denke sie braucht diese Verbindung genauso sehr wie ich. Wir hatten eine Nacht – eine verdammt schlechte Nacht, die zwei Tage Trennung verursacht hat. Und es waren die schlimmsten zwei Tage meines Lebens. Ich dachte, ich hätte sie verloren.

Ich hebe ihr Kinn. »Ich werde dir nie einen Grund geben, an mir zu zweifeln.« Sie lehnt sich an mich und mein Herz schwillt an. Ich will sie in meine Arme nehmen und wegtragen, wie der Höhlenmensch, für den sie mich hält. Aber wir sind bei der Arbeit und irgendwie schaffe ich es, ihr stattdessen einen Kuss auf die Nasenspitze zu geben. »Sehen wir uns heute Abend?«

Sie nickt und ein scheues Lächeln breitet sich auf Ihrem Gesicht aus.

Ich denke an eine wunderschöne Nacht mit Hayden, aber es ist auch ihre bloße Anwesenheit, die ich ersehne. Wenn ich bei ihr bin, bin ich glücklich. Und vor Hayden hatte ich nie zuvor etwas, was mich wirklich glücklich gemacht hat. Alles andere in meinem Leben war an Bedingungen geknüpft.

Kapitel Einunddreißig

Hayden

Mira steckt ihren Kopf in meine Tür. »Risiko Management Sitzung in fünf Minuten.«

»Ich bin gleich so weit«, sage ich, während ich ein E-Mail fertig tippe. Ein Gewicht fiel mir von den Schultern, als ich beschloss, auf mein Herz zu hören und Adam zu vertrauen. Ich bin immer noch nicht sicher, wo es mit uns hinführt. Ich werde das mit Bliss nicht einfach fallen lassen, doch ich werde ihm Zeit geben, wie er gebeten hat. Er hat recht. Er hat mir bisher keinen Grund gegeben, ihm zu misstrauen, also werde ich das auch nicht tun.

Ich habe gedacht, es wäre vorbei nach dem Wochenende. Ich geriet in Panik, als er sagte, er könne nicht mit mir über die Bliss Suites sprechen, aber ich glaube an Adam, auch wenn ich Blackwell und den anderen nicht vertraue. Die beiden sind nicht miteinander verflochten. Adam ist kein Blue Star.

Ich mache mich auf zur Risiko Management Sitzung und knapp fünf Minuten später kommt Eve in den kleinen

Raum, den wir für unser Training benutzen, ihre ärmellose Strickbluse zwei Nummern zu klein für ihre Oberweite. »Hayden, im Konferenzraum findet eine Sitzung für alle Manager statt.«

Ich blicke zu Mira. Sie kennt das Trainingsmaterial so gut wie ich, aber sie hat wenig Erfahrung im Präsentieren.

»Geh«, sagt sie. »Ich mache das.«

Eine gute Gelegenheit für Mira, eine neue Führungsaufgabe zu übernehmen. Ich nicke, sammle meine Sachen ein und folge Eve.

Eve hält einen Stapel Mappen. Ihr blauer Siegelring – etwas feiner als die Männerversion – blitzt im Licht des Art Deco Wandleuchters. Sie ist die einzige weibliche Blue Star, und ich habe mich oft gefragt, weshalb sie ausgewählt wurde. Wahrscheinlich, weil sie keine Skrupel hat.

In meiner kurzen Zeit bei Blue habe ich gesehen, wie Leute entlassen wurden, die den Fehler begingen, Eve zu vertrauen. Unzufriedenheit über Blackwell oder einen der Blue Stars zu erwähnen ist ein Entlassungsgrund, auch wenn immer ein anderer Grund angegeben wird. Darum wechselte ich selten mehr als zwei Worte mit ihr, und auch jetzt sage ich nichts, als wir uns auf den Weg zum Konferenzraum machen.

Sobald wir den Raum betreten geht Eve zu dem Platz neben Blackwell, aber ich halte am Eingang inne. Alle sind anwesend. Das Catering hat sogar einen Tisch mit Essen aufgestellt, was normalerweise nur gemacht wird, wenn es etwas zu feiern gibt, oder zu einem speziellen Anlass.

Noch etwas, über das mich Blackwell nicht informiert hat?

Adam ist an seinem gewohnten Platz am Ende des Sitzungstisches. Er schenkt mir ein privates Lächeln und ich gehe zu ihm. Der Platz nehmen ihm ist frei und ich nehme ihn ein, wobei ich die Wärme seines Körpers spüre, sobald ich sitze.

»Danke, dass ihr heute gekommen seid«, sagt Blackwell, und bringt die Sitzung in Gang, aber ich nehme es kaum wahr, da Adam sich aufsetzt und sein Bein an meines presst.

Seit er mein Büro vor ein paar Stunden verlassen hat, kann ich nur noch daran denken, den heutigen Abend mit ihm zu verbringen. Ich hatte Angst, dass Adam beim kleinsten Problem weglaufen würde. Er hat zugegeben, dass er der Erste ist, der eine Beziehung beendet, wenn es schwierig wird. Aber unsere Meinungsverschiedenheit über die Bliss Suiten ist eine große Sache, und er ist nicht davongelaufen. Er ist heute zu mir gekommen, um eine Lösung zu finden. Blue ist immer noch ein Problem, aber er hat recht – Trennung ist keine Lösung.

Seine warme Hand drückt meine Taille unterhalb des Tisches und ich lächle.

»– stolz Adam Cade bei den Blue Stars aufzunehmen.«

Mein Kopf schnellt hoch. Was hat Blackwell gerade gesagt?

Adams Hand friert an meiner Taille ein, bewegt sich dann langsam weg und nimmt die ganze Wärme mit sich.

Ich starre auf Blackwells lächelndes Gesicht. »Adam?«, fordert Blackwell. »Würdest du bitte aufstehen?« Er hält eine schwarze Schachtel hoch.

Adam erhebt sich neben mir und knöpft den obersten Knopf seiner Anzugsjacke zu, sein Kiefer ist steif. Er sieht mich nicht an, bevor er an das Ende des Tisches schreitet. Mit jedem Schritt, den er tut, fühle ich wie sich unsere Welten weiter voneinander entfernen.

Tu es nicht.

Adam schüttelt Backwells Hand. »Vielen Dank. Es ist

ein Privileg und eine Ehre, als Blue Star aufgenommen zu werden. Ich werde es nicht als selbstverständlich ansehen.«

Ich verliere die Kontrolle über meine Kinnlade.

Adam nimmt den Ring aus der Schachtel und streift ihn auf seinen Finger, das Kobaltblau des Edelsteins fängt das Licht genauso ein, wie es bei Eves Ring der Fall war. Mein Magen verkrampft sich und der Raum dreht sich. Mir wird übel.

Ich habe ihm geglaubt, auch wenn ich nicht über alles Bescheid wusste. Ich dachte, Adam würde Blackwell nicht vollständig unterstützen. Aber mehr Unterstützung kann man gar nicht erhalten. Adam ist nun ein Blue Star.

Vielleicht hat er keine Wahl?

Aber hat er das nicht? Sind wir nicht alle für unser eigenes Schicksal verantwortlich?

Adam lässt das mit sich machen. Er beugt sich Blackwells Forderungen, macht was der Chef will, um seinen Job zu behalten, genau wie er es mir riet, als wir das letzte Mal im Konferenzraum waren und ich mich gegen Blackwell aussprechen wollte, der meine Arbeit an William weitergegeben hatte.

Der Lärmpegel im Raum steigt an, als die Leute sich Richtung Essen begeben oder zu Adam, um ihm zu gratulieren.

Benommen bewege mich zur Tür und schleiche hinaus. Adam hat gesagt, ich solle ihm Zeit geben, aber er scheint Blackwell immer näherzukommen. Wenn er mit Blackwell zusammenarbeitet, können wir nicht zusammen sein. Und ich weiß nicht, was das für uns bedeutet.

Denn ich liebe ihn immer noch.

———

ADAM HAT GESTERN Abend eine Notiz bei mir zuhause hinterlassen. Wir hatten Pläne, uns zu treffen, aber nach der Sitzung bin ich durchgedreht und stattdessen zu Zach und Nessa gegangen.

Dann ist die ganze Gang aufgetaucht.

Mira war ebenfalls entsetzt, aber die Jungs waren still. Für sie ist Adam ein Bruder, und irgendwie habe ich das Gefühl ihn hintergangen zu haben, indem ich die Geschichte erzählte. Er ist mein Freund, oder *er war es*. Ich weiß nicht mehr was wir sind. Die letzten Tage waren wie eine Achterbahnfahrt. Wie kann etwas so Magisches wie die Churros im Cocktailgewand oder die heißen Küsse auf der Küchentheke so schrecklich schief gehen?

Ich ziehe ein Sweatshirt über meinen Kopf und spaziere barfuß in die Küche. Ich habe mich heute krankgemeldet und arbeite von zuhause. Es ist ein feiges Manöver, aber ich kann Adam nicht sehen. Ich muss stark sein, und alle meine Abwehrkräfte verschwinden, wenn ich bei ihm bin.

Ich wollte nicht, dass Adam mit Blackwell involviert ist, aber irgendwie konnte ich noch damit umgehen, als er noch kein Blue Star war – doch er hat eine Barriere durchbrochen, die seinen Übergang zur dunklen Seite markiert. Wenn Bliss das ist, was ich denke, werde ich Adam der Polizei übergeben müssen, zusammen mit den anderen Blue Stars…

Ich beuge mich vor und halte meinen Bauch, während ich gegen den Schmerz ankämpfe. »Verdammt.« Der Gedanke, dass Adam erwischt werden könnte, tut mir körperlich weh, aber ich kann nicht vor Unrecht davonlaufen. Nicht dieses Mal.

Die Haustüre öffnet sich und ich erschrecke, immer noch meinen Bauch umklammernd.

Adam kommt herein, seine Augen auf mich gerichtet.

Er zieht die Augenbrauen zusammen und schließt die Türe hinter ihm. »Geht es dir gut? Du warst nicht bei der Arbeit.«

»Klopfst du nicht an?« Ich schlucke, denn mein Herz steckt in meiner Kehle, seit er das Haus betreten hat.

»Du solltest deine Türen abschließen.« Sein Blick schweift über mein Gesicht, dann über meinen Körper. Ich trage ein Sweatshirt über einem Top ohne BH, kombiniert mit meinen Schlaf-Shorts. Ja, ich sehe wirklich hervorragend aus. Es hält ihn nicht davon ab, zu mir zu kommen. »Bist du krank?«

Ich mache einen Schritt zurück und stoße an der Theke an. »Ich habe einen freien Tag gebraucht.«

Das ist unmöglich. Ich kann nicht in seiner Nähe sein. Ich will meine Arme jetzt schon um seinen Hals schlingen und ihn zu mir ziehen. Was stimmt nicht mit mir?

Er zieht seine Anzugjacke aus, faltet sie und legt sie über die Sofa-Lehne. Er kommt einen Schritt näher und lässt seine Schüssel auf die Theke fallen. »Du hast meine Anrufe nicht beantwortet.«

»Wirst du mit mir Schluss machen?« Ich weiß nicht, warum ich das gesagt habe. Ich bin ziemlich sicher, dass wir uns getrennt haben, aber wenn ich ehrlich bin, habe ich das Hin und Her der letzten Tage noch nicht verdaut. Und ich muss wissen, wie es um uns steht. Denn ich kann mir keine glückliche Zukunft ohne den Mann vorstellen, von dem ich nie gedacht hätte, dass ich mich in ihn verliebe. Doch vielleicht muss ich mich an diese Vorstellung gewöhnen.

Adam stützt seine Hände neben meinen Hüften auf die Theke, sein Kopf knapp oberhalb von meinem. »Warum sollte ich so etwas Dummes tun?«

»Weil deine Freunde sagen, dass du ein Mädchen immer abservierst, bevor sie die Gelegenheit hat, mit dir

Schluss zu machen.« Und ich will, dass er an diesem Verhalten festhält. Ich habe ihn schon einmal verlassen. Ich bin nicht stark genug, ihn noch einmal wegzuschicken.

»Vielleicht erinnerst du dich, dass ich schon seit einer Weile keine Freundin mehr hatte. Das hat seinen Grund.«

Ich blinzle die Tränen zurück, denn verdammt, ihn so nahe zu haben ist brutal. Ich will mein Gesicht an seine Brust drücken oder ihn küssen. An seinem Nacken riechen. Aber ich habe das Gefühl Leute zu verraten – oder mich selbst. Oder ihn? Mist. Ich weiß es nicht. »Welchen Grund?«

»Ich sehe eine Zukunft mit dir. Also, nein, Hayden, ich werde nicht mit dir Schluss machen. Das ist das Letzte, was ich tun werde.«

Ich blicke zu ihm auf und meine verdammten Tränen kehren zurück. Ich kann es nicht verhindern: Ich drücke meinen Kopf an seine Brust und seine Arme umschlingen mich sofort. »Ich bin so wütend auf dich.«

»Ich weiß, aber du musst mir vertrauen.«

Ich greife nach seiner Hand, die mit dem Ring, und halte sie hoch. »Wie kann ich dir vertrauen, wenn du das vor mir verheimlichst? Was ist, wenn ich eine Entscheidung treffe, die uns auseinanderreißt? Hast du die leiseste Ahnung wie kompliziert du alles gemacht hast, indem du ein Blue Star geworden bist?«

Seine Arme um mich werden steif. »Hayden, um Gotteswillen, bitte halte dich da raus. Ich weiß, du glaubst, dass du das Richtige tust, aber du verstehst nicht mal einen Bruchteil davon.« Er macht einen Schritt zurück und reibt mit der Hand über sein Gesicht. »Es ist gefährlich. Ich erzähle dir nichts über Bliss, denn je mehr du weißt, desto gefährlicher wird es für dich. Ich vertraue weder Paul noch Blackwell, und ich mache mir Sorgen, zu was Blackwell fähig ist.«

»Wieso unterstützt du ihn dann?«

Er antwortet nicht, neigt den Kopf nach unten.

»Tja, ich bin ein großes Mädchen. Ich kann auf mich selbst aufpassen.«

Sein Kopf schnellt hoch. »So wie du es in der High School getan hast?«

Ich ziehe Luft ein, mein Gesicht wird heiß.

Sein Blick wandert zur Seite, als könnte er selbst nicht glauben, was er soeben gesagt hat. »Tut mir leid. Das war unangebracht.« Er greift nach meiner Hand. »Ich versuche nur meinen Standpunkt klarzumachen. Ich will nicht, dass du dich wegen der Vergangenheit schlecht fühlst. Ich werde dir alles erzählen, sobald ich weiß, dass es sicher ist.«

»Wie kann ich dir vertrauen?«

Er hebt die Hand, die ich in meiner halte – die mit dem Blue Star Ring – und küsst meine Knöchel. »Du hast die Erlaubnis, mich fertigzumachen, wenn ich irgendetwas tue, was dich verletzt.«

»Ich werde nicht warten, bis ich es dir heimzahlen kann – ich werde dich einfach verlassen.«

Angst blitzt in seinen Augen auf und er schluckt. »Komm jetzt. Lass uns hier verschwinden.«

»Wohin?«

»An einen besonderen Ort.« Ich blicke zu meinem Sweatshirt und meinen Schlaf-Shorts, und er auch. »Das kannst du anlassen. Naja – vielleicht könntest du dir eine andere Hose oder eine Jogginghose anziehen. Etwas Warmes. Wir gehen raus.«

Kapitel Zweiunddreißig

Adam manövriert das Auto eine lange, kurvenreiche Straße durch den Wald hinauf. Wir befinden uns an einem Berghang im Südosten des Sees. Der perfekte Aussichtspunkt. Er parkt an der Seite des Weges und schaltet den Motor ab. Das einzige Licht kommt von den Sternen und der Mondsichel über uns. Sonst ist es stockdunkel.

Ich steige aus dem Auto und Adam schaltet eine Taschenlampe ein. »Wem gehört das Grundstück?«

»Levi. Er wohnt in dem Haus, an dem wir vorbeigefahren sind.«

Adam nimmt eine Decke aus dem Kofferraum und leitet uns auf einen Weg, der zu einem Zelt mit einer Feuergrube führt.

Das Zelt ist halbrund, fast wie eine Domkuppel. Ich sehe hinein und betrachte den Inhalt. »Da ist eine Luftmatratze drin. Was macht dein Bruder hier draußen?«

Adam legt die Decke aus und grinst. »Dreckiges Mädchen. Nicht das, was du denkst oder zumindest denke ich das nicht. Ich wills gar nicht wissen. Meine Brüder und ich kommen zu Lagerfeuern hier raus und Levi nutzt den Ort, um sich unter den Sternen zu entspannen.«

»Wird es ihn stören, dass wir hier sind?«

»Nein. Ich bin ständig hier oben. Ich habe Levi eine SMS geschrieben, um ihn wissen zu lassen, dass wir hier sind.«

Ich setze mich im Schneidersitz auf die Kante der Luftmatratze, blicke durch die weite Öffnung des Zeltes und durch die Baumkronen in den sternenübersäten Himmel. »Habe ich schon erwähnt, wie sehr ich Levi und sein großartiges Stück Land mag? Glaubst du, es würde ihn stören, wenn ich in sein Zelt einziehen würde?«

Adam lässt seine Jacke in meinen Schoß fallen und geht vor mir in die Hocke. »Nein, aber ich hätte ein Problem damit.«

Ich unterdrücke mein Lächeln. »So gutaussehend Levi auch ist, er kann dir nicht das Wasser reichen, Adam Cade. Ich habe noch nie einen attraktiveren Mann getroffen. Das hat mich am Anfang genervt, als du angefangen hast bei Blue zu arbeiten. Es hat mich abgelenkt.«

Er streichelt mich mit seinen Händen an den Waden. »Und jetzt?«

»Jetzt ist es zehnmal schlimmer, weil ich dich kenne.« Meine Stimme ist ernst und ich schlucke das Brennen in meiner Kehle hinunter. Adam hat mich gebeten, ihm zu vertrauen und das möchte ich auch tun, aber ich habe Angst.

Einen Moment lang sagt oder tut er gar nichts. Das Geräusch meines unruhigen Atems erfüllt das Zelt. Und dann stützt er seine Hände auf beiden Seiten von mir ab, welche in die Luftmatratze einsinken, während er sich nach vorne beugt. Ich lasse mich zurückfallen, bis ich auf dem Rücken liege und er über mir schwebt.

Er senkt seinen Körper langsam auf mich, seine

Hüften schmiegen sich zwischen meine Oberschenkel, seine Ellbogen stützen sich auf beiden Seiten meines Kopfes ab.

Dann bedeckt auch sein Mund mich. Zuerst ein leichtes Flüstern entlang meines Kiefers, ein sanfter Kuss unterhalb meines Ohrs. Dann sind seine Lippen auf meinen.

Meine Hände flattern nutzlos an meinen Seiten, während Adam mein Kinn neigt und den Kuss vertieft. Seine Zunge und Lippen und seine Handfläche entlang meines Kinns beruhigen die Angst und Frustration, die in mir brodelt.

Er lehnt sich auf einen Ellbogen und greift nach meiner Hand und verschlingt unsere Finger über meinem Kopf. Er blickt zu mir herunter. Er sollte etwas sagen, mich beruhigen, aber er tut es nicht. Stattdessen senkt er seinen Kopf zu mir und küsst mich wieder. Er zeigt mir mit der Bewegung seiner Lippen und der kreisenden Bewegung seines Daumens auf meiner Handfläche, wie viel ich ihm bedeute.

Und so geht das immer weiter, bis mir schwindelig wird.

Ein Schauer durchfährt meinen Körper.

»Kalt?«, fragt er und ich nicke. Es ist Sommer, aber nachts sinken die Temperaturen im Becken stark ab und ich spüre den Unterschied, selbst mit Adams Körper über mir, der mich wärmt.

Er drückt einen sanften Kuss auf meine Lippen, die jetzt empfindlich sind von all dem Küssen. »Warte bitte hier.« Er erhebt sich und breitet seine Jacke über mich aus, dann krempelt er die Ärmel hoch und greift nach der Taschenlampe. Er knipst sie an, läuft los und verschwindet in der Dunkelheit.

Eine Minute vergeht, ohne dass ich ihn höre oder die Taschenlampe sehe. »Wo bist du?«, rufe ich.

Ein dumpfer Bums neben mir lässt mich zusammenzucken. »Heilige Scheiße.« Ich greife mir mit einer Hand an die Brust.

Das Licht von Adams Taschenlampe strahlt auf einen Stapel gehacktes Holz. Er sieht zu mir ins Zelt. »Ich mache dir ein Feuer. Ich bin mir ziemlich sicher, dass das auf der Schatz-mach-doch-mal- Liste steht.«

Ich versuche, mich zusammenzureißen, nachdem ich mir wegen einer Armladung Holz fast in die Hose gemacht hätte. »Verdammt richtig. Mach dich dran, ja? Und lass dabei bitte deine Muskeln spielen.«

»Wie Mylady wünscht.« Er knöpft sein Hemd auf, zieht es aus der Hose und lässt es auf die Matratze neben mir fallen. Dann sammelt er das Holz auf und schreitet zur Feuergrube. Adam ordnet die Holzstücke in der Form eines Tipis an.

Es ist wirklich dunkel und ich kann kaum etwas sehen, was mich ärgert, denn das ist so männlich, wie es nur geht und ich verpasse die Hälfte der Vorstellung. Und dann erstrahlt das Flackern des Feuers, welches Adams Körper umschmeichelt.

Goldenes Licht akzentuiert Adams starken Kiefer, während er neben dem Holz-Tipi kniet und es an strategischen Stellen in Flammen setzt, wobei seine muskulösen Oberschenkel sich in seiner Anzughose wölben. Er hatte sich noch nicht umgezogen. Sein Unterhemd hebt seinen muskulösen Bizeps hervor und betont das Neigen und Wölben seiner starken Arme…

Das ist ganz nach meinem Geschmack. Ich lehne mich zurück und genieße die Show.

Adam steht auf und wirft das zusätzliche Holz auf eine Seite, dann wischt er seine Hände ab und kommt zu mir herüber. Er betritt das Zelt und setzt sich neben mich, schlingt seinen Arm um meine Hüften und zieht mich näher zu sich heran. »Besser?«

Die Hitze des Feuers bahnt sich ihren Weg zu mir, aber sie ist nichts im Vergleich zu Adams Nähe. »Viel besser.«

In dieser Realität, in welcher es nur Adam und mich gibt und sonst niemanden, ist alles perfekt. Aber es ist nicht das wirkliche Leben. »Was passiert morgen?«, frage ich.

Wir haben viele Küsse ausgetauscht, aber sonst nichts. Nicht, dass ich mich beschweren würde, denn in diesen Küssen wurden unausgesprochene Worte ausgetauscht.

Ich übersetzte sie als ›Hayden, es tut mir leid. Hayden, ich liebe dich. Hayden, du bist wunderschön und ich sonne mich in deiner Herrlichkeit.‹ Okay, vielleicht ist das übertrieben, aber so habe ich mich dabei gefühlt.

Er stützt seine Ellbogen auf die Knie und starrt ins Feuer. »Wir gehen ins Büro und wir machen unsere Arbeit. Dann gehen wir nach Hause. Zu *Dir* nach Hause.« Er sieht zu mir herüber. »Und wir machen noch ein bisschen rum.«

Ich senke meinen Blick. »Wir machen einfach nur rum.« Ich liebe unsere Küsse, aber ich bin neugierig, warum er nicht weiter gehen will. Adam ist normalerweise viel, ähm, fordernder in der Hinsicht. Und okay, sicher, am Anfang war unsere Interaktion viel angespannter, aber wir haben uns durch heftigen Lippenkontakt und stille Kommunikation wieder versöhnt.

Sein Kiefer ist angespannt und er seufzt auf. »Nur Küssen.«

Whoa, was? »Wie meinst du das?«

Er verändert seine Sitzposition und sieht mich an, den Unterarm auf ein Knie gestützt. »Es gibt Dinge, die ich dir jetzt nicht sagen kann, aber ich möchte bei dir sein. Was mich betrifft, bist du meine Freundin, aber du hast recht.«

»Ich habe recht?« Womit habe ich recht? Denn ich bin

gerade erst in Stimmung gekommen und freue mich auf den nächsten Gang. Vor allem nach Adams sehr männlicher Show beim Feuer machen. Und ich vermisse ihn. Sehr, sehr, sehr sogar.

»Ich kann dir im Moment nicht sagen, was du über Blue und das Bliss-Projekt wissen willst. Bis ich das kann, sollten wir nicht intim sein.«

»Hast du den Verstand verloren?« Das klang verzweifelt, aber scheiße, wovon redet er? Wir können bei der Arbeit kaum die Hände voneinander lassen und jetzt will er auch noch den Körperkontakt zu Hause verbieten?

Er runzelt die Stirn und seine Mundwinkel verziehen sich nach unten. »Möglicherweise«. Und dann schnappt er sich meine Lippen, stiehlt mir einen Kuss und meinen Atem und welche Logik ich auch immer konstruiert habe, um ihn zum Überlegen zu bewegen. »Ich will dich«, flüstert er und zieht sich zurück. »Aber ich will nicht, dass du meine Gefühle infrage stellst und 2ob du mir vertrauen kannst oder nicht. Er wendet sich dem Feuer zu. »Und ich weiß, dass du das tust.«

Verdammt. Er hat recht.

Und das ergibt Sinn. Auch, wenn es mir nicht gefällt. Kein bisschen. »Wie lange enthalten wir uns, während wir im selben Bett schlafen... und rummachen?«

Er seufzt frustriert und sieht mich aus dem Augenwinkel an. »Hoffentlich nicht lange.«

Kapitel Dreiunddreißig

Adam

Gott sei Dank ist es Samstag. Heute Abend finden die Auktion, die Burleske-Show und die Bliss-Eröffnung statt. Und das ist auch gut so, denn ich verliere den Verstand. Ich habe diese Woche jede Nacht bei Hayden übernachtet. Wir haben uns Filme angesehen, etwas gegessen und rumgemacht. Wir haben viel rumgemacht. Ich werde bald explodieren. Und das Schlimmste ist, dass ich keine Ahnung habe, wann meine selbst auferlegte Abstinenz ein Ende haben wird, denn aus irgendeinem beschissenen Grund habe ich mir in den Kopf gesetzt, dass ich sie nicht berühren kann, bis ich in der Lage bin, offen über das Bliss-Projekt zu sprechen.

Es erscheint mir richtig so. Ich möchte einen Schritt zurücktreten, bis wir völlig ehrlich miteinander sein können. Ich versuche, einmal im Leben ein guter Mensch zu sein. Aber um Himmels willen, das ist Folter.

Ich sollte meinen Job kündigen. Mein Vater kann seinen Treuhandfond behalten. Ich werde als Handwerker für Hayden ihre immer länger werdende ›Schatz-mach-doch-mal-Liste‹ abarbeiten. Sie mag es, wenn ich meine Hände benutze.

Meine Hände... auf ihrem Körper...

Ich murmle einen Fluch, als meine neue Assistentin hereinkommt. »Wie bitte?«, sagt sie.

»Nichts, Diane.« Ich räuspere mich. »Was kann ich für Sie tun?«

»Oh.« Ihre Stimmung hellt sich auf und sie kommt zu meinem Schreibtisch, ihre Plastik-Lesebrille baumelt an einer Kordel um ihren Hals.

Diane kam vor ein paar Tagen an Bord und sie hat mir einen Haufen administrativen Mist von den Schultern genommen. Nach dem Bridget-Desaster gab Blackwell nach und erlaubte Hayden, einen Ersatz zu finden. Hayden fand Diane, also kommt meine neue Assistentin natürlich hoch qualifiziert. Wann auch immer es möglich ist, übergebe ich die Einstellung guter Leute von nun an gern an meine Freundin.

»Ich kann bestätigen, dass ein Herr Aldridge im Casino eingecheckt hat.« Diane rasselt seine Zimmernummer herunter.

»Danke. Ich übernehme ab jetzt.« Ich nehme den Telefonhörer in die Hand und wähle Eves Durchwahl, während Diane mein Büro verlässt.

»Hallo, Adam.« Eve geht beim ersten Klingeln ran. Ihre sinnliche Stimme lässt mich im Geiste die Augen verdrehen. Eve ist wunderschön, aber ich habe mich nie zu ihr hingezogen gefühlt. Sie schläft mit Blackwell, aber das ist nicht der Grund, wieso ich sie nicht leiden kann. Ich habe mit angesehen, wie Eve sich auf Kosten anderer durch ein Meeting gelogen hat und Mitarbeiter um Boni betrog, um sich selbst einen Vorteil zu verschaffen. Die Zusammenarbeit mit ihr ist ein Mittel zum Zweck. Sie ist eine von Blackwells Topmanagerinnen, aber sie ist stark in Bliss involviert.

»Ich habe noch einen Gast für heute Abend. Ein Ex-Quarterback, der häufig bei ESPN moderiert. Er hat ein Zimmer im gleichen Stockwerk wie die anderen gebucht.« Ich gebe ihr die Zimmernummer. »Bitte bring ihm den Einführungskorb und die Tagesordnung. Er ist bereits eingetroffen.«

»Das ist eine Überraschung.« Ich höre das Geräusch eines leicht kratzenden Stifts.

»Blackwell wird erfreut sein. Woher, sagtest du, kennst du ihn?«

Das habe ich nie erwähnt. Eve fischt nach Informationen, weil es ihr nicht gelungen ist, neue Mitglieder für Bliss zu gewinnen. »Ein Freund eines Freundes«, antworte ich ihr.

Ein Vorteil, wenn man von Geld kommt, ist, dass niemand deren Verbindungen zu anderen Reichen infrage stellt.

Ich habe mich wegen heute Abend mit Jeb in Verbindung gesetzt und wir haben uns einen kleinen Plan ausgedacht, um sicherzustellen, dass Bliss legal ist. Die Dinge werden ihren Lauf nehmen, aber zumindest habe ich alles getan, was ich tun konnte.

Ich beende das Gespräch mit Eve und checke mein Handy. Ich habe noch ein paar Minuten Zeit, bis Hayden Feierabend macht. Ich knöpfe mein Sakko zu und gehe den Flur hinunter. Und ja, meine Schritte sind zielstrebiger als sonst. Allein das Wissen, dass ich Hayden in einer Minute sehen werde, lässt meine Körpertemperatur in Erwartung steigen.

Ihre Bürotür ist geöffnet und ich trete ein, schließe die Tür leise hinter mir und schließe sie ab.

Hayden sieht auf und erhebt sich langsam, ihre Hände

streichen die Vorderseite ihres Rocks oberhalb von ihren Oberschenkeln glatt. »Das ist gefährlich«, sagt sie, ihre Brust hebt und senkt sich schneller, während ich zielstrebig den Raum durchquere.

»Ist es das?«, frage ich sanft, während sich mein Blick auf ihre Augen, ihren Mund, ihr Haar konzentriert und dann weiter nach unten schweift.

Sie lehnt sich an ihren Schreibtisch, als ich ihn umrunde, ihr roter Rock schmiegt sich um ihre Taille. Sie spielt mit der Perlenkette um ihrem Hals. »Du hast ein Pulverfass geschaffen«, sagt sie, während ihr Blick auf meinen Mund fällt.

Ich scanne ihr cremefarbenes Strickoberteil, das einige meiner Lieblingskurven hervorhebt. Nun, das und die Form ihrer Beine, ihre schmale Taille, ihr wunderschönes Lächeln… Okay, ich mag alle ihre Kurven. Ich bleibe kurz vor ihr stehen. »Habe ich das?«, sage ich, aber ich weiß verdammt wohl, dass ich es habe und ich bin hilflos, das zurückzunehmen, was ich angefangen habe.

Kurzerhand greife ich nach unten und raffe den Saum ihres Rockes, meine Finger streichen über ihre Oberschenkel. Ihre Hände flattern zu meiner Brust, ihr Blick verlässt nie meine Lippen. »So kann es nicht weitergehen. Ich gebe auf«, sagt sie und streicht mit ihren Lippen gegen mein Kinn. »Du kannst deine Geheimnisse über Bliss behalten. Ich brauche sie sowieso nicht.«

Meine Hände erstarren, obwohl ich gerade dabei war ihren Hintern zu kneten. Ich hebe sie hoch und setzte sie auf den Schreibtisch, trete zwischen ihre geöffneten Beine und ziehe sie eng an mich. Ich streiche mit meinem Mund über ihren Haaransatz. »Was meinst du damit, du brauchst meine Bliss-Geheimnisse nicht?«, murmle ich gegen ihre glatte Haut.

Ihre Hände bleiben auf meiner Brust, wo sie mein

Sakko und mein Hemd aufgeknöpft und ihre Handflächen gegen meine Haut gepresst hat. »Du hattest recht.« Sie fährt mit ihren Händen über meine Bauchmuskeln. »Ich hätte dich nicht bitten sollen, über etwas Vertrauliches zu sprechen.«

Ich packe ihren Arsch und drücke sie an mich. Sie stöhnt und ich knabbere an ihrem Ohrläppchen. Es ist alles Spiel und Spaß, bis Hayden mir zustimmt. Dann weiß ich, dass ich in Schwierigkeiten stecke.

»Hayden«, sage ich. »Was verheimlichst du mir?«

Ihr Körper versteift sich und sie versucht, sich zurückzuziehen, aber ich schlinge ihre Arme um meinen Hals, wo sie bleiben, obwohl ich sie nicht mehr festhalte. Ihre goldbraunen Augen werden wieder konzentriert und sie seufzt. »Nichts. Nur, dass du deine Geheimnisse hast und ich habe meine.«

»Geheimnisse.« Mein Tonfall ist flach. »Über Bliss?«

Sie spielt mit dem Kragen meines Hemdes und beißt sich auf die Innenseite ihrer Lippe, wobei sie mir nicht in die Augen sieht. »Vielleicht.« Bei meinem Stirnrunzeln redet sie eilig weiter. »Wir haben beide Geheimnisse, wenn es um die Suiten geht, also können wir diese Kein-Sex-Regel vergessen.« Ihre Hand gleitet nach unten und drückt gegen meine Erektion.

Ich stoße ein Knurren aus und trete weg, die Hände auf die Hüften gestemmt, die Seiten meiner Anzugjacke zurückgeschoben. Mein Körper steht in Flammen, aber mein Hirn arbeitet ausnahmsweise tatsächlich einmal auf Hochtouren. Denn was sie gesagt hat, hat meinen Sorge-pegel in die Höhe getrieben.

Durch das Herumschnüffeln bei Bliss-Aktivitäten könnte Hayden nicht nur gefeuert werden. Es könnte ihr auch Schaden zugefügt werden. Oder schlimmer. Black-well hat eine obszöne Summe Geld in Bliss gesteckt. Was wäre er bereit zu tun, um sie zum Schweigen zu bringen, wenn sie etwas Belastendes entdeckt? Was wären die Berufsverbrecher und Ex-Militärs, die er mich anheuern ließ, bereit, zu tun? »Ich schlug vor, die Dinge langsam anzugehen, weil ich mit dir etwas Echtes haben möchte und nicht etwas, das auf Lügen beruht.«

»Du hast recht.« Haydens Blick schweift zur Seite. »Ich kann kaum glauben, dass du recht hast, aber du hast recht. Wir brauchen nicht noch mehr Geheimnisse zwischen uns.«

Ihre Hände fallen zu beiden Seiten ihrer Hüften auf den Tisch. »Es ist nicht wirklich ein Geheimnis. Ich bin sicher, du hast gehört, dass Mira und Tyler vor einigen Monaten eine Blue Suite gefunden haben, in der illegale Drogen verteilt wurden.

»*Was*? Nein. Tyler hat nie etwas gesagt.«

Paul erwähnte eine frühere Version von Bliss, welche die Suite gewesen sein muss, die Mira und Tyler gefunden haben.

Hayden beobachtet mein Mienenspiel. »Es tut mir leid. Ich dachte, Tyler hätte etwas gesagt. Ich hätte es früher erwähnen sollen. Worüber redet ihr Jungs in eurer Freizeit, wenn nicht über solche Dinge?«

Über Bier. Frauen. Sport. »Normalerweise nichts Wichtiges.«

Sie spitzt die Lippen und blickt nachdenklich drein. »Weißt du, du hast damals noch nicht bei Blue gearbeitet. Tyler hat vielleicht nicht daran gedacht, es zu erwähnen. Wir waren uns nicht sicher, was vor sich geht. Wir haben sozusagen die Suite verloren. Danach habe ich gesucht und deshalb habe ich mich für Bliss interessiert. Deine Freunde und ich glauben nicht, dass alles mit Drakes Entfernung endete. Die Akten, die du den Gebäudeverwalter verstecken liest, waren die erste richtige Spur, die ich zur Polizei hätte bringen können.«

Ihre Mundwinkel verziehen sich nach unten, als ob es meine Schuld war, dass sie die Papierspur verloren hat. Was es auch absolut war. Ich ließ den Facility-Manager die Akten an einen Ort bringen, wo Hayden sie nicht finden würde, denn es ist sicherer, wenn sie nicht mehr über Bliss weiß als ohnehin schon.

»Jeder von uns ist auf irgendeine Weise von Blackwell und seinen Blue Stars geschädigt worden. Ich wurde nie angegriffen, aber ich wurde von Blackwell als Schachfigur benutzt, während er das System umgeht. Er hat mich kritisiert, meine Position vor unseren Kollegen entwertet und mir gedroht, sollte ich mich über die von dir eingestellten Mitarbeiter informieren. Er ist schrecklich und er leitet dieses Casino und die Bliss-Suiten. Die Wächter wollen mich nicht in eine davon lassen, damit ich mich nicht dort umsehen kann, aber ich bin sicher, dass sie die Drogensache dorthin verlegt haben.

»Er hat dich bedroht?« Mein Tonfall wird tiefer, dunkler.

Sie winkt ab. »Wegen deiner Neueinstellungen. Er wollte, dass ich mich da raushalte…. sagte, ich würde die Konsequenzen nicht mögen, wenn ich es nicht täte.«

Ich seufze. »Warum würdest du es dann wagen, dich gegen ihn zu stellen?«

Ihr Gesicht wird rot. »Weil er ein Bully ist! Ich werde nicht… Ich *lasse nicht zu*, dass mir das noch einmal jemand antut. Dazu hat er kein Recht! Wie kannst du an Bliss beteiligt sein, wenn du weißt, wofür er die Suiten benutzt?«

»Ich wusste nichts davon, bis sie mich befördert haben. Zumindest kannte ich nicht den vollen Umfang.«

»Aber jetzt weißt du es. Warum unternimmst du nichts?«

»Ich habe nie gesagt, dass ich nichts tue. Ich habe gesagt, dass es nicht sicher für *dich* ist, dich einzumischen.«

»Aber für dich ist es sicher?«

Ich antworte nicht, weil sie recht hat. Ist es nicht. Aber ich stecke mit drin und sie nicht. Was Blackwell betrifft, weiß Hayden nichts davon. Wenn sie anfängt, rote Fahnen zu schwenken, wird das nicht lange anhalten. »Du musst aufhören, Hayden. Du kannst nicht gegen unseren CEO vorgehen. Ich war mein ganzes Leben mit Männern wie ihm zusammen. Er ist mächtig.«

Sie springt vom Schreibtisch und verschränkt die Arme. »Es ist das Richtige, Beweise dafür zu finden, was er vorhat. Ich laufe nicht davor weg.«

Ich lege meine Hände auf ihre Schultern. »Es ist nichts Falsches daran, wegzulaufen, wenn es dich in Sicherheit bringt.«

Sie tritt aus meinen Armen und blickt zur Seite. »Doch, das ist es!«

»Hier geht es nicht um ein paar Punks, die mit Steinen werfen«, sage ich und meine Stimme wird lauter.

Sie starrt, als könne sie nicht glauben, was sie da hört. »Diese Punks hätten mich fast umgebracht.«

Ich reibe mir die Stirn. »Ich versuche nicht, das Geschehene zu vermindern. Es ist nur... es ist nicht dasselbe. Wenn du weiter Druck ausübst, wirst du mit viel Schlimmerem als Steinen getroffen werden.« Ich mildere meine Stimme, weil sie mir endlich zuhören muss. »Was immer du gedenkst zu tun? Tu es nicht. Gib mir Zeit, Hayden. Du sagtest, du würdest es tun.«

»Um was zu tun? Dich ins Gefängnis bringen zu lassen? Ich sorge mich um dich.«

Ihre Stimme zittert und ihre Augen werden feucht. »Aber wenn ich etwas finde, auch wenn du darin verwickelt bist, gehe ich damit zur Polizei.«

»Glaubst du, ich mache das freiwillig mit?«

»Ist es denn nicht so? Du hast den Ring angenommen. Und du hast mit den Bliss-Suiten zu tun.« Sie tritt vor und schlägt mir ihre Faust auf die Brust. Nicht hart, aber voller Frustration. »Warum, Adam? Warum zum Teufel hast du das getan?«

Ich halte ihre Faust mit meinen Händen fest. »Die einfache Antwort ist, weil mein Vater mir befahl, bei Blue zu arbeiten. Dass Blackwell mich in seine... exklusive Gruppe aufnahm... war ein Zufall. Der Ring bedeutet nichts.«

»Er ist symbolisch.« Sie schüttelt den Kopf. »Tust du alles, was dein Vater sagt?«

»Historisch gesehen? Ja.«

Ihr Kinn zittert und ihre Stimme wird leise. »Nun, vielleicht ist es an der Zeit, dass du es nicht tust. Du *kannst* zurücktreten.«

Ich sehe an ihr vorbei aus dem Fenster, bemerke kaum die Berge und den See.

»Nein. Das kann ich nicht.« Mein Blick schweift zu ihrem zurück. »Ich meine es ernst, wenn ich sage, du sollst dich da raushalten.«

Sie tritt ein paar Schritte zurück und greift nach ihrer Handtasche.

»Wohin gehst du?«

»Weg.« Sie würdigt mich keines weiteren Blicks, als sie auf die Tür zugeht. »Warte nicht auf mich.«

ICH FAHRE NACH HAUSE, in mein eigenes Haus, das sich wie eine leere Hülle anfühlt. Wie habe ich hier so lange gelebt, ohne mich einsam zu fühlen?

Richtig. Ich tat es. Ich kannte nur nicht den Unterschied, bis ich Hayden kennengelernt habe. Ich füllte die Leere mit oberflächlichen Frauen, schönen Autos und Reisen nach Ibiza. Jetzt ist mir das alles scheißegal. Ich will nur, dass der heutige Abend vorbei ist, damit ich die Sache mit Hayden wiedergutmachen kann.

Ich ziehe einen Abendanzug an und überprüfe mein Handy. Ich habe Jaeg vor einer Stunde eine SMS geschrieben und ihm gesagt, er solle mich so bald wie möglich anrufen, aber mein Bildschirm zeigt keine Nachrichten an. Ich suche Tylers Kontaktinformation.

»Ich bin's, Adam«, sage ich, nachdem er antwortet. »Hast du etwas mitbekommen? Etwas, das vielleicht heute Abend vor sich geht? Hayden hat das Büro verlassen und ich hatte den Eindruck, dass sie ausgehen wollte oder Pläne hatte.«

Am anderen Ende der Leitung bleibt es still bis Tyler schließlich antwortet. »Redet ihr zwei nicht miteinander?«

»Wir reden miteinander, wir haben nur eine kleine Meinungsverschiedenheit.«

Tyler atmet hörbar tief durch. »Ich kann nichts sagen, sonst bringt Mira mich um.«

»Mein Gott, Morgan. Du hast Angst vor einer 45-Kilo-Frau?«

»Sie wiegt 55 Kilogramm und Scheiße ja, ich habe Angst. Sie hält meine Eier in ihren winzigen Händen. Und denk nicht einmal daran, darauf zu antworten. Ich sehe, wie du mit Hayden umgehst. Du bist keiner, der groß reden kann.«

Ich runzle die Stirn. »Ich mache mir Sorgen um Hayden. Ich glaube, sie lässt sich auf etwas ein, das sie zur Zielscheibe für die falschen Leute machen könnte. Sie ist sauer auf mich, weil ich Dinge vor ihr verheimlicht habe und ich mache mir Sorgen, dass sie etwas Leichtsinniges tun wird.« Ich presse meine Finger auf meine Augenbrauen um den Druck, der sich dort aufbaut, zurückzudrängen. »Der Gedanke, dass ihr etwas zustößt, macht mich verrückt.«

»Ich gebe es nicht gern zu, Cade, aber du hast recht. Sie führt etwas im Schilde.«

Meine Stimme wird bedrohlich leiser. »Du verdammtes Arschloch. Wenn ihr irgendetwas zustößt...«

»Ach, halt doch den Mund. Zunächst einmal kann ich weder Mira noch Hayden kontrollieren. Sie sind eine unheimliche Kraft, wenn sie zusammenarbeiten und wenn mich das zu einem Weichei macht, kann ich das nicht ändern. Zweitens sollte das, was Hayden heute Abend tut, harmlos sein. Ein bisschen verkleiden. Mira ist überzeugt, dass es sicher ist.«

»Wird Mira auch da sein?«

»Nun... Nein. Wir sind zum Abendessen mit meinem Verleger verabredet, der für das Wochenende eingeflogen ist.«

»Wer wird dann auf sie aufpassen? Jaeg? Ich habe ihn nicht erreichen können.«

»Yeahhh, das liegt daran, dass er nicht in der Stadt ist. Hat irgendwas damit zu tun, dass er mit Calis Mutter sprechen muss.«

»Was soll der Scheiß! Wer wirft dann ein Auge auf Hayden?«

»Alter. Das ist dein Job.«

»Sie lässt mich nicht! Was auch immer sie tut, es ist hinter meinem Rücken. Sie ist jetzt gerade verdammt sauer auf mich.«

»Für den Anfang, versuch dich zu beruhigen, sonst wirst du das Mädel vertreiben.«

»Verdammte Scheiße«, murmelte ich. »Ich bin schon wie mein Vater.« Ich schreite durch mein Wohnzimmer, drehe mich um und schreite in die andere Richtung.

»Deine Freundin ist also sauer auf dich und du kannst sie nicht kontrollieren?« Bei meiner grunzenden Zustimmung kichert er. »In diesem Fall, willkommen im Club, Kumpel. Die Frauen, mit denen wir zusammen sind, sind klug und schonungslos.«

»Zu klug. Zu eigensinnig.«

»Ja. Das trifft es ungefähr auf den Punkt. Ich wünschte, ich könnte dir helfen, aber Mira und ich sind dabei, aus der Tür zu gehen. Hayden ist vor einer Weile gegangen. Ich werde Mira bitten, sich bei ihr zu melden, aber wie ich schon sagte, ich denke, dass es sicher ist, was auch immer sie tut.«

Warum bezweifle ich das?

Kapitel Vierunddreißig

Das Ziel der Auktion heute Abend ist nicht vollständig philanthropisch. Die Burleske-Show animiert Prominente dazu in den Club zu kommen und die Auktion, zur Beschaffung von Spendengeldern für Krebs, gibt ihnen einen legitimen Vorwand, um hier zu sein. Am Ende scheffelt das Casino enorm viel Geld von wohlhabenden Gönnern, die an die Tische kommen, ganz zu schweigen vom Gewinn, der erzielt wird, wenn eine ausgewählte Gruppe von Personen die Bliss-Suiten erkunden und auf der gepunkteten Linie unterschreiben.

Ich bin mir nicht sicher, wie lange ich das noch ertragen kann. Und ich beziehe mich nicht auf den Club, obwohl ich den Lärm von Musik und Stimmen, das Kämpfen um Aufmerksamkeit, satthabe. Hayden ist die einzige, mit der ich Zeit verbringen möchte. Und wenn das nicht der Beweis dafür ist, dass mir irgendeine ernsthafte Scheiße passiert ist, dann weiß ich nicht, was es ist. Weil ich nichts Ernstes wollte und hier bin ich, in der ernstesten Beziehung meines Lebens, die am Rande der Zerstörung steht, weil ich mein altes Leben nicht von meinem neuen trennen kann.

Hayden hatte recht. Ich hätte meinem Vater sagen sollen, dass er sich zum Teufel scheren soll, als er mich bat, den Job bei Blue anzunehmen. Aber dann wäre ich Hayden vielleicht nicht begegnet und das Zusammensein mit ihr hat mich verändert. Ich hatte mich schon verändert, bevor ich bei Blue auftauchte, denn ich hatte mein altes Leben satt, aber sie half mir den letzten Schritt zu gehen.

Bliss war nicht das, wofür ich mich beworben habe, als ich anfing, bei Blue zu arbeiten. Jetzt, da ich ins Management aufgestiegen bin und die begehrte Blue Star-Auszeichnung erhalten habe, möchte ich zurücktreten. Denn dieser Scheiß, in den Blackwell verwickelt ist, ist zu viel. Selbst für ein abgestumpftes Arschloch wie mich.

Ich weiß, was mit Lewis' Freundin und Cali passiert ist, als sie vor ein paar Sommern hier gearbeitet haben. Das war nur *ein* Kerl und ich dachte, es endete mit ihm. Hat es aber nicht. Blackwell, Paul, William und sogar Eve... Sie nutzen Leute aus, ob reich oder nicht. Sie verbergen die Wahrheit durch Subunternehmer und Eskorte und verschlüsselte Clouds, die Beweise vernichten sollen. Ich habe genug gesehen und wenn Hayden nicht noch im Blue Casino arbeiten würde, würde ich kündigen, meinem Vater zum Trotz. Aber Hayden ist immer noch hier. Tatsächlich...

Ich scanne ein Paar wohlgeformte Beine an der Bar die zu einer der Pinup-Doppelgängerinnen, die für den Abend eingetroffen sind, gehören. Sie hat schwarzes Haar. Aber die Kurve von ihrem Bein zu ihrem Arsch, die über großzügiger Hüfte anschwillt und an einer schmalen Taille zusammenläuft...

Ich kann sie nur von hinten sehen. Aber ihr Hinterteil ist alles, was ich sehen muss.

Verdammt noch mal.

Ich stehe auf und glätte meine Krawatte. »Entschuldigen sie mich, meine Herren«, sage ich zu Paul und den anderen Männern am Tisch in der Club-Lounge. »Ich sehe etwas, das mir gefällt.«

Die Männer lachen lüstern, was genau das ist, was ich will. Sie sollen glauben, dass ich eine schöne Frau geortet habe und nicht, dass ich meine ärgerliche Freundin aus dem Casino schleppe.

Mit einer schwarzen Perücke steht Hayden neben einem hohen Barhocker, nippt an einem klaren Getränk und sieht sich verstohlen um.

Ich lehne mich an die Bar neben ihr und spüre, wie sie sich versteift. »Was machst du hier?«, frage ich beiläufig, schwenke den Gin & Tonic in meiner Hand und trinke einen Schluck.

Sie dreht ihren Kopf ein wenig. »Woher wusstest du, dass ich es bin?«, fragt sie leise, ihr Mund bewegt sich kaum.

Ich nehme die falschen Wimpern und das schwere Make-up wahr, das ihr, zugegebenermaßen, ein anderes Aussehen verleiht. Vielleicht hatte ich versäumt, Hayden, das schüchterne Mädchen, mit dem ich zur Schule ging, wiederzuerkennen, als ich bei Blue anfing, aber jetzt würde ich sie überall erkennen. Ich könnte sie mit geschlossenen Augen ins Visier nehmen, je nachdem, wie sich die Atmosphäre verändert, wenn sie einen Raum betritt.

Ich werfe ihr einen irritierten Blick zu. »Ich kenne die Form deines Körpers, die Art, wie du mit den Füßen scharrst, wenn du nervös bist, ich weiß, wie du riechst.« Ihr Brustkorb hebt sich tief bei ihrem nächsten Atemzug.

Sie dreht sich mit dem Rücken zur Bar, nimmt die

Schultern zurück und starrt auf das Meer von Körpern im Club. »Ich bin hier, um mich zu amüsieren. Und du?«

Ich werfe ihr einen Blick zu, der ihre Aussage des Schwachsinns bezichtigt.

Ihr wunderschön geschminktes Gesicht, das es mit jedem Pinup-Poster, das ich je gesehen habe, aufnehmen kann, zieht einen sexy Schmollmund. Für eine Sekunde vergesse ich, wo ich bin.

Dann erinnere ich mich und meine Frustration kehrt zehnmal so stark zurück. »Du solltest nicht hier sein. Und was zum Teufel machst du in diesem Aufzug? Versuchst du, Gefahr anzulocken?«

»Gefahr? Weil ich mich so anziehe wie die anderen Mädels hier? Ich glaube nicht. Paul hat mir schon an den Hintern gefasst. Er und die anderen haben keine Ahnung, dass ich es bin.« Sie tätschelt ihre lächerliche 50er-Jahre-Bausch-Perücke.

»An den Arsch gefasst«, sage ich gereizt. Ich blase einen Hauch von Frustration durch meine Nase aus. Natürlich würde Paul versuchen, sie zu berühren.

Ich scanne sie von Kopf bis Fuß, ihre honigbraunen Augen und sehe dann weg. »Du magst Paul getäuscht haben, aber nicht jeder ist so blind. Ich wusste sofort, dass du es bist.« Ich lächle sie spöttisch an. »So aufmerksam bin ich.«

»Du kennst nur die Größe meiner...«

Ich trete näher an sie heran, bis der Ärmel meiner Anzugjacke ihre cremige Haut streift, die an ihrer Schulter durch ihr Halter Top entblößt ist. »Sag's mir...« Ich war die ganze Woche über vordergeladen und meine Geduld schwindet. Ich kann nicht dafür verantwortlich gemacht werden, wenn ich sie über meine Schulter werfe und von hier wegschleppe.

Sie funkelt mich an. »Meine Attribute. Das ist es, was

du tust, nicht wahr? Vermögenswerte abschätzen und entscheiden, ob etwas deine Zeit wert ist? Was anscheinend Blue und die Bliss-Suiten sind, denn du bist hier und arbeitest für den Teufel.«

»Genau wie du«, erinnere ich sie. »Und wenn wir über Attribute reden, dann ja, ich bin ziemlich gut darin, deine einzuschätzen.« Ich lasse meinen Blick auf ihre schönen Brüste fallen, die zu meiner Ansicht ins beste Licht gerückt wurden, dann senke ich ihn auf ihre Hüften und ihren runden Arsch. Sie schnippt mit den Fingern vor meinem Gesicht und ich hebe den Blick. »Aber du irrst dich, wenn du glaubst, ich wähle meine Freunde nach ihrem finanziellen Wert aus.«

»Jaeger, Lewis«, rattert sie los. »Willst du mir sagen, dass du dir keine reichen Freunde suchst?«

Ich starre sie einen Moment lang an und bin wirklich überrascht. »Ich dachte, das hätten wir hinter uns.« Ihr Blick wird sanfter und sie blinzelt. »Du kennst mich, Hayden. Meine Brüder haben kein Geld und sie sind ein großer Teil meines Lebens. Es ist mir scheißegal, was das Aktienportfolio von jemandem wert ist.«

»Deine Brüder haben Zugriff auf das Geld der Familie, wenn sie es wollen. Und du müsstest nicht hier arbeiten und nach Blackwells Pfeife tanzen, aber du tust es.«

»Genau wie du«, erinnere ich sie noch einmal, von Minute zu Minute aufgebrachter. »Du könntest dir einen anderen Job suchen. Ich arbeite weiterhin hier, weil ich mein Leben nicht vom Geld meines Vaters abhängig machen will. Ich möchte etwas für mich aufbauen.«

»Auf Kosten anderer.« Sie blickt starrsinnig weg. »Geh zurück zu Paul, Adam. Ich möchte mich nicht in deine Vermögensbildung einmischen. Außerdem bist du nicht der Einzige, der arbeitet.«

Mein Kiefer spannt sich an. »Du hast Feierabend. Du

hast keinen Grund, hier zu sein. Blackwell hat dich von der Veranstaltung abgezogen.« Ihr Rückgrat versteift sich. »Und du solltest nicht so angezogen sein. Hier. Heute Abend.«

Misstrauen erfüllt ihre Augen. »Warum nicht?«

In diese Falle bin ich mit offenen Augen hineingetappt.

Ich kann ihr nicht sagen, dass Paul und William und der Rest der von Bliss unterstützten Führungskräfte heute Abend rekrutieren. Nicht nur für neue Bliss-Mitglieder, sondern auch für Burleske-Tänzerinnen. »Vertrau mir, okay? Ich möchte, dass du nach Hause gehst. Ich treffe dich dort in ein paar Stunden. Höchstens drei.«

Sie dreht sich zu mir um, ihr Körper dicht an mich gedrückt, aber nicht dicht genug. »Du musst mir sagen, was los ist, aber das wirst du nicht. Also bleibe ich.«

Mein Kiefer verkrampft weiter. Ich könnte explodieren. Niemand frustriert mich mehr als Hayden. Ich beuge mich vor, bis meine Lippen nur noch Zentimeter von ihren entfernt sind. »Mach. Keinen. Ärger.«

Ihre Augen huschen zwischen meinem Mund und meinen Augen hin und her und verengen sich dann. »Droh' mir nicht, Adam Cade. Ich habe jedes Recht, hier zu sein.«

»Bist du deshalb verkleidet?« Sie öffnet leicht den Mund als wollte sie mir Antworten, aber entscheidet sich dann anders und schließt ihn wieder. »Denk dran, was ich gesagt habe.« Ich schreite weg, bevor ich dem Drang nachgehe sie wegzuschleppen.

Ich kehre an den Exekutivtisch zurück, wo meine Kollegen ein paar Athleten und einen Milliardär, dem eine Insel gehört, unterhalten… Allesamt sind hier für Bliss. Wenn Blackwell nicht darauf bestanden hätte, dass wir heute Abend dabei sind, wäre ich nicht hier. Aber es ist gut, dass ich anwesend bin, sonst hätte ich nicht gewusst, dass Hayden auch hier ist.

Ich setze mich wieder auf meinen Platz, klopfe mit den Fingern auf den Tisch und gebe der Kellnerin mit der anderen Hand ein Zeichen für einen weiteren Drink. *Hayden ist eine dickköpfige, dickköpfige Frau.*

Alle paar Sekunden blicke ich zur Bar und behalte sie im Auge. Ich wünschte, sie würde nur einmal auf mich hören. Aber ich kann es ihr nicht verübeln. Ich lüge, indem ich etwas verheimliche. Ich wäre auch nicht glücklich mit mir.

Williams Aufmerksamkeit fällt auf Hayden. »Hübsches Mädchen, mit dem du dich unterhalten hast. Ich habe sie nicht in der Show gesehen, aber sie hätte dabei sein sollen.« Er wackelt mit den Augenbrauen. »Oder vielleicht ein Teil von Bliss?«

»Sie hat ein hässliches Temperament.« Ich schlucke den letzten Rest meines Drinks. »Sie würde nicht dazu passen.«

Williams Blick schweift weiter über Hayden. »Bist du dir sicher? Vielleicht braucht es nur die richtige Hand, um sie zu führen.«

Ich drücke mein leeres Glas und lege meinen Ellbogen über die Rückenlehne des Samt-Clubsessels, in dem ich sitze. »Sie ist eine Lesbe.«

Williams Mundwinkel senken sich und er blickt wieder zu Hayden, als ob es möglich wäre, so etwas zu lesen. »Wirklich? Trotzdem...«

Mein Gott, was muss passieren, um ihn von ihr abzulenken? »William, sie ist nicht interessiert. Ihre Freundin stand direkt neben ihr.« Er öffnet den Mund, um etwas zu sagen und ich schneide ihm das Wort ab. »Nein, sie hat kein Interesse an einem Dreier.«

Seine Augen leuchten auf. »Mit dir vielleicht nicht, aber...«

Um Gottes willen. »Glaubst du, ich kann eine Dame nicht dazu bringen, einen in Erwägung zu ziehen?« Ich lächle schelmisch.

Er runzelt die Stirn. »Du bist ein gutaussehender Bastard. Ich nehme nicht an, dass du sehr viele Ablehnungen bekommst.«

Außer von der Frau, die mich lieber an meinen Eiern aufhängen würde, als jetzt mit mir zu schlafen.

———

ICH HABE Pinup-Hayden in den letzten dreißig Minuten im Auge behalten. Drei verschiedene Männer haben sich ihr genähert. Aktuell schweben zwei wie die Geier um sie herum und Hayden runzelt die Stirn, welches ihre schönen Züge kaum verunstaltet. Ich hatte vor, bis zur großen Eröffnungsparty um Mitternacht im Club zu bleiben, aber ich kann nicht hier sitzen und zusehen, wie Hayden von Idioten belästigt wird.

»Bitte entschuldigt mich.« Ich stehe auf und William blickt auf, dann schweift sein Blick zu Hayden hinüber.

»Ich dachte, du sagtest, sie sei eine Lesbe.« Er klingt verärgert.

»Ich muss mich geirrt haben. Ich bin dabei, das zu korrigieren.« Ich nicke den anderen zu. »Meine Herren? Wir sehen uns oben in der Suite.«

Williams Mund ist zu einer Seite verzogen, als ich mich umdrehe und weggehe, aber es ist mir egal, was er denkt. Einer der Männer in der Nähe von Hayden berührt ihre Schulter mit seinen fetten Fingern und ich bin kurz davor, sie ihm vom Körper zu reißen.

Ich nähere mich der Bar, greife um Haydens Taille und ziehe sie auf meine Seite.

»Bereit zu gehen?«

Sie blickt auf, ihr Gesichtsausdruck ist ungefähr derselbe wie der von William vor einer Sekunde. Widerstand zu leisten ist zwecklos. Ich weiche nicht von ihrer Seite.

Sie muss das erkannt haben, denn sie setzt ein Lächeln auf. »Es war schön, Sie kennenzulernen«, sagt sie zu den Männern.

»Du kannst nicht gehen.« Der Typ mit den langen Haaren und dem lächerlichen Schal starrt mich an. »Wir waren gerade dabei, uns kennenzulernen. Ich fahre dich gern später nach Hause«, sagt er zu ihr.

»Auf keinen Fall«, sage ich und gehe mit Hayden am Arm weg.

»War das nötig?« Sie rennt fast, um mit mir auf dem Weg zum Ausgang des Clubs, mitzuhalten zu können.

»Ja.«

Außerhalb des Clubs hält Hayden abrupt inne. »Adam, du bist wieder ein Höhlenmensch. Ich brauche dich nicht, um mich vor solchen Trotteln zu schützen. Ich hatte es unter Kontrolle.«

»Ach, hattest du das?« Ich wende mich ihr zu. »Denn es schien nicht so, als hättest du dich dort drüben wohlgefühlt.«

Ihre Stirn runzelt sich. »Nun, nein, aber ich hatte es trotzdem unter Kontrolle. Das war nicht das erste Mal, dass ein Mann zu stark rübergekommen ist. Ich musste nicht gerettet werden.«

Ich wende meinen Blick verzweifelt gen Himmel. »Hayden, es geht um mehr als nur diese zwei Typen. Ich kann nicht ausdrücken, wie sehr ich dich gern sicher zu Hause wissen möchte. William hat nach dir gefragt. Er weiß nicht, dass du es bist, aber das heißt nicht, dass er es nicht herausfinden wird. Du machst dem Unheil den Hof, indem du in diesem Aufzug hier bist. Bitte geh nach Hause.«

Sie beobachtet mein Gesicht. »Du machst dir wirklich Sorgen?«

»Ja«, sage ich mit Nachdruck.

Sie verschränkt die Arme vor der Brust. »Ich bin sauer auf dich.« Sie seufzt laut auf. »Ich kann nicht glauben, dass ich das in Erwägung ziehe.« Sie starrt mich hitzig an und ich wünschte, ich könnte sagen, es sei sexuell. Aber ich fürchte, das könnte eher der Blick sein, den eine schwarze Witwe ihrem Gefährten zuwirft, bevor sie ihm den Kopf abbeißt. »Ich habe einen guten Grund, heute Abend hier zu sein und du ruinierst mir das.«

»Möchte ich wissen, welcher Grund das ist?«

»Es hat nichts damit zu tun, Männer aufzureißen, wenn es das ist, worüber du dir Sorgen machst.«

Ich streife meinen Daumen an ihrem Kinn entlang. »Ich dachte nicht, dass es das ist. Ich vertraue dir.«

»Tja«, sagt sie gereizt. »Ich wünschte, ich könnte dasselbe über dich sagen.«

Ich packe ihre Hände und ziehe sie hinter ihren Rücken, nehme sie an der Kurve ihrer Wirbelsäule gefangen und drücke Haydens Brust an meine. »Wenn du mir nicht vertrauen würdest, würdest du nicht tun, worum ich dich bitte.« Ich küsse sanft ihren Mund und lasse ihre Hände los.

Sie schwankt auf ihren Füßen und ergreift meine Arme zum Ausgleich. Ihr Blick wechselt blitzschnell von benommen zu wütend. »Benutze meine Anziehung zu dir nicht, um mich dazu zu bringen, das zu tun, was du willst. Du hast mich vorhin unterschätzt. Das hier ist völlig unnötig. Ich bin nicht hilflos, Adam.«

Ich runzelte die Stirn. »Ich glaube nicht, dass du hilflos bist. Das hindert mich aber nicht daran, dich beschützen zu wollen. Es ist für mich wie ein ehemals ruhender Instinkt, der jetzt aber zu funktionieren scheint und lebendig ist, wenn es um dich geht.«

Sie seufzt und sieht wirklich sauer aus. »Verdammt seist du. Das war das Süßeste, was du je gesagt hast.« Sie kommt näher und fixiert mich mit ihren Augen. »Wenn du nach Hause kommst, wirst du mir alles erzählen, was hier vor sich geht.«

Ich dachte, es wäre sicherer, wenn Hayden nichts von Bliss erfährt. Sie von Blackwell und Paul fernzuhalten, würde sie vor den Drohungen schützen, die ich erhalten habe. Aber ich habe Haydens Fähigkeit, in Schwierigkeiten zu geraten, unterschätzt. Es könnte gefährlicher für sie sein, im Dunkeln herumzustochern.

»Einverstanden.« Ich küsse sie noch einmal. »Brauchst du eine Mitfahrgelegenheit? Ich habe etwas Zeit, bevor ich wo hin muss.«

»Nein«, sagt sie widerwillig. »Ich bin mit meinem eigenen Auto gefahren. Ich hatte nur einen Drink, ich komme schon klar. Geh zurück zu diesen schrecklichen Männern, mit denen du arbeitest.«

Sie beginnt einen Schritt wegzugehen, aber ich ergreife ihre Hand und bringe sie zurück in meine Arme. »Ich werde dir *alles* erzählen.«

Sie nickt und diesmal, als sie wegtritt, lasse ich sie gehen. »Oh, ich weiß, dass du das tun wirst«, sagt sie über ihre Schulter. »Sonst wirst du dafür bezahlen. Schmerzhaft.« Ihre Hüften schwingen aufgeregt hin und her und ich bin hilflos, ich kann nicht wegsehen. Sie trägt einen engen Bleistiftrock und bonbonrote Absätze und sie bringt mich um.

Ich wünschte mir, dass das alles hier vorbei wäre, damit

ich mit Hayden nach Hause gehen kann, aber ich muss mich noch um ein paar Dinge kümmern. Es sieht also so aus, als ob ich früher als gedacht zu meiner Gruppe zurückkehren werde, da Hayden nicht nach Hause gefahren werden muss.

Ich wähle die Nummer des Sicherheitsdiensts. »Eine wunderschöne Pinup-Brünette in roten High Heels verlässt das Gebäude durch den Hintereingang. Sorgen Sie dafür, dass sie sicher zu ihrem Auto gelangt.«

Blue oder Hayden werden mein Tod sein. Ich setze auf Hayden.

Kapitel Fünfunddreißig

William bleibt zurück, um nach ein paar Tänzerinnen aus dem Club zu sehen und der Rest von uns macht sich auf den Weg zu Bliss und der großen Eröffnungsparty, die das Casino veranstaltet. Wir betreten die überfüllte Suite und mehrere Burleske-Tänzerinnen mischen sich bereits unter die Menge. Es sind auch noch andere Frauen da. Wenn man ihre Schönheit und ihre kultivierte, aber sexy Kleidung in Betracht zieht, schätze ich, dass diese anderen Frauen die professionellen Begleiterinnen sind. Sie scheinen nicht an einen einzigen Mann gebunden zu sein und halten sich alle in der Nähe der Wachen auf, die ich angeheuert habe.

Ich nehme mir ein Glas Champagner und unterhalte mich mit dem CEO einer beliebten Hotelkette. Er ist Mitte fünfzig und trägt einen Ehering, aber sein Blick schweift immer wieder zu einer rothaarigen Burleske-Tänzerin.

»Also sagte ich dem Sohn meines Geschäftspartners«, sagt der CEO, »wir erlauben keine Prostituierten in unseren Hotels«. Er sieht die Rothaarige noch einmal an und grinst.

»Nicht, dass etwas Falsches daran wäre, für Schönheit zu bezahlen. Aber unsere Hotels haben einen Ruf zu wahren und...«

Der CEO redet weiter, aber ich höre nicht mehr hin. Weil zwei zusätzliche Leibwächter durch den Aufzug der Suite eintreten, zusammen mit weiteren Begleiterinnen.

Ich finde es seltsam, dass sie durch den Notausgang eintreten. Je mehr ich die Menschen in der Suite beobachte, desto merkwürdiger wird es mir. Die Eskorten sitzen auf zweier Sofas oder stehen steif an der Seite und unterhalten sich mit den Gästen, aber wirken reserviert... fast nervös.

Ich entschuldige mich von meinen Gesprächspartnern und wende mich an die mir nächstgelegene Begleiterin. Sie ist wie die anderen gekleidet, sehr elegant und hübsch in einem tief ausgeschnittenen roten Kleid und ein paar Meter weiter steht ein Bodyguard. Ich setzte mich auf dem kleinen Sofa neben sie und ihre Augen huschen herüber, ihr Körper ist angespannt.

Ich hatte nichts damit zu tun, Eskorten für Bliss anzuheuern. Paul sagte, er habe die perfekte Lösung gefunden und brauche meine Hilfe nicht mehr. Ich fand das damals nicht seltsam, zumal ich nicht daran beteiligt sein wollte. Jetzt wünschte ich mir, ich hätte besser aufgepasst.

»Ich bin Adam«, sage ich zu der Frau. »Und Sie sind?«

»Victoria«, sagt sie mit einem starken lateinamerikanischen Akzent. Südamerikanerin, wenn ich mich nicht irre.

»Sehr erfreut, Sie kennenzulernen. Sind Sie ein Gast, oder...?«

»Ich arbeite«, sagt sie schüchtern.

Ich nicke und überlege. »Sind Sie schon lange in Lake Tahoe?«

Sie blickt den Leibwächter ein paar Meter entfernt an,

dann wieder zu mir zurück, sieht mir aber nicht in die Augen. »Nein.«

Ich sehe den Leibwächter an, an dessen Einstellung ich mich vage erinnere. Er war einer von etwa zehn, die Blackwell angefordert hatte. »Haben Sie vor, zu bleiben?«

Sie ringt ihre Hände. »Ja... ja.«

Das kam nicht sehr überzeugend rüber. Und es klang auch nicht nach einer Person, die glücklich ist, hier zu sein. »Wie alt sind Sie, Victoria?«

Sie zögert. »Achtzehn.« Diesmal sieht sie nach unten.

Es ist schwer abzuschätzen, denn sie ist als reife, verführerische Frau gekleidet, aber sie wirkt weder verführerisch noch sicher oder als wäre sie achtzehn.

»Haben Sie schon viel von Lake Tahoe gesehen? Irgendwelche Touren unternommen?«

Ich halte die Unterhaltung am Laufen, um sie bei Laune zu halten, denn hier stimmt etwas nicht.

Sie zögert einen Moment, als ob sie meine Frage erst in ihrem Kopf übersetzen müsste.

»Nein«, sagt sie und steckt eine Haarsträhne hinter ihr Ohr, wobei sie wieder Augenkontakt vermeidet.

»Sie waren noch nicht am See?« Der Tahoe-See ist der Grund, warum Menschen aus der ganzen Welt anreisen, um ihn zu besuchen.

»Ich nicht bleibe lange«, sagt sie in gebrochenem Englisch und blickt dann zögernd zu ihrer Wache. »Ich hier nur zum Arbeiten.«

»Ich verstehe.« Aber das tue ich in Wirklichkeit nicht. Dieses Gespräch wird von Minute zu Minute merkwürdiger. »In welchem Teil der Stadt wohnen Sie?«

Der Wächter tritt vor. »In Ordnung, Victoria«, sagt er und unterbricht das Gespräch.

»Gib den anderen Damen auch die Chance, mit den

Herren zu reden.« Er packt sie leicht am Ellbogen und führt sie weg, um sie zum Aufzug zu bringen.

Was zum Teufel war das?

Ich lehne mich nach vorne, die Ellbogen auf den Knien und beobachte jede der Frauen in der Suite, einschließlich der neuen, die vor ein paar Minuten angekommen sind.

Ein paar von ihnen scheinen sich wohl zu fühlen, wenn sie sich mit den Männern im Raum unterhalten und die Burleske-Tänzerinnen wirken völlig entspannt, aber die anderen wirken genauso verkrampft und nervös wie Victoria. Und sie scheinen durch den Aufzug, statt durch die Eingangstür zu kommen und zu gehen.

Ich sehe Paul auf der anderen Seite des Raumes. Er unterhält sich mit einem Gast, einem weiteren Sportler im Ruhestand, so wie es aussieht. Ich stehe auf und gehe hinüber.

»Entschuldigen Sie die Unterbrechung«, sage ich zu dem Gast und wende mich zu Paul. »Darf ich dich einen Moment sprechen?«

Paul winkt einem Kellner zu, bestellt seinem Gast einen weiteren Drink und winkt dann eine der Burleske-Tänzerinnen heran. Sein Gast scheint zufrieden zu sein, ihn durch die schöne Frau zu ersetzen und Paul und ich gehen in eine Ecke.

Ich senke meine Stimme, mein Ausdruck ist entspannt. »Wo hast du die Begleiterinnen gefunden?«

Paul nickt quer durch den Raum einer anderen Person zu, die gerade hereingekommen ist. »Sie sind wunderschön, nicht wahr? Etwas grün, aber das wird nicht lange so sein.«

Ich halte meine Wut im Zaum, aber nach dem heutigen Abend ist es eine Herausforderung.

»Das könnte man so sagen. Diejenige, mit der ich sprach, wirkte verängstigt.«

Pauls selbstgefälliges Grinsen schwindet und sein Blick gleitet zu mir. »Sie sind darauf trainiert, freundlich zu sein. Welche war es?«

»Trainiert? Reden wir über Haustiere oder über Frauen?«

»Gibt es da einen Unterschied?« Bei meinem Blick beginnt Paul den Ärmel seines Hemdes unter seiner Jacke zu richten. »Sei nicht so verkrampft, Cade. Es sind professionelle Eskorten. Sie werden dafür bezahlt, angenehm und freundlich zu sein.«

Ich nicke zum hinteren Teil des Raumes. »Warum kommen sie durch den Notaufzug und nicht durch die Vordertür?«

Er kichert. »Du scheinst heute übermäßig neugierig zu sein. Interessierst du dich für eine von ihnen?«

»Beantworte die Frage.«

Dieses Mal runzelt Paul die Stirn. »Es ist sicherer.«

»Wieso sind schöne Frauen, die das Casino durchqueren, ein Sicherheitsrisiko? Ich würde denken, dass sie Kunden in das Casino locken.«

Er zuckt unverbindlich mit den Achseln. »Wir würden keine von ihnen verlieren wollen.«

Wir starren beide einen Moment lang in die Menge, mein Unbehagen wächst.

Ich reibe mein Kinn. »Ich möchte dich etwas fragen. Wurden diese Frauen ins Land gebracht, um die Posten der Eskorten zu besetzen?«

Paul grinst, sein Blick auf mich gerichtet. »Du bist clever, Cade. Deshalb haben wir dich an Bord geholt. Und weil du schon dein ganzes Leben im Geschäft bist, weißt du, wie die Dinge laufen.«

Er dreht sich zu mir um und sein Gesichtsausdruck

wechselt von charmantem Veranstalter zu kaltem Geschäftsmann. »Unsere Begleiterinnen sind...« Sein Kopf neigt sich und er blickt ins Leere, als würde er nachdenken »...›exotisch‹. Sie kommen aus der ganzen Welt. Diese Frauen wollten in die Staaten kommen und Blackwells Verbindungen machten das möglich. Die Damen wohnen ein paar Blocks entfernt, genau wie Blackwell es wollte. Sie werden rund um die Uhr versorgt und geschützt.« Er kichert. »Es ist eine verdammte Studentinnenverbindung, gefüllt mit schönen, sexy Frauen. Kannst du dir das vorstellen? Ich habe es im Sinn, dorthin zu gehen und die Kissenschlachten zu inspizieren.«

Ich ignoriere seinen Versuch von Humor während sich mein Magen bei seinen Worten dreht.

»Mach dir keine Sorgen«, fährt Paul fort. »Wir haben die besten Wachen, die auf sie aufpassen, dank dir und Blackwell. Alles, was wir tun müssen, ist, im Haus anzurufen und eine Eskorte wird geschickt, wann immer wir sie wollen.«

Ich nicke langsam, als ob das in Ordnung wäre, obwohl das Gegenteil der Fall ist.

»Werden sie für ihre Zeit bezahlt?«

Paul sieht auf die Uhr und ich merke, dass seine Aufmerksamkeit schwindet. »Der Typ, der die Frauen hergebracht hat, versorgt sie mit allem, was sie brauchen und sie arbeiten für ihn. Netto-netto Konditionen. Sie gehören uns zwei Jahre lang. Wenn uns einige von ihnen gefallen, können wir sie länger behalten.« Pauls Augen verengen sich beim Anblick meines Gesichtsausdrucks. Vielleicht, weil ich ihm einen Todesblick zuwerfe. »Mach dir nicht in die Hose. Das passiert andauernd. Diese Frauen *wollten* ihrem elenden Leben entfliehen. Betrachte es als Wohltätigkeit.«

»Um eine Sexsklavin zu werden?«

Paul lacht ganz offen. »Ach, komm schon. Lass uns nicht so weit gehen. Du weißt, wie Frauen sind. Sie mögen *schöne Dinge*. Und diese Frauen bekommen Designer-Kleidung und werden reichen, einflussreichen Männern vorgestellt. Ich wäre nicht überrascht, wenn wir ein paar von ihnen an mächtige Bliss-Mitglieder verlieren würden, die exklusiven Zugang haben wollen.«

Ich werde rot vor Wut und muss wegsehen, bevor ich Paul die Fresse poliere.

»Hör zu, Cade, ich habe es dir schon mal gesagt. Die Freunde unseres Bosses sind keine Leute, denen man in die Quere kommen will. Hör auf, Fragen zu stellen.« Er gestikuliert im Raum herum. »Sieh dir nur diese Frauen an. Sie sind reif und atemberaubend. Sie sparen diesem Unternehmen eine Menge Geld, das am Ende des Jahres wieder in unsere Taschen fließen wird. Vergiss das nicht.«

»Solange die Gewinnquote nicht leidet.«

»Genau«, sagt Paul, ohne meinen Sarkasmus wahrzunehmen. Er hebt die Hand, als wolle er mir auf die Schulter klopfen, aber entscheidet sich dagegen, als er meinen finsteren Blick wahrnimmt.

Er blickt über meine Schulter. »Der Quarterback, den du in letzter Minute an Bord geholt hast, ist gerade eingetroffen. Hol ihn doch hier herein. Gib ihm eine Führung. Stell ihn einigen der Damen vor.«

Gabe Aldridge sieht mich und kommt zur Mitte des Raumes. Er ist ein Quarterback mittleren Alters im Ruhestand mit einem guten Ruf in der Sportindustrie. »Du hast recht. Er würde diese Frauen sicherlich gern kennenlernen.«

»Das ist die richtige Einstellung.« Paul geht und ich atme tief ein. Ich sehe mich im Raum um. Ich weiß nicht, wie mir das bei meiner Ankunft entgangen ist, aber ich sehe es jetzt.

Meine Hände zittern vor unbändiger Wut. Das ist alles falsch hier. Das war es von dem Moment an, als ich zugestimmt habe, eine Rolle in Bliss zu spielen. Hayden hatte recht. Sie hat Blackwell von Anfang an misstraut. Sie hat ihn herausgefordert. Ich dachte, er sei wie mein Vater... Machthungrig und desinteressiert und umging ungeniert ein paar Regeln, um sich selbst gerecht zu werden. Aber Blackwell ist nicht wie mein Vater. Ethan Cade würde niemals skrupellose oder unmenschliche Aktivitäten unterstützen. Wie Menschenhandel.

Ich bin nur dankbar, dass ich Hayden aus dem Casino herausgebracht habe, als ich es tat. Ich will nicht in dieses Schlamassel verwickelt sein, aber es wäre eine Million Mal schlimmer, wenn sie hier wäre.

Kapitel Sechsunddreißig

Hayden

Ich laufe durch das Parkhaus und meine Absätze klackern auf dem Betonboden. Ich kann nicht glauben, dass ich Blue verlasse. Mira brauchte zwei Stunden, um mich zu frisieren und zu schminken und ich habe nie das erreicht, wofür ich gekommen bin. Aber, verflixter Adam, ich konnte ihm nicht nein sagen, da er so verzweifelt versuchte mich aus dem Casino zu schaffen. Er glaubte wirklich, ich sei in Gefahr, so lange ich dort war. Ich dachte, ihm würde eine Ader platzen, wenn ich bleibe. Das ist der einzige Grund, warum ich einverstanden war zu gehen. Das heißt nicht, dass ich nicht immer noch wütend auf ihn bin.

Ich habe nichts über die große Eröffnungsparty herausgefunden, die die Verkäuferin Nessa gegenüber versehentlich erwähnt hatte, und ich habe jeden an der Bar angesprochen. Nicht eine einzige Person hatte davon gehört. Wurde sie abgesagt?

Bevor Adam mich rausholte, wollte ich mich nach den Bliss-Suiten erkundigen. Ich verkleidete mich so dass mich niemand erkennen würde. Eigentlich könnte ich immer noch hinaufgehen. Adam sagte nichts davon, dass ich mich von den Hotelzimmern fernhalten sollte. Er wollte nur, dass ich den Club verlasse. Und okay, ich bezweifle sehr, dass er mich in der Nähe der Suiten haben will, angesichts unseres Streits bezüglich Bliss, aber er hat mich in eine schlechte Position gebracht. Ich habe Mira gesagt, dass ich die Suiten heute Abend auschecken werde und das ist wahrscheinlich der einzige Zeitpunkt, an dem mir das möglich sein würde.

Ich halte mitten im Parkhaus inne und blicke zurück. Ich trage eine Perücke, bin schwer geschminkt und trage ein Outfit, das ich nie im alltäglichen Leben tragen würde. Nicht einmal William oder Paul haben mich erkannt. Adam schon, aber er hat ein unheimliches Gespür für die Form meines Hinterns.

Ich weiß, wo sich die Bliss-Suiten befinden. Ich könnte dort hinauf gehen und die Dinge auskundschaften, bevor es jemand merkt. Die Wachen würden mich nicht als die Personalabteilungsleiterin erkennen, die sie in den letzten Wochen zurückgewiesen haben.

Und es würde mich beruhigen, die eine Spur, die ich gefunden habe, überprüft zu haben.

Ich drehe mich um und gehe wieder rein und laufe so schnell ich kann in meinen Plattformstilettos durch den Spielbereich des Casinos. Adam hat Angst um meine Sicherheit, aber ich passe auf mich auf, seit ich diese Stadt verlassen musste und ich werde auch heute Abend auf mich selbst aufpassen.

Ich mache mich auf den Weg zu den Aufzügen, bevor ich meine Meinung ändern kann. Nur bin ich nicht mehr allein.

Der Mann im dunklen Anzug, der vor den Fahrstuhltüren steht, sieht zu mir herüber. Und es ist William.

Verdammt.

»Hey, meine Schöne!« Er blickt an mir vorbei. »Wo ist Adam, der Typ, mit dem du weggegangen bist?«, sagt er, weil er offensichtlich zu blind ist, um zu erkennen, wer ich bin.

William denkt, ich bin eines der Pinup-Girls, die heute Abend hier sind. Ihm ist nicht klar, dass Adam und ich uns kennen, oder dass William mich kennt, was das betrifft.

»Oh, ich habe beschlossen zu bleiben.« Ich benutze eine mädchenhafte Stimme, von der ich hoffe, dass sie meiner normalen nicht ähnlich klingt. Ich höre mich lächerlich an. Nicht, dass es William abschreckt.

»Sag mir, dass er dich nicht allein gelassen hat?«

»Ähm... irgendwie schon?«

William gleitet seinen Arm um meine Schultern. »Dieser Idiot. Erlaube mir, das in Ordnung zu bringen. Ich war gerade auf dem Weg zu einer exklusiven Party in einer der Suiten. Sei mein Gast. Es gibt Champagner und Antipasti und anregende Gespräche. Ich verspreche es.« Er grinst breit, den Blick in Richtung meines Dekolletés gerichtet.

William würde nicht mit mir reden oder auf meine Brüste sehen, wenn er mich erkennen würde. Okay, vielleicht würde er auf meine Brüste sehen, aber ich bin mir jetzt ganz sicher, dass er mich nicht erkannt hat. Das könnte funktionieren. William ist ein Blue Star und er will mich zu einer Party in einer der Suiten mitnehmen. Und genau da will ich hin. Und wenn diese Suite ein Teil von Bliss ist? Noch besser.

»Das würde mir gefallen.«

———

TATSÄCHLICH IST DIE PARTY, zu der William mich mitnimmt, am Bliss-Standort. Und ich bin hin und weg. Dies ist nichts wie die Penthouse-Suiten auf der anderen Seite des Hotels. Die Suite, die wir betreten, ist riesig, genau wie auf den Plänen aus dem Büro des Gebäudemanagers angegeben und so aufwendig und schön ausgestattet, dass ich Angst habe, irgendetwas anzufassen. Oder meinen Champagner zu verschütten, Dom Pérignon natürlich.

Sinnliche Musik erklingt über unsichtbare Lautsprecher und meine Heels drücken sich in weiße Plüschteppiche, die so weich sind, dass ich beim Gehen einsinke. Der Klang von klirrenden Gläsern an der Bar und das Geplapper der Männer erreicht mich und lässt die Luft mit einer Energie knistern, die an meinen Armen eine Gänsehaut hinterlässt. Es ist eine merkwürdige Atmosphäre und wenn ich nicht aus gutem Grund hier wäre, würde ich sofort wieder abhauen. Aber ich bin wegen Blackwell und den Blue Stars hier und weil mein Instinkt mir sagt, dass das, was sie in diesem Casino tun, falsch ist.

Ich atme flach ein und sehe Adam in einer Ecke des Raumes, wo er mit einem riesigen Kerl spricht, der ein Profisportler sein muss. Adam hat mich noch nicht gesehen, sonst wäre er schon auf dem Weg hierher und würde auf mir rumreiten zu gehen. Die Suite ist überfüllt und wenn ich nicht will, dass er mich erwischt, bevor ich die Chance habe, mich umzusehen, sollte ich besser in ein anderes Zimmer gehen.

»Wie wäre es mit einer Führung?«, sage ich zu William.

»Was immer die Dame wünscht.« Er gestikuliert zu einem Raum zu unserer Rechten und ich betrete ihn, glücklich, irgendwo zu sein, wo Adam mich nicht sehen kann, obwohl ich mir nicht sicher bin, ob dieser Raum besser ist.

William zeigt mir eines der Schlafzimmer nach dem anderen und teilt sein Wissen über Drogen, die sexuelle Hemmung verringern, während ich versuche, beiläufig interessiert zu erscheinen. William fragt mich auch, ob ich eines der Zimmer für eine Probefahrt nutzen möchte, aber darum geht es mir nicht. Adam würde mich umbringen, wenn er herausfindet, dass ich geblieben bin, nachdem ich gesagt hatte, ich würde Blue verlassen. Aber nicht bevor *ich ihn* töte.

Adam hat mit Bliss zu tun, was ich wusste, aber diese Suite ist nicht die typische exzentrische Hotelerfahrung. Alle Zimmer sind aufwendig ausgestattet und von sexueller Natur, mit Tanzstangen und verrückten Badezimmern, die für römische Orgien gedacht sind. Aber das Zimmer, das wirklich heraussticht, ist das mit dem Sexverlies. Ich weiß mit Sicherheit, dass das Casino keine Lizenz für sexorientierte Geschäfte besitzt. Aus diesem Grund mussten wir sicherstellen, dass die Burleske-Tänzerinnen während der Show heute Abend keine der wichtigen Kleidungsstücke ablegen.

Mira und Tyler nannten die Suite, die sie vor einigen Monaten gefunden hatten, die ›Fifty Shades of Grey‹-Suite, und das war kein Scherz. Nur bin ich mir ziemlich sicher, dass alles, worauf Mira und Tyler gestoßen sind, nichts war im Vergleich zu Bliss. Mira beschrieb die andere Suite als groß, mit spezialgefertigten Schränken, die mit Sexspielzeug gefüllt waren und nicht mit einem ganzen Raum, in dem man jemanden anketten konnte. Was zum Teufel?

William und ich kehren in den Wohnbereich zurück und ich spüre es. Dieses Kribbeln des Bewusstseins, das sich in meinen Schultern zentriert und sich in meiner Brust ausbreitet und Wärme in meinen Unterbauch sendet. Das Gefühl, das ich bekomme, wenn Adam in der Nähe ist.

Ich scanne den Raum und stelle fest, dass er mich anstarrt. Der Athlet ist immer noch bei ihm, aber Eve und Blackwell sind es auch. Und Blackwell sieht nicht glücklich aus. Tatsächlich sieht er so aus, wie er es um mich herum immer tut. Er ist wütend. Verärgert.

Erkennt Blackwell mich trotz meiner Verkleidung?

Kapitel Siebenunddreißig

Adam

Gabe begrüßt mich mit einem Händedruck, nachdem Paul weggeht. »Das ist also Bliss?«, sagt er und sieht sich um.

»Wo all deine Träume wahr werden«, antworte ich trocken.

Gabe sieht die anderen Männer an, dann lässt er seinen Blick gemächlich über die Frauen und den Wohnraum schweifen. Dann hebt er eine Augenbraue. »Ausgezeichneter Geschmack.«

»In der Tat. Ich zeige dir gleich die Räume, aber zuerst möchte ich dir Joseph Blackwell, den CEO, vorstellen. Er ist gerade hereingekommen und besucht normalerweise keine Casino-Veranstaltungen, sondern hält sich lieber im Hintergrund. Ich würde ihn gern erwischen, bevor er geht.«

Gabe schnappt sich ein Glas Champagner von einem vorbeigehenden Kellner, eine Hand in der Hosentasche, sein Benehmen lässig und gefasst. Er würde perfekt zu Bliss passen.

Blackwell sieht uns, als wir uns nähern, sein Blick immer berechnend.

»Gabe Aldridge«, sage ich, »dies ist Joseph Blackwell, das Superhirn hinter Bliss.« Ich rassle Gabes Statistiken herunter, aus der Zeit, als er in der NFL spielte und seine aktuellen professionellen Auszeichnungen. »Ich war gerade dabei, Gabe mit den Tugenden von Bliss zu bezaubern.«

Blackwell schmunzelt. »Bliss hat viele Tugenden. Zum einen diese großartige Suite, zum anderen aber auch andere intrinsische Qualitäten.« Er gestikuliert zu einer Gruppe von Frauen, die ein paar Meter entfernt auf einem Sofa sitzen. »Unsere Frauen sind umwerfend, nicht wahr?«

»Exquisit«, sagt Gabe.

»Sie sind anders als alle, die Sie bisher hatten. Sie sind... wie soll ich es sagen... *frisch*. Tatsächlich ist bei einigen von ihnen die Jungfräulichkeit noch intakt.« Blackwell sagt dies, als wolle er die Vorzüge eines guten Weines preisen.

Ich verschlucke mich an meinem Champagner. »Verzeihung«, murmelte ich und versuchte, mich zu sammeln.

Was soll der Scheiß?

»Das ist interessant.« Gabe blickt zu mir, sein Ausdruck ist nichtssagend.

»Das war mir nicht bewusst«, sage ich und halte meinen Tonfall flach.

Blackwell blickt sich stolz im Raum um. »Bliss ist die Elite in Luxus und Vergnügen. Besseres gibt es nicht. Alles, was Sie sich wünschen, steht Ihnen zur Verfügung.«

»Für einen saftigen Preis«, sagt Gabe.

»Aber ist das nicht das Leben?«, fragt Blackwell. »Wir zahlen für Qualität, nicht wahr? Und die Bliss-Suiten, der

Service und die Frauen, die sie bieten, sind von unvergleichlicher Qualität.«

Gabe wirbelt seinen Champagner in seinem Glas und nimmt den letzten Schluck. »Und die Frauen? Haben sie zugestimmt, ihre Jungfräulichkeit zu verkaufen?«

Blackwell streckt die Hand nach einem vorbeigehenden Kellner aus, nimmt ein frisches Glas Dom und tauscht es gegen Gabes altes Glas aus. »Aber natürlich. Die Frauen sind gut versorgt, mit allem, was sie sich jemals wünschen könnten.«

Außer vielleicht ihrer Freiheit.

Gabe nickt und durchsucht den Raum, als beobachtete er die Frauen mit neuem Interesse. Sein Blick bleibt in der Nähe der Tür hängen. »Und die Burleske-Tänzerinnen?«

Blackwell und ich sehen in die Richtung, die er anzeigt... und *verdammte Scheiße*, es ist Hayden. Hier.

Was zum Teufel?

»Die Burleske-Tänzerinnen sind auch käuflich«, sagt Blackwell.

»Die Brünette an der Tür gefällt mir.«

Meine Fäuste ballen sich. Verdammt, was macht Hayden da? Sie sollte vor vierzig Minuten gehen.

Blackwells Stirn runzelt sich. »Ich kann dafür sorgen, dass Sie sie...«

»Nicht diese«, platze ich heraus und blinzle dann meine Panik zurück. Ich kann nicht klar denken und meine Stimme ist verdammt noch mal erhoben. »Sie sollte nicht hier sein«, sage ich, aber es kommt angespannt und wütend heraus.

Blackwells Blick nimmt meine Gesichtszüge auf und ich frage mich, wie viel ich preisgegeben habe. »Oh? Wie ist sie hier gelandet?«

Ich antworte nicht.

Er starrt noch einen Moment lang, dann schnippt er mit den Fingern.

Eve gleitet näher heran. »Ja?«

»Bring bitte die Frau mit der schwarzen Perücke an der Tür zu mir.«

Sie lächelt. »Mit Vergnügen.«

Gabe blickt mich an. Ich spüre seine Besorgnis, aber ich sehe nicht hin, aus Angst, noch mehr zu verraten, als ich ohnehin schon habe.

Eve spricht mit Hayden und sie nickt argwöhnisch. Sie und William kommen herüber und William schüttelt Gabe die Hand, nachdem sie sich vorgestellt haben.

»Gabe wollte die charmante junge Frau kennenlernen, mit der du zusammen bist, William«, sagt Blackwell.

Williams Lächeln schwindet und er blickt zu Hayden. »Sie ist heute Abend mein Gast. Das ist...«

»Sophia«, liefert Hayden mit einer unnatürlich hohen Stimme und ich rolle meine Augen.

»Sophia, sagst du?« Blackwells Blick gleitet an ihrem Körper hinunter. »Oder heißt du Hayden?«

Hayden erstarrt, ihre Augen huschen zu mir.

Blackwell dreht sich zu mir um. »Was macht sie hier?«

»Sie geht«, sage ich und greife nach ihrem Arm.

Er hält seine Hand hoch. »Einen Moment, Adam.« Er tritt William gegenüber. »Hat Hayden die Suiten gesehen?«

William, der einen Schritt hinter uns ist, starrt sie an. »Hayden?« Sein Blick schweift über ihren Körper und schließlich scheint er zu ahnen, was Blackwell in dem Moment, als er sie erblickte, erkannt hat. Unser CEO mag ein Arschloch sein, aber er ist ein kluger Bastard.

William blickt irritiert zu Blackwell zurück. »Ja, Sir. Ich dachte, sie sei eine der Pinups, die heute Abend hier sind.«

»Ich bin verwirrt«, sagt Gabe. »Ich dachte, ihr Name sei Sophia.«

Blackwell blickt Hayden drohend an. »Sie wird bald *niemand* mehr sein.«

Ich lege meine Hand auf Haydens unteren Rücken und schiebe sie nach vorne. »Ich werde sie hinausbegleiten.«

»Sieh zu, dass du sie zu den Sicherheitskräften bringst«, sagt Blackwell, eine Drohung in seinem Tonfall. »In der Zwischenzeit kümmert sich Eve gern um Gabe. Nicht wahr, Eve?«

Eves Miene ist ausdruckslos, aber sie ersetzt sie schnell durch ein Lächeln. »Ja, natürlich.«

Ich warte nicht auf Gabes Antwort. Ich gehe mit Hayden zur Tür, dann halte ich abrupt inne. Die Wachen, die uns am nächsten stehen, starren uns an. Einer von ihnen bleibt an der Tür stehen, aber der andere bewegt sich in unsere Richtung.

Irgendwie hat Blackwell ihnen ein Zeichen gegeben. Ich weiß nicht, wie, aber er hat es getan.

»Schnell«, flüstere ich Hayden zu. »Der Fahrstuhl.«

Wir eilen durch den Aufenthaltsraum zum Notaufzug und ich drücke mit meiner Hand gegen die Tastatur. Der Bildschirm wird blau, denn er erkennt meinen Fingerabdruck und ich gebe den Code ein, den ich vor ein paar Tagen erhalten habe. Eine Sekunde, bevor meine Schulter zurückgerissen wird. Ich drehe mich um.

»Was glaubst du, wohin du gehst?« Paul sieht Hayden böswillig an.

Das leise Klingeln des Fahrstuhls ertönt und ich höre, wie sich die Türen langsam öffnen.

Ich mache eine Faust und ramme sie Paul mit einem Uppercut ins Gesicht. Mit meiner rechten Hand, die den Ring mit dem Blue Star trägt.

Paul schreit auf und stolpert zurück. Ich reiße den Ring ab, werfe ihn ihm nach und schiebe Hayden in den Aufzug. Ich klopfe etwa hundertmal auf den Knopf, der die Tür schließt und schließlich reagieren die Türen. Sie schließen sich langsam, blockieren die Party, die Leute, die auf den Tumult starren, den wir verursacht haben und den Bodyguard der immer noch auf uns zukommt. Paul, der aus Kinn und Lippe blutet, spricht schnell am Telefon und funkelt mich an, als sich die Türen endlich schließen.

Es gibt nur zwei Stockwerke, zu denen dieser Aufzug fährt… Das Casinostockwerk und ein Stockwerk für Stammgäste, welches das Casino im Notfall als Tarnung für seine Bliss-Mitglieder benutzt.

Ich drücke auf den Knopf zur Tarnungsetage und wirble zu Hayden herum. »Was zum Teufel machst du hier?«

»Rede nicht so mit mir!«

Ich atme tief durch. »Erklär es mir, bevor ich den Verstand verliere.«

»Genau genommen hast du mir gesagt ich soll den Club verlassen, nicht Blue.«

»Benutzt du jetzt Semantik bei mir? Ich habe dich genau aus dem Grund gebeten, den Club zu verlassen, weswegen wir jetzt aus der Suite fliehen. Blackwell weiß, dass du es bist. Verstehst du, was das bedeutet?«

Sie beißt sich in den Mundwinkel. »Richtig. Nun, damit hatte ich nicht gerechnet. Ich dachte nicht, dass er hier sein würde und ich dachte nicht, dass er mich erkennen würde.«

Ich knurre vor Frustration und starre an die Decke. »Das war dein Plan? Unkenntlich zu bleiben?«

»Und Beweise zu sammeln«, sagt sie. »Ich habe sogar mein Handy dabei, um Fotos zu machen. Aber außer perversem Sexkram, für den das Casino keine Lizenz hat, habe ich nicht viel gefunden.«

»Oh, es gibt jede Menge illegalen Scheiß.« Ihr Blick ist fragend. »Das erzähle ich dir später«, sage ich, als der Aufzug in unserer Etage ankommt.

Die Türen öffnen sich und ich greife nach Haydens Hand. Ich blicke in beide Richtungen in den Flur und sehe einen Bodyguard, der schwer atmend aus einem der Treppenhäuser auftaucht und stolpert. »Scheiße.«

»Wer ist das?«, fragt Hayden.

»Vido. Ex-Militär, Gelegenheitsdiebstahl… Wir müssen los.« Ich ziehe sie in die entgegengesetzte Richtung.

Durch ihren engen Rock und ihre fünfzehn Zentimeter hohen Absätze werden wir ihn nie abhängen. »Zieh die Dinger aus!« Ich gestikuliere zu ihren Füßen.

Sie starrt mich an, als wäre ich verrückt, also greife ich nach unten, hebe ihren Fuß an und ziehe ihr die verdammten Schuhe aus und schiebe sie in die Taschen meiner Anzugjacke. Ich ergreife die Seite ihres Rockes und reiße ihn an der Naht auf. »Lauf!«

Die Wache ist fast bei uns und dieses Mal tut Hayden, was ich sage. Wir rennen zum andere Ende des Flurs und betreten das andere Treppenhaus. Nachdem wir eine Treppe hinuntergeflogen sind, ziehe ich sie durch die Tür in den nächsten Stock und wir rennen zum Aufzug, der glücklicherweise offensteht.

Ich drücke auf den Knopf für die unterste Etage, die Tür schließt sich und ich lehne mich nach vorne über.

»Warum sind die hinter uns her?«, fragt sie mit schwerem Atem.

»Weil du recht hattest.« Ich richte mich auf und ziehe mein Telefon heraus. Ich schicke eine kurze Nachricht und stecke mein Handy weg. »Das Bliss-Projekt ist nicht legitim und die Leute, die Blackwell mit Drogen und illegalen Frauen versorgen, sind sehr schlechte Leute.

»Du meinst Frauen ohne Papiere?«

»Das unterstütze ich nicht, Hayden. Das habe ich noch nie getan.«

Ihr schönes Gesicht verzerrt sich vor Wut. »Du hast es unterstützt, indem du da mitgemacht hast!«

Die Fahrstuhltüren öffnen sich und ich führe Hayden von einem der Hauptausgänge weg und in einen hinteren Korridor. Wir durchqueren die Küche hinter einem Restaurant. Die Arbeiter sehen uns fragend an und ich sehe über meine Schulter, um sicherzustellen, dass uns niemand folgt. Ich öffne eine Tür nach draußen und der Geruch von verdorbenem Fleisch strömt aus einem Mülleimer, den das Restaurant benutzt.

Ein schwarzer Escalade rast um die Ecke und kommt wenige Meter entfernt von uns kreischend zum Stillstand.

Hayden zerrt an meinem Arm. »Beeil dich! Wir müssen umdrehen.«

»Es ist okay.« Ich führe sie zu dem Escalade. »Es ist mein Sicherheitsteam. Ich habe sie eingestellt, nachdem ich angefangen habe Pauls Warnungen ernst zu nehmen.«

Hayden klettert barfuß auf den Rücksitz und ich lasse mich neben sie fallen. Der Fahrer rast aus der Seitengasse. »Du gehst heute Abend nicht nach Hause«, sage ich. »Es ist viel zu gefährlich.« Sie starrt nach vorne und nickt, scheinbar fassungslos. Ich lege meinen Arm um ihre Schultern. »Es wird alles gut werden.«

Sie blickt zu mir. »Wie? Ich dachte, es sei nur Blackwell. Dass ich im Casino etwas finden würde, das ich zur Polizei bringen könnte. Aber die Frauen... und nach dem, was du gerade gesagt hast...«

»Es gibt andere, die mit Blackwell zusammenarbeiten, die viel gefährlicher sind.

Sie dreht sich auf ihrem Sitz um, um sich mir zuzuwenden. »Dann müssen wir *jetzt* zur Polizei gehen. Bevor Blackwell und die Blue Stars wie beim letzten Mal mit allem davonkommen. Du weißt, dass sie es so aussehen lassen können, als gäbe es die Suiten nicht.«

Mein Telefon vibriert und ich erkenne einen eingehenden Anruf. Ich greife in meine Tasche und überprüfe die Anrufer-ID, wobei ich zwei verpasste Anrufe desselben Kontakts bemerke.

Meine Stirn runzelt sich. Es ist ein Uhr morgens. Warum ruft der Familienanwalt an?

»Ich muss da rangehen«, sage ich zu Hayden.

»Adam«, sagt Bill Stevens ins Telefon und klingt müde. »Ich entschuldige mich für den späten Anruf.« Er macht eine Pause. »Es ist dein Vater… Du musst ins Krankenhaus fahren.«

Kapitel Achtunddreißig

Hayden

Adam nimmt den Anruf entgegen und ich könnte schwören, dass ihm die Farbe aus dem Gesicht weicht. Und wir hatten beide viel Farbe im Gesicht, da wir vor wenigen Minuten erst durch das gesamte Casino gerannt sind.

Er gibt seinem Fahrer die Anweisung uns ins Krankenhaus zu bringen und greift nach meiner Hand. »Was ist passiert?«

»Ich weiß es nicht.« Er starrt aus dem Fenster und schluckt schwer. »Das war der Anwalt meiner Familie. Er rief an, um mir zu sagen, dass mein Vater im Krankenhaus ist.« Er lächelt mich kurz an, aber bewegt kaum seine Lippen. »Ich bin sicher, es geht ihm gut.«

Aber auf dem ganzen Weg dorthin starrt er mit ernster Miene aus dem Fenster. Er glaubt seinen eigenen Worten nicht.

Ich ziehe meine Schuhe an, als wir zur Notaufnahme vorfahren, ziehe meine Perücke ab und schüttele mir die

Haare aus. Ich würde mein Aussehen nicht als respektabel bezeichnen, denn es gibt verdammt viel Busen und Beine zu sehen, aber wenigstens trage ich meine natürliche Haarfarbe und nicht die riesige schwarze Perücke, die Mira mir aufgesetzt hat.

Wir steigen aus dem Auto und ich beginne zu zittern. Es ist mitten in der Nacht und die Temperatur ist gesunken. Adam drapiert seine Anzugjacke über meine Schultern und ich stecke meine Arme durch die Ärmel, um die Wärme aufzusaugen, die er hinterlassen hat. Er greift nach meiner Hand und wir gehen durch die automatischen Schiebetüren.

Adam meldet sich bei einer Empfangsdame, die uns zu einem privaten Zimmer weist. Auf halbem Wege werden seine Schritte zögerlich. Seine Brüder stehen vor einem Raum.

Levi starrt an die Decke, die Finger an die Stirn gedrückt und Hunter lehnt an der Wand und sieht betroffen aus. Die beiden anderen stehen mit dem Rücken zu uns und sprechen mit jemandem.

Das ist nicht gut. Das ist überhaupt nicht gut. Ich drücke Adams Hand und er bewegt sich vorwärts, seine Schritte sind wieder gleichmäßig.

Levi dreht sich um und sieht uns. Er atmet tief ein und blickt weg, als wolle er sich beruhigen. Adam bleibt vor ihm stehen.

»Er war krank«, sagt Levi.

Adam blickt auf die Tür des Krankenhauszimmers. »Vater ging es gut, als wir ihn das letzte Mal sahen.«

Levi schüttelt den Kopf. »Es ging ihm nicht gut.«

Wes und Bran kommen näher. »Ich verstehe nicht«, sagt Adam.

Levi legt sich die Hand in den Nacken. »Er... er hatte Bauchspeicheldrüsenkrebs. Er hat uns das nie gesagt.

Adams Hand in meiner beginnt zu zittern. »Hatte. Du sagtest ›*hatte*‹.«

Levi nickt und presst die Lippen zusammen. »Er ist vor etwa dreißig Minuten von uns gegangen.«

Adam lässt meine Hand fallen und fasst seinen älteren Bruder an der Vorderseite seines Hemdes. »Warum zum Teufel hast du mir das nicht gesagt?«

»Ich wusste es nicht! Ich bekam den gleichen Anruf wie du«, sagt Levi wütend. »Und was ist mit dir? Du bist derjenige, der mit ihm in Kontakt blieb.«

Adam lässt seinen Bruder frei und geht im Flur auf und ab. »Nein. In letzter Zeit nicht.« Er sieht mich an und sieht dann weg. »Arbeit... Ich war im Büro beschäftigt.« Er reibt sich die Stirn. »Warst du hier, als er...?«

Levi schüttelt den Kopf. »Keiner von uns war hier.«

Ich gehe hinüber und lege meine Arme um Adam. »Wo ist er?«, sagt er, aber Levi steht jetzt mit dem Rücken zu uns.

»In seinem Zimmer«, antwortet Wes.

Adam starrt zur Tür und sieht dann zu mir herunter. »Ich muss ihn sehen.«

»Willst du, dass ich mit dir gehe?«

»Nein.« Er fährt sich mit den Fingern durchs Haar und zerzaust das was trotz unseres ungeplanten Aufbruchs aus dem Casino immer noch gekämmt und poliert aussah. Er zieht sich aus meinen Armen zurück und geht zu der halboffenen Tür. Hunter tippt ihn im Vorbeigehen leicht an und Adam blickt dankend auf. Dann betritt er das Krankenzimmer.

Wie konnte das passieren? Wir haben seinen Vater erst vor ein paar Wochen auf der Cocktailparty gesehen. Dem Mann schien es gutzugehen. Dünn, vielleicht? Ich weiß es nicht. Er war... Ich hatte ihn noch nie zuvor gesehen. Adam sagte, er stand seinem Vater nicht nahe. Keiner von ihnen stand ihm nahe... aber der Mann hatte versucht, wieder Kontakt zu ihnen aufzunehmen.

Oh Gott...

Wenige Minuten später verlässt Adam das Krankenzimmer. Seine Augen sind rot und sein Gesicht ist völlig bewegungslos. Er sieht aus, als stehe er unter Schock.

Ich greife nach seiner Hand und er zieht mich so dicht an sich heran, dass kein Raum zwischen uns ist. »Es tut mir so leid«, sage ich. Seine Brust hebt sich stoßweise, aber aus seinem Mund kommt kein Ton.

Nach einem Moment lässt er mich los und alle seine Brüder starren mich an. Dann wenden sie schnell ihren Blick ab. »Gibt es jemanden, den wir anrufen sollen?« Adams Stimme ist rau.

Eine Frau, die ich zuvor nicht bemerkt habe, tritt vor. Sie sieht aus, als wäre sie in ihren Sechzigern. Sehr hübsch, mit silbernem Haar. Es ist ein Uhr morgens, aber sie trägt einen hellen Rockanzug und sieht tadellos aus. »Darum wurde sich bereits gekümmert«, sagt sie leise.

»Vielen Dank, Esther.« Adam tritt vor und umarmt sie und sie klopft ihm auf den Rücken. Er kehrt an meine Seite zurück. »Warum hat er uns nicht gesagt, dass er krank ist?«

Sie lächelt schwach. »Er wollte nicht, dass ihr euch Sorgen macht. Wollte nicht, dass sich seine letzten Monate um die Krankheit drehen. Er hat versucht, sich wieder mit euch zu versöhnen. Aber ich glaube, ihm wurde klar, dass er die Dinge zu lange hinausgezögert hat.«

Ich spüre, dass Adam zittert und ich erkenne an ihren Gesichtsausdrücken, dass auch seine Brüder innerlich zerbrechen.

Levi räuspert sich. »Was sollen wir tun? Für den Gottesdienst.«

»Es ist alles geregelt. Im Moment solltet ihr nach Hause gehen.« Esther lächelt mich an und tupft ihre tränenfeuchten Augen mit einem Taschentuch ab. »Ich melde mich wieder.«

Adam umarmt schweigend jeden seiner Brüder. Es werden leise Worte gesprochen, die ich nicht hören kann und dann gehen sie nacheinander zum Ausgang. Allein, außer Adam, der mich hat. Wir machen uns auf den Weg zur Straße und finden den Escalade ein paar Meter vom Eingang entfernt stehen, mit dem Motor laufen.

»Wir sollten dich an einen sicheren Ort bringen«, sagt er.

Ist er verrückt? Er hat gerade seinen Vater verloren. Ich gehe nirgendwo ohne ihn hin. Aber ich zettle keinen Streit mit ihm an. Er wird es schon bemerken, wenn ich nicht von seiner Seite weiche.

Wir steigen ins Auto und ich wende mich ihm zu. »Es tut mir so leid. Was kann ich nur tun?«

Er schüttelt den Kopf, sein Gesichtsausdruck ist düster. »Ich weiß im Moment gar nichts.«

Ich habe Adam nackt und erregt gesehen, wütend mit hochrotem Gesicht wegen etwas, das ich getan habe, aber noch nie mit diesem trostlosen Gesichtsausdruck. Ich habe bisher noch keinen Elternteil verloren und er hat schon beide verloren. Ich weiß nicht, wie ich ihn trösten kann, aber ich werde es versuchen.

Unsere Telefone vibrieren, eines direkt nach dem anderen. Ich brauche eine Sekunde, um mir bewusst zu werden, was los ist. Und dann erinnere ich mich.

Es spielt sich ein ganzer Sturm von Dramen ab, den ich völlig vergessen habe, nachdem wir im Krankenhaus angekommen waren.

»Es ist von Mira.« Ich überprüfe die SMS. »Sie sagt, die Polizei ist in Lewis' Haus. Sie haben Informationen gegen Blackwell gefunden. Ich sage ihr, dass sie ohne uns mit der Polizei sprechen muss.«

»Nein. Wir sollten gehen.« Er starrt aus dem Fenster, seine Hand schlaff in meiner.

Ich schüttle den Kopf. »Sie werden es verstehen, Adam.«

Er sieht zu mir rüber. »Wir gehen zu Lewis. Es gibt noch mehr, das du nicht weißt und es wird Zeit, dass du es erfährst.«

Kapitel Neununddreißig

Zwei Polizeiautos stehen in der Einfahrt von Lewis' Grundstück, als wir aus dem Escalade steigen. Adam und ich gehen die Stufen zur Veranda hinauf, und ich sehe die gesamte Bande durch das große Panoramafenster: Lewis, Gen, Mira, Tyler, Jaeger, Cali, Nessa und Zach. Auch die Polizeibeamten stehen in dem Raum und halten Klemmbretter in ihren Händen. Sie scheinen sich Informationen zu notieren.

Mira begrüßt uns in einem schwarzen Sommerkleid an der Tür und führt uns zu der Insel, die Lewis' Küche vom Wohnzimmer trennt - dem einzigen Ort, an dem wir noch sitzen können. Sie reicht mir ein Glas Wasser, und ich biete Adam etwas davon an, aber er schüttelt den Kopf.

»Es hat funktioniert«, sagt Gen zu Adam, nachdem wir uns eingerichtet haben. »Jebs Freund konnte das Gespräch mit Blackwell aufzeichnen. Sie besorgen sich einen Durchsuchungsbefehl für das Haus, in dem Blackwell die Eskorten unterbringt.«

Jeb ist Gens Vater. »Wovon redet sie?«, frage ich Adam.

Er lehnt an der Theke, den Kopf in den Händen. »Ich habe vor ein paar Wochen mit Lewis gesprochen. Ich fragte ihn, warum Sallee Construction nicht an der Umgestaltung der Bliss-Suite beteiligt war. Das schien uns beiden verdächtig, und er brachte mich mit Gens Vater in Kontakt, der bei der Überführung von Drake Peterson geholfen hatte.«

»Du hast das organisiert... ohne mit mir zu sprechen?«

»Adam war bereits eine Zielscheibe«, sagt Lewis und betrachtet uns von seinem Platz auf der Couch mit Gen. »Er wollte dich nicht involvieren, bis wir mehr wussten und Unterstützung von der Polizei hatten.«

Mira greift über die Insel und berührt meinen Arm. »Es ging alles so schnell. Tyler und ich waren zum Abendessen aus und haben es auch gerade erst erfahren. Der Rest auch.«

Einer der Polizeibeamten stellt sich vor und schließt sein Klemmbrett. »Joseph Blackwell wurde verhaftet. Wie Ihr Freund erwähnte, stellen wir einen Durchsuchungsbefehl für das Gebäude aus, in dem die Frauen festgehalten werden.«

Gen schließt die Augen und schüttelt den Kopf. »Ich kann nicht glauben, dass Blackwell das getan hat.« Lewis legt seinen Arm um ihre Schultern. »Was mir passiert ist, war schlimm, aber *Menschenhandel?*«

»Ein schweres Vergehen gegen das Bundesgesetz«, sagt der Polizist und gibt jedem von ihnen eine Karte. »Kontaktieren Sie uns jederzeit, wenn Sie Bedenken haben. Wir werden Sie auf dem Laufenden halten.«

Die Beamten gehen, ich lege meinen Kopf auf Adams Schulter und schlinge meinen Arm um seine Taille. »Du hättest es mir sagen sollen«, sage ich leise.

Er atmet in mein Haar. »Ich wollte nicht, dass Blackwell dich ins Visier nimmt.«

Ich sehe ihm ins Gesicht. »Ich hätte darauf vertrauen sollen, dass du das Richtige tun würdest, aber du musst mir auch vertrauen. Wir hätten reden können, und ich hätte dich unterstützt.«

Er nickt. »Ich habe erst heute Abend von den Eskorten erfahren. Es gab schon vorher Drohungen von Paul →» Er schüttelt den Kopf. »Ich wollte nur nicht, dass du verletzt wirst. Das hätte ich nicht ertragen können.«

Adam wurde in eine schwierige Lage versetzt. Das verstehe ich, aber ich finde es nicht in Ordnung, dass er Dinge vor mir geheim gehalten hat.

Bevor ich antworten kann, ergreift Mira das Wort. »Denk bloß, Hayden. Wenn du deinen Stolz vor all den Wochen nicht überwunden und dich mit Adam versöhnt hättest, hätte die Polizei kein so gutes Beweismaterial zur Verfügung.«

Adam sieht mich an. »Was redet sie da? Wieso musstest du deinen Stolz überwinden?«

Die Zeit verlangsamt sich. Adam hat heute Abend seinen Vater verloren; er ist erschöpft, verletzlich, und ich kann die Gedanken lesen, die ihm durch den Kopf gehen. »Das war am Anfang und es war dumm von mir. Nicht der Rede wert.«

Mira stützt ihr Kinn auf ihre Hand, lehnt sich über den Tresen und versteht offensichtlich nicht, wie viel Anspannung sie verursacht. »Hayden sollte sich dir annähern, damit wir herausfinden konnten, ob Blue immer noch die Suite führte, die Tyler und ich gefunden hatten, aber ich hätte nie gedacht, dass ihr euch so nahekommen würdet.« Sie schnaubt, lacht, und ich starre sie an. »Was denn? Ihr seid süß zusammen.«

»Du bist keine Hilfe.« Ich drehe mich zu Adam um. »Hör nicht auf sie... Adam?«

Er steht abrupt auf und schwankt leicht auf seinen Füßen. »Ich muss gehen.«

»Warte.« Ich stehe ebenfalls auf. »Ich komme mit dir.«

»Nein«, sagt er energisch.

Ich trete zurück. »Adam, was Mira und ich vor Wochen besprochen haben, hat mit uns beiden nichts mehr zu tun.«

»Hat es das nicht?«

Meine Augen weiten sich. Zorn strahlt von seinem Körper aus.

Jaeger kommt herüber. Er ist einer von Adams besten Freunden, und er muss den Schmerz in Adams Gesicht gesehen haben. »Was ist hier los?«

Adam wendet den Kopf und spottet. »Beschützt du sie wieder?«

»Ich bin nur besorgt«, sagt Jaeger. »Um euch beide.« Er sieht mich fragend an.

Adam war schon mal frustriert von mir, aber noch nie so. Er nahm alles, was Mira sagte, falsch auf, und ich weiß auch, warum. »Heute Abend war schrecklich. Bitte hör mir zu.« Ich sehe Jaeger an, der uns immer noch beobachtet. »Sein Vater...«

»Hier geht es nicht um meinen Vater!«, knurrt Adam. »War das alles eine Lüge?« Er zeigt zwischen uns hin und her. »Früher war ich ein Arsch zu dir, aber ich hätte nie gedacht, dass du dich zu so etwas herablassen würdest. Gut gespielt, Hayden. Tritt den Idioten, während er am Boden liegt.«

»Nein! So ist es nicht.« Tränen steigen mir in die Augen. Nicht wegen seiner Worte, obwohl sie mir auch nicht sonderlich gefallen, sondern weil er mich wegstößt – und das als Entschuldigung benutzt. »Du machst das mit Absicht. Ich weiß nicht, warum, aber du tust es. Wenn du nur mal innehalten und nachdenken würdest, wüsstest du, was ich für dich empfinde.«

Er schreitet an Jaeger vorbei und stürmt zur Tür hinaus.

»Geh ihm nach«, sage ich. »Lass ihn nicht allein. Sein Vater... Geh einfach mit ihm. Bitte.«

Jäger wirft einen Blick auf Cali, und sie nickt zustimmend. Dann schnappt er sich seine Schlüssel und eilt hinaus. Ich sehe, wie er draußen mit Adam spricht, dann steigt Adam in Jaegers Auto und sie fahren los.

Ehe ich mich versehe, steht Mira neben mir und hält mich aufrecht. »Hayden, oh mein Gott, ich bin so ein Arschloch. Es tut mir so leid. Die Polizei hat uns alles erzählt, was Jebs Freund in der Suite aufgenommen hat und wie alles abgelaufen ist. Ich fand es schön, wie Adam dich heute Abend beschützt hat. Ich wollte nicht, dass es so endet.«

Sie gibt mir ein Taschentuch und ich wische mir die Nase ab. »Es ist nicht deine Schuld. Er ist nicht er selbst.«

Ich erkläre ihr das mit Adams Vater, und der Raum wird still.

»Du bleibst bei mir und Tyler«, sagt Mira und ich nicke. Ich möchte bei Adam sein und ihn unterstützen, aber er hat sich in den Kopf gesetzt, dass er mir nicht vertrauen kann.

Er. Vertraut. Mir. Nicht. Vielleicht trauert er und handelt irrational, aber das ändert nichts am Ergebnis.

Die ganze Zeit über habe ich mir den Kopf darüber zerbrochen, ob ich Adam trauen sollte oder nicht. Ich wusste nicht, wie viel er mir verschwieg, was das Blue anging. Wie konnte es dazu kommen?

Er ist der einzige Mann, der mich kannte und mir zur Seite stand – und ich habe dafür gesorgt, dass alles, was wir teilten, auf einer Lüge aufbaut. Meiner Lüge.

Ich habe ihm vorenthalten, was ich über Blue wusste, wenn auch unbeabsichtigt. Ich dachte, Adam hätte mit Tyler über die ursprünglichen Suiten gesprochen. So oder so hätte ich offen mit ihm darüber reden sollen. Doch stattdessen schützte ich mich selbst und meine Pläne, das Blue Casino wieder auf Kurs zu bringen. Ich kann Adam nicht vorwerfen, dass er denkt, ich hätte ihn angelogen.

Wie kann *er mir* jemals vertrauen?

Adam

JAEG und ich betreten Hunts kleine Wohnung mit meinem Schlüssel. Hunt ist über dem Küchentisch zusammengesunken, seine ausgestreckte Hand greift nach einer Viertelflasche Jack. »Hast du uns was übriggelassen?«

Hunt hebt den Kopf. Seine Augen sind gerötet, seine Haut blass. »Klar doch«, lallt er.

Jaeg legt seine Hand auf meine Schulter. »Hältst du das für klug?«

Ich starre seine Finger an, dann sein Gesicht. Er lässt seine Hand fallen. »Keine Sorge, du musst sie nicht mehr vor mir beschützen. Ich bin fertig mit ihr.«

»Mit wem?«, fragt Hunt, während Jaeg gleichzeitig seufzt und sagt: »Es ist nicht ihre Schuld. Das kann nicht dein Ernst sein.«

Ich lasse mich in den Stuhl gegenüber von Hunt fallen. »Sie hat mich benutzt und das ist sehr wohl ihre Schuld. Ich weiß nicht, warum ich dachte, dass sie anders wäre.«

»Sei kein Heuchler, Adam. Hast du nie an etwas Zwangloses mit Hayden gedacht? Am Anfang, bevor du sie mochtest?«

Ich blinzle Jaeg an, denn ich begreife nicht, was er mir

damit sagen will. Also entscheide ich mich für die einfach Lösung. Jeder geht letztlich. Hayden hat mich verraten. Ich verlasse sie, bevor sie mich verlässt. »Sie ist genau wie die anderen. Sie wollen alle irgendwas.«

Ich schnaube. Genau das ist es, was Paul über Frauen gesagt hat. Großartig, jetzt zitiere ich schon Vollidioten. Ich brauche einen Drink.

Hayden wollte nicht, dass ich sie versorge, wie die anderen Frauen, mit denen ich zusammen war. Sie wollte etwas Größeres. Sie wollte mich benutzen, um ihre Vergangenheit wiedergutzumachen.

Ich habe ihr vertraut – sie war mir wichtig. Wichtiger als jede andere Frau es bisher war. Und sie hat mich benutzt. »Ich war ein Idiot. Ich weiß, wann sich etwas dem Ende zuneigt. Niemand kann das besser beurteilen als ich.«

Jaeg seufzt wieder. »Hayden ist nicht so.«

»Geht es um das Mädchen, mit dem du Zeit verbracht hast?« Hunts Stimme klingt von Minute zu Minute klarer. Ich greife nach dem mit Fingerabdrücken übersäten Glas auf dem Tisch und schnappe mir die Flasche Jack. »Mach Schluss«, sagt er. »Du brauchst den ganzen Ballast nicht.«

Ich schlage mit der Faust auf den Tisch und Hunt zuckt zusammen. »Sie ist kein Ballast.«

Sie hat es vermasselt, aber das heißt nicht, dass ich meinen dämlichen Bruder oder irgendjemand anderen über sie herziehen lasse.

Jaeg lehnt sich auf dem Tisch nach vorn. »Tu das nicht, Mann. Dein Bruder hat dir gerade den Rat gegeben, den du mir in der High School gegeben hast – erinnerst du dich? Für mich sind die Dinge am Ende gut verlaufen, aber in diesem Fall liegst du falsch. Du darfst das Mädchen nicht verlieren.«

Ich betrachte die bernsteinfarbene Flüssigkeit in

meiner Hand. »Es gibt kein Mädchen«, murmle ich und nehme einen Schluck. Der Alkohol brennt mir die Kehle hinunter und erwärmt die Eisschicht, die sich über meinem Herzen gebildet hat, als ich Hayden zurückgelassen habe.

Kapitel Vierzig

Hayden

Ich komme Montag zur Arbeit zurück, und es ist, als wäre Samstagnacht nichts passiert – keine Promi-Auktion, keine Polizeirazzien. Alle Spuren der Burlesque-Show und der Prominenten sind verschwunden, das Casino summt und klingelt wieder wie gewohnt. Alles läuft wie üblich. Außer in der Chefetage. Hier oben fehlen ein paar Schlüsselfiguren.

Blackwell und die Blue Stars sind nirgendwo zu finden, nicht, dass wir sie brauchen, um den Laden zu betreiben. Blackwell traf die großen Entscheidungen, aber das passiert nicht jeden Tag. Dem Casino wird es an nichts mangeln, bis ein vorläufiger CEO seinen Platz einnimmt. Einige der Blue Stars waren Manager, aber irgendwie arbeiteten sie hauptsächlich an Bliss und Blackwells speziellen Projekten – die alle auf Eis gelegt wurden. Der einzige Manager der Blue Stars, der seinen Job tatsächlich ausführte, war Adam. Adam leitet die Gästebetreuung, und er ist heute nicht aufgetaucht. Außerdem hat er meine Anrufe gestern nicht beantwortet.

Ich habe mit Jaeger gesprochen, und er sagte mir, ich solle Adam Zeit geben. Dass er wieder zu sich kommen würde. Aber ich bin mir da nicht so sicher.

Ohne es zu wollen sagte Mira die einzige Sache, die ihn endgültig vertreiben konnte, während Adam am verwundbarsten war. Sie deutete an, dass ich ihn benutzt hätte, um den Blue Stars möglichst nahe zu kommen. Und ich kann es nicht leugnen, denn es ist wahr. Der einzige Unterschied ist, dass ich mich irgendwann auf dem Weg zu meinem Ziel in Adam verliebt und meine ursprünglichen Absichten völlig vergessen habe. Aber wie soll ich es erklären und ihn dazu bringen, mir zu glauben, wenn ich ihm so viel vorenthalten habe?

Dieser Keim des Zweifels darüber, warum unsere Beziehung begann, hat sich in seinen Kopf gegraben. Andere Frauen haben ihn benutzt, und ich vermute, dass sogar sein eigener Vater ihn benutzt hat. Dann geschah alles an dem Tag, an dem er seinen Vater verlor, einen Mann, nach dessen Liebe er sich verzweifelt sehnte. Ich weiß nicht, wie ich nach all dem zu Adam durchdringen soll.

Er sagte, dass er und seine Brüder ihrem Vater nicht nahegestanden hätten. Dass Ethan Cade sich nicht für sie interessierte. Aber ich habe noch nie eine Gruppe starker Männer gesehen, die angeschlagener und verletzlicher aussahen als diese Brüder, nachdem sie vom Tod ihres Vaters erfahren hatten.

»Hayden«, sagt Mira, und ich blicke auf. »Geh nach Hause.«

Ich betrachte den Stapel Papiere auf meinem Schreibtisch.

Dann werfe ich eine Schere, Bleistifte und etwa

zwanzig Notizblöcke in meine Schreibtischschubladen und versuche, aufzuräumen, bevor ich den Papierstapel an Mira weitergebe. »Kannst du →«

»Ich werde sie durchgehen«, sagt sie.

Ich habe plötzlich das Bedürfnis, den ganzen Mist wegzuräumen. Blackwell hat mich mit all der Korruption und den schmutzigen Geschäften befleckt. Ich wollte diesen Ort besser machen. Aber vielleicht war es nicht dieser Ort. Es war meine Vergangenheit, die ich akzeptieren musste.

Mira sieht mich nervös an. »Willst du, dass ich jemanden anrufe?«

»Nein, ich weiß, wen ich sehen muss«.

———

Ich fahre zu Adams Haus, halb in der Erwartung, dass er weg ist, doch seine beiden Autos stehen in der Einfahrt. Keine Sicherheitsvorkehrungen, stelle ich fest. Vermutlich braucht er sie jetzt nicht mehr, da Blackwell verhaftet und ohne Kaution inhaftiert wurde.

Keines der Dokumente, die die Polizei sichergestellt hatte, deutete auf Blackwell hin. Wäre er seiner Gepflogenheit treu geblieben, nicht an Casino-Veranstaltungen teilzunehmen, hätte er den Menschenhandel und die Drogen, die ins Casino geschmuggelt werden, vielleicht jemand anderem in die Schuhe schieben können. So wie er frühere illegale Aktivitäten auf Drake Peterson geschoben hat. Aber Blackwell war arrogant und stolz auf Bliss, also nahm er an der großen Eröffnung teil und verstrickte sich so selbst in die Sache.

Soweit ich gehört habe, hat die Polizei alles, was sie braucht, um Blackwell einzusperren, zusammen mit seinen Blue Bodyguards, die die Frauen in der Wohnung versteckt haben. Theoretisch ist im Casino nichts Illegales passiert; dafür war keine Zeit. Aber zwischen dem aufgezeichneten Gespräch von Jebs Freund und der Razzia in der Wohnung der Frauen hatte die Polizei alles, was sie brauchte, um Blackwell und viele andere anzuzeigen. Die Ermittler sagten, dass es sogar Beweise gegen De la Cruz – Blackwells Vertrauten und Taufpaten – gab, nach denen sie seit über einem Jahrzehnt gesucht hatten.

Mir wurde gesagt, dass wir uns keine Sorgen über Vergeltungsmaßnahmen von De la Cruz machen müssten. Die einzige Person, die Angst haben müsse, sei Blackwell. Anscheinend besaßen Blackwell und die Wachen, die er Adam anheuern ließ, genug Informationen über das Drogen- und Menschenhandelsgeschäft, das De la Cruz betrieb, um den Mann für mehrere Lebzeiten wegzusperren. Im Gefängnis würde Blackwell bis zur Gerichtsverhandlung rund um die Uhr bewacht. De la Cruz ist mächtig, und selbst hinter Schloss und Riegel schwebt Blackwell in Lebensgefahr.

Ich klopfe an Adams Haustür. Vögel zwitschern in den Kiefern auf der rechten Seite, und in der Ferne ertönt das leise Geräusch der Wellen, die an das Seeufer spülen. Es ist so friedlich, und doch schwitzen meine Handflächen.

Adam öffnet die Tür. Er trägt Jeans und ein T-Shirt, die Haare ungekämmt – und ich wünsche mir nichts sehnlicher, als von ihm in die Armen genommen zu werden. Doch sein stoischer Gesichtsausdruck lässt vermuten, dass das nicht passieren wird. »Das ist kein guter Zeitpunkt.«

»Wann wäre ein guter Zeitpunkt? Ich muss mit dir reden.«

Er lehnt mit seiner Hand gegen den Türrahmen und blickt finster auf mich herab. »Damit du mich für weitere Informationen benutzen kannst?«

Ich feuchte meine Lippen an. »Du hast recht. Das habe ich getan. Aber das war, bevor ich dich kannte.«

»Und das sollte eine Rolle spielen? Was auch immer wir hatten, es basiert auf einer Lüge.«

»Das ist nicht wahr«, sage ich entschieden. Mein Blick flimmert an ihm vorbei in den Raum. »Darf ich?«

Nach einem hitzigen Moment lässt er seinen Arm fallen und öffnet die Tür. Ich gehe hinein, jedoch nicht über den Eingangsbereich hinaus. Egal was ich sage, es muss von ihm kommen. Er muss sich entscheiden. Aber das heißt nicht, dass ich nicht versuchen werde, ihn von der Wahrheit zu überzeugen. »Ich weiß, was du da tust und es ist Blödsinn.«

Er hebt seine Augenbrauen, seine Schultern steif und unnachgiebig. »Bist du hierhergekommen, um mich anzuschnauzen? Denn dann verschwendest du deine Zeit.«

Der kalte Adam ist zurück. Der Typ, der will, dass niemand weiß, wie er sich wirklich fühlt.

Ich trete näher. »Wirklich? Du hast dich nämlich einmal verrechnet. Du hast mir gezeigt, wer du wirklich bist. Nicht der kalte, unbekümmerte, reiche Typ, sondern der herzliche Mann, der alles für die Menschen in seinem Leben tun würde.«

Er schüttelt den Kopf, verschränkt die Arme und baut damit eine körperliche Barriere auf, zusätzlich zu der emotionalen. »Du kennst mich nicht.«

»Anfangs wollte ich dich kennenlernen, um zu sehen, ob das, was Mira und Tyler über Blue herausgefunden hatten, immer noch im Gange war. Deswegen musste ich mich jemandem nähern, der mit Blackwells Blue Stars zu tun hatte. Aber ich wollte dich nicht wirklich kennenlernen. Ich mochte dich nicht.«

»Damit machst du es nicht gerade besser«, sagt er trocken.

Ich lasse einen zittrigen Atemzug heraus. Nichts von all dem kommt richtig heraus.

»Verstehst du denn nicht? Ich lag falsch. Und ich denke, ein Teil von mir – der Teil, der nur aus Herz und nicht aus Kopf besteht – wusste, dass ich mich in dir getäuscht habe. Du bist der Sohn, der neben seinem Vater stand, egal wie schlecht Ethan Cade die Familie führte. Du bist der Bruder, der die Geschwister zusammenhält, wenn die anderen nicht miteinander reden. Du bist« – meine Stimme bricht, doch die Worte strömen weiterhin aus mir heraus – »der Mann, der nur ein Zehntel des Schrankes nutzt, damit seine Freundin den Rest für ihre verrückte Schuhsammlung haben kann.«

Tränen laufen mir übers Gesicht, und es ist mir egal. »Und du bist der Mann, der alle wegstößt, wenn sie ihm zu nahekommen. Denn nahe zu sein bedeutet, sie zu verlieren. Genau wie du deine Mutter verloren hast. Genauso wie du deinen Vater verloren hast. Aber du musst deine Brüder nicht verlieren – oder mich.«

Seine Brust hebt und senkt sich schnell, und sein Gesicht ist gerötet. »Bist du fertig?«

»Ich weiß es nicht.« Ich schlucke. »Bin ich das?«

Adam tritt auf mich zu und bleibt nur Zentimeter entfernt stehen. »Alles, was zählt, ist, dass *ich* fertig bin. Mit dir.«

Ich wische mein Gesicht ab. »Natürlich bist du das.« Ich atme zitternd ein und gehe zur Tür, bevor ich über meine Schulter zurückblicke. »Aber weißt du was? Ich kenne dich. Also lebe damit, Adam Cade. Es gibt da draußen eine Frau, die weiß, wer du bist und dich liebt, obwohl du sie weggestoßen hast.«

Kapitel Einundvierzig

Adam

Ich blase Sägemehl von dem Holz, das ich in Jaegs Arbeitszimmer schneide, und kippe mir eine Flasche Wasser herunter, während ich fühle, wie die kühle Flüssigkeit meine Kehle hinuntergleitet. Ich habe mich stundenlang auf mein Projekt konzentriert, damit meine Gedanken nicht an andere Orte wandern. Es setzt mir zu, hier in der Stadt zu sein, mit all den Erinnerungen an meinen Vater und Hayden. Ich ziehe in Betracht, einfach von hier zu verschwinden. Irgendwo anders neu anzufangen. Vielleicht in New York. Ich würde meine beschissenen Brüder vermissen, aber ich weiß nicht, was ich sonst tun soll. Ich kann nicht in dieser Stadt bleiben.

»Halt die Klammer«, sagt Jaeg zu Tyler, der vorbeikam, um ihm zu helfen, ein riesiges Rankengitter zusammenzubauen, an dem er die letzten Wochen gearbeitet hat. Er hat einen von Calis Entwürfen darin eingearbeitet, und das Endergebnis ist ziemlich erstaunlich. Auf einem Balken stehen ein Reh und ein Bock zusammen, die Köpfe aneinander gelehnt. Spiralförmige Konturen schlängeln sich an den Seiten des Spaliers entlang und schaffen eine Waldszene.

»Wofür ist das?«, frage ich.

Tyler blickt Jaeg an, und Jaeg klopft gegen den Unterbau. »Verlobungs-Spalier.«

Ich hätte nicht fragen sollen. Das letzte, worüber ich nachdenken möchte, ist eine Hochzeit.

Seit der Eröffnung von Bliss ist eine Woche vergangen. Eine Woche seit dem Tod meines Vaters und der privaten Beerdigung, die kurz darauf folgte. Und fünf Tage, drei Stunden und einundzwanzig Minuten, seit ich Hayden aus meinem Haus geworfen habe.

Ich nehme die Farbe für das Vogelhaus und konzentriere mich auf mein Projekt.

»Also, was denkst du?«, fragt Jaeg.

Ich blicke hinüber. Er hat davor etwas gesagt, aber ich war in meinen Gedanken versunken. »Worüber?«

»Cali hat eine Freundin, die eine Freundin hat. Wir dachten, wir könnten dich verkuppeln.«

»Wollt ihr mich verdammt noch mal verarschen? Wo zum Teufel kommt das jetzt her?«

Jaeg schnaubt und Tyler überreicht ihm einen Fünfer. »Das habe ich mir gedacht«, murmelt Jaeg.

Sie schließen jetzt Wetten auf mich ab?

Haben diese Arschlöcher denn kein Verständnis? »Ich bin nicht interessiert«, knurre ich.

Jaeg knüllt ein Tuch zusammen und wirft es auf meinen Tisch. »Vor Hayden hättest du nach einer Trennung Interesse daran gehabt, mit jemand Neuem auszugehen.« Er kommt näher und schüttelt den Kopf. »Du hast Hayden den Rücken gekehrt. Ich hätte nicht gedacht, dass du es tun würdest. Mit den anderen? Da war es klar. Aber nicht mit Hayden.« Jaeg dreht sich um und verlässt die Werkstatt.

Ich starre hinter ihm her. »Was ist sein Problem?«

Tyler schüttelt langsam den Kopf, als könnte er ebenfalls nicht glaube, wie ich mich verhalte. Er geht auf dieselbe Art und Weise.

Ich stelle die Farbe ab und betrachte das Vogelhaus, das ich baue. Ich kann mich selbst nicht im Spiegel ansehen. Jetzt können es meine Freunde auch nicht mehr?

Der Umzug an einen neuen Ort ist nicht die Lösung, denn dort muss ich immer noch mit mir selbst leben. Ich bin mir nicht mehr der Schlüsse sicher die ich über Hayden gezogen habe. Ich war verwundbar, furchtvoll – obwohl ich es nicht gern zugebe. Ich bin ausgeflippt und machte eine unüberlegte Anschuldigung.

Es ist Zeit, meinen Mann zu stehen.

Hayden

Ich habe nicht mehr mit Adam gesprochen, seit ich bei ihm zu Hause war. Er hat nicht angerufen, und ich habe aufgehört, ihn anzurufen. Ich wollte es, aber ich habe alles gesagt, was es zu sagen gab, und wenn er seine Meinung danach nicht geändert hat, wird er es auch nicht mehr tun.

Ich habe ihm gesagt, dass ich ihn liebe. Und er hat mich trotzdem zur Tür hinausgehen lassen. Ich bin mehr als traurig. Ich bin betäubt.

Ich dachte... Ich weiß nicht, was ich dachte. Dass er wieder zu sich kommen würde? Dass er mir verzeihen würde? Aber hatte ich ihm verziehen? Ich war wegen Bliss so hart zu ihm, und die ganze Zeit war er genauso unglücklich mit dem, was vor sich ging, wie ich. Er suchte sogar Hilfe und beendete das, was Blackwell tat. *Adam* tat das, nicht ich.

Ich habe in den letzten paar Monaten all meine Energie in die Ermittlungen gegen Blackwell gesteckt, nachdem mir klar wurde, dass er mich nur für das Image des Casinos angeheuert hatte, und nachdem ich erfuhr, was mit meinen Freunden passiert war. Ich konnte Blackwell und die anderen nicht ungestraft davonkommen lassen. Ich musste für diejenigen kämpfen, die es nicht selbst tun konnten.

Was zum Teufel habe ich mir dabei gedacht?

Ich war zielstrebig, dickköpfig – wie auch immer man es nennen will. Und jetzt wünschte ich, ich könnte alles zurücknehmen, denn ich habe Adam verloren. Und nichts in dieser Welt ist das wert.

Adam ist ein totaler Sturkopf, aber er ist ein guter Mensch. Der beste.

Tränen steigen in meinen Augen auf und ich knurre. »Verdammt!« Ich lege meinen Laptop beiseite, gehe in die Küche und greife nach einem Taschentuch. Ein Schatten auf der hinteren Terrasse fällt mir ins Auge.

»Was zum Teufel?« Ich wische mir die Wangen ab und werfe das Taschentuch in den Müll, während mein Herz in meiner Brust donnert. Da draußen ist jemand...

Ich greife nach einem Messer in der der Schublade – dann lege ich es langsam wieder zurück. Warte mal... Ich kenne diesen Hinterkopf, die Form dieser Schultern.

Ich gehe zur Hintertür, schwinge sie auf und starre Adam an. Sein Arm ist erhoben und er hat einen Hammer in der Hand. »Ich verstehe, dass du sauer auf mich bist, aber wage es nicht, ein Loch in meine Wand zu schlagen.«

Er wirft mir einen herausfordernden Blick zu, schwingt den Hammer zurück und schlägt zu – geradewegs auf einen Nagel.

Ich trete nach draußen. *»Hallo?* Willst du mir sagen, was du da machst?«

Er ignoriert mich und hebt eine Holzkiste auf. Nein, keine Holzkiste. Ein Vogelhaus. Eigentlich ein hübsches. Er setzt das Vogelhaus auf den Nagel, richtet es gerade und steckt den Hammer durch eine der Gürtelschlaufen in seiner Jeans. Dann dreht er sich zu mir um.

Und oh mein Gott, habe ich ihn vermisst. Sein Gesicht, seine rauen, aber sanften Hände. »Du solltest nicht näherkommen«, sage ich.

Ich weiß nicht, was ich tun werde, aber ich bin mir ziemlich sicher, dass ich mich in seine Arme werfen werde, wenn er nicht vorsichtig ist, und das wäre erniedrigend. Ein Mädchen kann nur ein gewisses Maß an Ablehnung ertragen. Er hat mir ein Vogelhaus gebracht, aber das heißt nicht, dass er wieder mit mir zusammen sein will. Es könnte eine Entschuldigung für die Art und Weise sein, wie er mit mir gesprochen hat, als wir das letzte Mal miteinander sprachen.

Sein Kiefer verspannt sich. »Du bist immer noch meine Freundin.«

Ich bin baff. *Was zum...* Meint er das ernst? »Sagt wer?« Ich meine, das ist genau das, was ich will, aber er hat seinen verdammten Verstand verloren. Wir haben uns getrennt. Es ergibt keinen Sinn.

Adam wischt sich übers Gesicht, dann kommt er näher. »Du wirst es mir nicht leicht machen, oder?«

»Was leicht machen?«

Er macht einen weiteren Schritt, bis sich unsere Zehen praktisch berühren und ich gezwungen bin, aufzublicken. Einen Moment lang sagt er nichts. Sein Blick wandert über meine Augen, meinen Mund und wieder zurück zu meinen Augen. »Du hattest recht. Nach meinem Vater... Ich konnte dich nicht auch noch verlieren.«

Ich presse meine Lippen zusammen und lasse einen langsamen, hoffnungsvollen Atemzug aus. Es ist nicht nur eine Entschuldigung. Es ist mehr. »Das wirst du nicht.«

»Ich verliere jeden, der mir etwas bedeutet.«

Er ist so ehrlich, und es bricht mir das Herz. »Du wirst mich nicht verlieren.«

Seine Arme umschließen mich. »Das kann ich nicht wissen.« Ich versuche einen Schritt zurück zu machen, um mit ihm zu diskutieren, doch er hält mich fest. »Aber ich lasse nicht zu, dass es mich davon abhält, mit dir zusammen zu sein. Ich werde alles tun, was ich kann, um dich glücklich zu machen, denn ich will kein Leben ohne dich.« Er zieht sich gerade genug zurück, um auf mich herabzublicken. »Ich liebe dich.«

Zwei Sekunden lang bin ich wie betäubt, dann greife ich nach oben und ziehe seinen Kopf zu mir herunter, bis mein Mund auf seinem liegt, sodass ich mir nehmen kann, wonach ich mich gesehnt habe. »Ich habe dich vermisst«, sage ich zwischen den Küssen. »Du hast mich zu Tode erschreckt.« Mehr Küsse. »Mach das nie wieder.« Und noch mehr Küsse, aber diesmal neigt er meinen Kopf und seine Zunge taucht nach innen. Er hebt mich mit einem Arm unter meinem Hintern hoch und tritt die Tür auf, bevor er ins Haus geht und sich in Richtung meines Schlafzimmers bewegt.

Ich ziehe meinen Mund weg und halte seinen Kopf zwischen meinen Händen. »Wage es nicht, mich noch einmal so zu verlassen.«

»Nie wieder.« Er zieht meinen Kopf zurück zu seinem Mund.

Adam öffnet die Tür zu meinem Schlafzimmer und tritt ein. »Wir arbeiten nie wieder getrennt«, sage ich, während er den Raum durchquert. »Von jetzt an sind wir ein Team. Einverstanden?«

»Team«, bestätigt er und wirft mich auf das Bett, bevor er sich auf mich stürzt.

»Das bedeutet Vertrauen«, betone ich. »Für uns beide.«

»Verstanden«, murmelt er, küsst meinen Nacken und den Ansatz meiner Brüste.

»Adam.« Ich drehe sein Gesicht nach oben, meine Hände wieder auf beiden Seiten seines Gesichts. »Hörst du mir zu?«

Er fasst eine meiner Hände und küsst die Handfläche. »Ja.« Dann nimmt er die andere Hand und küsst sie ebenfalls. »Ich bin für dich da. Immer. Ich werde nie wieder so ein Arsch zu dir sein und dich wegstoßen. Ich glaube, ich habe mich in meinem jugendlichen, hormongesteuerten Gehirn in dich verliebt, als ich dich das erste Mal auf den Stufen unserer High School bemerkt habe.«

»Hast du?« Ich ersticke. Die verfluchten Tränen verstopfen meine Kehle.

»Oder vielleicht war es der Moment, als du deinen Arsch am ersten Tag bei Blue in deinem Büro in die Luft gestreckt hast?«

Ich schlage ihm auf die Brust. »Das ist ein ernster Moment!«

Grinsend senkt er seinen Kopf und küsst mich. »Das ist ein ernster Moment. Alles, was ich gesagt habe, ist wahr. Ich werde dich nicht verlassen. Ehrlich, es war wahrscheinlich mehr Strafe für mich als für dich. Ich hätte fast die Stadt verlassen, weil ich nicht aufhören konnte, an dich zu denken. Es hat mich umgebracht, nicht in deiner Nähe zu sein. Gibst du mir noch eine Chance?«

»Wenn du mir noch eine gibst. Ich war dickköpfig. Es tut mir so leid, dass ich dir nicht vertraut habe.«

Er verdreht seine Augen.

»Was?«

»Du *bist* dickköpfig. Ich erwarte nicht, dass sich das ändert. Ich mag deine dickköpfige Seite. Sie hält mich auf Trab. Apropos...« Er langt nach unten, kitzelt meine Füße und schiebt seine Hand mein Bein hinauf. »Du hast viel zu viele Klamotten an.«

»Wirklich? Ich dachte, ich wäre ziemlich passend angezogen«, sage ich und tue so, als hätte ich seine Anspielung nicht verstanden.

»Oh nein. Dir wird es gleich zu heiß werden.«

Seine Hand taucht zwischen meine Oberschenkel und sein Mund bedeckt meinen Nippel durch mein Oberteil, den er blindlings durch den Stoff gefunden hat. Ich stöhne leise. »Du hast recht. Es ist zu heiß. Du solltest besser auch alle deine Klamotten ausziehen.«

Er gluckst und fängt an, sich das Hemd auszuziehen. Ich werde von seiner Brust abgelenkt. »Warte mal. Zu schnell«, sage ich mit einem Lächeln, während ich mit meinen Hände über seinen Bauch, seine Brust und seine Arme streiche.

»Nein.« Er zerrt an meiner Hose. »Hast du eine Ahnung, wie lange es her ist, dass wir...« Er wackelt mit seinen Augenbrauen.

»Ich glaube, ich habe eine Ahnung. Jemand hat entschieden, dass wir enthaltsam sein müssen«, sage ich frech.

Er öffnet meinen BH. »Dieser Mann sollte erschossen werden.«

»Huh, ich behalte ihn vorerst. Er hat auch seine Vorteile.« Ich fasse seine Erektion und bin frustriert über die Jeans, die er trägt – mit dem Hammer, der immer noch in seiner Gürtelschlaufe steckt – also krabble ich zum Fußende des Bettes, um sie auszuziehen.

Ich lasse den Hammer auf den Boden fallen. Ich mag

seine Werkzeuge, aber dieses ist nicht das, an dem ich im Moment interessiert bin.

»Wenn du schon da unten bist«, sagt er, jetzt auf dem Rücken, die Arme unter dem Kopf verschränkt, »kannst du dir auch gleich die Hose ausziehen.«

»Ach wirklich?« Ich greife mir ein Kondom aus dem riesigen Vorrat, den Adam vor Wochen gekauft hat.

Er zuckt mit den Achseln.

Ich ziehe mein Top aus, denn anscheinend war ihm das nicht so wichtig, wie meinen BH zu öffnen. Dann streife ich mir meine Jeans und Unterwäsche ab und klettere an seinem Körper hoch.

»Verdammt«, atmet er. »Das ist der heißeste Anblick überhaupt.«

Ich streichle seine Erektion, die sich nach seinem Bauchnabel streckt, und ziehe sie zurück, bis sie aufrecht steht, damit ich das Kondom überziehen kann. Adams Augen weiten sich und er ergreift meine Hüften. Ich erhebe mich und gleite nach unten, bis ich ihn vollständig in mir habe und auf ihm sitze.

Adams Kopf kippt nach hinten. »Fuck.«

Ich lege meine Hände auf seine Schultern, kreise meine Hüften und gleite in langsamen Bewegungen auf und ab. »Ist es das, was du wolltest? Dass ich die ganze Arbeit mache?«

Sein Gesicht ist angespannt. Er dreht mich herum. »Heute nicht. Es ist zu lange her.« Und dann stößt er in mich hinein, eine Hand auf meiner Brust, die andere Hand umfasst meine Wange, während sein Körper alle Stellen berührt, die seine Anwesenheit sehnlichst vermisst haben.

Mein Orgasmus überrollt mich nicht, er trifft mich wie ein Donnerschlag. Ich schreie und schnappe nach Luft.

Als mein Verstand endlich zur Erde zurückkehrt, bemerke ich Schweißperlen auf Adams Stirn, seine Brust glitzert. Er dreht mich wieder um, sodass ich erneut obenauf bin und er sich in mich hineindrängen kann. Er packt meine Hüften, die Bauchmuskeln angespannt und definiert.

Ein Stöhnen dringt aus seiner Kehle. Sein Tempo verlangsamt sich zu einem unbeständigen Rhythmus.

Er legt seine Hand auf meinen Rücken und faltet mich an seine Brust, um mir weiche Küsse ins Gesicht drücken zu können. Wir rollen zur Seite und starren uns in die Augen.

Ich habe das vermisst – genau das.

Nach ein paar Minuten setzt die Realität ein und mir wird klar, dass ich auf die Toilette muss. Als ich wieder ins Bett zurück krieche, zieht Adam mir die Bettdecke über. »Ich werde eine Weile bei dir übernachten. Ich hoffe, das ist in Ordnung? Mein Haus ist ohne dich ziemlich ätzend.«

Ich grinse und schlinge meine Arme um ihn. »Mein Haus fühlt sich nicht mehr nach meinem Zuhause an, wenn deine Anzüge meinen Schuhe nicht den ganzen Platz wegnehmen.«

Er lächelt und schließt seine Augen. »Dann ist es entschieden. Ich bleibe.«

Kapitel Zweiundvierzig

Adam

Sechs Wochen später

Hayden blickt vom Passagiersitz meines Bootes herüber. »Bist du sicher, dass es ungefährlich ist, nachts rauszufahren?«

»Dafür sind Bootslichter da.«

»Aber sie sind so winzig.«

Ich grinse. »Es ist ein großer See, Hayden, und es ist spät. Ich bezweifle, dass wir an jemandem vorbeikommen werden.«

Sie setzt sich nach vorn und betrachtet das dunkle Wasser. »Okay, ich vertraue dir.« Sie klingt nicht sehr zuversichtlich.

Ich lache. »Bist du sicher?«

Sie sieht mich noch einmal an. »Was? Ich vertraue dir.« Ich zwinkere, weil ich weiß, dass sie das tut. Meine Freundin hat einfach nur Schwierigkeiten damit, einmal nicht das Sagen zu haben. Ein Glück, dass ich ein starker Mann bin und mit ihr umgehen kann.

Natürlich sage ich ihr das nicht, sonst würde sie mir in den Hintern treten.

Ich halte das Boot ein Stück weit vom Ufer entfernt an und stelle den Motor ab. »Wo sind die Decken, die du heruntergetragen hast?«

Sie steht auf und langt nach den Decken auf den Bugsitzen, wobei ich die Gelegenheit nutze, ihr an den Arsch zu fassen. Sie blickt zurück. »Das war hinterhältig.«

Ich zucke mit den Achseln. »Du weißt, wie ich funktioniere. Wenn du ihn mir ins Gesicht steckst, wird er betatscht.«

Sie schiebt mir die Decken zu und ich kichere. »Setz dich für eine Minute auf deinen Platz.«

»Warum?«, fragt sie misstrauisch.

»Wo ist das Vertrauen, meine Liebe?« Sie knurrt, und ich breite die dicken Decken auf dem Boden im hinteren Teil des Bootes aus. Anschließend schnappe ich mir das Kissen und mache ein improvisiertes Bett daraus. »Komm zu mir.«, sage ich und tätschle die Decken, nachdem ich mich hingelegt habe.

Sie krabbelt herüber. »Was hast du vor?«

»Ich dachte, wir könnten uns mitten auf dem See die Sterne ansehen.

Sie kuschelt sich an mich und ich decke sie mit einer der Decken zu. »Wow, das ist tatsächlich ziemlich romantisch.«

Wir blicken für einen Moment zu den Sternen auf, während meine Hand träge über ihren Arm streicht. Doch das ist nur Show. Innerlich bin ich ein nervöses Wrack. »Ich habe mit Levi geredet.«

»Oh?« Sie drückt mir ihre kalte Nase an den Hals und liebkost mich.

»Das Testament meines Vaters wurde vor einer Weile verlesen. Ich bin nicht hingegangen. Ich konnte nicht... Na ja, jedenfalls war ich in keiner Verfassung, andere Leute zu sehen. Levi sagte, mein Vater hätte mir etwas hinterlassen. Ich habe es vor ein paar Wochen abgeholt, aber ich wollte bis heute Abend warten, um dir davon zu erzählen.«

Sie rutscht zurück und sieht mich an. »Ist alles in Ordnung?«

»Ja, alles in Ordnung. Alles ist perfekt. Na ja, nicht perfekt - wir sind keine perfekten Menschen und ab und zu werden wir einander in den Wahnsinn treiben.« Jetzt schweife ich ab. *Gute Arbeit, Cade.* »Was ich sagen will, ist, dass du perfekt für mich bist und ich dich liebe. Ich kann mir ein Leben ohne dich nicht vorstellen und ich bin es leid, immer hin und her zu fahren, um Klamotten aus meinem Haus zu holen.«

»Also... willst du zusammenwohnen?«

»Ja, das schon, aber − Hayden −» Ich schlucke. Herrgott, warum ist das so schwer? »Ich will dich heiraten. Ich − ich liebe dich, und ich will dich heiraten. Willst du meine Frau werden?«

Sie schweigt. Und bewegt sich nicht.

»Hayden?« Ich lehne mich zu ihr, bis unsere Nasen sich berühren. Es ist verdammt dunkel, und ich kann ihre Augen kaum sehen, aber ich glaube, sie weint. Verdammt. »Wir können warten. Es gibt keine Eile« Plötzlich stürzt sie sich auf mich und drückt mir die Luft aus der Lunge. »Ist das ein Ja?«

»Ich liebe dich«, sagt sie atemlos, als wäre sie eine Meile gerannt. »Ja.«

Ich halte sie fest im Arm und bin meinem Vater im Moment so dankbar. Hätte ich nicht getan, was er sagte und hätte den Job bei Blue nicht angenommen, hätte ich vielleicht nicht die Gelegenheit bekommen, Hayden kennenzulernen. Wir wären uns vielleicht begegnet, da wir gemeinsame Freunde haben, aber es wäre nicht dasselbe gewesen. Ich hätte sie nicht täglich gesehen, hätte nicht die Gelegenheit gehabt, sie so lange zu nerven, bis sie gezwungen war, meinem Charme zu erliegen. Im Endeffekt gibt es eine Menge, wofür ich dankbar sein kann. Für meinen Vater, meine Mutter, meine Brüder und diese Frau in meinen Armen.

Ich rolle sie zur Seite und grabe in meiner Tasche. »Du musst ihn nicht als Verlobungsring tragen. Ich kann dir einen anderen kaufen, aber das stand im Testament. Mein Vater sagte, dass meine Mutter wollte, dass ich ihn bekomme.«

Ich halte den Ring hoch, der mit einem klaren Diamanten im Kissenschliff besetzt ist, welcher von kleineren Diamanten umrahmt wird. Er ist hübsch, aber ich kenne mich mit diesen Dingen nicht aus und ich möchte, dass Hayden ihren Ring liebt, egal welchen sie trägt.

Sie presst ihre Lippen zusammen, und dieses Mal bin ich mir sicher, Tränen über ihre Wangen rollen zu sehen. Ich hätte eine Laterne mitbringen sollen, verdammt. »Das ist der schönste Ring, den ich je gesehen habe.« Ihre Stimme bricht und sie schiebt den Ring auf ihren linken Ringfinger. »Wage es nicht, ihn zu ersetzen. Ich liebe ihn.«

Ich ziehe sie zu mir heran und halte ihre Hand hoch. Für einen Moment erinnere ich mich an diesen Ring. Wie er an der Hand meiner Mutter funkelte. Sie ließ ihn mich immer um ihren Finger drehen.

Ich sehe Hayden in die Augen. »Ich bin im Begriff, etwas Kitschiges zu sagen, also mach dich bereit.« Ich atme tief durch und blinzle die Emotionen zurück, die drohen, meine Männlichkeit zu stehlen. »Ich war noch nie in meinem Leben glücklicher als in diesem Moment. Und in den darauffolgenden fünf besten Momenten warst du nackt, also kannst du dir vorstellen, welche Größenordnungen dieser hier erklimmen musste.« Sie grinst, und dieses Grinsen kann ich sehen, weil es von innen heraus strahlt. »Danke, dass du mir nie meinen Mist durchgehen lässt, und dass du mich liebst, auch wenn ich ein Idiot bin. Ich werde immer für dich da sein – ich werde immer für dich kämpfen.«

Ich küsse sie und könnte schwören, dass das Licht, das durch ihr Lächeln scheint, in den Kuss hineinstrahlt und meinen Körper und das Herz erwärmt, von dem ich einst dachte, es sei für immer gefroren.

Epilog

Adam

»Du schaffst das«, sage ich zu Jaeg.

Er sieht aus, als würde er gleich ohnmächtig werden. Was passiert, wenn ein zwei Meter großer, hundert Kilogramm schwerer Mann umkippt? Macht er einen Laut?

Jaeg schluckt und berührt seine Krawatte. »Bist du sicher, dass ich nicht dämlich aussehe?«

»Natürlich siehst du dämlich aus, aber das ist der Punkt. Deswegen ist es ja eine so große Geste.«

Jaegs Gesicht wird weiß. »Ich glaube, ich muss mich gleich übergeben.«

»Du kannst dich nicht übergeben. Das würde die romantische Stimmung zerstören. Reiß dich zusammen, Mann.«

Laute, Bellen kommen von hinten, und wir drehen uns beide um. Ein kleiner, brauner Dackel widersetzt sich der Schwerkraft und seiner Größe und schleudert sich einen

Meter hoch in Richtung Jaegs Schritt. Ich zucke zusammen.

Jaeg fängt den Hund geschickt auf. »Hey, Kumpel«, gurrt er mit der Mädchenstimme, die er benutzt, wenn er mit seinem und Calis Hundekind ›Buddy‹ spricht. »Wie geht's meinem kleinen Kerl?«

»Jaeg. Sie werden bald hier sein.«

Jaeger richtet sich auf und räuspert sich. »Richtig. Hier, nimm Buddy.« Er gibt mir den Hund, und der kleine Kerl windet sich fast aus meinen Armen. »Halte ihn gut fest. Cali würde mich umbringen, wenn ihm etwas zustößt.«

Ich rolle meine Augen. *Jaeg* würde mir den Arm brechen, wenn dem Hund etwas zustößt. »Sie kommen. Reiß dich zusammen.«

Jaeg joggt an Ort und Stelle, wobei der hellgraue Anzug, den ich mit ihm zusammen ausgesucht habe, sich über seine He-Man-Muskeln spannt.

»Beruhige dich, bevor dir eine Naht platzt«, sage ich.

Er schüttelt seine Arme aus und holt tief Luft. »Ich bin bereit. Geh und versteck dich irgendwo, bevor sie dich sieht.«

Der Plan ist, Cali in die Mitte des Waldes zu locken, denn dort steht das fünfhundert Kilo schwere, von Menschenhand gefertigte Holzgitter, das ich und die anderen Jungs auf Jaegs Befehl hingeschleppt haben. Wahrscheinlich habe ich mir bei dieser Aktion den ein oder anderen Muskel gezerrt – das verdammte Teil war wirklich schwer. Jaeg hat monatelang an dem Spalier gearbeitet, aber er hat Tyler, mir und den anderen Jungs gerade erst erzählt, was er damit vorhatte.

»Buddy!«, höre ich Cali rufen. Ich renne in den Wald und halte den Hund wie einen Football.

Ich ducke mich hinter einen Felsbrocken, wo Hayden

und der Rest der Bande warten und beobachten. Hayden gibt mir einen Kuss auf die Wange und gurrt Buddy leise an. Wir sehen zu, wie Cali mit Gen den Weg hinaufgeht.

Calis Kinnlade klappt herunter, als sie ihn sieht. »Jaeger?«

Gen schleicht zu uns, während Cali von Jaeg und dem Spalier abgelenkt ist.

Jaeg lässt sich auf ein Knie nieder und Hayden drückt den Blutzufluss in meinem Arm ab, während sie neben mir strahlt. »Oh mein Gott«, flüstert sie.

»Cali«, hören wir Jaegs tiefe, grollende Stimme sagen. »Du bist das Feuer, das Herz und die Seele in meinem Leben. Ich wusste nicht, wie tief ich jemanden lieben kann, bis ich dich traf. Willst du meine Frau werden?«

Ein Mann weniger Worte, aber es funktioniert.

Cali klettert auf Jaegs Schoß und umklammert ihn, wobei er eine Hand auf dem Boden abstützt, bevor sie beide umfallen. Keiner von uns kann hören, was sie sagen, aber vermutlich knutschen sie sowieso nur herum.

Jaeg zieht eine Schachtel heraus und klappt den Deckel auf. Cali starrt hinein, und dieses Mal fallen sie tatsächlich um. Jaeg liegt in seinem dreiteiligen Gucci-Anzug flach auf dem Rücken, und Cali küsst ihn zu Tode.

»Vielleicht sollten wir ihnen etwas Zeit für sich geben«, schlage ich vor.

Lewis, Tyler, Zach und die Mädchen nicken alle, und wir schleichen uns mit einem Lächeln im Gesicht davon. Wir gehen einen separaten Weg entlang, der einen Blick auf den See bietet, und ich ziehe Hayden an mich heran, Buddy in meinem anderen Arm, während ich auf das Wasser hinausblicke. Der Lake Tahoe hat dunkelblaue Tiefen, aber klare Ufer, und er hat uns alle zusammengebracht. Genau wie der See hat auch diese Stadt mehr zu bieten als das, was die Oberfläche zu erkennen gibt. Sie hat gute und schlechte Facetten, und daran würde ich nichts ändern, denn die Herausforderungen haben uns zu den Menschen gemacht, die wir sind.

Ich blicke auf Hayden hinab und küsse sie, dankbar, dass sie mir eine Chance gegeben und unter die Oberfläche gesehen hat.

———

Weiter von Jules

Vielen Dank, dass Sie ›Die Männer aus Lake Tahoe‹ Reihe gelesen haben! Sollten Sie einen Moment Zeit haben, würde ich mich freuen, wenn Sie eine Rezension bei Ihrem bevorzugten E-Book-Händler hinterlassen würden.

Machen Sie die Cade Brüder zu Ihrer nächsten Lektüre!

Verpassen Sie die Spin-off-Reihe zu die Männer aus Lake Tahoe, ›Die Cade-Brüder‹, nicht. Der erste Teil der Cade Brüder ist LEVIS VERSUCHUNG. Dabei geht es um Levi, Adams älteren Bruder, den Feuerwehrmann. Greifen Sie jetzt zu, oder lesen Sie weiter für eine Vorschau!

Holen Sie sich *LEVIS VERSUCHUNG* jetzt!

Levis Versuchung

Sie ist für ihn tabu und dennoch so verlockend...

Levi Cade – früher bei der Feuerwehr und auch ansonsten durch und durch Mannesmann – wird unerwartet mit der Rolle des CEOs für das familieneigene multi-Millionen-Dollar-Bergresort buchstäblich ins kalte Wasser geworfen, und er braucht jemanden, mit dem er vertrauensvoll zusammenarbeiten kann. Was soll ein heißblütiger Junggeselle noch tun, als sich herausstellt, dass die kluge und rattenscharfe Emily Wright die perfekte rechte Hand ist?

Emily ist eine traumhafte Angestellte. Aber Levis Träume werden schmutziger, wenn es um sie geht. Und bevor Levi darüber nachdenken kann, wie er Emily am besten verführen soll, kommt eine Tatsache ans Licht, die alles zerstört: Emily ist die kleine Schwester von Levis Exfreundin.

Teufel, nein. Alles, nur das nicht.

Das Letzte, was Levi braucht, ist noch eine hinterhältige Wright-Frau in seinem Leben. Aber mit ihrer sanften Stimme und ihrem feinen Geschäftssinn bringt Emily das Resort wieder auf Trab und bezaubert währenddessen alle um sich herum – einschließlich Levi.

Es gibt tausend Gründe, warum Levi die Finger von Emily lassen sollte. Aber das Spiel mit dem Feuer hat ihn schon immer fasziniert...

****USA TODAY BESTSELLER****

Holen Sie sich *LEVIS VERSUCHUNG* jetzt!

Keine Regeln

Vermieter küsst man nicht (Band 1)

Mitbewohner küsst man nicht (Band 2)

Die Cade-Brüder

Levis Versuchung (Band 1)

Wes' Herausforderung (Band 2)

Brans Verführung (Band 3)

Hunts Bekehrung (Band 4)

Die Männer aus Lake Tahoe

Er ist tabu (Band 1)

Er ist unwiderstehlich (Band 2)

Seine zweite Chance (Band 3)

Mehr als nur Freunde (Band 4)

Er ist mein Feind (Band 5)

Über den Autor

Jules Barnard ist *USA Today*-Bestsellerautorin und schreibt Liebesromane und Romantic Fantasy. Zu ihren Contemporary-Reihen gehören die *Men of Lake Tahoe* und die *Cade Brothers*, die nun erstmals auch auf Deutsch erscheinen. Ganz gleich, ob sie über sexy Kerle in Lake Tahoe oder eine Feenwelt schreibt, die sich auf einem College-Campus verbirgt, Jules' Geschichten machen sofort süchtig und sind voller Herz und Humor.

Wenn Jules nicht gerade in Jogginghose am Schreibtisch sitzt oder sich fürs Schreiben mit Pralinen belohnt, verbringt sie ihre Zeit mit ihrem Mann und zwei Kindern in einer Kleinstadt in Washington an der Pazifikküste. Auf ihre Fähigkeit, auch auf dem Laufband oder beim Kochen lesen zu können, ist sie mächtig stolz. Manchmal brennt dabei allerdings auch das Abendessen an.

Ihr wollt mehr über Jules erfahren?